BESTSELLER

Simon Levack ejerció como abogado y ahora trabaja para el Consejo Jurídico en Inglaterra. Vive en Londres, con su esposa e hijo. *Demonios en el aire*, el primero de una serie ubicada en el México del imperio azteca, ganó el CWA Debut Dagger Award en el año 2000. Actualmente trabaja en el segundo libro de la serie, *The raiment of the god*.

Visite la web del autor: www.simonlevack.com

SIMON LEVACK

Sangre azteca

Traducción de
Alberto Coscarelli

DEBOLS!LLO

Título original: *Demon of the Air*
Diseño de la portada: Departamento de diseño de Random House Mondadori
Directora de arte: Marta Borrell
Diseñadora: Yolanda Artola
Fotografía de la portada: Detalle azteca. © Index

Primera edición: septiembre, 2004

Printed in Spain – Impreso en España

ISBN: 84-9793-287-0
Depósito legal: B-30-359 - 2004

Fotocomposición: Comptex & Ass., S. L.

Impreso en Novoprint, S. A.
Energia, 53. Sant Andreu de la Barca (Barcelona)

P 832870

Para Sarah e Isaac,
con cariño

AGRADECIMIENTOS

Mis más sinceras gracias a Lisanne Radice, Jane Gregory y Broo Doherty por su apoyo, guía y, aparentemente, inagotable paciencia durante la redacción de este libro. Ni que decir tiene que hubiese sido imposible sin vosotros.

También merecen mi agradecimiento los autores y traductores cuyos trabajos he saqueado en mis esfuerzos por revivir la sociedad del antiguo México. Sería imposible citarlos a todos, pero hay dos trabajos en particular que debo mencionar. El primero es la traducción de Arthur Anderson y Charles Dibble del llamado *Códice florentino*, con el texto de la *Historia general de las cosas de la Nueva España*, la maravillosa enciclopedia sobre el mundo azteca escrita por fray Bernardino de Sahagún; un volumen u otro siempre ha estado en mi mesa de trabajo durante los dos últimos años. El segundo es *Aztecs: an Interpretation*, de Inga Clendinnen. La primera vez que tuve este libro en mis manos, no tenía idea de adónde podría conducirme, y todavía continúa inspirándome, sorprendiéndome y de vez en cuando provocándome.

Sobre todo debo darle las gracias a mi esposa, Sarah, por soportarme durante todos los años que estuve escribiendo sin ninguna recompensa aparente, por todas sus ingeniosas indicaciones y claras críticas, y por referirse una sola vez a mi novela como «¡ese maldito libro!».

El asesino es cruel, en el fondo una bestia; sí, una bestia. Odia a las personas, es un provocador, un criminal, un espía, un instigador. En su osadía, es temerario, brutal, desordenado. Testimonia en falso; acusa a las personas; odia, vilipendia, calumnia, injuria. Ataca, carga contra ellas; mata, deja su marca en ellas. Es un demonio del aire; un demonio. Derrama sangre.

Códice florentino, Libro X

NOTA DEL AUTOR

> Con tantas maravillosas visiones que contemplar no sabíamos qué decir, o si era real lo que teníamos ante nuestros ojos. Por el lado de tierra había grandes ciudades, y en el lago muchas más. El lago estaba lleno de canoas. A intervalos, a lo largo de la calzada, había numerosos puentes, y delante de nosotros estaba la gran ciudad de México.
>
> Bernal Díaz del Castillo,
> *Historia verdadera de la conquista de la Nueva España*

El 8 de noviembre de 1519, los conquistadores, capitaneados por Hernán Cortés, entraron en la capital azteca, México-Tenochtitlan. Estos europeos, que eran los primeros en ver la ciudad más grande del Nuevo Mundo, se quedaron atónitos. Su asombro solo pudo ir en aumento con los días y meses siguientes, alimentado por la visión de las casas encaladas, los jardines, los templos, los palacios, los mercados y, sobre todo, por el número de personas que la poblaban. En las ciudades gemelas de Tenochtitlan y Tlatelolco se congregaban más hombres y mujeres de los que los españoles habían visto juntos en un lugar, y todos los días, quizá otros tantos más entraban en la isla donde se levantaban las ciudades, en canoa, por la superficie del lago que la rodeaba, o a pie, por las calzadas que la unían con la costa, cargados con tributos, productos y objetos para vender en los mercados.

Los conquistadores se habrían asombrado mucho más si hubiesen apreciado que la inmensa metrópolis que tenían delante había sido fundada menos de doscientos años antes por una triste tribu de bárbaros errantes, y que el poderoso imperio del que era el corazón apenas tenía una antigüedad de un siglo. Los aztecas no vivían en una sociedad antigua, decadente y anquilosada: el suyo era un estado joven y vigoroso, que continuaba expandiéndose y buscaba nuevas conquistas, y que hubiese seguido creciendo de no haber sido por la irrupción de Cortés y sus hombres.

Al cabo de dos años desde aquel día de 1519 —el 13 de agosto de 1521, para ser exactos— todo se había acabado. Casi todos los magníficos edificios que tanto habían impresionado a los españoles estaban convertidos en ruinas, y en la lucha por ocuparlos habían perecido muchos de sus habitantes: por obra de las enfermedades europeas, como la viruela, para la que los americanos no estaban inmunizados, por el hambre y la sed cuando los sitiadores de la ciudad habían cortado el suministro de agua, o muertos por el acero de Toledo.

Pero esta novela no trata de la conquista. Trata de los conquistados: el extraordinario pueblo que nosotros llamamos azteca, y que se llamaba a sí mismo «mexica», o mexicanos. Este es un modesto intento de resucitar su ciudad con toda su belleza y brutalidad: desde la poesía, las flores y sus preciosos trabajos con plumas hasta la sangre humana que creían que debía ser derramada para pagar su deuda con los dioses.

Esta historia comienza casi dos años antes de la llegada de Cortés, en el invierno de 1517, el año que los aztecas llamaban Casa Doce. En ese año una expedición española tuvo el primer contacto con los mayas en la península de Yucatán, y los rumores de que existían unos hombres de tez pálida y barbas comenzaron a inquietar los sueños de Moctezuma, el emperador de México.

EL
IMPERIO
AZTECA
TOTONACAS
HUAXTECAS
CHICHIMECAS
OTOMIES
IMPERIO
PURÉPECHA (TARASCO)
MAZAHUAS
MATLATZINCAS
VALLE
DE
MÉXICO
Texcala
TOTONACAS
CUILATECAS
TLAPANECAS
MIXTECAS
HOPI
ZAPOTECAS
Xicallanco
MAYAS
Xoconochco
ESTADOS UNIDOS
MÉXICO
Golfo de
México
SITUACIÓN DEL
IMPERIO AZTECA

VALLE DE MÉXICO
Citlaltepec
Zompanco
LAGO ZOMPANCO
Xaltocan
LAGO XALTOCAN
Tepotzotlán
Teotihuacan
Cuauhtitlan
Tepexpan
Papalotla
Tenayuca
Tlalbepantla
LAGO TETZCOCO
Tetzcoco
Azcapotzalco
Huexotla
Tlacopan
Tlatelolco
Coatlichan
Tenochtitlan
Chapultepec
Chimalhuacán
DIQUE
Coatepec
Mixoac
Iztapalapan
Tepepolco
Coyoacán
Mexicaltzinco
Iztahuacan
Huitzilopchco
Culhuacan
N
O
E
S
LAGO XOCHIMILCO
LAGO CHALCO
Chalco
Xochimilco
Cuitláhuac
Mixquic
Ayotzinco
0
5
Kilómetros
MC

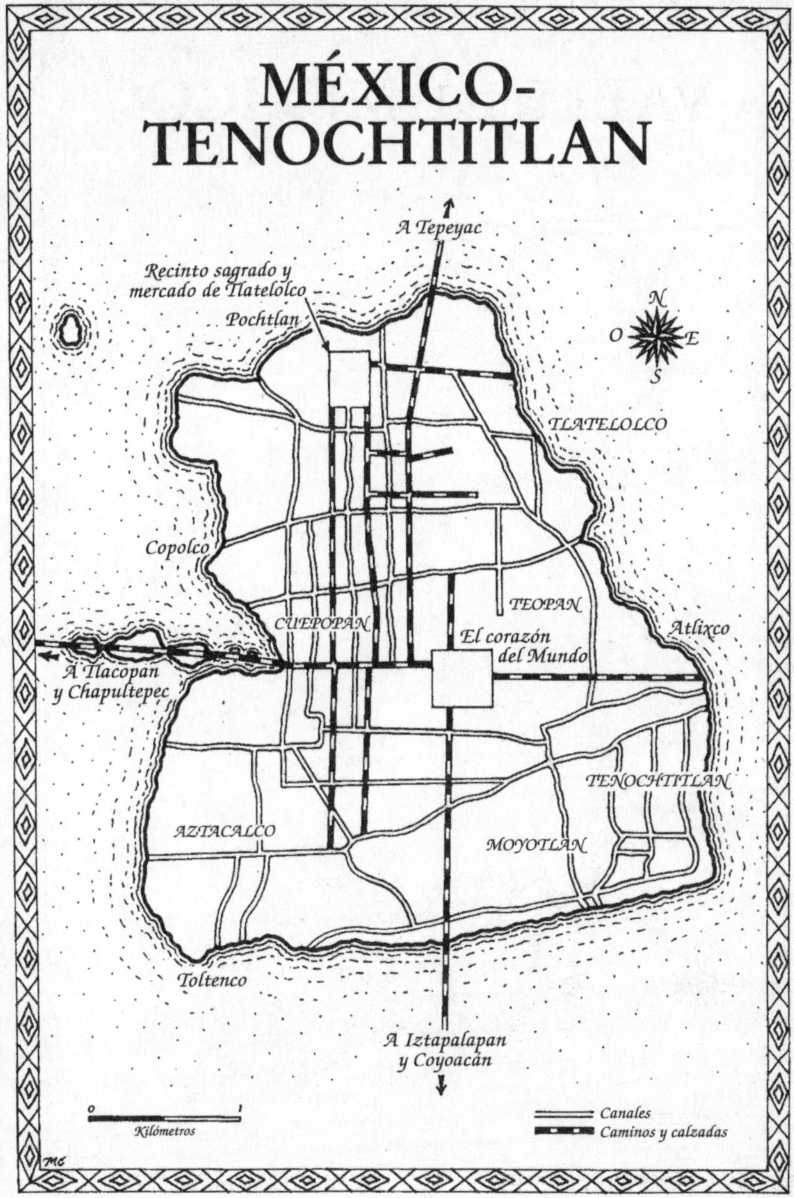
MÉXICO-
TENOCHTITLAN
A Tepeyac
Recinto sagrado y
mercado de Tlatelolco
Pochtlan
N
O
E
S
TLATELOLCO
Copolco
TEOPAN
CUEPOPAN
Atlixco
El corazón
del Mundo
A Tlacopan
y Chapultepec
TENOCHTITLAN
AZTACALCO
MOYOTLAN
Toltenco
A Iztapalapan
y Coyoacán
0
1
Kilómetros
Canales
Caminos y calzadas
MC

UNA NOTA SOBRE EL NÁHUATL

La lengua azteca, náhuatl, no es difícil de pronunciar, pero su grafía se basa en la ortografía del castellano del siglo XVI.

He procurado utilizar el menor número de palabras náhuatl y he preferido la claridad a la exactitud a la hora de escoger sus equivalentes. De ahí, por ejemplo, que haya traducido *Huey Tlatoani* por «emperador», *Chihuacoatl* por «primer ministro», *calpolli* por «parroquia», *octli* por «vino sagrado» y *maquahuitl* por «espada», y he aplicado el mismo sistema al reemplazar los nombres personales que más se repiten. Para referirme al emperador he utilizado la forma más familiar de su nombre, Moctezuma, aunque Motecuhzoma sería más acertado. Para evitar la confusión he utilizado el gentilicio «aztecas» en lugar de «mexicanos».

El nombre del personaje principal de la novela, Yaotl, se pronuncia «YAH-ot».

EL CALENDARIO AZTECA

Los aztecas vivían en un mundo gobernado por la religión y la magia, y sus ritos estaban regidos por el calendario.

El año solar, que comenzaba en nuestro mes de febrero, estaba dividido en dieciocho períodos de veinte días (a menudo llamados «meses»). Cada mes tenía sus propias fiestas religiosas; con frecuencia incluían sacrificios, algunos de ellos humanos, a uno o más de los muchos dioses aztecas. Al final del año había cinco «días inútiles» que se consideraban infaustos.

Paralelamente a este había un calendario adivinatorio de 260 días dividido en veinte grupos de trece días (algunas veces llamados «semanas»). El primer día de la «semana» llevaba el número 1 y recibía un nombre de una lista de veinte: Junco, Jaguar, Águila, Buitre, etc. El segundo día llevaba el número 2 y el siguiente nombre de la secuencia. El día catorce el número volvía a ser el 1, pero la secuencia de nombres continuaba sin solución de continuidad, y cada combinación de nombre y número se repetía cada 260 días.

Un año llevaba el nombre del día correspondiente en el calendario adivinatorio en que comenzaba. Por razones matemáticas estos nombres solo podían ser uno entre cuatro: Junco, Cuchillo de Pedernal, Casa y Conejo, que se combinaba con un número del uno al trece. Esto producía un ciclo de cincuenta y dos años, donde el principio y el final del calendario solar y el adivinatorio coincidían. Los aztecas llamaban a este período un «haz de años».

Cada día en un haz de años era el producto de una única combinación de año, mes y día en el calendario adivinatorio y, por consiguiente, tenía, para los aztecas, un carácter individual propio y un significado mágico y religioso.

La fecha que señala el comienzo de este libro es el 9 de diciembre de 1517; en otras palabras, Trece Hierba de la semana que comienza con Uno Flor, el vigésimo y último día del mes del Alzamiento de los Estandartes, en el año Doce Casa.

TRECE HIERBA

1

La sangre cubre por capas los escalones cercanos a la cumbre de la Gran Pirámide, la tarde vence a la mañana, el fresco al calor. Mi pie descalzo la pisa con un chapoteo y se levanta emitiendo un sonido como el de una tela de fino algodón al rasgarse.

Dos templos coronan la pirámide: el de Huitzilopochtli, el dios de la guerra, a la derecha, y el de Tláloc, el dios de la lluvia, a la izquierda.

Esta tarde la sangre que se derrama por los escalones pertenece al dios de la guerra. Es la fiesta anual del alzamiento de los estandartes, y es un día de gala para el sacerdote del fuego y su cuchillo de pedernal. No son las habituales columnas de anónimos cautivos. Hoy los mercaderes, los comerciantes conocidos como pochtecas, que viajaban muy lejos, presentan sus ofrendas al dios: fuertes y hermosas bailarinas, lo mejor de los esclavos del mercado, elegidos, mimados y preparados durante meses para hacer de su último día en la tierra una impecable obra maestra.

—Has visto más sacrificios que yo, Yaotl. ¿Alguna vez has visto uno como este? —El hombre que sube a mi lado tiene una voz áspera que lo es todavía más por el esfuerzo de llevar una pesada carga. Se llama Monaimiti, y tiene el aspecto fuerte, útil, que va asociado a su nombre, que significa «Uno diestro con las manos» o, como yo me decía, «Manitas».

Estábamos tan cerca de la cumbre de la pirámide que tuvimos que detenernos y esperar mientras, unos pocos peldaños por encima de nuestras cabezas, los sacerdotes acababan con la estancia de un hombre en la tierra y desparramaban su sangre en las cuatro direcciones. El rico mercader que había pagado por la víctima y lo había acompañado todo el camino hasta el ara contemplaba la escena con la expresión de un padre orgulloso en una boda.

Conocía cien maneras de morir. Había visto a prisioneros de guerra heridos, con los ojos vidriosos, que subían las escaleras para enfrentarse a su destino como si fuesen ganado y los nobles capturados que se aferraban a su dignidad en los instantes finales, e incluso a algunos locos que subían bailando al tiempo que gritaban estúpidas bravatas sobre la dulzura de la Muerte Florida. No había dos que fuesen iguales.

—No —admití—. Nunca he visto ninguno como este.

Detrás de nosotros un pequeño grupo se apresuraba a subir los escalones: la siguiente víctima y su patrocinador, un comerciante de aspecto tímido, ataviado con las prendas de un guerrero veterano, al que acompañaba su esposa, de un aspecto mucho más feroz, pese a ir cogida de su brazo. Su ofrenda, sin embargo, se mantenía de pie y de no haber sido por la cabeza afeitada y la mortal palidez de su piel bien podría haber pasado por un esclavo cualquiera o un sirviente que atendía un recado.

Miré desconsolado nuestra ofrenda. Acunaba la cabeza del muerto en el pliegue del codo para que no se bamboleara de una forma tan evidente. Me dije que la herida sangrante en la sien sería mucho más difícil de disimular que el cuello roto, pero dudaba que los sacerdotes se dejaran engañar.

La única escolta que tendría este tipo en su último viaje seríamos Manitas y yo: un hombre vulgar y un esclavo. El amable joven que lo había patrocinado había desaparecido, junto con todo el resto de la comitiva, como una bandada de pájaros espantados cuando su costosa y muy bien preparada víctima había enloquecido. Habíamos subido el cadáver desde donde lo habíamos encontrado, a medio camino de la subida, desnucado por la caída, para acabar descubriendo que el resto de nuestro grupo se había esfumado como la niebla sobre el lago, y nos encontramos sin nada que ofrecer al dios de la guerra y a sus sanguinarios esbirros, salvo un sacrificio humano que ya estaba muerto.

Un novicio nos llamó desde la plataforma de la cumbre.

—Dejaré que tú te encargues de la conversación —dijo Manitas, mientras sujetaba los pies del cadáver.

—Vamos a intentar mantenerlo erguido —susurré—. Quizá no se den cuenta.

Los olores ofendieron mi nariz y fue difícil decir cuál de ellos era peor. Los sacerdotes llevaban meses sin bañarse y desprendían un miasma de sangre y sudor rancio que ni siquiera los más dulces aromas resinosos de las hogueras del templo conseguían enmascarar; pero lo que sobrepasaba todo lo imaginable era el hedor de los residuos putrefactos que flotaba en el aire alrededor de ellos: el olor de los corazones que se pudrían, arrancados de los pechos de las víctimas, arrojados, todavía palpitantes, en el receptáculo con forma de águila, y dejados allí para que se descompusieran. No me costaba nada imaginar el mío entre ellos. No solían matar a los esclavos a menos que los hubiesen comprado con ese propósito, pero cuando los sacerdotes vieran lo que les habíamos traído, me temía que se enfadaran hasta el extremo de hacer una excepción.

Manitas y yo sujetamos al muerto por las axilas y lo levantamos. Salvo porque sus pies se arrastraban por las piedras y su cabeza se apoyaba alternativamente sobre nuestros hombros con cada paso, me dije que casi parecía vivo.

—¿Qué le pasa? —preguntó el novicio que nos había llamado.

—Está inconsciente —respondió—. Es eso lo que les pasa, ¿no? Es el vino sagrado que les hacen beber.

—No está inconsciente. Está muerto —afirmó el novicio sin vacilar.

—¿Muerto? —Manitas había decidido hacerse el tonto.

—A mí me da la impresión —intervino uno de los sacerdotes mayores— de que rodó por las escaleras cuando intentó escapar. Me preguntaba qué sería todo aquel revuelo que se había montado.

—Quizá resbaló. —Me estaba quedando sin excusas.

—Así que intentó escapar. ¿Cómo podemos ofrecerle un hombre como este al dios de la guerra?

Allí arriba había seis sacerdotes, agrupados alrededor del altar. Cinco de ellos vestían las capas cortas de ceremonia e iban con tocados de plumas adornados con flecos de papel, y las mejillas pintadas de color rojo ocre. Entre ellos estaba el sacerdote del fuego, cuyo cometido resultaba obvio a la vista del enorme y resplandeciente puñal, tinto en sangre, que empuñaba.

No era el puñal lo que me inquietaba sino la visión del sexto sacerdote, al que todos los demás miraban para saber qué hacer, un hombre resplandeciente con su larga capa de plumas de quetzal azules y verdes y un alto tocado de plumas, con una varilla de turquesa que le atravesaba la nariz y un espejo de obsidiana en el pecho. Cuando el hombre nos miró a Manitas y a mí, los trazos dibujados en sus mejillas y las estrellas pintadas alrededor de sus ojos se movieron amenazadoramente. Estaba al mando y no parecía contento. Como representante de Peynal, el lugarteniente del dios de la guerra, acababa de hacer un recorrido por la ciudad, desde el recinto sagrado hasta Tlatelolco y después el trayecto de vuelta, durante el cual había celebrado unos cuantos sacrificios humanos, después de ocho días de ayuno. No hubiese sido de este mundo si no se sintiera en ese instante hambriento, cansado y muy furioso; y si un hombre tal se consideraba ofendido, las cosas podían ponerse muy feas.

—El dios de la guerra necesita su sustento —gruñó.

Tragué saliva. En busca de inspiración, miré hacia el templo de Tláloc.

Me pareció ver un movimiento en las sombras.

Sin detenerme a pensar grité:

—¡Eh, tú! ¿De qué te ríes?

Siete cabezas se volvieron al unísono para seguir la dirección de mi mirada. Solo el muerto continuó con la cabeza gacha.

Durante unos momentos que me parecieron eternos no pasó nada. En la cumbre de la pirámide, muy por encima del bullicio de la ciudad, reinaba el mismo silencio que en la alta montaña. No éramos personas dadas a alzar las voces y mi grito pareció haber inmovilizado el aire. Entonces, en el preciso momento en que siete pares de ojos comenzaban a volverse hacia mí y las preguntas empezaban a formarse en siete pares de labios, un hombre se adelantó de entre las sombras.

Su rostro esquelético estaba manchado de hollín, churretes de sangre negra le caían por las sienes y vestía una capa negra: un sacerdote del dios de la lluvia, Tláloc.

Nos miró, con los ojos entrecerrados, en una expresión que hubiese interpretado como de curiosidad de no haber advertido un temblor apenas perceptible en las comisuras de los labios.

Se estaba riendo de nosotros.

Le devolví la mirada mientras disfrutaba de la visión y dejaba que calara en los hombres empapados de sangre que me rodeaban. El sacerdote del dios de la lluvia miró hacia su templo y nos señaló, y muy pronto se le unió otro, que también reía y gesticulaba.

—¿Quiénes son? —pregunté con la mayor inocencia de que fui capaz.

Un sacerdote de Huitzilopochtli me respondió sin desviar la mirada de sus vecinos.

—No son nada. Haz como si no estuvieran.

—¿Por qué crees que se ríen? —insistí.

Los dos sacerdotes de Tláloc no dejaban de hacer el payaso, uno de ellos hacía rotar la cabeza en una imitación de un hombre con el cuello roto mientras el otro fingía asestarse puñaladas en el pecho.

—Porque no saben hacer nada mejor —replicó el sacerdote del fuego.

—Les encanta ver que estamos haciendo el tonto —manifestó el novicio que nos había llamado—. Este es uno de los días más importantes del año, hay una cola de comerciantes ricos en las escaleras, y el emperador y todos los demás, allá abajo, en el recinto sagrado, mirándonos y aquí estamos nosotros discutiendo por un muerto.

Dos de sus superiores comenzaron a hablar al mismo tiempo. Uno levantó un brazo, probablemente para recalcar algo, no para amenazar a nadie; pero Peynal se acercó bruscamente para contenerlo. Uno de los hombres del templo vecino estaba tendido en el suelo y daba palmadas en el pavimento en una exagerada muestra de regocijo.

Uno de los sacerdotes del dios de la guerra acabó por estallar. Amenazó con el puño al templo del dios de la lluvia.

—¡Cállate! —gritó con una voz que seguramente pudieron oír hasta los que se encontraban en la orilla más lejana del lago.

Sus colegas lo miraron, consternados.

Una tos rompió el incómodo silencio. Fue un tanto más fuerte de lo que se podría considerar respetuosa. Había una procesión en los escalones, y cada uno de sus miembros, de una manera u otra, estaba impaciente por tener su momento de gloria. Oí una voz femenina comentar en un susurro claramente audible que si esos idiotas no se daban prisa se les estropearía la fiesta. Apenas si les quedaría tiempo para llevar los restos del esclavo a su casa, en Tlatelolco, y mucho menos para cocinarlos, y ella no estaba dispuesta a comérselo crudo.

Peynal hizo una mueca, con lo que las barras y estrellas pintadas en su rostro se deformaron todavía más. Sudaba la gota gorda. Un poco más y comenzaría a corrérsele la pintura. Sus labios temblaron amenazadoramente.

—No intentó escapar —protesté con desesperación—. Resbaló. Fue un accidente. Somos torpes y estúpidos. Era demasiado fuerte para nosotros, será una muy digna ofrenda para el dios.

Los sacerdotes no se mostraron muy convencidos. Parecían más interesados en las payasadas de sus vecinos.

—Esos cabrones se están riendo de nosotros. Uno de estos días...

—Por favor —supliqué—, hemos traído una ofrenda para el dios de la guerra. No es gran cosa pero es todo lo que tenemos. Tendrá su ración de corazones para cuando acabe la tarde. ¿No pueden aceptar este, aunque no lata?

Peynal pareció llegar a una decisión. Hizo un gesto brusco al sacerdote del fuego.

—¡Adelante y saquen a estos dos de aquí!

Entonces todo ocurrió muy deprisa.

Los sacerdotes nos quitaron el cadáver de las manos y un momento más tarde lo tendían sobre la piedra de los sacrificios, sujeto por las piernas y los brazos, y el pecho arqueado hacia el cielo. El sacerdote del fuego se acercó y recitó rápidamente un himno. Levantó el puñal bien alto, por encima de la cabeza, y lo bajó bien sujeto con las dos manos.

Se hundió en el pecho y todo el cuerpo brincó en las manos de los otros sacerdotes, como en un estertor final. Ellos estaban acostumbrados a lo auténtico —a hombres que luchaban por su vida hasta el final o los cuerpos que seguían resistiéndose después — y continuaron sujetándolo mientras el puñal se alzaba y bajaba de nuevo.

No se vio un surtidor de sangre cuando sacaron el corazón, solo un inerte trozo de carne que el sacerdote del fuego arrojó desdeñosamente al recipiente con forma de águila sin molestarse en mirarlo.

Cogieron al cadáver por los pies y lo apartaron del ara. Lo llevaron hasta el borde de los escalones —la enorme y ancha escalera que nos había costado tanto subir— y lo arrojaron al vacío con el fácil balanceo adquirido con años de práctica antes de volverse silenciosamente hacia nosotros.

El silencio se prolongó.

Los seis sacerdotes nos miraron. Los ojos de Peynal reflejaban su disgusto. El sacerdote del fuego sacudió el puñal para limpiarlo de la sangre, y noté que unas gotas del espeso líquido caliente me salpicaban el rostro y corrían lentamente por mi mejilla.

De pronto fui consciente del espacio que había entre los sacerdotes y nosotros. Ahora que el cadáver sin corazón había sido arrojado con tanto desprecio, no había nada más que el frescor de la tarde y la fea piedra rectangular cubierta de sangre de los sacrificios.

Manitas y yo nos miramos indecisos.

Peynal dirigió una breve y despectiva mirada a los escalones por donde sus acólitos habían arrojado el cadáver, antes de volverse hacia donde estábamos.

—Vais a seguir el mismo camino —nos espetó.

Sin mirarnos, Manitas y yo retrocedimos un paso. Me encontré en el mismo borde de la plataforma del templo, con el vacío debajo de los talones. Un grito de alarma a mi espalda me recordó que había personas esperando.

Uno de los sacerdotes amagó un paso. Se detuvo para mirar vacilante a Peynal, y eso nos dio a Manitas y a mí nuestra oportunidad.

El fornido plebeyo se lanzó por un costado y bajó los escalones de la pirámide de dos en dos. Yo lo seguí con los pies resbalando en la sangre fresca, hasta que me encontré tambaleándome en el borde de la más aterrorizadora escalera del mundo. La vasta extensión del recinto sagrado que nosotros llamábamos el Corazón del Mundo comenzó a dar vueltas, y cuando alcé la vista el sangriento resplandor del sol me deslumbró.

Me lancé a ciegas por la fachada de la pirámide.

2

Manitas y yo escapamos del puñal del sacerdote del fuego lo más rápido que pudimos. Saltábamos los empinados y angostos escalones, y resbalábamos en la capa de sangre que los cubría.

Nos encontramos con los despojos de nuestro sacrificio, a dos tercios del descenso. Para entonces estábamos demasiado cansados y nos faltaba el aire. No podíamos seguir corriendo. Nuestro terror comenzaba a disminuir. En su lugar aparecieron la furia y el resentimiento, y como no había nadie más a mano la emprendimos con el cadáver. Lo empujamos a puntapiés todo el resto de la bajada, hasta la base de la Gran Pirámide, donde lo esperaban los matarifes.

A medida que los cuerpos llegaban rodando hasta abajo los llevaban a un lado, donde unos hombres corpulentos armados con grandes cuchillos de pedernal y obsidiana se encargaban de desmembrarlos. En ocasiones como esa, cuando había tantas víctimas, los matarifes tenían que trabajar lo suyo para seguir el ritmo de los sacerdotes que estaban en la cumbre de la pirámide. Cortaban la cabeza que luego despellejarían para ponerla en las estanterías de los cráneos. Se tomaban un poco más de cuidado con el brazo izquierdo. Lo estiraban y lo cortaban de la manera más precisa posible, porque iba a palacio, para alimentar al emperador y sus invitados. Descartaban el tronco, dado que las entrañas y asaduras del hombre solo se consideraban aptas para el consumo de los animales del zoológico del emperador. Los miembros restantes se colocaban en una pila, a la espera de que fuera a recogerlos el propietario de la víctima y se los llevara a casa, para hacer un estofado con maíz y alubias, y comerlos en un banquete ritual.

Manitas y yo esperábamos encontrar allí al amable joven, entre la multitud que esperaba recoger sus ofrendas, pero no lo vimos por ninguna parte.

—¿Has visto a Ocotl, el comerciante? —le pregunté a uno de los matarifes.

—Entonces, ¿esto es suyo? —La sangre goteó de los dedos del hombre mientras me señalaba una pierna y un brazo que tenía a su lado—. ¡Será mejor que te los lleves ahora mismo, antes de que se mezclen con los de otro!

—No, no lo entiendes. Estoy buscando a...

Detrás de mí, una sucesión de golpes sordos anunció la llegada de la siguiente víctima al pie de la escalera. Me aparté al ver que el matarife iba a echarme a un lado.

—¡Escucha, coge tu carne y lárgate, ¿de acuerdo? ¡Algunos tenemos que trabajar!

Crucé una mirada con Manitas y entre los dos nos llevamos los miembros amputados a un lugar más tranquilo, apartado de la multitud. Allí esperamos al comerciante, pero no apareció.

—Ese idiota se quedará sin cena —comentó Manitas, aburrido—. Claro que este tampoco da como para hartarse.

Ambos miramos objetivamente el brazo y las piernas.

Resultaba difícil asociarlos con la persona viva que habíamos visto morir muy poco antes, pero sabía que era parte del proceso, el desmembramiento de la víctima, el paso final de su desaparición como ser humano.

No fue la primera vez que se me ocurrió que había algo que no acababa de encajar en nuestra ofrenda. Los brazos y las piernas parecían demasiado huesudos para ser los de un bailarín, y la piel, ahora a la vista, después de desprenderse la mayor parte del polvo de yeso que habían empleado para darle una palidez cadavérica, estaba cubierta de heridas de toda clase: rasguños, cortes, morados, y algunas marcas que parecían quemaduras.

—No parece muy apetitoso —comenté con frialdad. Comprendí que no todas las marcas podían ser consecuencia de la caída, y que algunas debían ser de por lo menos de dos o tres días, pues parecían a medio cicatrizar. ¿Cómo podía ser, me pregunté, cuando yo sabía que los comerciantes insistían en que sus víctimas estuviesen inmaculadas?

—Nunca me ha gustado —dijo Manitas—. Sé que es cortés comer un bocado, si alguien de tu parroquia te sirve un cautivo, pero yo prefiero un buen trozo de pavo o perro. —Dio la espalda a los restos y comenzó a buscar en una bolsa que había traído—. En cualquier caso, no me vendría mal comer algo. ¿Sabes? Tengo una tortilla que sobró de la comida. Nos la repartiremos, y tú me contarás de qué va todo esto.

Miré la cumbre de la pirámide con expresión dubitativa. El azul y el rojo de los templos en la cumbre aún brillaban con la luz del sol, pero la línea de sombra que se extendía lentamente por los escalones bañados en sangre me avisó de que no faltaba mucho para que anocheciera.

—Solo un bocado. Tengo que regresar. No puedo tener a mi amo esperando.

Dejamos la ofrenda del comerciante donde estaba, porque no se nos ocurrió qué otra cosa podíamos hacer con ella. Dediqué una patética mirada al montón de carne mientras cruzábamos el Corazón del Mundo para ir al mercado, pero nadie se acercó a recogerla, a pesar de que me demoré todo lo que me fue posible sin llamar la atención, mientras continuaba preguntándome por el origen de aquellas extrañas marcas.

Nos sentamos en la orilla del canal que bordeaba el mercado y compartimos la tortilla.

—Solo sé lo que me dijeron —le expliqué—, que no es mucho. Ve a la casa del comerciante, únete a la procesión, asegúrate de que el sacrificio se haga tal cual. Mi amo quería que estuviese presente porque sé cómo se hacen estas cosas. Seguramente le debía algún favor a la familia del joven. ¿Crees que él se esperaba que ocurriera algo así?

Manitas se mordió el labio inferior.

—¿Cómo puedo saberlo? —Miró de reojo hacia la esquina de la ahora desierta plaza del mercado donde, a primera hora de la mañana, se reunían los peones a esperar que alguien los empleara—. Me llamaron anteayer para que hiciera de escolta. Necesitaban un par de manos más, por si la ofrenda se resistía. Querían a un forzudo. —Los músculos se ondularon claramente debajo de la piel morena de sus brazos, y yo miré con pesar las garras huesudas que sujetaban mi comida—. No hay mucho que hacer en el campo en estos días, así que vine. Tengo demasiadas bocas que alimentar para estarme sin hacer nada en casa. Un tipo joven vino a verme y me dijo qué debía hacer.

Había encontrado a Ocotl y Manitas aquella mañana, al amanecer. Esperaban junto a la baja y rechoncha pirámide del templo de la parroquia en Pochtlan, una de las parroquias de los comerciantes en Tlatelolco, en la parte norte de la ciudad.

Ocotl llevaba un bastoncillo de ámbar atravesado en el labio inferior, pendientes verdes con forma de concha y una capa de red, y lucía un penacho de plumas y bastones con el garbo de un guerrero veterano. Era alto para ser azteca, aunque resultaba difícil saber cómo era realmente bajo todos aquellos adornos; y tenía los modales alegres y desenvueltos de los jóvenes. Su nombre significaba «tea de pino», o, simbólicamente, «Luz Resplandeciente», alguien que lleva una vida ejemplar.

Manitas vestía lo que en otros tiempos habían sido sus mejores prendas: un taparrabos bordado con flecos, un tanto raído en los bordes, y una capa naranja de guerrero que había perdido gran parte del color.

También había dos sirvientes, cuyo único trabajo era cuidar de un montón de capas de muy buena calidad que Luz Resplandeciente había traído por si las necesitaba para pagar el rescate de su esclavo. Las necesitaba porque el último viaje de su ofrenda al templo del dios de la guerra no iba a ser directo. Mientras los sacerdotes se vestían y Peynal realizaba su agotador recorrido por la ciudad, todas las ofrendas que presentaban los comerciantes serían llevadas primero al templo de la parroquia de Coatlán, donde les esperaban una multitud de guerreros cautivos para cumplir con la emboscada ritual.

La emboscada era una parte curiosa de los festejos del día, cuyo significado nunca he alcanzado a comprender del todo, a menos que solo tuviese la finalidad de hacerles entender a los comerciantes que se debe luchar por todo aquello que vale la pena tener, aunque ya hubiesen pagado cuarenta capas por su ofrenda en el mercado de esclavos. Los guerreros cautivos —hombres que también estaban condenados a morir antes de la puesta de sol— harían todo lo posible por arrebatarles las ofrendas a los comerciantes, y se esperaba que los esclavos condenados se defendieran con los escudos y las espadas con filo de obsidiana. Era un combate real, estimulado en ambos bandos por el vino sagrado y el coraje de la desesperación, y si un guerrero cautivo conseguía capturar a un esclavo lo mataba a menos que el dueño del prisionero accediera a pagar el rescate que se le pedía. Siempre se pagaba el rescate, dado que, de lo contrario, el comerciante se quedaba sin nada que ofrecer al dios de la guerra, y todos sus muy costosos preparativos se desperdiciaban.

Una mirada al esclavo me convenció de que su propietario no sabía gran cosa del valor del dinero.

No era una visión impresionante. Lo habían obligado a mantenerse despierto durante toda la noche en el templo y luego lo habían emborrachado. Le habían afeitado la cabeza a la medianoche y las finas prendas que le habían dado al caer la noche se las habían quitado al amanecer, cuando le habían lavado la cara y lo habían maquillado con polvo de yeso para darle una palidez mortal. Ahora se lo veía inquieto y febril; se sobresaltaba incluso al oír la dulce voz de la mujer que lo atendía, su bañadora, mientras esta le susurraba al oído palabras de consuelo. No había ni el más mínimo rastro del bailarín que había sido en otro tiempo en sus brazos y piernas huesudas, y aunque el polvo de yeso ocultaba las marcas en su piel tenía un defecto físico muy visible. Las orejas se despegaban de la cabeza en un ángulo ridículo, como alas.

No hubo tiempo para hablar mientras ocupábamos nuestros lugares en la procesión, pero vigilé de cerca a la víctima. Arrastraba los pies con los ojos fijos en el camino sin responder a la incesante charla de la vieja que caminaba a su lado.

En Coatlán, aceptó sin decir palabra el escudo y la espada con el filo de obsidiana cuando se los pusieron en las manos, pero no hizo uso alguno de las armas. Esto no tenía nada de particular; algunas veces el vino sagrado hacía que las víctimas lucharan como jaguares heridos, pero nunca sabes lo que pueden hacer. En cambio lo que me llamó la atención, cuando Manitas y yo lo llevamos de nuevo con su amo, con los insultos de los guerreros cautivos todavía resonando en los oídos, fue la indiferencia del joven comerciante ante la pérdida del rescate. Había tela más que suficiente para vestirme con elegancia al menos durante un par de años.

La llegada de Peynal al frente de una multitud de jadeantes seguidores detuvo el combate, y comenzó el viaje final de las víctimas hasta la base de la gran pirámide, donde estaba sentado el emperador y su enorme séquito para presenciar cómo el dios de la guerra recibía su tributo.

Nuestro esclavo interpretó su papel, como todos los demás, corriendo y arrastrándose cuatro veces alrededor de la base de la pirámide antes de formar una sumisa fila al pie de las escaleras. Observó en silencio mientras Peynal subía corriendo hasta la cumbre, y bajaban los papeles del sacrificio y la imagen de papel, tela y pluma de la Serpiente de Fuego para quemarla. No dijo nada cuando Peynal descendió de nuevo para mostrar la imagen del dios de la guerra a las víctimas antes de conducirlas a la muerte, en lo alto de la pirámide.

Pero cuando subíamos las cosas comenzaron a torcerse.

Luz Resplandeciente, la víctima y su bañadora subieron los escalones codo con codo, escoltados por Manitas y yo. No conseguía apartar la mirada de aquellas orejas ridículas. La vieja se había callado, pero el comerciante no dejaba de charlar alegremente.

—Ya falta poco. ¡Cuánto te envidio! ¡La Muerte Florida! ¡Bailar en homenaje al sol y renacer encarnado en un colibrí, en una mariposa! Paso mis días de aquí para allá como un pavo que busca los granos de maíz, y cuando muera iré a la tierra de los muertos como todas las demás almas desgraciadas, pero tú...

—No me lo imagino cargando a hombros el palanquín del Sol —murmuró Manitas—. Le puedes contar las costilllas. Ayudaría un poco que mantuviera la cabeza erguida, pero a mí me parece que está en las últimas. Creía que los comerciantes se preocupaban un poco... ¡Cuidado! ¡Se escapa!

El esclavo nos engañó. En lugar de correr escaleras abajo, y acabar en nuestras manos, o sencillamente subir, donde no había escapatoria y uno de nosotros lo hubiese atrapado sin mayores dificultades, corrió hacia un lado a través de la ancha cara de la pirámide. Nos había sacado una ventaja de diez pasos antes de que Manitas y yo comenzáramos la persecución.

El joven comerciante continuó subiendo, al parecer tan dispuesto a disfrutar al máximo de su momento que no se dio cuenta de que su ofrenda se había fugado. La vieja se limitó a mirar al esclavo.

—¡Eh tú, vuelve aquí ahora mismo! —gritó Manitas mientras se lanzaba detrás del sacrificio.

Corrimos a lo largo de los angostos escalones como si lo hiciéramos a la pata coja, con un pie a diferente nivel, y si los dioses tienen sentido el humor algunos de ellos tuvieron que desternillarse. Me pareció que el tiempo se hacía eterno hasta que nuestra presa se encontró delante de la terrible pendiente de la pirámide, entre dos de las columnas de piedra que bordeaban las escaleras y que se utilizaban como mástiles.

Sabía que iba a saltar.

—¡Escuchadme! —gritó, como si la enorme y populosa ciudad que se extendía bajo sus pies pudiese oírlo—. Es la canoa, ¡la gran canoa! ¡Buscad la gran canoa!

—¡Espera! —le supliqué, desesperado. ¿Qué le podía decir a un hombre que estaba a punto de morir, no importa lo que él o yo pudiéramos hacer? Intenté ver su expresión, pero contra el fondo del cielo del atardecer y el lago que brillaba como el oro con los últimos rayos de sol no era más que una sombra orejuda—. No debes saltar. Estás destinado al dios de la guerra. Ya has oído a tu amo. Te unirás al Sol del amanecer...

El esclavo se volvió hacia mí, al tiempo que retrocedía, de forma tal que se acomodó en el borde mismo de los escalones.

—Es una mentira —respondió en voz baja—. Los esclavos purificados van a la tierra de los muertos, como todos los demás.

Cuando sonrió sus dientes destacaron, muy blancos, en su rostro en sombras.

—Solo díselo al viejo —añadió.

Corrí para sujetarlo por los pies, y a punto estuve de caer al vacío cuando me estrellé contra las piedras, él ya había dado su último paso y ahora yacía, muerto, mucho más abajo.

3

Algunas veces olvido las muchas cosas que han pasado desde que los sacerdotes ofrecían sacrificios a los dioses en la cumbre de la gran pirámide. Sin ninguna duda las viejas costumbres parecen ahora extrañas y bárbaras, y la gente se pregunta de qué iba todo aquello, y por qué tantos como el esclavo de Luz Resplandeciente tenían que morir apuñalados por el sacerdote del fuego.

Esto es lo que nos enseñaron.

El mundo había sido asolado en cuatro ocasiones: una por los hambrientos jaguares, la segunda por el viento, la tercera por una lluvia de fuego y la cuarta por un diluvio. En cada desastre las personas habían muerto o se habían transformado por completo, así que, después del diluvio, al comienzo de la era actual, los dioses tuvieron que repoblar la tierra.

Después de la última catástrofe enviaron a uno de los suyos, Quetzalcóatl, la Serpiente Emplumada, para que bajara al infierno a recoger los huesos de los muertos. Lo hizo, a pesar de todos los esfuerzos del señor de los muertos por impedírselo, pero incluso después de haber recuperado los huesos y habérselos entregado a la diosa Cihuacoatl para que los convirtiera en polvo, seguía sin haber vida en ellos. Quetzalcóatl tuvo que cortarse el miembro y añadir su propia sangre al polvo para preparar una pasta con la que modelar al primer hombre y a la primera mujer, y todos los demás dioses tuvieron que hacer lo mismo. Los dioses entregaron su sangre para darnos la vida, y nuestra deuda con ellos solo se puede saldar con sangre.

Lo que es más, creíamos que sin el tributo diario de los corazones humanos, el Sol no recorrería el cielo. Esta parte de la historia decía lo siguiente: después de la creación de los hombres y las mujeres, el mundo continuaba en tinieblas, así que los dioses se reunieron para volver a crear el Sol. Encendieron una enorme hoguera, que ardió durante cuatro días. Luego llamaron a un espléndido y muy engalanado dios llamado Tecuhciztecatl para que saltara al fuego y se quemara, y renaciera convertido en el Sol. Sin embargo, el fuego era demasiado caliente, y mientras ese soberbio dios vacilaba, espantado por las terribles llamas, el despreciable, denostado, granujiento y repugnante dios Nanahuatzin se arrojó a la hoguera. Al ver que el cuerpo de Nanahuatzin se consumía en las llamas, la vergüenza venció al miedo y Tecuhciztecatl saltó a la hoguera. Así fue como Nanahuatzin renació convertido en el Sol y Tecuhciztecatl en la Luna. Al principio ambos brillaban con la misma intensidad, pero los otros dioses arrojaron un conejo contra el rostro de la Luna para disminuir su luz, y todavía hoy vemos la silueta del conejo en el rostro de ella.

Así que ahora teníamos el Sol y la Luna, pero no se levantaban. Permanecieron en el horizonte, y se balancearon indecisos, hasta que los demás dioses se sacrificaron para darles la energía que necesitaban para moverse a través del cielo. Quetzalcóatl se encargó de arrancarles los corazones a los otros dioses, uno tras otro, y de arrojarlos al fuego antes de saltar él también a las llamas cuando no quedaba ninguno más. Así fue como comenzó el primer día, gracias al sacrificio de los dioses, y nosotros creíamos que debíamos seguir su ejemplo, porque el día que a los dioses se les negara su banquete de corazones y sangre humanos ese día se acabaría el mundo.

¡Pero nosotros mismos éramos como los dioses! Ningún azteca, ni siquiera el emperador, creía ser un dios, pero sin duda nosotros y los dioses eramos socios en la interminable lucha para que el Sol hiciera su travesía por el cielo. ¿Por qué, si no, los dioses habían puesto a nuestra ciudad por encima de todas las demás? ¿Para que enviábamos a nuestros ejércitos, sino para conseguir cautivos destinados al sacrificio, para la Muerte Florida, como la llamábamos? ¿Por qué, si no, participábamos en los banquetes de los dioses y nos comíamos la carne de aquellos que morían en la piedra de los sacrificios incluso mientras los dioses se comían los corazones?

Por consiguiente no eran nuestros corazones lo que arrancábamos para satisfacer a los dioses. Ya dábamos nuestra propia sangre con sobrada generosidad, todos los aztecas lo hacíamos y no dudábamos en pincharnos los lóbulos con espinas de cactos cada vez que se nos pedía que pagáramos una pequeña parte de lo que debíamos. Nuestros sacerdotes solían ir más lejos. Se cortaban la lengua y el pene con los cuchillos de obsidiana y los ensartaban en cordeles, para después presentar esos sangrientos pingajos como muestra de su devoción. Pero la más preciosa ofrenda de todas, el regalo de los corazones que hacía que saliera el Sol, la daban los guerreros enemigos prisioneros y los esclavos comprados con ese propósito.

Los guerreros enemigos eran las víctimas más preciadas, y cuanto mayor era el coraje de un hombre en la batalla más disfrutarían los dioses cuando devoraran su corazón. El guerrero azteca que capturaba a un distinguido oponente y lo entregaba para el sacrificio podía esperar grandes recompensas: espléndidos regalos de manos del emperador como el derecho a vestir prendas de algodón y calzarse sandalias en la ciudad, y que le peinaran los cabellos con un estilo determinado, el derecho a comer en el palacio del soberano y a emborracharse con vino sagrado. Y sobre todo tendría lo que más ansían los aztecas: la fama, la oportunidad de pavonearse delante de sus compañeros.

Algunos esclavos, sin embargo, tenían casi el mismo valor que los guerreros cautivos. Eran los esclavos purificados, comprados a un precio muy alto y a quienes se alimentaba, acicalaba y bañaba hasta convertirlos en un motivo de orgullo para sus amos y un digno regalo para el dios por el que iban a morir.

Era un gran honor que te permitieran regalar uno de esos esclavos. Significaba cargar con una parte de la deuda que todos teníamos con los dioses. Que te permitieran jugar a ser un poderoso guerrero durante un día.

Ningún grupo dentro de la ciudad competía con más ahínco que el de los comerciantes por el privilegio de presentar a un esclavo purificado. Por muy rico que fuese, el comerciante vestía de manera humilde, con una capa de áspera fibra de maguey en lugar de algodón, los cabellos largos y desgreñados como los de un plebeyo y los pies descalzos. En una ciudad donde la riqueza obtenida a través del comercio, más que como una recompensa por las grandes hazañas en el campo de batalla se veía con una mezcla de envidia y desprecio, esta fingida humildad era solo una medida de sana prudencia. De vez en cuando, sin embargo, se permitía a unos pocos comerciantes que se vistieran como guerreros y entregaran carísimos esclavos para el sacrificio, como si ellos mismos los hubiesen hecho prisioneros en alguna guerra. Una de estas ocasiones era la gran fiesta del alzamiento de los estandartes, en honor del dios de la guerra, Huitzilopochtli.

Yo estaba al corriente de los complicados preparativos que el joven que había presentado nuestra ofrenda tenía que haber hecho. Habría ido a Azcapotzalco, la ciudad en tierra firme que presumía de tener el mercado de esclavos más grande del mundo, para escoger a su hombre entre los más fuertes y más bellos que los tratantes de esclavos ofrecían. Allí, lo habría encontrado expuesto con las prendas del algodón más fino y las sandalias del cuero más suave, con el labio inferior perforado con una estaquilla de ámbar y pendientes de ámbar en las orejas, cosas que el tratante le quitaría de inmediato, en cuanto cerrara la venta. El esclavo sería puesto a prueba. El comerciante le palparía los músculos, le miraría los ojos y la boca, revisaría su cuerpo en busca de morados, cicatrices y cualquier imperfección, y lo observaría bailar al compás del tambor de dos tonos. Un buen bailarín valía una fortuna, y nuestro joven comerciante quizá había tenido que desprenderse de treinta o cuarenta de las grandes capas que utilizábamos como moneda para adquirirlo.

Luego se habría llevado al esclavo a casa, descalzo y vestido con un vulgar taparrabos de fibra de maguey, y lo habría encerrado en una jaula de madera.

Algunas veces me pregunto qué hace que tantos de esos esclavos purificados acepten su muerte sin protestar. Sin duda algunos creen a nuestros poetas, cuando cantan la dulzura de la Muerte Florida, y esperan unirse a los guerreros muertos que escoltan al Sol hacia al cenit y que luego renacen en la tierra, encarnados en colibríes o mariposas. Otros probablemente se resignan, pero sospecho que para muchos, atrapados en el ritual de la preparación para la fiesta, no importan qué fueran o hicieran en sus vidas anteriores —todas las decisiones, errores y azares que los habían llevado a ser exhibidos en el mercado—, todo debía parecerles extraño y remoto, y que el puñal del sacerdote del fuego era lo único real.

El esclavo purificado recibía una capa del algodón más fino y taparrabos, junto con un adorno para los labios curvado, puntiagudas plumas de quetzal para ponerse en las orejas, cascabeles hechos con piel de ocelote y conchas para los tobillos y plaquitas de oro, turquesa, coral y obsidiana para prenderse a los cabellos. Le daban tabaco, flores y buena comida. Después lo hacían bailar.

Bailaba durante cuatro noches al son de los tambores. Interpretaba con movimientos sinuosos los pasos de la danza de la serpiente ante las miradas de admiración de la familia de su dueño y los invitados. La tercera noche le daban más prendas y adornos: una capa larga con ribetes de plumas azules, negras y rojas adornada con calaveras y huesos, un tocado de plumas teñidas de color turquesa y pendientes blancos, sandalias de obsidiana, estaquillas de madera para los lóbulos, pintadas de vivos colores, y alas de halcón, hechas de papel. Estas era sagradas, y el hombre que se las ponía debía sentirse transfigurado, era un paso en el camino hacia su muerte y transubstanciación.

También durante la tercera noche, conocía a quienes lo acompañarían: los escoltas alquilados para evitar que se escapara en el último momento, el sacerdote que vigilaría su vigilia durante su última noche en la tierra y su bañadora, la grotesca vieja que le lavaba el rostro con mimo, lo acariciaba y le hablaba cariñosamente y que no se separaba de él hasta el momento de su muerte.

La cuarta noche lo llevaban al templo de la parroquia del comerciante. Le hacían beber el vino macerado con hongos sagrados; lo que nosotros llamamos vino de obsidiana. Borracho, ejecutaba un último baile hasta la medianoche.

Entonces le cortaban los cabellos.

Cómo llevaba uno los cabellos era importante. Junto con tus prendas, era la manifestación de quién eras y lo que habías hecho. Los cabellos desgreñados, manchados con la sangre de los sacrificios, era la marca de un sacerdote. Los plebeyos y los comerciantes llevaban los cabellos largos y sueltos. Un joven sin experiencia, que aún no hubiese hecho un cautivo en combate, llevaba un gran mechón de pelo en la nuca, y se lo afeitaban —menos un solitario mechón en el lado derecho— cuando participaba en la primera captura. Este último mechón desaparecía cuando hacía su primer prisionero sin ayuda. Después, el corte de los cabellos indicaba sus logros en la batalla, y un desconocido sabía lo que un hombre había hecho con solo mirarle la cabeza. Una tonsura significaba que nunca había hecho un prisionero en solitario mientras que una mata de cabellos apilada en el centro del cráneo, en el estilo que llamábamos «pilar de piedra», indicaba que, al menos, había capturado a dos prisioneros. Nuestros más poderosos y temidos guerreros, los recortados, llevaban cabellos solo en un lado, a modo de cresta.

Cortarle los cabellos a un hombre maduro no era simplemente una humillación. Significaba negarle cualquier condición. En el momento que le cortaban los cabellos a un esclavo purificado, dejaba de existir. A partir de aquel momento, ya estaba muerto.

4

En el oeste, las almas de las madres que habían muerto al dar a luz se llevaban el Sol a la tierra de los muertos.

—Es hora de irse. —Manitas guardó en la bolsa el trozo de tortilla que no se había comido—. Siempre guardo un poco para los niños —explicó.

Contemplé el agua oscura que había a nuestros pies, miré cómo se rompía la luz reflejada de las hogueras en los templos y cómo volvía a recomponerse en la estela que dibujaba una canoa.

—Me pregunto por qué lo hizo —murmuré.

—Quizá no tenía nada que perder. —Manitas bostezó—. Quizá pensó que podría ahorrarse la subida. —Se puso de pie y dejó que la capa le cubriera las rodillas—. Lo que no sé es de qué iba aquel disparate de una nave grande. ¿Qué tiene eso que ver con todo lo demás? Y aquello que dijo de los esclavos purificados que iban a la tierra de los muertos, ¿es verdad?

—Lo es. No se unen a la comitiva del Sol de la mañana como los guerreros cautivos. Claro que nosotros no se lo decimos —añadí, pensativo—. Me pregunto cómo lo sabía

—Pues yo me pregunto quién será el viejo al que se lo tenemos que decir.

—No lo sé. En cualquier caso, no hablo del esclavo. Me refiero al joven comerciante, Luz Resplandeciente. Lo último que los jefes de los comerciantes hubiesen deseado que los representara ante el emperador es una criatura esquelética como ese esclavo. Ver cómo saltaba por un lado de la pirámide tuvo que ser una provocación para todos ellos. —Gestos como aquel estaban mal vistos, pues se esperaba que incluso los condenados a morir cumplieran con su papel en nuestras fiestas, a cambio del honor de una Muerte Florida. Era una vergüenza escatimar a los dioses lo que les correspondía, como había hecho el esclavo de Luz Resplandeciente—. Ese joven debe saber que se ha metido en un buen lío. Tendrá suerte si puede volver a esta ciudad. ¿Qué le hizo escoger a ese esclavo? No tiene sentido.

—Bueno, esa es la mejor parte de que te alquilen por un día —señaló Manitas, socarronamente—. No es cosa mía lo que pase a la mañana siguiente.

—Lo sé. —Me levanté con un suspiro, en el mismo momento en que el distante toque de una trompeta de concha marcaba la puesta del Sol—. La verdad es que a mí tampoco me importa. Solo quiero saber cómo voy a explicarle todo esto a mi amo.

¿Cómo iba a explicarle todo eso a mi amo? Repasé la escena mientras caminaba hacia mi casa. Me imaginé embarullándome con mi relato de los acontecimientos del día mientras permanecía sentado en cuclillas muy respetuosamente delante del anciano y esperaba que su creciente incredulidad y furia se abatieran sobre mí como una tormenta.

Los esclavos teníamos muchos derechos, porque éramos sagrados para Tezcatlipoca, el Espejo Humeante, un dios caprichoso que se reía de los hombres y se deleitaba con el revés de fortuna que representaba la servidumbre. Podíamos tener posesiones, nuestro dinero, incluso nuestros esclavos. Podíamos casarnos y tener hijos que no serían esclavos de nuestros amos. No podíamos ser maltratados. Un esclavo no podía ser vendido a menos que le hubiese dado a su amo motivos, y eso solo después de la tercera ofensa. No se lo podía matar, a menos que perteneciera a aquella clase especial, los esclavos purificados destinados desde el principio a bailar y a morir en las fiestas. Esa era la ley.

Mi amo, sin embargo, era el señor Tlilpotonqui, «El que lleva plumas negras». Era el Cihuacoatl, el sumo sacerdote de la diosa llamada Mujer Serpiente, y de paso el primer sacerdote, el primer juez y el primer ministro de los aztecas. El viejo Plumas Negras era el hombre más poderoso del mundo, solo por debajo del emperador, y si no estaba exactamente por encima de la ley, sin embargo, desde donde él estaba, al menos podía mirarla a los ojos. ¿Qué pasaría si decidía que yo debía haber previsto lo sucedido con la ofrenda? Él no haría nada por sí mismo, por supuesto, pero bien podía ser que mirara a otro lado mientras Huitztic, ese monstruo sádico que tenía como mayordomo, me hiciera víctima de su cólera en nombre de mi amo.

Como me había recordado Manitas, yo había presenciado muchos sacrificios. Había visto muchos desde muy cerca, y conocía todos los pasos del ceremonial que hubiese concluido con la muerte del esclavo de Luz Resplandeciente a manos del sacerdote del fuego, porque una vez yo también había sido sacerdote.

El templo y la casa de los sacerdotes había sido mi mundo desde mis primeros años, desde el día en que mi padre, orgulloso a más no poder porque habían aceptado a su hijo en la dura escuela que nosotros llamábamos la Casa de las Lágrimas, me había entregado a unos siniestros desconocidos vestidos de negro.

Llamábamos la Casa de las Lágrimas a la casa de los sacerdotes con toda razón: lloré cuando vi marchar a mi padre, y cuando me frotaron el rostro con hollín y me hicieron cortes en las orejas para que mi sangre salpicara el rostro del ídolo, y después lloré muchas veces más durante las sangrías rituales, los ayunos, las vigilias, las interminables repeticiones de los himnos y el Libro de los Días, las palizas por la más mínima falta. Sin embargo, con el paso de los años me endurecí: aprendí a pasar sin comida y sin dormir, a que no me importara tener los cabellos desgreñados y llenos de piojos, y la piel siempre sucia con sudor rancio y sangre seca. Aprendí a amar el mundo de los sacerdotes, porque a él pertenecía, y porque incluso el más feroz de los guerreros, al ver mi rostro tiznado de hollín y sucio de sangre cuando me acercaba a él en una callejuela o en un sendero junto a un canal, se hacía a un lado para cederme el paso. Las lágrimas que derramé el primer día no fueron más amargas que aquellas otras de años más tarde, cuando me lo quitaron todo y me devolvieron sin más al mundo.

Ahora tenía muchas razones para no querer recordar aquel tiempo, pero mientras me acercaba a la residencia del primer ministro, pensé en todos los sacrificios que había presenciado como sacerdote, en las mil y una maneras que habían enviado a los dioses a hombres, mujeres y en ocasiones también a niños, y comprendí que Manitas estaba en lo cierto: nunca había visto un sacrificio como aquel. No era solo la manera en que había muerto el hombre o sus extrañas palabras, en un tono profético, cuando se preparaba para saltar. Había habido algo irreal en la manera en que él y su amo se habían comportado durante el día —desde la primera aparición del esclavo, un tipejo esquelético, a la desaparición del comerciante— que me hacía creer que ambos habían estado interpretando un papel. Pero no se me ocurría cómo podría haber previsto lo que finalmente había pasado.

Por lo tanto, mi amo no tenía nada que reprocharme. Me lo repetí mientras recorría inquieto las pocas calles que había desde el Corazón del Mundo hasta su casa. Lo murmuraba por lo bajo, con la ilusión de convencerme de que el primer ministro quizá lo vería de la misma manera, cuando al tomar el angosto sendero que bordeaba el canal que pasaba junto a su casa, tropecé con un gigantón que avanzaba apresuradamente en la dirección opuesta.

—¡Apártate de mi camino, condenado...!

—Lo siento —dije, antes de que otra voz, una que conocía demasiado bien, nos interrumpiera a los dos.

—¡Yaotl! ¡Aquí estás, maldito gusano! ¡Te hemos estado buscando por toda la ciudad!

La incredulidad y la renovada afirmación de las injusticias de la vida me hicieron gemir. Miré de nuevo al gigantón, atento a la porra que llevaba entre sus garras, y a sus compañeros, que tenían el aspecto de haber sido tallados con el mismo granito, y finalmente al hombre que los mandaba, el dueño de la voz conocida, solo un poco más pequeño pero no menos temible que su escolta.

Vestía una capa amarilla con un vivo rojo, larga hasta las pantorrillas y con una caída que solo podía tener la tela de algodón más fina, y orejeras cilíndricas en los lóbulos. Unas cintas blancas sujetaban firmemente sus cabellos, recogidos en un moño en la nuca. Tenía el cuerpo tiznado con hollín, como el de un sacerdote. Calzaba sandalias amarillas con unos cordones muy anchos. Su aspecto proclamaba claramente lo que era: un distinguido guerrero cuyas hazañas habían sido recompensadas con un alto cargo. Un observador atento y conocedor hubiese sabido que era uno de los condestables, los hombres que mantenían el orden en la ciudad apaleando, estrangulando, lapidando o descuartizando a aquellos que los jueces habían condenado. Quizá hubiese podido también citar el nombre del cargo: Atenpanecatl, el Guardián de la Orilla. Y, claro está, hubiese sabido que la escolta de ese oficial, con sus peinados en forma de columna de piedra y sus capas blancas y azules, eran curtidos veteranos dispuestos a utilizar las porras a la primera orden.

No obstante, yo no necesitaba ningún observador para que me lo dijera. Lo hubiese sabido sin ver la capa, los adornos o a los guardaespaldas. Por mucho que lo deseara, me resultaba muy difícil no reconocer a mi propio hermano.

—Mamiztli —respondí con la mayor frialdad posible, mientras sus matones me miraban sin tener claro si debían inclinarse tres veces ante mí o partirme el cráneo de un garrotazo—. Es un honor inusitado. ¿Desde cuándo los condestables transmiten sus mensajes personalmente al esclavo del primer ministro?

El nombre de mi hermano no podía ser más preciso. Significaba «León de la montaña», y ningún león de la montaña dedicó nunca a la gacela que yacía temblorosa entre sus patas una mirada tan feroz como la que me dirigió. Se la devolví, impasible.

—Más honor de lo que crees, hermano —me aseguró—. No hemos venido a buscar al señor de las plumas negras. Te buscamos a ti.

—Tendrás que esperar. —Miré con desconfianza a su escolta e intenté que mi voz no temblara—. No puedo tener esperando al primer ministro, ya sabes.

—Oh, sí que puedes. No soy yo quien quiere verte.

—Entonces, ¿quién...? —Me interrumpí porque sabía la respuesta, y saberlo fue como si una garra helada me retorciera de pronto las entrañas. ¿Quién podía estar por encima del primer ministro?

—Pues el emperador, por supuesto. ¡Te felicito, hermano! ¡Has conseguido llamar la atención del señor Moctezuma!

5

Mi hermano nos hizo caminar a buen paso cuando nos llevó hacia los edificios del lado sur del Corazón del Mundo que formaban el palacio de nuestro emperador. Ni siquiera se volvió en respuesta a mis preguntas. Tenía todo el aspecto de alguien que veía el trabajo que debía hacer con profundo desagrado y deseaba acabarlo cuanto antes, al tiempo que hacía lo posible por fingir que la desastrada criatura que lo seguía escoltada por sus guardaespaldas no tenía nada que ver con él.

No tiene nada de particular, me dije malhumorado. Era muy consciente del contraste entre la apariencia de mi hermano y la mía. ¿Qué había visto ese espléndidamente ataviado guerrero, de un físico perfecto, cuando se había fijado en mí? A un hombre vulgar, que no era alto ni fornido, con el típico rostro azteca de nariz recta y pómulos altos, parcialmente oculto por los desgreñados cabellos negros con algunas canas en las sienes. No había nada en mí para que nadie, en la posición de mi hermano, me mirase dos veces, de no haber sido familia.

Sabía que su desprecio era algo mucho más profundo que el deseo de no ser visto con un esclavo flacucho vestido con una capa raída manchada de sangre.

León y yo crecimos en Toltenco, al borde de los cañaverales, en el límite sur de la ciudad. Nuestra casa tenía dos habitaciones y un pequeño patio tapiado donde había un baño con forma de cúpula que lo ocupaba casi todo. Las paredes de adobe brillaban después de tantas manos de cal, y el techo de paja era tan antiguo que estaba cubierto por una gruesa capa de musgo. Eramos plebeyos: las mujeres de mi familia se ganaban el sustento fabricando papel. No era un papel de buena calidad. Mi madre nunca podía comprar la mejor corteza, dado que casi no quedaban higueras en el valle y no podíamos pagar los precios que pedían por la que transportaban de otros lugares, así que, a pesar de todos los esfuerzos que ella y mis hermanas dedicaban a machacar la pulpa, solo podía producir un papel áspero que la gente compraba para quemar en sus hogares como ofrenda a los dioses.

Con todo, mi hermano mayor y yo parecíamos destinados a destacar. Él tenía todo lo necesario para ser un gran guerrero: fiero, fuerte, valiente, ágil, capacitado para hacer muchos cautivos ilustres, siempre y cuando no se encontrara primero con la Muerte Florida. Yo no tenía ninguna de sus dotes, aunque era listo y tenía una labia que nos permitía librarnos de cualquier trifulca con la misma rapidez que las bravuconadas y el mal genio de mi hermano nos metían en una.

Sin embargo, tenía otra ventaja que, desde el primer momento, me distinguía entre todos mis hermanos y hermanas: mi día de nacimiento. Nací el Uno Muerte, en el año Nueve Junco. Era un día tan auspicioso que fui prometido para servir a los dioses casi desde el nacimiento, porque en aquellos tiempos los sacerdotes aún podían aceptar plebeyos. Cómo se las apañó mi padre para agasajar al gran sacerdote hasta el punto de convencerlo de que me permitiera ingresar en la casa de los sacerdotes es algo que nunca averigüé, porque él nunca me lo dijo, aunque solía insinuarlo lo bastante a menudo como una demostración de lo mucho que le dolía. Tuvo que haber sido uno de sus días más felices cuando, siete años más tarde, vestido con una burda capa de fibra de maguey, que habían confeccionado cortando por la mitad una capa de mi abuelo, y un taparrabos que había aprendido a anudarme hacía muy poco, fui a vivir con los lujosamente vestidos hijos de la nobleza en la Casa de las Lágrimas.

Veinte años más tarde los sacerdotes me echaron y estaba de nuevo en casa.

Mi familia me aceptó por obligación, pero nunca me perdonaron su desengaño, la vergüenza que les había traído o el dinero que habían malgastado en mi educación. Se me trataba con algo de bondad, pero también había insultos, pequeñas humillaciones y silencios helados, y cuando no me reprochaban mi fracaso como hijo y mi completa ineptitud con el remo o la azada, me dedicaba a compadecerme de mí mismo.

Por consiguiente, no tuvo nada de especial que buscara refugio en el mundo secreto de los vendedores y consumidores del vino sagrado ilegal.

Mi madre me enviaba al mercado a vender su producto. Nunca vio lo que sucedía.

Incluso en una ciudad donde beber era algo reservado a unos pocos —los sacerdotes, los guerreros que habían hecho cuatro cautivos y los muy ancianos— y donde ser encontrado borracho podía costarte la vida, había muchos lugares donde tus problemas podían olvidarse a cambio de unos cuantos granos de cacao; tenderetes de aspecto inocente en los mercados, casas anónimas junto a angostos canales, espacios secretos entre los cañaverales. En uno de esos lugares un hombre que conocía me puso una calabaza en las manos, y cuando la vaciamos le devolví el favor. Aquella noche no regresé a casa.

Durante un tiempo viví en los pantanos, junto al lago, y me gané la vida recogiendo desperdicios de la superficie del lago para los comerciantes, que los convertían en tortas que vendían en los mercados. Muchas veces me pagaban en especie con el vino sagrado de la peor calidad. Viví así durante un tiempo, al margen de la gran ciudad, en cuya basura chapoteaba un día sí y el otro también, contento de que ella tampoco me tuviera en cuenta. Podría haber seguido así indefinidamente de no haber sido porque me pillaron gritando en las calles, borracho perdido con los restos de una calabaza.

Me detuvieron por ebriedad en la vía pública, y para un antiguo sacerdote solo había un castigo: ser ejecutado públicamente por los condestables en el Corazón del Mundo.

Salvé la vida solo porque mi hermano intercedió por mí ante los jueces. Los convenció de que, a pesar de haber sido un sacerdote, seguía siendo un plebeyo y, por lo tanto, solo me merecía el castigo de los plebeyos. A un noble o a un sacerdote lo hubieran matado a garrotazos. Mi hermano me lo evitó, pero no me libró de la humillación: la amonestación ritual del emperador en presencia de una gran multitud, seguida por el afeitado de mi cabeza.

León insistió en ser él mismo quien aplicara el castigo, y ejecutó la sentencia con evidente placer. Los fuertes brazos que me sostuvieron por los cabellos y las manos que me los cortaron fueron los suyos, y en aquel momento me pareció que también me habrían arrancado la cabellera si se lo hubieran permitido.

Hubiese preferido morir. Lo mismo que cualquier otro azteca. Nunca le perdoné a mi hermano que me salvara la vida, de la misma manera que él y el resto de mi familia no me perdonó por arruinarles la suya. Cuando me vendí como esclavo, creí haberles dado la espalda a todos ellos de una vez para siempre.

A pesar de que faltaba muy poco para que se hiciera de noche, la entrada del palacio y la zona próxima estaban abarrotadas. El señor de una ciudad extranjera en visita de Estado, engalanado con plumas, jade y oro, tenía que codearse con el litigante cuyo pleito con su parroquia por una concesión de tierras había llegado a la corte de apelaciones, con el guerrero veterano que reclamaba su derecho a que le dieran de comer en el palacio y con el enviado especial, cuya voluminosa capa de ceremonias se enredaba con el áspero tejido de la humilde capa de otro. Formaban una multitud multicolor, que avanzaba lentamente, casi en silencio, hacia la entrada, donde serían admitidos o despachados, según decidieran los mayordomos.

Sin hacer caso de nadie, mi hermano se dirigió directamente hacia la gran escalera que conducía a los aposentos del emperador. La multitud se apartaba, dispuesta a alejarse de las porras de nuestros escoltas.

El sonido de las sandalias de mi hermano y sus guardaespaldas resonó en el patio estucado. Había unos cuantos guardias, inmóviles como estatuas, con las espadas preparadas para acabar con cualquier intruso. Me imaginé que se relajarían un poco cuando nos hicieran pasar a mi hermano y a mí, y que ellos y los guardaespaldas recordarían sus batallitas, unidos en la camaradería de los veteranos.

—¿Esto tardará mucho? —Por encima del miedo a lo que me haría mi amo por llegar tarde estaba el terror que me infundía la perspectiva de encontrarme en presencia del emperador. Se decía que el solo hecho de mirarlo a la cara significaba la muerte para un plebeyo. ¿Qué podía haber hecho yo para que deseara interrogarme en persona?—. ¿Por qué no volvemos mañana por la mañana? Fíjate, no estoy en condiciones de que me vean. Todavía estoy sucio con la sangre del sacrificio...

—¡Cállate! —me ordenó León, antes de desaparecer en una antecámara. Reapareció al cabo de un momento, descalzo y sin las orejeras, y en lugar de la elegante capa llevaba ahora una burda que apenas le llegaba a las rodillas.

—Para que después vayas quejándote por ahí de que no tienes nada que ponerte. —Los nervios me hacían ser vengativo.

—Sabes perfectamente que no se me permite aparecer ante el embajador con ropas elegantes. Si hubiese tenido tiempo de ir a casa en lugar de tener que buscarte durante toda la tarde, no habría tenido que pedir prestada esta cosa.

Un mayordomo nos indicó que nos acercáramos. Mientras avanzábamos arrastrando los pies hacia la sala donde nos esperaba el emperador, nos susurró con un tono de apremio:

—No lo olvidéis. Son tres reverencias. No se habla hasta que él os dirija la palabra. ¡Si cuenta un chiste, toca reír! Lo sabréis porque él también se reirá. Mantened la mirada en el suelo y el trasero en alto. Cuando haya acabado con vosotros, os marcharéis caminando hacia atrás. ¡Si le volvéis la espalda, sois hombres muertos!

6

Hace ya algunos años conocí a un hombre que había servido en el palacio durante el reinado de Moctezuma. Su trabajo había consistido en mover el biombo que el emperador mandaba colocar a la hora de la comida, para que nadie lo viera comer, y eso significaba que había estado en presencia de Moctezuma casi todos los días.

Le pregunté si recordaba cuál era el aspecto del emperador. La pregunta pareció intrigarlo.

«No sé cuál era su aspecto —acabó por responderme—. Nunca me atreví a mirar.»

Había visto a Moctezuma desde lejos. La primera vez había sido en su coronación, cuando lo habían paseado por la ciudad en un trono con patas de jaguar y alas de águila, colocado precariamente sobre un palanquín. Como no tenía ninguna participación especial en las ceremonias había estado entre la multitud, entretenido en observar cómo se mecían las plumas de su gran tocado mientras los porteadores lo dejaban al pie de la Gran Pirámide, y en escuchar a los demás espectadores que apostaban a si todo el inestable montaje acabaría por venirse abajo y él acabaría de bruces contra el suelo.

Lo había visto mucho más cerca la última vez. Había sido en la plaza que había delante de su palacio, en el Corazón del Mundo, cuando dio su discurso al pueblo sobre los peligros de beber el vino sagrado, antes de que se volviera hacia el conjunto de miserables seres acurrucados ante él e indicara a los condestables que ejecutaran la sentencia por ebriedad pública. Mientras los garrotes comenzaban a caer y las cabezas de mis compañeros borrachos sonaban como calabazas espachurradas con los primeros golpes, incluso me había atrevido a mirar su rostro, convencido de que no tenía nada que perder.

Por consiguiente, sabía mejor que muchos cuál era el aspecto de nuestro emperador: un hombre de mediana edad, de estatura media y constitución delgada pero musculosa, con una barba bien recortada y una mirada penetrante que recordarías si te la cruzabas y sobrevivías.

Ahora no me atreví a mirarla, pero si lo hubiese hecho me hubiera llevado una desilusión, porque a Moctezuma no se le veía por ninguna parte.

Además de mi hermano, vi a cinco hombres en la habitación. Todos estaban de pie y todos vestían capas sencillas, como los plebeyos que acudían a presentar una petición. No conocía a ninguno, pero me dije que allí estaba el consejo de los cuatro, los consejeros del emperador. Esos hombres ostentaban títulos como Guardián de la Casa de los Dardos, Guardián de la Casa de la Oscuridad, Descuartizador de Hombres y Lluvia de Sangre. Estaban delante de un gran biombo de madera con las figuras de los dioses Quetzalcóatl y Tezcatlipoca hechas de oro. En ángulo recto a ese biombo había otro, decorado con mucho lujo; y por el chisporroteo y el humo que salía por detrás adiviné que ocultaba un fogón. Una mezcla de olores, a cual más apetitoso, de los que solo identifiqué algunos, flotaba en el aire.

El quinto hombre, que se mantenía apartado de los demás, un poco por delante de uno de los biombos, debía de ser el portavoz del emperador, porque a Moctezuma le complacía hablar a sus súbditos a través de un intermediario. Me di cuenta de que eso indicaba que el emperador debía de estar oculto en el ángulo formado por los dos biombos. Estaría comiendo: sin duda había considerado oportuno tomar una cena ligera después de presidir la fiesta.

Me estaba fijando en todo eso cuando sin previo aviso mi hermano se puso de rodillas y gritó:

—¡Mi señor! ¡Mi gran señor! ¡Oh gran señor!

Me apresuré a imitarlo, mientras los miembros del consejo y el portavoz nos miraban, impasibles.

En respuesta a nuestro saludo se oyó un murmullo detrás del biombo, seguido por la voz dura y aguda del intérprete.

—¿Está aquí el esclavo del primer ministro?

Sin tener muy claro si eso significaba que se me había hablado, apelé silenciosamente al consejo. Uno de ellos asintió.

—Mi señor, soy Yaotl.

—Tú conoces la prisión de Cuauhcalco.

Era una afirmación, no una pregunta, y su certeza resultó tan penetrante como una lanza con la punta de obsidiana. Moctezuma no había olvidado aquel momento en el Corazón del Mundo, cuando habían pronunciado mi nombre y mi hermano me había levantado por los cabellos, para mostrarme a la silenciosa y expectante multitud antes de ejecutar la sentencia. Sin embargo, no era el dolor de la hoja de obsidiana raspando mi cuero cabelludo lo que me recordaban sus palabras ni el sonido de los cabellos bajo la cuchilla. Era la jaula en la que me habían tenido, una caja de madera demasiado pequeña para estar de pie, y el hedor putrefacto del sollozante esqueleto en la jaula vecina, un hombre a quien por orden de Moctezuma le daban cada día un poco menos de comer hasta que se acabara muriendo de consunción.

—Sí, mi señor. —La bilis en mi garganta redujo mi voz a un áspero susurro. El emperador no podría haber encontrado otra manera mejor para recordarme que tenía mi vida en sus manos y que podía arrebatármela cuando quisiera.

—Entonces dime por qué no debemos enviarte inmediatamente allí de nuevo.

—¡Mi señor! —grité, y esta vez el miedo me hizo olvidar por un momento el protocolo—. ¡No he hecho nada malo!

—¿No lo has hecho? —El tono del emperador era imposible de interpretar, pero la burla en la voz del intérprete era muy clara—. En ese caso, ¿cómo explicas lo que ha ocurrido esta tarde?

Solo podía referirse al sacrificio fallido.

—Mi... mi amo, el señor de las Plumas Negras, el primer ministro —tartamudeé—, me... me ordenó que ayudara en el sacrificio del esclavo purificado del comerciante. No sabía lo que iba a suceder, mi señor, ¿cómo podía saberlo?

—¡Porque tu amo lo sabía! —me espetó el intérprete en el acto como si hubiese sabido de antemano cuál sería la respuesta del emperador.

—¡Pero si yo ni siquiera sé por qué me mandaron allí! ¡Comeré tierra! —Toqué el suelo con los dedos y me los llevé a los labios. Era nuestra manera de afirmar nuestra sinceridad, un juramento sagrado que significaba que, después de comer tierra, serías devuelto a la tierra y tus cenizas enterradas en ella, si no decías la verdad.

Por un momento me sentí más solo que en cualquier otro instante de mi vida. Preso de una profunda desesperación me volví hacia mi hermano, pero él solo tenía ojos para el suelo, y los cuatro consejeros mantenían sus miradas en un punto a media distancia. La salvación llegó por donde menos me lo esperaba: una voz desde detrás del biombo —suave y ceceante, pero indudablemente con la voluntad de ser escuchada—, la voz del propio emperador.

—«¿Quién puede enseñarme esto? Porque esto me permitirá aliviar mi sufrimiento.»

Conocía las palabras, porque una vez las había aprendido de memoria. Formaban parte de un poema escrito por el padre de Moctezuma, el emperador Axayacatl. Habían expresado el desconcierto y el dolor del anciano ante la derrota de su ejército a manos de los tarascos, en una guerra que los aztecas habían librado y perdido cuando yo era un bebé. ¿Por qué su hijo había escogido ese momento para citarlas?

—Así que dime, esclavo —añadió la voz con una suavidad engañosa—, dime lo que sabes.

No disimulaba su ansiedad. El hecho de que hubiese decidido hablar la traicionaba. Me lo imaginé inclinado sobre su plato de pavo, caracoles, huevos, carne humana guisada o lo que fuese, con la mirada fija en el biombo como si pudiese ver a través de la madera, en su desesperación por escucharme mientras yo avanzaba en mi relato a trancas y barrancas. Cuando llegó el momento en que la víctima de Luz Resplandeciente nos dijo que estuviésemos atentos a la aparición de la gran canoa, algo próximo a un suspiro escapó de su boca: la clase de ruido que haces cuando acabas de ver algo que estaba allí desde el principio.

Un largo silencio siguió a la conclusión de mi relato. Luego el emperador habló de nuevo, siempre en voz baja, pero para que lo escucháramos todos.

—Estos son tiempos inquietantes. Oímos hablar de presagios, de portentos: llamaradas que cruzan el cielo, templos ardiendo, el lago encrespado en un día sin viento. Oímos rumores que llegan del este, de nuestro puesto en Xicallanco, en la costa del interminable Mar Divino: rumores que hablan de hombres de piel pálida y cabellos en el rostro. Oímos historias de la tierra de los mayas. Hablan de extranjeros de las islas del Mar Divino, de cosas terribles que han ocurrido allí; de cómo llegaron los hombres de piel pálida y toda la gente murió, escapó o fue hecha esclava. Hemos visto dibujos de pirámides en el mar, cargadas en enormes canoas. —Bajó la voz hasta un susurro—. Ahora toda la ciudad escucha a un esclavo purificado que habla de una gran nave antes de arrojarse al vacío desde la gran pirámide. ¿Todo esto significa que el peligro —el que sea— llega por el Mar Divino?

Guardó silencio. Naturalmente, todos los demás también, incluido yo mismo, aunque tenía la sensación de que él deseaba que alguien le respondiera. Recordé las palabras del poema de Acayacatl. ¿Qué temía nuestro emperador? ¿Sufrir una derrota similar a la que había sufrido su padre en el pasado? Pero ¿una derrota a manos de quién? ¿De los misteriosos extranjeros pálidos y barbudos que había mencionado, los hombres de más allá de las costas del Mar Divino?

Era obvio que Moctezuma temía desde hacía mucho que un destino aciago amenazara a su ciudad. Ahora algo tan simple como unas pocas palabras sobre una gran nave, dichas por un loco a punto de morir, lo habían lanzado a un terror desconocido que ninguna frase dicha por mí o cualquier otro de los presentes en la habitación podía mitigar.

Cuando habló de nuevo, lo hizo con un sorprendente tono de furia.

—Muy pronto habrá extraños entre nosotros: eso lo sabemos por los augurios. Pero ¿serán dioses o serán hombres disfrazados como dioses? ¿Qué me respondes a eso, esclavo?

Miré el biombo, sin hacer caso de los dignatarios que tenía delante mientras intentaba dar con una respuesta. Las visiones de lo sucedido a las personas que habían decepcionado al emperador borraban de mi mente todo lo demás. Tenía que decir algo pero por un momento en lo único que podía pensar era en aquella prisión. Entonces vi la oscuridad de la cárcel y, flotando en su seno, las formas con las que mi mente exhausta la había poblado cuando me rodeaba: formas siniestras y amenazadoras que podían ser hombres, animales, demonios...

Desesperado, solté la primera palabra que me vino a la cabeza, una palabra para los hombres y las mujeres cuyo hogar era la oscuridad.

—¡Brujos!

Brujos: hombres y mujeres que salían por las noches, transformados en jaguares, coyotes o comadrejas. Hombres y mujeres con el poder de curar a los enfermeros o de paralizar y desvalijar a toda una familia, según les viniera en gana. Hombres y mujeres que podían viajar al otro mundo y traer con ellos sus secretos.

—¡Mi señor, si necesitara saber quiénes son esos extraños, necesitaría a un brujo para que me lo dijera!

Durante un buen rato no hubo más que silencio detrás del biombo. Luego oí algo: algo que sonaba como el fantasma de un risa desabrida.

¿El emperador se reía? Eso parecía, aunque nadie más lo hacía; y fue el intérprete quien contestó.

—Una respuesta muy sabia. Consultamos a los brujos. Su Excelencia el Guardián de la Casa de la Oscuridad explicará qué se ha hecho de ellos.

Por el rabillo del ojo vi cómo se sobresaltaba uno de los cuatro consejeros y se arriesgaba a mirar fugazmente el biombo con una expresión irritada antes de condescender a mirarme.

—El señor Moctezuma mandó llamar a los brujos para que interpretaran los augurios que ha mencionado —me explicó con un tono monótono—. Los hizo traer desde sus casas y los interrogó personalmente. Cuando demostraron ser incapaces de darle las respuestas que necesitaba, fueron encarcelados.

—Los encarcelaron —añadió el intérprete de Moctezuma— en un lugar que tú conoces muy bien.

—¡Mi señor, por favor! —supliqué. Temblaba porque solo había un lugar al que podía estar refiriéndose el emperador—. Dime qué quieres que haga.

—Encuéntralos —fue la breve respuesta.

—¿Encontrarlos? —repetí, mientras comprendía el significado de la orden. Nadie se escapa de la prisión de Cuauhcalco: te dejan salir o mueres allí—. Pero...

El intérprete hizo caso omiso de la interrupción y prosiguió implacable.

—Tu amo, esclavo, es el primer juez y el primer ministro. Cuando desaparecieron los brujos le ordenamos que los buscara. Envió hombres a buscarlos, pero no los encontraron. Adoptó medidas extremas, quizá no muy acertadas, porque continuaban desaparecidos. Esto es algo que nos resulta difícil entender. —Dejó que las palabras del emperador flotaran en el aire durante un momento antes de añadir—: Si aceptamos que son brujos, ¿se transformaron en pájaros, hechizaron a los guardianes, o utilizaron algún otro tipo de magia para escapar? ¿Dónde están?

»Tu amo no ha sido capaz de explicar lo que sucedió. Quizá esos hombres desaparecieron volando en el aire nocturno. Podríamos creerlo, pero cuando vimos a un hombre que se presentó como un esclavo purificado que obviamente no era, le oímos pronunciar unas palabras proféticas y nos enteramos de que nuestro primer ministro ordenó a su hombre que estuviese presente cuando muriera, comenzamos a preocuparnos.

—Mi señor, no puede ser que quieras decir que la ofrenda de Luz Resplandeciente...

Las palabras murieron en mi garganta cuando el emperador habló de nuevo y esta vez directamente a mí.

—Se te tiene en muy alta consideración, esclavo. Sé que has tenido una vida difícil, pero solo podemos aceptar aquello que complace a los dioses. Ahora necesito a un hombre discreto e inteligente. Sé que hay cosas que no se me han dicho, cosas que los hombres en quienes tendría que poder confiar me han ocultado. —Moctezuma hizo una pausa muy significativa—. Son demasiados los que me rodean que solo piensan en ellos mismos. El hombre que necesito no olvidará que su lealtad es para conmigo, el heredero de Quetzalcóatl, el sirviente en la Tierra de Tezcatlipoca.

El silencio que siguió estaba preñado de recuerdos de un lugar oscuro, húmedo, ruidoso, abarrotado, la agonía de un estómago vacío, la desesperación de saber que quizá nunca más podría estar de pie o ver de nuevo el sol.

—Ahora dime que eres el hombre que necesito, Yaotl. —La voz detrás del biombo era tan baja que casi resultaba inaudible.

—Sí, mi señor.

No podía decir otra cosa. Si el emperador me hubiese dicho que necesitaba a un hombre capaz de sacar conejos de su ano, yo habría sido ese hombre.

Apenas si oí las palabras del intérprete mientras me comunicaba las instrucciones. No las necesitaba. Era obvio que se me decía lo que debía hacer: encontrar a los brujos que se habían esfumado de la inexpugnable prisión de Moctezuma, a pesar de que mi amo, el primer ministro, había sido incapaz de dar con ellos; descubrir si había alguna relación entre ellos y el hombre que había visto morir esa tarde.

—¡Tráenos a esos hombres a nosotros, esclavo, no a tu amo o a cualquier otro!

En resumen, Moctezuma quería que fuese su espía en la casa de su primer ministro; y si mi amo tenía secretos que estaba decidido a ocultar al emperador, entonces peor para mí.

Las palabras finales del intérprete fueron como un vuelta más a la cuerda que ya sentía que se apretaba alrededor de mi cuello.

—Comenzarás tu búsqueda mañana —me informó como si tal cosa—, en la prisión de Cuauhcalco.

7

Los guardaespaldas de mi hermano hicieron un amago de escoltarnos cuando salimos de los aposentos del emperador, pero él los despachó con un gesto, y cruzamos el patio solos, en silencio, excepto por el chasquido de las correas de sus sandalias y el golpe de mis pies desnudos a su zaga. Solo me habló cuando ya nos encontrábamos en la plaza y me disponía a marcharme.

—Tenemos que hablar, Yaotl.

Las estrellas comenzaban a brillar en el cielo.

—Mi tiempo no me pertenece —le recordé—. Ya llego tarde. Cuando mi amo no me...

Me interrumpió con una voz tensa.

—¡Este es un asunto del emperador! ¿Crees que me gusta desperdiciar mi tiempo contigo? —Luego añadió, más amable—: Tengo que mostrarte algo. Para que sepas lo importante que es para el emperador encontrar a los brujos.

—¡Ya lo sé! Ha tenido la cortesía de informarme que acabaré en un estofado de maíz y alubias si no los encuentro. ¡Eso para mí es muy importante!

León avanzaba casi a la carrera. Después de una rápida e inquieta mirada al cielo me resigné a seguirlo.

—¿Adónde vas?

—Al palacio de Axayacatl.

El palacio que habían construido para el difunto padre de Moctezuma se alzaba en el lado más lejano del Corazón del Mundo. Ahora se utilizaba para almacenar armas y objetos valiosos, así que, a pesar de estar a oscuras y silencioso, se hallaba fuertemente custodiado.

Los guerreros de la entrada miraron a mi hermano y nos dejaron pasar con un gesto. León cogió una antorcha y se lanzó por el laberinto de pasillos del desierto palacio.

—Escucha, te lo repito, mi tiempo no me pertenece. El emperador no te agradecerá que no pueda servirlo si mi amo me manda apalear hasta la muerte por haberlo hecho esperar.

Sin hacer caso de mis protestas, mi hermano dobló por un pasillo y se detuvo. Sujetó la antorcha en un nicho en la pared, se volvió hacia mí y señaló en silencio algo que estaba a sus pies.

Nos encontramos en una pequeña habitación desnuda. La vacilante luz de la antorcha no iluminaba ningún detalle salvo aquello que León quería enseñarme: un gran cajón de madera en el centro del piso.

—¿Qué es? —pregunté desconfiadamente.

—Ábrelo.

La tapa era mucho más pesada que las tapas de los baúles de mimbre que solía abrir. A primera vista no había gran cosa: unas prendas y un par de cosas que no identifiqué.

—¿Ropa? ¿Acaso el emperador quiere que también me encargue de su colada?

—Cógelas —respondió con tono agrio—. Tócalas. Entonces lo sabrás.

En lo alto de la pila había algo parecido a una camisola de mujer pero con las mangas largas y abierta por delante, como las chaquetas que los sacerdotes y los enviados imperiales visten en ocasiones. Había sido blanca, con un bordado sencillo pero original, aunque incluso a la luz de la antorcha vi que estaba muy descolorido. No fue el bordado lo que me hizo contener el aliento. La tela tenía una textura absolutamente desconocida: resbaló entre mis dedos, se deslizó con tanta suavidad que temí que cayera al suelo, pero cuando me atreví a estirarla comprendí que también era más fuerte que cualquier otra tela conocida.

—¿Qué opinas?

—Es mejor que el algodón. —Asombrado, la volví a dejar cuidadosamente sobre las demás y cerré la tapa de la caja—. ¡Mejor que el algodón!

—Esta caja apareció en la costa este del Mar Divino hace unos años. Moctezuma regaló la mayoría de las cosas a los reyes de Tetzcoco y Tlacopan, pero conservó estas.

Me obligué a recordar la conversación con Moctezuma, mientras mis dedos cosquilleaban recordando el tacto de la tela.

—El emperador mencionó a unos extranjeros de las islas del Mar Divino, hombres pálidos con barbas. ¿Ellos tienen cosas como estas? —Comenzaba a entender qué había inquietado tanto al monarca. Había algo sobrenatural en ese tejido.

—Sí, y otras cosas más. Mira. —El crujido cuando levantó la tapa resonó en el silencio del espacio que nos rodeaba. León sacó un objeto. Era largo, angosto y brillaba a la luz de la antorcha—. Es un arma —susurró.

La sostuvo en alto y vi que era como una espada, solo que la hoja, en lugar de ser una varilla plana de madera endurecida al fuego con láminas de obsidiana encastradas en los bordes, era un único trozo de metal, un poco parecido a la plata pero más opaco y de aspecto más sólido.

—Es más duro que el bronce —afirmó mi hermano—. ¿Recuerdas lo que hicieron los tarascos con nuestro ejército, hace algunos años, con sus espadas de bronce y las puntas de lanza metálicas? ¡Imagina lo que podrían hacer nuestros guerreros, armados con este metal en lugar de madera, pedernal y obsidiana!

—Para no hablar de lo que podrían hacer después nuestros comerciantes, con telas como estas para vender —añadí, con un gesto hacia la caja—. ¿Es eso lo que piensa el emperador?

—Cree que cualquiera que posea cosas como estas debe de ser como un dios, y no se juega con los dioses —respondió mi hermano con gravedad. Bajó la espada pero no la guardó—. Según los informes que he escuchado, los extranjeros llegaron por el Mar Divino en canoas del tamaño de palacios, y lucharon contra los mayas con espadas como esta, y un arma que hace un ruido como el de un trueno y produce fuego y humo, y lanza piedras con tanta fuerza que matan.

Su voz temblaba un poco. León siempre había sido un buen creyente, incluso para un azteca, y hablar de los dioses lo ponía nervioso.

—Por lo que parece —comenté—, mandó reunir a los brujos desaparecidos para que le dijeran quiénes eran esos extranjeros y lo que podía hacer al respecto.

—Es más que eso. ¡Moctezuma cree que uno de esos extranjeros de piel pálida pudiera ser Quetzalcóatl, que ha vuelto para reclamar su reino!

Ahora vi la verdadera razón de la ansiedad del emperador por recuperar a los brujos y el miedo que había percibido en él incluso a través del biombo de madera.

Muchos manojos de años antes, todas las tierras que ahora formaban parte del reino de Moctezuma habían sido gobernadas por los toltecas. Habían sido una raza maravillosa, y todas las cosas buenas que tenemos los aztecas, la pintura, la poesía, y el trabajo con las plumas y la orfebrería, las aprendimos de ellos. Su sangre corre por las venas de nuestros gobernantes, aunque su último rey, Quetzalcóatl —un hombre que llevaba el mismo nombre de nuestro dios, la Serpiente Emplumada— había acabado su reinado marchando al exilio, hacia el este, la tierra de los mayas. Sin embargo, siempre se había rumoreado que quizá regresaría para reclamar su reino a su descendiente el emperador.

Si era eso lo que Moctezuma creía, entonces no solo le preocupaba descubrir qué pretendían unos salvajes desconocidos del otro lado del mar. Lo aterrorizaba que su antecesor se presentara para pedirle cuentas, y destruirlo si se le encontraba en falta. Aquello que deseaba que le dijeran los brujos no era nada menos que su destino.

—¿Ahora lo ves? —añadió mi hermano—. Moctezuma cree que su vida está en juego. Ya estaba inquieto antes, que es por lo que mandó encarcelar a los brujos. ¡Aquello no fue nada comparado con lo de ahora, que parece que fueron capaces de salir volando de sus jaulas! —Hablaba con mucha vehemencia, y me pregunté hasta qué punto temía por su propia posición, consciente de lo que el emperador era capaz—. Si resulta que fueron capaces de utilizar la magia para escapar...

—No estoy tan seguro —repliqué pensativamente—. Hay hombres capaces de convertirse a voluntad en pájaros o animales, por supuesto que los hay, pero son muy pocos. La mayoría de los brujos son unos farsantes. Solo utilizan un montón de trucos baratos para engañar a los crédulos. ¿Conoces aquella manera de curar a un enfermo que consiste en chupar una piedra fuera de su cuerpo? Lo más probable es que el sanador tenga una piedra en la boca y se muerda la mejilla para que esté bañada en sangre cuando el paciente la vea. La mayor parte de la magia se hace de ese modo. Así que quizá esos hombres salieron volando, pero hasta que no vea las plumas en el suelo de la prisión, me inclino a creer que salieron caminando.

—¿Cómo? ¿Adónde fueron?

—Si pudiera responderte... —Hice una pausa al recordar que en el momento en que pudiera responder a sus preguntas sería cuando comenzarían de verdad mis problemas—. Tengo que encontrar la forma de salir de este embrollo —añadí, casi para mí.

Mi hermano me miró como si acabara de crecerme una tercera oreja.

—¿Qué quieres decir con «salir de este embrollo»?

—No seas tonto, León. —Intenté que la furia no se reflejara en mi voz—. ¿Qué pasará si el emperador tiene razón y el viejo Plumas Negras sabe más sobre los brujos de lo que dice? En ese caso, ¿qué? Si llegase a descubrir algo, cosa que no haré, ¿crees que me dejará ir corriendo a palacio? ¡Antes me hará empalar! ¡Soy un hombre muerto pase lo que pase!

—Entonces cumple con tu deber —replicó mi hermano fríamente.

—¡Porque tú lo digas! Soy un esclavo, no le debo lealtad a nadie, a menos que me paguen.

La espada de metal se sacudió y brilló a la luz de la antorcha cuando León se esforzó en contener su cólera.

—¡Eres un miserable gusano! —gritó—. ¿A quién le importa tu cochina vida? ¿Cómo crees que lo han pasado tu padre, tus hermanos, viendo en lo que te convertías? ¿Crees que ha sido fácil labrarse una carrera, trabajar en un oficio, intentar mantener la reputación, cuando todos te dicen: «Oh, sí, te conozco, tú eres el hermano de aquel tipo, el borracho. Por cierto, ¿cómo se salvó de que le partieran el cráneo?»?

—Tendría que haber sabido que lo sacarías a relucir.

—Has hecho todo lo posible por arrastrar por el fango el nombre de la familia durante años; una cosa detrás de otra. Ahora, cuando se presenta la oportunidad de reparar algo del daño, en lo único en que piensas es en cómo empeorarlo más.

—Ahora solo falta que me digas que te debo la vida.

—Me la debes.

Mi réplica murió en mi garganta, porque tenía razón. El súbito recuerdo del dolor y las risas de la multitud hizo que me ardieran los ojos y me volví bruscamente, para ocultar mi angustia.

El aviso llegó demasiado tarde. Oí el débil silbido del arma que cortaba el aire en el mismo instante en que recibí el golpe.

Me golpeó con la espada de plano entre los omoplatos, con tanta fuerza que me hizo caer de rodillas. Mientras caía me volví y le vi lanzarse sobre mí, con la resplandeciente espada en alto y una sonrisa feroz en su rostro.

—¿Recuerdas este juego, hermano? —gritó.

Lo recordaba y de pronto volvimos a ser unos chiquillos

que jugábamos a ser guerreros con palos como armas; yo estaba en el suelo, como siempre, y mi hermano mayor se disponía a cogerme por los cabellos, con el feroz tirón que en un campo de batalla real me hubiese convertido en su cautivo.

—¡Este es mi bienamado hijo! —Su grito de alegría completó el ritual guerrero mientras intentaba cogerme con la mano libre.

Pero al parecer yo recordaba el juego mejor que él. En el momento en que sus dedos rozaban mis cabellos volví la cabeza de repente y le clavé los dientes en la base del pulgar.

Soltó un aullido de dolor y rabia. Intentó soltarse, pero apreté las mandíbulas, como hace la comadreja con los conejos. Vi cómo se sacudía la espada cuando él hacía lo imposible por controlarse, para no decapitarme de un tajo, y luego arrojó la preciosa arma al rincón más apartado para disponer de la otra mano.

Se inclinó sobre mí con la intención de apretarme la nariz y obligarme a abrir la boca, y yo le di un puñetazo en un costado, justo por debajo de las costillas, con todas mis fuerzas.

Mientras él se desplomaba rodé sobre mí mismo rápidamente, al tiempo que abría la boca y escupía su sangre en el suelo.

Durante unos momentos yacimos de lado, jadeantes y mirándonos impotentes el uno al otro.

Un grito lejano y el ruido de unos pies al correr nos indicaron que alguien nos había oído. Nos levantamos, sin dejar de vigilarnos mutuamente.

—¿Decías, hermano? —jadeé. Los guerreros entraron en el cuarto y nos miraron con expresiones risueñas.

—Digo, hermano —respondió León con voz bronca mientras iba a recoger la espada—, que no tienes ningún amigo. ¡Dale al emperador lo que quiere y quizá él te proteja, pero esta vez no esperes que yo cuide de tu sucio pellejo!

8

La casa de mi amo era imponente, como correspondía a un señor, una versión en miniatura del palacio de Moctezuma: dos pisos de piedra pulida y encalada ornamentados con frisos y un gran escalera en la entrada que conducía a un patio y a los aposentos del gran hombre en la planta superior. No tenía ninguna intención de poner un pie en la escalera: tenía la costumbre de poner mi colchoneta en la parte de atrás de la planta baja y era hacia allí adonde me dirigía. Había una muy pequeña probabilidad de que mi amo aún no me hubiese mandado a llamar y que mi retraso pasara inadvertido.

—¿Adónde te crees que vas, Yaotl?

Maldije por lo bajo. La voz que me había detenido provenía de una figura oscura que acechaba en la sombra al pie de la escalera: Huitztic, el mayordomo de mi amo.

—¡A la cama! —repliqué, con la ilusión de que su pregunta no tuviese una segunda intención y poder escaparme.

—¡Menos prisas! Su Excelencia quiere verte. Está arriba. —Movió la cabeza hacia la escalera antes de añadir con un tono que no presagiaba nada bueno—: Te está esperando.

Detestaba a Huitztic. Era el típico guerrero de tres cautivos, un fanfarrón que había hecho lo suficiente en el campo de batalla para creerse que era la mano derecha del emperador y que nunca conseguía sacar nada de provecho. Los tipos de su clase acaban por lo general desempeñando trabajos sin importancia como mensajeros o capataces en las casas de los poderosos, donde quizá, si tenían la inteligencia necesaria para comprender la futilidad de sus vidas, se desquitaban con sus subalternos y los esclavos de la casa. Me recordaba a los palurdos que enseñaban en la Casa de los Jóvenes a las que habían asistido mis hermanos, otra de las carreras favoritas de esos guerreros despreciables, cuyo presuntuoso engreimiento muy a menudo se contagiaba a sus pupilos. La diferencia era que Huitztic era cruel, además de pesado. Su nombre significaba objeto puntiagudo, así que naturalmente lo había bautizado para mis adentros como «Chinche».

—Estoy, como siempre, a las órdenes de Su Excelencia —afirmé, mientras comenzaba a subir las escaleras. No había ningún peligro en ser sarcástico con el mayordomo: era demasiado estúpido para darse cuenta.

—Pero has llegado demasiado tarde. —Hizo una mueca de desprecio—. Ahora hay alguien con él.

Antes de poder preguntarle quién era, se volvió despectivamente y me dejó con un pie apoyado en el primer escalón, sin tener claro si debía subir o no.

No veía el patio, pero podía imaginarme la escena. El viejo Plumas Negras estaría sentado en su silla de mimbre de respaldo alto debajo del magnolio favorito de su difunto padre, con las manos esqueléticas aferradas a las rodillas, y su visitante sentado en cuclillas respetuosamente ante él. Subí las escaleras cautelosamente. Si mantenía la cabeza por debajo del nivel del último escalón, me dije, podría escuchar lo que decían sin ser visto.

La primera voz que oí fue la de mi amo. Parecía cansado.

—¿Eso fue todo lo que dijo? «Buscad la gran barca.» ¿Nada más?

—Eso fue lo que me dijeron. —La voz del visitante fue una sorpresa: era la de un hombre muy joven, poco más que un adolescente, con un acento particular que yo conocía de alguna parte. Aún intentaba situarla cuando continuó—: Lo gritó desde el costado de la gran pirámide para que lo escuchara toda la ciudad y después saltó. Luego tu esclavo y el otro hombre...

—Sí, sí —lo interrumpió mi amo—. Sin duda cuando mi esclavo se digne aparecer escucharé un informe completo. Mientras tanto, ¿qué quiere de mí Luz Resplandeciente? ¿Alguien te lo ha dicho?

Durante la breve pausa que siguió a la pregunta recordé quién era el visitante: Quimatino, el hijo de Ayauhcocolli, un hombre con quien mi amo tenía tratos y que utilizaba a su hijo como mensajero. Nunca había conocido a Ayauhcocolli, pero había visto al chico en sus visitas a la casa: un joven bien formado, atlético, que parecía merecer un nombre que significaba «Avispado». La primera vez que nos vimos me había mirado como si quisiera verme muerto. Sospeché que los tratos de mi amo con el padre del muchacho no debían de ser muy legales. Eso explicaría su llaneza con mi amo: hablaba con más firmeza de la que yo hubiese empleado, y más de una vez se había dirigido al primer ministro como «Mi señor».

—No lo sé. No confía en mí ni en mi padre. —El chico se echó a reír sin más—. Excepto cuando se queda sin dinero e intenta que aceptemos sus apuestas a crédito. ¡Entonces sí!

—¡Mandaré que despanzurren a mi esclavo! —tronó el viejo Plumas Negras—. ¿Cómo pudo estar allí y dejar que Luz Resplandeciente me hiciera quedar como un tonto y para colmo a la vista de todos? Te das cuenta de lo que hizo el joven comerciante, ¿verdad? ¡Ha hecho que me resulte imposible hacer lo que sea en su contra sin quedar en ridículo! ¿Qué haré ahora? ¿Ver cómo matan a esos hombres, uno tras otro, hasta que Luz Resplandeciente decida decirme qué quiere?

El muchacho no respondió. No me atreví a respirar para no romper el silencio pero mi mente funcionaba a toda velocidad. Daba toda la impresión de que mi amo sabía mucho más que yo sobre el esclavo purificado, y que el joven comerciante se aprovechaba de eso. ¿El emperador estaba en lo cierto? ¿Los hombres que había mencionado mi amo eran los brujos desaparecidos, y el esclavo purificado había sido uno de ellos? Eso explicaría cómo había sabido que estaba destinado a la tierra de los muertos: un brujo tendría que saberlo.

El viejo Plumas Negras exhaló un largo suspiro.

—Más vale que te vayas, Avispado. Pero si el joven os dice algo a ti o a tu padre, tengo que saberlo inmediatamente, ¿está claro?

—Por supuesto —respondió el chico sin vacilar.

—Pues venga, vete. —Tensé los músculos, atento a la aparición del muchacho, que marcaría el momento de mi entrada para enfrentarme a la cólera de mi amo. Sin embargo, tuve que esperar un poco más.

—¿Qué hay de mañana? —preguntó el muchacho.

—¿Mañana? Ah, el juego de pelota. Lo había olvidado. —Una chispa del viejo entusiasmo y energía apareció en la voz del primer ministro—. ¿Qué apuestas ofrece tu padre?

—Tres a uno contra el equipo de Huexotla.

Mi amo soltó un bufido.

—¡Algunas veces tu padre parece tonto! —Siguió un silencio mientras hacía sus cálculos—. Por supuesto, tendré que respaldar públicamente al equipo del emperador —anunció finalmente—, pero apostaré veinte capas grandes por Huexotla. ¡Mañana será un gran día!

Me costó contener una exclamación. Casi todos los que podían permitírselo apostaban en los partidos de pelota de vez en cuando, y también lo hacían algunos que no podían y cuyo pasatiempo acababa costándoles la libertad. Pero las apuestas debían ser hechas públicamente y exhibidas junto al campo del partido para que los jugadores y el público las viera. Los arreglos subrepticios como el que mi amo acababa de hacer estaban estrictamente prohibidos.

Apenas si vi al chico cuando pasó a mi lado, aunque oí el silbido de su aliento —el sonido que hace una serpiente muy venenosa— cuando me vio. En lo único que pensaba, mientras subía el resto de los escalones hasta el patio de Su Excelencia, era en la despreocupada y apenas considerada apuesta de mi amo.

¡Veinte capas grandes! ¡Me había vendido como esclavo por esa cantidad!

Encontré al viejo Plumas Negras como me lo había imaginado, sentado en la silla cubierta con una piel de oso debajo del magnolio en medio del patio.

Iba vestido como para una fiesta o un baile de gala. Una suntuosa capa, ornamentada con caras de águilas y ribeteada con ojos, flotaba sobre sus rodillas y caía hasta sus tobillos. Un adorno de oro con forma de pico de pelícano colgaba de su labio inferior y un doble penacho de brillantes plumas rojas, azules, amarillas y verdes, se alzaban por encima de su cabeza. Incluso en la oscuridad de la noche, con la espalda encorvada por la edad y una mantilla de piel de conejo sobre los hombros para calentarse, su aspecto era magnífico.

También lo era su cólera. Incluso si no hubiese escuchado lo que le había dicho al chico, lo habría sabido por el suave golpeteo de la sandalia enjoyada en el suelo estucado. Me pregunté cuánto tiempo me había esperado antes de que apareciera el muchacho. Lamenté que no se hubiese quedado dentro, con una taza de cacao caliente o disfrutando de las atenciones de su concubina favorita, en lugar de estar allí, con el fresco de la noche colándose en sus huesos.

—Mi Señor —Lo saludé arrojándome de la manera más abyecta en el suelo.

—Yaotl. Llegas tarde. ¿Dónde has estado?

La cólera del primer ministro era capaz de hacer que la más violenta de las erupciones del volcán Popocatépetl pareciera una tontería a su lado, pero sabía que había que temerlo muchísimo más cuando su cólera controlada hacía que su voz sonara como un susurro acariciador.

—Lo siento. Me quedé dormido después del sacrificio...

—Mientes. Has ido a ver al emperador.

Mantuve la mirada fija en el suelo y agradecí que, por lo menos, no tuviese que enfrentarme a la mirada de mi amo.

—Ese hermano tuyo estuvo aquí. —La voz engañosamente suave de mi amo se endureció. Su padre había sido guardián de los muelles en su juventud, y el viejo Plumas Negras a menudo se quejaba de que a un hombre de humilde cuna se le permitiera ejercer ese cargo—. Todo el mundo sabe lo fanfarrón que es. Era obvio que estaba cumpliendo alguna orden de Moctezuma. ¿Crees que soy tan estúpido como para no descubrir qué has estado haciendo?

—¡No pude evitarlo! —protesté. No tenía ningún sentido negar que había estado con el emperador, pero debía evitar a cualquier precio que mi amo supiera lo que me habían ordenado—. Me mandó llamar para que lo informara de lo ocurrido en el sacrificio. ¡No podía rehusarme!

—¡Ah, el sacrificio! —exclamó como si lo hubiese olvidado—. Dime una cosa, esclavo, ¿querrás tener la bondad de obsequiarme a mí también con tu relato? ¿O tendré que conformarme con una versión de segunda mano de algún otro? —Ya no susurraba.

—Mi señor, he venido tan pronto como he podido...

—Después de todo, podría preguntárselo a cualquiera, ¿no es así? —me interrumpió—. La ciudad entera oyó las palabras del esclavo purificado y le vio morir. «Buscad la gran barca.» Fue eso lo que gritó, ¿no es así? —Ahora gritaba. La edad no había debilitado su voz—. ¡Cualquiera podría decirme que el idiota de mi esclavo lo dejó escapar, si pudieran dejar de reírse, claro está!

—Mi señor, lo siento de veras, no pudimos retenerlo. —Busqué frenéticamente algo que pudiera aplacarlo—. Sí que dijo algo más, antes de arrojarse al vacío, y nadie más lo oyó.

—¿Qué? —Algo crujió, quizá sus huesos o la silla, cuando mi amo se inclinó hacia mí con una expresión de apremio—. ¿Qué más dijo?

Se lo dije. No tenía idea de lo que las palabras podían significar para él.

—«Díselo al viejo» —respondí.

Pareció convertirse en una estatua al escuchar mis palabras. Espié su rostro con mucha discreción y vi que se oscurecía hasta igualar el color del cielo. Por un momento creí que le iba a dar algo. Luego se dejó caer contra el respaldo.

—¿A qué crees que se refería?

—Mi señor, no se me ocurre nada. A menos... —Solo alcanzaba a ver de reojo uno de sus nudillos, y la respuesta estaba allí, en la tensión de la piel, en la articulación inflamada. Las últimas palabras del esclavo del comerciante habían sido un mensaje para mi amo—. A menos que se refiriera a ti, mi señor.

—¿A mí? —replicó vivamente—. ¿Por qué iba a referirse a mí?

—Yo... —Vacilé. Resultaba demasiado fácil adivinarlo: porque Moctezuma y mi hermano habían acertado. El hombre que había muerto aquella tarde había sido uno de los brujos fugados que buscaba el emperador y mi amo estaba detrás de todo—. Yo no lo sé —acabé de responder.

Me di cuenta de que debía de ser más complicado de lo que creía.

La intervención que mi amo pudiera tener en la fuga de los brujos no bastaba para explicar cómo uno de ellos había acabado tirándose desde la gran pirámide, o justificar la cólera y el desconsuelo del viejo Plumas Negras ante su muerte. Era obvio que lo que había ocurrido había acabado con los planes que mi amo tenía para los brujos.

—¿De dónde crees que consiguió a su víctima el comerciante? —me preguntó.

—¿Del mercado de Azapotzalco?

—¡No seas imbécil! ¡Sabes perfectamente que nunca se acercó a un mercado de esclavos!

—Entonces, mi señor, tú sabes de dónde vino.

—¿Saberlo? —La inesperada risa del viejo Plumas Negras

sonó como un desagradable cacareo—. ¡Por supuesto que lo sé! Cómo Luz Resplandeciente se hizo con él es otra historia. ¡Me gustaría saberla! Ese joven lo utilizó para hacerme quedar como un tonto. Sin duda le vino muy bien que el hombre comenzara a desvariar como un loco antes de morir, con mi esclavo presente para asegurarse de que me transmitiría todas las palabras. Evidentemente se cree que se saldrá con la suya teniéndolos a todos apartados de mí, solo para asegurarse de que seguiré bailando a su música, pero no lo conseguirá.

—¿Quieres decir, mi señor, que el comerciante tiene a los brujos? —El asombro me hizo soltar las palabras incluso antes de darme cuenta de que era un error.

Continuaba prosternado delante de mi amo, con las manos apoyadas en el suelo. De pronto, algo me las aplastó: las ásperas suelas de las sandalias. Oí un crujido cuando mi amo se inclinó hacia delante en la silla, y sentí su aliento en la nuca mientras se agachaba para hablarme de nuevo con aquel susurro mortal.

—Quizá sea un viejo, pero todavía puedo romperte los huesos de tus dos manos antes de que ni siquiera llegues a gritar, y eso antes de entregarte a mi mayordomo para que se divierta contigo. Lo tienes claro, ¿no?

—Sí —respondí con voz ahogada.

—Sé que Moctezuma no te mandó llamar solo para que le hablaras de un sacrificio fallido. Te habló de los brujos y te ordenó que me espiaras. ¿Qué más te dijo? No me mientas ni te guardes nada. Ya sabes lo que te haré si lo haces.

A trompicones le relaté los acontecimientos de las últimas horas de la tarde, desde que había encontrado a mi hermano, tan indefenso como un hombre que se mueve tambaleante en una pesadilla, con el terror a ver mis frágiles huesos partidos acicateándome como un demonio montado en mi espalda.

Mientras me acercaba al final de mi relato sentí que se aliviaba la presión en mis manos. Flexioné los dedos instintivamente. Pasaron unos largos momentos de silencio antes de que me atreviera a levantar la mirada.

Mi amo había alzado la cabeza para contemplar unas ramas que se extendían sobre él. Ahora no les quedaba ni una hoja, desnudas por la helada.

—El árbol de mi padre. —Exhaló un suspiro. Su expresión había cambiado: era abstraída, casi nostálgica, mientras sus dedos comenzaban a acariciar una rama desnuda—. Lo único que siempre he querido era algo que no fuese suyo: una fama propia. ¿Ves este árbol? Mi padre, el señor Tlacaélel, lo plantó antes de que yo naciera, la mayor parte de dos manojos de años atrás. Continuará creciendo aquí cuando yo esté muerto. —Con un movimiento súbito cogió una ramita, la retorció hasta partirla y la arrojó a un rincón del patio, fuera de la vista. El resto del árbol se sacudió—. Todavía hablan de él, ¿no es verdad? ¡El gran Tlacaélel! ¡El hombre al que cuatro emperadores miraron con respeto, el primer ministro que rechazó el trono porque ya era rey! ¿Qué crees que dirán de su hijo?

Sentía demasiado miedo como para contestar. En cualquier caso la pregunta no iba dirigida a mí.

—Le bailo el agua a mi joven primo, Moctezuma, y me entretengo sentado en la corte de apelaciones intentando descubrir cuál de las dos declaraciones contiene un mayor número de mentiras, o decidir a qué parroquia le toca el turno de barrer la porquería del zoológico. Pero debería ser feliz con eso, ¿no? ¡Porque soy el hijo del gran Tlacaélel, y eso tendría que bastarle a cualquiera! —Exhaló un suspiro—. Supongo que ahora eso también tendrá que ser bastante para mí.

—Mi señor, no lo entiendo. Incluso si la ofrenda de Luz Resplandeciente era uno de los brujos, ¿qué era él para ti? ¿Por qué incluye a tu padre?

—¿No lo ves, Yaotl? ¡Es por mi padre por lo que el emperador me teme! Moctezuma actúa como si los mismísimos dioses lo hubiesen colocado en el trono, pero no lo hicieron, los jefes lo eligieron, lo mismo que eligieron a todos los demás emperadores antes que él. ¡Sabe que su trono me pertenece legítimamente!

La nota casi de súplica en la voz del primer ministro no me engañó. No necesitaba justificarse ante su esclavo; lo que decía ahora iba dirigido al espía del emperador.

Escuché con resignación una historia que conocía muy bien.

Cuando el anciano Tlacaélel había cedido el trono en favor del tío de Moctezuma, el emperador Tizoc, había estipulado que sus propios hijos lo heredarían a la muerte de Tizoc. Sin embargo, cuando llegó el final del breve reinado de Tizoc, Tlacaélel había muerto y sus deseos ya no contaban. El trono fue entregado al tío de Moctezuma, Ahuitzotl, y cuando murió Ahuitzotl postergaron de nuevo al viejo Plumas Negras, esta vez en favor del propio Moctezuma.

—Quizá Moctezuma cree que lo envenenarán, como a Tizco —añadió mi amo—. Quizá cree que saqué a sus brujos de la cárcel para debilitarlo, o para obrar algún hechizo en su contra, para debilitar su corazón con la magia. Tal vez no sea así, quizá me dijo que los buscara porque sabe que no se les puede encontrar y lo que pretende es humillarme.

—Mi señor, me dijo que los buscara. Tengo que ir a la prisión de Cuauhcalco. ¿Qué hago si me pregunta por mis investigaciones? No puedo decirle que tú me has ordenado que no lo obedezca. ¡Mandaría que nos estrangularan a los dos!

—Entonces más te vale hacer lo que dice. No importa lo que te haya dicho mi primo, yo no tengo a esos hombres. En cualquier caso, el emperador los tendrá, pero a través de mí y cuando yo quiera, así sabrá que conmigo no se juega. En cuanto al joven comerciante, lamentará lo que ha hecho.

Mi amo se inclinó hacia mí con sus temblorosas manos huesudas apoyadas en las rodillas.

—Encontrarás a los brujos, Yaotl, y me los traerás a mí, a mí personalmente, ¿está claro? ¡A mí y a nadie más, ni siquiera al emperador! Antes de que se te ocurra la brillante idea de ir corriendo a Moctezuma en el momento en que los tengas, escucha esto. Sé que Moctezuma te ha dicho que en cuanto encuentres a los brujos, tienes que llevárselos a él inmediatamente porque te mandará estrangular si no lo haces. Así que ahora escúchame a mí, esclavo: si me entero de que te has acercado al emperador antes de que esos hombres estén en mis manos, mandaré que te despellejen vivo.

9

Pasé gran parte de la noche rondando por el patio de mi amo, el oído atento a los sonidos hechos por una ciudad que se agita en su sueño: el toque de la trompeta de concha a medianoche, el lejano toque de respuesta de un sacerdote que hacía la ronda por los límites de la ciudad, el grito de alguna criatura en el lago. De vez en cuando los chicos de alguna de las casas de jóvenes se ponían a cantar, para que el sonido se transmitiera a través del agua y convenciera a nuestros vecinos de que los aztecas nunca dormimos.

Luego las estrellas comenzaron a desaparecer, una a una, y comenzaron a caer a mi alrededor las primeras gotas de la lluvia invernal. Me fui a mi habitación, entré silenciosamente para no molestar al otro ocupante y me acurruqué en mi colchoneta, envuelto en la capa.

Mi mente se negaba a descansar. Repasaba una y otra vez los acontecimientos de la tarde. Me tendí boca arriba y miré el techo. En algún lugar más arriba estaba el dormitorio del primer ministro.

—¿De qué va todo esto? —murmuré—. ¿Estás intentando demostrar que eres más listo que el emperador?

—Si no puedes dormir —protestó una voz en la oscuridad—, entonces ven aquí y dame la vuelta antes de que me salgan las condenadas llagas.

Mi soliloquio había despertado al compañero de habitación.

Se llamaba Patiyoh o, mejor dicho, ese era el nombre por el que se le conocía en todos los años que yo llevaba al servicio de mi amo. Estaba convencido de que era una muestra del retorcido sentido del humor del viejo Plumas Negras, porque significaba «costoso». Había sido una vez un esclavo útil, pero había quedado inválido hacía años a consecuencia de una apoplejía, y ahora no hacía más que yacer en su colchoneta y alimentarse con la comida de su amo sin hacer ningún trabajo a cambio. No corría peligro mientras no le diera a su amo motivos de queja, dado que por ley no se podía despachar a un esclavo a menos que se le hubiera advertido formalmente en tres ocasiones ante testigos. Unos pocos de sus compañeros, entre ellos yo, lo mantenían vivo con pequeñas atenciones, como cambiarle el taparrabos sucio de vez en cuando o llevándolo a un rincón tranquilo del patio cuando hacía buen tiempo. Los demás lo hacían porque era conscientes de que quizá algún día podrían encontrarse en la situación de Costoso. Yo tenía mis propios motivos para estar en deuda con el viejo.

Sujetarlo por sus hombros huesudos y ponerlo de lado me costó muy poco. Sin embargo, cuando volvía a gatas a mi colchoneta, me enteré de que no me libraría de él con tanta facilidad.

—A ver, ¿qué te ha hecho el viejo esta vez?

—No importa —murmuré—. Duérmete.

—No puedo —respondió malhumorado—, me has desvelado. Ahora el suelo es duro como la piedra, y no puedo moverme y dar vueltas hasta quedarme dormido, así que tendrás que hablarme. ¿Has olvidado la deuda que tienes conmigo?

—No. —Proferí un suspiro—. No la he olvidado.

A ese viejo inválido le debía nada menos que mi vida. Cuando había llegado a la casa de nuestro amo —después de que el primer ministro me comprara a precio de saldo en el mercado— era un hombre destrozado en poder de los Cuatrocientos Conejos, los dioses del vino sagrado. Las veinte capas que mi amo había pagado por mi libertad se habían ido, hasta la última puntada, en el vino más áspero, más agrio y más barato que pude encontrar. Cuando se acabó el dinero y yo me había entregado a la esclavitud, como habíamos pactado mi amo y yo, era incapaz de pensar más allá de la siguiente calabaza. Había sido Costoso quien me había acompañado en el suplicio, sus brazos esqueléticos me habían sostenido mientras yo temblaba, peleaba y suplicaba por una gota, por el sabor de la savia del maguey fermentada.

Nunca podría olvidar lo que había hecho por mí. Él nunca me lo permitiría.

Le conté todo lo que había visto y escuchado aquella tarde. Me llevó mucho tiempo, pero el viejo continuaba despierto cuando llegué al final

—¿Así que el viejo Plumas Negras te volvió a machacar con la historia de su padre? Me sorprendes. Conozco a nuestro amado primer ministro desde mucho antes que tú, muchacho, y si me hubiesen dado una bolsita de granos de cacao por cada una de las veces que he escuchado uno de sus celosos discursos sobre su padre, podría haber comprado mi libertad hace años.

—Pero el señor Tlacaélel lleva muerto casi cuarenta años.

—Sí, y su hijo nunca se ha apartado de su sombra. No es de sorprender, ¿no te parece? Cuatro emperadores lo tenían por su igual. Moctezuma trata a su hijo como a un sirviente, a pesar incluso de que una de sus esposas es la hija del viejo Plumas Negras. ¿Cuántas veces crees que nuestro amo tiene que escuchar los relatos de las hazañas de su padre en la guerra, o peor todavía, le piden que las cuente él mismo? ¿Cuál es el logro militar más famoso de nuestro amo? ¿Me lo puedes decir?

Podía, porque ya había sostenido esa misma conversación, pero para complacer a mi compañero tuve que fingir que intentaba recordarlo antes de responder:

—Bueno, creo que fue aquella vez en que él y Moctezuma marcharon a la guerra, pero Moctezuma decidió que quería que mataran a toda su servidumbre, y mandó al viejo Plumas

Negras de regreso para que lo hiciera. No es precisamente algo muy glorioso.

—No, no es la clase de cosas que quieres contar a tus nietos, máxime cuando el emperador creía que no tendría cojones para hacerlo y envió a unos espías para comprobarlo. Creo que cada vez que visita el gran palacio que está junto al Corazón del Mundo debe decirse: «¡Si mi padre no hubiese rechazado el trono, todo esto sería mío!».

—La envidia de mi amo no es mi problema —le recordé a Costoso mientras buscaba una posición más cómoda debajo de mi capa—. Mi problema es encontrar a los brujos.

—¿No crees que hay una relación? ¿Qué te dijo, que quería algo que no fuese de su padre?

—Es cierto. También dijo que el emperador lo temía.

—¿Por qué? Es demasiado viejo para ser una amenaza. Si Moctezuma muriese mañana el trono sería para su hermano, Cuitláhuac. Nuestro primer ministro y nuestro emperador lo saben. —El viejo esclavo se chupó ruidosamente las encías desdentadas—. Yo diría que el viejo Plumas Negras te ha mentido.

—Es muy capaz —asentí, con tono desabrido—. No olvides que tengo la misión de espiarlo.

Costoso insistió mientras yo me daba la vuelta en la colchoneta.

—Cualquier cosa que pasara a estos brujos, no es solo por alguna disputa entre el viejo Plumas Negras y Moctezuma. Tiene que ver con algo que quiere nuestro amo, algo que su padre nunca tuvo. Me pregunto qué puede ser...

UNO JUNCO

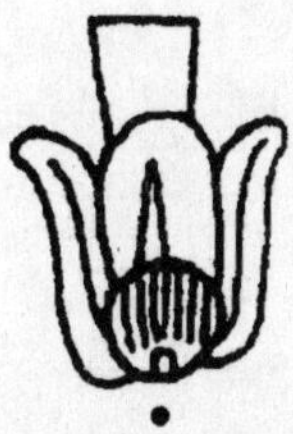

1

No quería ir a la prisión de Cuauhcalco, pero a la vista de que no tenía otra alternativa, hice de tripas corazón.

Si hubiese podido recordar claramente el tiempo que pasé allí, quizá nunca habría sido capaz de aparecer por el lugar. Había estado tan alcoholizado —y después enloquecido por verme privado de la bebida— que ahora todo aquello me parecía misericordiosamente remoto. La multitud de confusos recuerdos que inundó mi mente mientras me acercaba al muro de piedra de ese olvidado rincón del palacio de Moctezuma ya era muy desagradable por sí misma. Una vez más sentí las ásperas manos de la policía de la parroquia que me quitaron la calabaza de la que había estado bebiendo. Oí que mi voz se alzaba en una furiosa protesta, no por su maltrato mientras me llevaban a la cárcel sino ante el desperdicio de una bebida de primera que ahora se derramaba en la calle. Sentí de nuevo en mi boca el regusto agrio del vómito, como lo había sentido la mañana que había despertado en la jaula, apenas consciente de las consecuencias, incluso mientras sacudía los barrotes de madera y pedía a gritos un poco de vino sagrado.

Volví a oler el lugar, incluso antes de poner un pie allí: el aire caliente que apestaba a vómito, orines y mierda, y un repugnante hedor séptico de la jaula vecina, a cuyo ocupante estaban matando de hambre y que se encontraba en un estado tal de debilidad que ni siquiera podía mover su cuerpo, que era puro hueso y pellejo, para alcanzar el pequeño charco de orina del que había estado bebiendo.

Vi la luz del día como cuando me sacaron, insoportablemente brillante, que me había obligado a entrecerrar los ojos para ver al emperador en su estrado y a la muchedumbre reunida ante él en el Corazón del Mundo, todos ansiosos por descubrir a aquellos que, entre los borrachos arrestados durante el año, habían sido escogidos para que los condestables les destrozaran el cráneo a garrotazos.

Al recordar todo aquello, y a sabiendas de que probablemente había sido incluso peor de lo que recordaba, me costó lo mío entrar en el recinto casi en sombras de la prisión y echar una ojeada a las filas de jaulas de madera.

El agua de lluvia se había depositado en el tejado plano y goteaba en las jaulas. La paja extendida en el suelo había absorbido toda el agua que podía y ahora el resto se desperdiciaba en charcos. El suelo aparecía entrecruzado por finos regueros de líquidos mezclados con porquerías de las ollas que les daban a los prisioneros para que hicieran sus necesidades y que estaban a rebosar. La única luz entraba por unos muy pequeños ventanucos abiertos en las paredes, muy cerca del techo: no bastaba para ver dónde ponías los pies pero sí para ver el sufrimiento en los rostros de los encerrados.

Todos estaban acurrucados, desnudos, en el suelo de las jaulas. Había algo similar en ellos, cada uno incapaz o nada dispuesto a hablar con sus vecinos, rodeados por el hedor de sus heces y de los demás, reducidos a todo lo que no era un azteca.

—La mayoría son borrachos. —El mayordomo del emperador, el *petlacalcatl*, despreció a la mayoría de los desgraciados a su cuidado con una única palabra—. No te compadezcas de ellos, solo pueden culparse a sí mismos de los que les pasa. Estos que ves son los peores, aquellos de los que no pueden ocuparse en sus parroquias. Claro que tú ya lo sabes, ¿no?

—¿A qué te refieres?

Mi tono debió de ser muy brusco, porque me miró con una expresión de curiosidad.

—Tú eres el hombre del señor de las Plumas Negras. ¿No es el primer juez?

—Oh...sí, sí, por supuesto.

—En cualquier caso, le corresponde a él y los otros jueces decidir qué será de todos estos desgraciados. Dejarán que la mayoría de ellos se marchen después de recibir una buena reprimenda delante del palacio de Moctezuma y que les afeiten las cabezas en público. Los demás...

A los demás los matarían a palos, pero para cualquiera de ellos la humillación pública, el ser expulsado de una sociedad donde se enseñaba a valorar la reputación por encima de la vida, podría ser el peor de los castigos. Miré al preso más cercano, con la ilusión de descubrir en su rostro cuál de sus posibles destinos temía más, pero el hombre miraba fijamente al suelo.

—Teníamos a otros tipos más interesantes —añadió el mayordomo—. Claro que tú ya sabes todo lo referente a los brujos.

—¿Los hombres que escaparon? Entonces, ¿es verdad que eran brujos? —pregunté con tono inocente.

—Tienen que serlo si consiguieron salir de este lugar. Se convirtieron en pájaros y escaparon por las ventanas.

Después de haber visto los ventanucos, pensé que nada más grande que un colibrí podía pasar por cualquiera de ellos, pero me callé.

—De eso mismo quería hablar contigo. El señor Moctezuma quiere que vea el lugar de donde escaparon los brujos, para que me haga una idea de los hombres a los que nos enfrentamos. Desea que primero elimine todas las explicaciones lógicas.

—¿El señor Moctezuma? —La voz reflejó su sorpresa, y cuando me miró sus ojos eran como unos círculos pálidos en la penumbra de la prisión—. ¿Te ha enviado el emperador? Me pareció que habías dicho que eras el hombre del primer ministro.

—El emperador le pidió al primer ministro que investigara lo ocurrido —expliqué—, y luego me lo pidió a mí.

—¿Te lo pidió en persona?

—Sí.

El hombre se miró los pies. Apartó la paja. Me pregunté por qué parecía remolonear; después de todo, no era el primero que le hacía estas preguntas. ¿Qué más daba quién me había enviado? Para animarlo, añadí:

—Así que cuando te hago una pregunta, es como si te la hiciera el señor Moctezuma, excepto que personalmente carezco del poder para ordenar que te descuarticen si no me dices lo que quiero saber. ¿Qué, vas a responderme, o tengo que sugerirle al emperador que te interrogue él en persona?

El mayordomo exhaló un suspiro muy exagerado.

—De acuerdo. No creo que pase nada malo por repetirte toda la historia desde el principio. A esos hombres, que según creo los capturaron aquí y allá después de ser denunciados por los jefes de sus pueblos, los trajeron aquí por orden del emperador. Él los interrogó en persona.

—¿Qué les preguntó?

—¿Tú qué crees? —El hombre bajó la voz hasta convertirla en un trémulo susurro—. ¡Los augurios!

Las jaulas que tenía a cada lado parecieron acercarse y el techo pareció que descendía sobre mi cabeza, pero era algo más que el sofocante calor de la prisión lo que hacía que el sudor me corriera por las mejillas.

Moctezuma había hablado de augurios, de portentos, pero todos en la ciudad sabían que vivimos con ellos desde siempre. Todos habíamos visto las extrañas luces en el cielo y miles habían escapado de la ciudad cuando el lago había comenzado a hervir misteriosamente. También habíamos oído rumores, tantos que resultaba difícil desdeñarlos. Se decía que un hombre con dos cabezas había aparecido en la ciudad y que se había esfumado en el momento en que lo llevaban a presencia del emperador. Se había visto a una mujer llorando en la calle al tiempo que gritaba: «Oh hijos míos, estamos perdidos!

¿Hijos míos, adónde os llevaré?». Corría la voz de que el propio emperador había visto a un extraño pájaro con una bola de cristal en la cabeza, y que le había dominado el terror más profundo cuando miró en el interior de la bola y vio a unos hombres que cabalgaban a lomos de venados, hombres armados, con barbas y rostros pálidos.

No hacía falta que creyeras en todas esas historias para saber que algo extraño y terrible estaba pasando, o que estaba a punto de pasar.

—A mí me pareció —comentó el mayordomo— como si el emperador temiera algún terrible desastre, y solo quisiera que los brujos consultaran el futuro para tener una respuesta clara. Por eso creo que los mandó buscar, para consultarlos sin que toda la ciudad se enterara de lo que hablaban. Les preguntó si habían tenido alguna visión.

—¿Las tuvieron?

—¡Por supuesto que no! De haber sido capaces de predecir la clase de catástrofe que el emperador tenía en la mente hubiesen sido unos estúpidos en admitirlo. ¿Cómo le dices a un emperador que su reino está a punto de desaparecer? Repitieron hasta el cansancio que no había visto nada. Al final a Moctezuma se le agotó la paciencia, los mandó encerrar aquí y me envió al día siguiente para que los interrogara.

—¿Qué descubriste?

—¡Nada! Lo único que me dijeron fue que pasaría lo que tenía que pasar y que se produciría algo asombroso. Como ves, nada muy útil. Moctezuma se enfureció tanto que los tuvo aquí con raciones de hambre y después me envió de nuevo a interrogarlos. Y entonces...

El mayordomo se humedeció los labios. Su voz parecía haberse secado y tuvo que aclararse la garganta antes de continuar:

—Habíamos doblado la guardia, a la vista de la gran preocupación del emperador. Todos los guardianes eran hombres que conozco desde hace años, hombres a los que confiaría la vida de mis hijos, y ninguno de ellos vio nada. Los brujos desaparecieron, se marcharon volando como si fuesen unos malditos pájaros.

—¿Cómo se lo explicaste al emperador?

—¿Tú qué crees? Tenía que ir y decirle que sus prisioneros más importantes, aquellos en quienes tenía un interés especial, se habían esfumado, sin más. ¿Tú qué hubieras hecho?

—Largarme cuanto antes a algún lugar remoto o suplicar hasta quedarme ronco.

—Sí, bueno, sencillamente le dije que podía cortarme en pedacitos en aquel mismo momento, porque no había ningún rastro de los prisioneros y ninguno de mis hombres había visto u oído nada. Me di por muerto. Había mandado destripar a hombres y estrangular a sus esposas e hijos por mucho menos, pero conseguí librarme. —Se interrumpió con una expresión pensativa—. No sé, me dio la impresión de que no estaba furioso. Si alguna vez capturan a esos hombres, los hará sufrir como sufrirá quienquiera que sea el culpable de su desaparición. Pero tuve suerte. Ni por un momento pareció pensar que pudiera ser culpa mía porque no lo fue, por supuesto.

Lo miré sin disimular mi escepticismo.

—¿Qué cree el emperador que pasó?

—Que se valieron de la magia para escapar, claro.

Así que el emperador había hecho lo que hubiese hecho cualquier azteca en su lugar. Si necesitabas ganarte el favor de los dioses, podías acudir a un sacerdote, pero en algunas ocasiones no era suficiente. Quizá el dios de la guerra y el dios de la lluvia, en la cumbre de la gran pirámide, parecían demasiado remotos para ocuparse de los asuntos de los hombres. Quizá lo que te preocupaba era obra de algún espíritu maligno cuyo nombre ni siquiera sabías. Por lo tanto, si tenías un sueño que requería una interpretación, estabas a punto de emprender un largo viaje, o querías sembrar las alubias cuando ya se había pasado la época, ibas a ver a un brujo.

Claro que la brujería tenía un coste. Significaba tratar con extrañas e inquietantes criaturas que fácilmente podían hacerte más mal que bien. Si los brujos que Moctezuma había interrogado no eran unos farsantes, quizá habían podido decirle cuál era el futuro que le esperaba. Era obvio que el emperador creía que no se habían atrevido, y habían utilizado sus poderes para escapar de sus manos.

Cuanto más convencido estaba de que habían visto su futuro, mayor era su desesperación por recuperarlos. Observé la jaula vacía que tenía más cerca.

—Dejemos la magia a un lado, por el momento. Si estuviese encerrado aquí, ¿cómo saldría?

—¡No saldrías!

—No, pero vamos a suponer que lo intentara.

—Oh, de acuerdo —asintió, resignado—. Para empezar, no hay puerta. Te han dejado caer por la trampilla del techo, ¿la ves? Una vez que estás adentro nosotros sujetamos la trampilla con una lápida de piedra y no tienes manera de abrirla. Que no se te ocurra pretender apartarla; no te lo impediremos, pero créeme, no se moverá. —Me obsequió con una sonrisa siniestra—. ¿Quieres que te encierre e intentarlo?

—¡No! —Me aparté rápidamente de la jaula. Aún recordaba el crujido de la madera bajo el peso de la lápida—. Te creo. Así que necesitaré que alguien abra la trampilla desde el exterior.

El mayordomo miró con desconfianza a los presos; un par de ellos habían levantado la cabeza y parecían demostrar un interés inusitado en nuestra conversación. Alzó la voz con toda intención:

—¡Olvídalo! Primero tu cómplice tendría que haber evitado a la guardia, y como te he dicho, aquella noche la doblamos. Tendría que encontrar tu jaula, abrirla y dejarte salir, y hacerlo todo sin ser visto. Lo que es más, necesitaría ayuda para mover la piedra. Luego él y su compañero tendrían que sacarte, lo que significa tener que evitar de nuevo a mis hombres, que, desde luego, los habrían visto entrar. Solo hay una manera de entrar y salir de aquí, y ya has visto lo pequeños que son los ventanucos. Ah, y en esta ocasión, tendría que haber repetido la misma hazaña cinco veces. —Miró en derredor con una expresión de contento, como si hubiese olvidado que a pesar de todo varios de sus prisioneros habían conseguido escapar—. Te lo repito, ¡es imposible!

—¿A quién más se le permite entrar aquí, aparte de tus hombres?

—¡A nadie! Aparte de los jueces, por supuesto, si quieren interrogar a los presos, y los trabajadores que vienen a limpiar cuando es el turno de su parroquia.

No pude evitar una mueca. El trabajo forzado formaba parte de la vida de los plebeyos y la mayoría aceptaba alegremente dragar un canal o acarrear piedras hasta el solar donde levantaban un nuevo edificio público, pero para unas personas amantes de la limpieza, tener que encargarse de sacar la mierda de la prisión sería otra historia.

—¿Ahora me dirás que siempre van escoltados?

—¡Continuamente! Los contamos al entrar, los vigilamos y los contamos de nuevo cuando salen. Acéptalo, solo hay tres maneras de salir de aquí: que te devoren las ratas, que los jueces te dejen salir, o... —De nuevo bajó la voz— ¡o utilizas la brujería! ¡Eso fue lo que le dijimos al emperador, y él nos creyó!

Le pregunté al mayordomo si podía interrogar a los guardianes.

—Adelante —dijo con indiferencia—. Hoy está el mismo turno que estaba de guardia el día que desaparecieron los presos, pero no te podrán decir nada más de lo que yo te he dicho.

Cada uno de los guardianes había sido seleccionado por dos cualidades: ser capaces de manejar con soltura un enorme garrote y tener la capacidad de soportar el aburrimiento que acabaría con la mente de cualquiera que la tuviese. Me costaba creer que cualquiera de ellos tuviese grandes poderes de observación, pero tampoco podía imaginar que alguno de ellos fuera capaz de dormirse durante su turno de vigilancia. Cada una de nuestras conversaciones fue una repetición de la anterior: un rostro chato, de párpados pesados, pómulos altos y papada que mostraba la misma expresión de una de aquellas máscaras de piel humana que usaban los sacerdotes para representar al dios Xipe Totec en la fiesta del despellejamiento de hombres. Todas fueron más o menos por este estilo:

—¿Qué viste el día que desaparecieron los presos?

—¿Qué presos?

—Los brujos.

—¿Los brujos?

—Sí, los brujos, esos que dice el mayordomo que se convirtieron en pájaros.

—¡Ah, los brujos!

Una pausa.

—Bueno, ¿qué viste?

El guardián a quien interrogaba se volvía entonces hacia uno de sus colegas, preferiblemente al que lo había precedido.

—¿Tú viste algo, compañero?

—¿Cuándo?

—Cuando desaparecieron aquellos brujos.

—¿Brujos?

—Sí, ya sabes.

—No.

—¿No qué?

—No, no lo sé.

—Los brujos, los hombres que se escaparon. ¿Tú qué viste cuando pasó?

Una segunda pausa.

—No vi nada.

Aquí el hombre al que interrogaba se volvía hacia mí con una expresión de triunfo.

—¿Lo ves? Él tampoco vio nada. ¡Creo que tuvieron que escapar volando, como unos malditos pájaros!

Después del tercer intento renuncié. Había encontrado todo lo que se podía encontrar allí.

2

Me detuve delante de la prisión de Cuauhcalco, para disfrutar del sol del mediodía, que brillaba después de la lluvia, el aire puro y el suelo acabado de barrer.

Observé a la gente a mi alrededor, los hombres y mujeres que paseaban o se apresuraban por la calle o pasaban en una canoa por el canal. Me fijé en las cosas que distinguían a los paseantes de los desgraciados en la cárcel. Miré las capas de los hombres de colores brillantes y atrevidos dibujos, cada una un anuncio del rango y los logros de su dueño, y los pendientes y adornos labiales que llevaban aquellos que tenían el derecho a llevarlos. Miré las faldas y las camisolas de la mujeres, ni una sola idéntica en sus preciosos bordados, el polvo ocre amarillo en sus rostros y la variedad de los cortes de cabello y los peinados: suelto, cortos, trenzados, o en el estilo formal que era el emblema de las respetables damas aztecas: dividido y sujeto en la nuca en dos trenzas que se alzaban por encima de la cabeza como un par de cuernos. Aquí y allá se veía alguna figura distinguida: un maestro de la Casa de los Jóvenes con las sienes afeitadas, un sacerdote con los cabellos enmarañados, el rostro y los brazos tiznados con hollín y la bolsa de tabaco de piel de ocelote, una dama noble con un pañuelo de algodón. Cuando miré mis prendas: una sencilla y práctica capa y taparrabos, sin ni una pieza de las vulgares baratijas o trabajos de plumas que algunos esclavos se veían obligados a llevar para satisfacer los gustos de sus amos, me sentí reconfortado. Me encontraba entre mi gente, y era como ellos, o al menos lo sería en cuanto me diera un baño.

Algo se movió en la muchedumbre: un movimiento sutil como las ondas que provoca un pez en las aguas tranquilas cuando nada casi a nivel de la superficie. Espié entre la multitud de cuerpos en movimiento y seguí la ondulación hasta su origen, cerca de las paredes del palacio de Moctezuma, y vi las cabezas de un pequeño grupo de hombres que avanzaba con paso firme hacia las escaleras que mi hermano y yo habíamos subido la tarde anterior.

Había algo conocido en el movimiento, y la manera en que los guardaespaldas apartaban a la multitud para abrir paso a su jefe. Entonces vi un reflejo amarillo cuando el bajo de su capa rozaba el primero de los escalones que conducía al interior del palacio.

Miré titubeante en dirección a la casa de mi amo antes de tomar una decisión sobre lo que debía hacer. Me había dado la autorización para que obedeciera la orden del emperador y visitara la cárcel. Disponía de muy poco tiempo, y había cosas que debía decir a mi hermano.

León compartía su sección en el palacio de Moctezuma —la cámara de los condestables, que servía de alojamiento y armería— con los demás verdugos. Todos eran plebeyos cuyas hazañas les habían hecho merecedores de su rango, y sus habitaciones reflejaban sus orígenes. Todos se habían criado en pequeñas casas de adobe sin ningún mobiliario excepto las colchonetas y un baúl de mimbre. Ahora las paredes a duras penas soportaban el peso de los trabajos de plumas y las pieles de animales que las cubrían casi por completo, mientras que resultaba difícil encontrar un lugar donde acuclillarse, porque las mesas bajas y las sillas de respaldo alto con asientos de cuero llenaban casi todo el suelo. Los honores concedidos a mi hermano y sus colegas por sus logros en la guerra los habían aficionado a los gustos caros.

Me costó lo mío convencer a los centinelas para que me dejaran entrar, y cuando finalmente lo conseguí, encontré a mi hermano cómodamente instalado en una silla, con un bol de chocolate en la mano. La espumilla en el bol me indicó el esmero de la preparación. Habían molido las semillas hasta convertirlas en un polvo muy fino, y después de sazonarlo cuidadosamente, lo habían servido a la temperatura ideal.

Me miró con cara de pocos amigos.

—Me perdonarás si no te ofrezco una taza. No te esperaba.

—No te preocupes —respondí despreocupadamente—. Estoy seguro de que está preparado con pimientos. Detesto el chocolate con pimientos. ¿Qué tal la mano?

—Bien. —Fue un placer comprobar que, bajo el vendaje, su mano izquierda se veía hinchada—. Nada que un poco de orina caliente y miel no pueda curar. ¿Qué quieres? ¿Has estado en la prisión?

—Sí.

—¿Qué has descubierto?

—Los brujos han desaparecido de sus jaulas.

Dejó el bol en el suelo con tanta violencia que se derramó un poco.

—Te crees que esto es muy divertido, ¿no?

—No, la verdad es que no me lo parece en absoluto. No me hace ninguna gracia verme arriesgando el cuello en un juego entre el emperador y el primer ministro.

—Pues entonces encuentra a los brujos —replicó sin compadecerse en lo más mínimo. Cogió el bol—. Así se acabará el juego.

—No es tan sencillo. Mi amo dice que no los tiene. El emperador parece estar en lo cierto en lo referente al esclavo purificado que se suicidó ayer; era uno de los brujos, pero mi amo afirma que es el comerciante, su dueño, quien los tiene.

—¿Tú le crees?

—No necesariamente. Pero hablaré con el comerciante y lo averiguaré. —Observé cómo bebía con fruición. Estaba seguro de que si me hubiese encontrado muerto de sed habría sido capaz de vaciar una calabaza llena de agua ante mis ojos solo para verme sufrir, pero he de reconocer que yo no habría dudado en hacer lo mismo—. Hay algo que quiero saber antes de seguir. ¿De quién fue la idea de mencionarle mi nombre al emperador?

El bol ocultaba el rostro de mi hermano. No hizo ningún comentario.

«Me han hablado muy bien de ti», había dicho el emperador.

—Fuiste tú, ¿verdad? —La semilla de la sospecha había sido plantada en mi mente mientras nos encontrábamos en el palacio de Axayacatl. En las horas siguientes había germinado y echado raíces—. ¡Eres un cerdo! Todo esto es obra tuya, ¿no es así? Me has metido en todo este lío. ¿Por qué?

—¿Por qué le mencioné tu nombre al emperador? —Mi hermano se acabó el chocolate y dejó el bol con mucho cuidado en el suelo—. ¿Por qué crees que lo hice? ¡Para que tuvieras la oportunidad de rehabilitarte! Te lo dije ayer, puedes reparar parte del daño, darle a tu familia algún motivo de orgullo.

—No dudo que se sentirán muy orgullosos cuando me despellejen vivo por ir contra mi amo —repliqué con un tono amargo—, y eso solo si el emperador tiene razón y el viejo Plumas Negras tiene a los brujos en su poder. ¿Qué pasará si no los tiene? ¿Qué hará entonces el emperador?

Mi hermano frunció el entrecejo.

—¡Tu amo los tiene! El emperador casi lo afirmó.

—Solo porque alguien le metió la idea en la cabeza.

—¿Qué estás diciendo? —Mi hermano se cogió a los bordes de la silla con tanta fuerza que oí cómo crujían las cañas del armazón. Algo había destrozado su máscara: de pronto no era el famoso guerrero disfrutando de un descanso, sino el niño, el favorito de nuestro padre, que se había convertido en el hombre que era porque había crecido con más miedo al fracaso que a la muerte.

—No sé por qué pareces convencido de que mi amo oculta a los brujos, y muy dispuesto a que sea yo quien los encuentre. No creo que esto tenga la más mínima relación con nuestra familia. Me dieron por un caso perdido hace años, León, y nada de lo que pueda hacer ahora les hará cambiar de opinión. Tienes algún otro motivo para haberme metido en este asunto. Una razón exclusivamente tuya.

Cogió el bol de chocolate, lo miró con aire distraído, vio que solo quedaba un resto, y lo volvió a dejar.

—De acuerdo —dijo finalmente—. Te diré lo que sé. Creo, mejor dicho he oído, bueno, ya sabes cómo corren los rumores en el ejército. —No me miraba. Parecía poco seguro de sí mismo, no se parecía en nada a mi hermano, recordaba más bien a un adolescente desmañado que, sin parar mientes, comienza a contar una historia divertida que ha oído en la Casa de los Jóvenes sin saber cómo comenzar o acabar, o si hace bien en repetirla—. Moctezuma te dijo que había encomendado al primer ministro dar con el paradero de esos hombres. No sé muy bien qué hizo tu amo al respecto. Todo se llevó con mucho secreto, porque había guerreros metidos en el asunto, oí decir que los había. También oí a alguien decir que había hablado con alguien que había sido escogido personalmente por el primer ministro para una misión especial. Al parecer, tenía que ir a una aldea cercana a Coyoacán. —Hizo una pausa—. Coyoacán —repitió, como si quisiera asegurarse de que hubiera oído bien el nombre del lugar.

—¿Qué ocurrió allí? —Recordé otra expresión que había utilizado el emperador: «medidas extremas». ¿Cuál era su significado?

—Él... él no quiso decirlo. —Entonces me miró, ya había algo en la manera en que lo hizo, con unos ojos que parecían haberse ensombrecido, como si los hubiese hundido en las órbitas, que me advirtió de la conveniencia de hacerle más preguntas.

Finalmente añadió, en lo que para él era en voz baja:

—Esto es todo lo que te puedo decir. Creo que el emperador decidió que el motivo de que tu amo regresara de aquella aldea con las manos vacías es que fue su deseo.

Miré de nuevo los ojos de mi hermano, pero no conseguía descubrir nada más. Ocultaba algo, y por lo que yo lo conocía, se dejaría asar a fuego lento antes que decirlo. Sin embargo, había una cosa obvia. Aquello que había oído o visto le inquietaba, y ahora creía que yo podría hacer algo al respecto, a pesar de que no era capaz de decirme qué era.

—Crees que debo ir a Coyoacán —dije—. Quieres que vea lo que hizo el viejo Plumas Negras, ¿verdad?

3

No había mucha distancia desde el palacio de Moctezuma a la casa del primer ministro, por unas calles que en ese momento, a primera hora de la tarde, estaban casi desiertas. Después de dejar a mi hermano regresé a casa sin prisa, para darme tiempo a pensar en cuántos embrollos estaba metido.

Mis pensamientos continuaban enmarañándose cuando llegué a casa de mi amo. Estaba tan ensimismado que no vi al grandullón hasta que estuve a punto de chocar con él.

—¡Yaotl!

La voz me era conocida; era la de Manitas, mi camarada en el episodio con los sacerdotes.

Lo saludé como a un viejo amigo. Cualquiera que no fuera el viejo Plumas Negras ni su mayordomo resultaba una visión agradable.

Nos sentamos en un rincón tranquilo del patio y nos arremangamos las capas por encima de las rodillas mientras charlábamos. Me preguntó dónde había estado. Yo respondí preguntándole qué hacía allí.

—Traigo un mensaje. Ahora que lo pienso, quizá te gustaría escucharlo.

Me pregunté qué clase de mensaje podría haberle traído a esa casa.

—El mismo joven que me consiguió el último trabajo vino a buscarme al mercado. Seguramente se llevaron una buena impresión, a pesar de lo ocurrido, ¿no te parece? Quería que fuera hasta Pochtlan a recoger esta carta...

—¿Pochtlan?

—Sí, es extraño, ¿no? Cualquiera diría que podrían haber buscado a alguien en el mercado de Tlatelolco, donde había más para escoger, pero en cualquier caso... ¿Adivinas de quién era?

—No se me ocurre.

—De Luz Resplandeciente.

—¿Es posible? —Si tenía en cuenta lo que me había pasado por culpa del joven comerciante el día anterior y lo que había sabido de él por boca de mi amo más tarde, era lógico que cualquier noticia de ese tipo despertara mi atención—. ¿Qué decía?

—¿Cómo puedo saberlo? Solo soy un plebeyo. Me educaron en la Casa de los Jóvenes, y ya sabes que allí no te enseñan a leer. Solo me dijeron que se trataba de un mensaje urgente para el primer ministro. Me hacía ilusión verlo; nunca he visto a un gran señor. —De pronto se comportaba de aquella manera un tanto ilusionada y también ansiosa que a menudo adoptan los plebeyos ante la perspectiva de conocer a sus gobernantes—. Como no estaba cuando llegué, tuve que dársela a su mayordomo. ¿Hice bien?

—Oh, sí. —Se podía confiar en el mayordomo para que le entregara una carta a mi amo sin demora, y que después se quedara más o menos cerca para enterarse de su contenido—. Se la entregará a Su Señoría, no te preocupes.

—Bien. Luz Resplandeciente parecía muy interesado.

—Entonces, ¿lo viste? Ayer me pareció que se había esfumado de la faz de la tierra. ¿Qué más te dijo?

—No tuvimos tiempo de hablar. Tenía mucha prisa. Estaba a punto de marcharse en su canoa. Ya estaba sentado a bordo cuando me entregó la carta. Me pareció que se disponía a emprender un viaje muy largo a juzgar por lo que llevaba: bolsas de provisiones, maíz tostado, y cosas así, las cosas que te llevas cuando te vas de viaje por algún tiempo.

—¡Espera un momento! —Me dije que algo no encajaba.

Miré rápidamente las nubes que se perseguían a través del cielo y olí la promesa del viento helado y la lluvia en el aire—. ¿Me estás diciendo que viste a Luz Resplandeciente que iniciaba un largo viaje hoy, el Uno Junco?

—Eso es lo que parecía. Sé lo que me vas a decir; no es el día más auspicioso que podría haber escogido. A mí también me pareció extraño, sobre todo para un comerciante. El brujo al que voy cada vez que los dioses nos cargan con otro hijo, me dice que los comerciantes son algunos de sus mejores clientes. Son tan supersticiosos que nunca van a ninguna parte sin consultar el Libro de los Días.

Uno Junco era un día sometido a la influencia de Tezcatlipoca: el Burlón, el Enemigo de los Dos Lados, el más travieso y caprichoso de nuestros dioses. Difícilmente se podría encontrar otro día más nefasto para un viaje.

—Me pregunto adónde iría...

Permanecimos en silencio por un momento, cada uno sumido en sus propios pensamientos. Al parecer, Luz Resplandeciente se había marchado deprisa y corriendo, pero tenía algo de tanta urgencia que comunicarle a mi amo que Manitas había tenido que cruzar media ciudad para recoger el mensaje.

—¿Yaotl?

—¿Sí? —Alcé la mirada—. Lo siento. Estaba pensando.

—Solo quería preguntarte si sabes de algún trabajo por aquí. Creí que había tenido suerte al encontrar a Luz Resplandeciente, pero si se ha marchado, entonces me he quedado sin patrón.

Miré sus musculosos brazos y recordé sus esfuerzos del día anterior. Lo que había ocurrido no había sido culpa suya, pensé generosamente, como tampoco mía.

—Le diré a mi amo que te tenga en cuenta —le prometí.

Fui a ver al primer ministro justo después de despedirme de Manitas, para informarle de mi visita a la prisión.

Mi amo apenas si prestó atención al relato de mis conversaciones con el mayordomo y los guardianes. Atribuí su distracción al hecho de que tenía prisa. Acababa de regresar del templo redondo de Quetzalcóatl, en el Corazón del Mundo, y tenía que volver allí, para encargarse de las ceremonias y sacrificios correspondientes a Uno Junco: porque Uno Junco, además de estar regido por Tezcatlipoca, también era el día del nombre de la Serpiente Emplumada. El viejo aún vestía con todas las galas, la túnica blanca con los ribetes de plumas negras que le daban su nombre, y manoseaba impaciente un trozo de papel que tenía en la falda. No me lo enseñó pero deduje que debía de ser la carta de Luz Resplandeciente que había traído Manitas. La miraba de vez en cuando y me miraba de una manera pensativa que no acababa de agradarme. Era casi como si el texto se refiriera a mí, y como si estuviese pesando mi valor bajo su luz.

Cuando acabé mi relato tocó una vez más la carta con un gesto nervioso.

—¿Qué voy a hacer con Luz Resplandeciente?

—Mi señor, iba a ir a verlo hoy, pero Manitas dice que se ha marchado.

—¿Marcharse? ¿Un comerciante emprende un viaje en un día desafortunado como Uno Junco? ¡Tonterías! ¡Estará escondido en alguna parte y bien que hace! Sabe muy bien lo que le haré, siempre que los otros comerciantes no lo pillen primero.

—Entonces, ¿quieres que vaya a su casa aunque no esté?

—Sí. No —se corrigió rápidamente. Miró la carta de nuevo, y una curiosa media sonrisa apareció en su rostro, como si se le acabara de ocurrir algo agradable—. Creo que es muy tarde para ir hoy. Tienes que ir, desde luego, pero déjalo para mañana.

—Como quieras, mi señor. —No tenía el menor deseo de recorrer todo el largo camino hasta Pochtlan.

—¿Manitas todavía está por aquí?

—Sí. Creo que está buscando un trabajo.

—¡Bien! Dile que no se vaya. Tendrá que llevar una carta en cuanto la escriba y recompensaremos su espera si la entrega esta noche.

DOS JAGUAR

1

Al día siguiente fui a Pochtlan, la parroquia en el barrio norte de Tlatelolco, tan famosa por sus comerciantes que había dado su nombre a toda su clase: los pochtecas.

La mayoría de las casas de los pochtecas no eran palacios ni chozas. Las sencillas paredes habían sido hechas para devolver impasibles las miradas de los extraños, sin suministrar ninguna información referente a las personas que vivían dentro. Sabía que todas eran muy parecidas en su distribución. Había un patio cuadrado, con habitaciones en dos de los lados, con el resto del espacio abierto lleno con plantas de flores, plantadas por su belleza y aroma, y con pavos y perros, destinados a ser comidos. Las habitaciones albergaban a tres o cuatro generaciones, desde los niños, que jugaban en el patio, hasta sus abuelos y bisabuelos, que estarían arrodillados en sus colchonetas, entretenidos en relatar historias mientras esperaban que les sirvieran una copa del vino sagrado que se les permitía beber sin restricciones.

Yo había nacido en una casa como cualquiera de esas; mucho más pequeña desde luego, pero con la misma distribución. Sin embargo, el parecido entre las casas de aquí y aquella donde me había criado no iba más allá de la capa de cal utilizada para pintar las paredes.

Esas viviendas podían parecer sencillas, y sus ocupantes podían vestir con capas cortas, de tela áspera y sin teñir, y con los cabellos sueltos, pero no encontrarías más riqueza y poder en cualquier otra casa en todo México, excepto en el palacio de un gran señor. Los pochtecas eran comerciantes cuyas caravanas de sudorosos porteadores nos traían las plumas verdes de quetzal, las balas de algodón, los sacos de granos de cacao, los pimientos, el oro, la plata, el jade y otra infinidad de artículos de lujo.

Con ello, los comerciantes y el emperador, como no podía ser de otra manera, se hacían ricos. También servían al monarca como espías, emisarios y agentes provocadores en las interminables campañas para mantener obedientes a los súbditos y bien provistas las casas de tributos. Por los servicios prestados, el feroz antecesor de Moctezuma, el emperador Ahuitzotl, había concedido a los comerciantes privilegios especiales y los había llamado sus «tíos». La mayoría de los aztecas, envidiosos y suspicaces de su riqueza, les daban nombres mucho menos afectuosos, cosa que explicaba que los comerciantes procuraban ofrecer siempre una apariencia humilde.

El esclavo que me recibió en la casa de Luz Resplandeciente no destacó por su cortesía. Después de mirarme durante tanto tiempo que comencé a preguntarme si tendría alguna enfermedad en los ojos, me llevó hasta el patio y me dijo que esperara allí, entre las plantas y los tiestos vacíos de un jardín de invierno. Me ofreció algo de comer, aunque cuando me volví hacia él para aceptar había desaparecido, y me había dejado a solas con el único otro ocupante del patio.

Un anciano estaba sentado con la espalda apoyada en una pared de un blanco inmaculado, contra la cual el marrón desteñido de su astrosa capa destacaba como una mancha. Mantenía la cabeza gacha, y parecía estar dormido. Un hilillo de baba le caía por la barbilla.

Me entretuve pasando mi peso de un pie a otro mientras me preguntaba cómo podía entrar en la casa sin que lo consideraran una ofensa. El esclavo parecía muy dispuesto a dejarme donde me encontraba, solo, salvo por el viejo inconsciente, durante el resto del día.

Aparte de ser mucho más tranquilo, el patio era como me lo había imaginado. El suelo acabado de barrer comenzaba a calentarse debajo de mis pies descalzos y las paredes resplandecían con el sol de la mañana, de modo que las entradas de las habitaciones parecían cavernas. Algunas de las entradas aparecían cubiertas con biombos de mimbre, y si había alguien más en la casa además del viejo, me dije que seguramente estaba detrás de alguno de esos biombos.

Caminé hacia el biombo más cercano.

La voz me detuvo antes de que pudiera dar el segundo paso.

—Si lo que buscas es dinero, no te molestes. No lo tenemos aquí.

El otro hombre en el patio había levantado la cabeza y me miraba. Su mirada me produjo la extraña sensación de que miraba algo detrás de mí, hasta que advertí la presencia de la telilla que es típica en las personas muy ancianas. En cambio, su voz no podía ser más firme.

—Quiero hablar con Luz Resplandeciente —le informé bruscamente—. ¿Sabes dónde está?

—¿Quieres ver a mi nieto? Entonces tenía razón. ¡Buscas dinero! Pierdes el tiempo. Puedes buscar todo lo que quieras, pero no encontrarás ni una bolsa de granos de cacao.

Me apresuré a mirarlo con más atención. Había creído que ese desecho humano no era más que un esclavo achacoso que la familia del comerciante toleraba por razones sentimentales y porque esperaban que la muerte no tardara en llevárselo. Mi segunda mirada no cambió mucho mi opinión, pero si era el abuelo de Luz Resplandeciente entonces bien podía ser el jefe de la familia y en consecuencia se merecía cierto respeto.

Acepté lo que había dicho. Los comerciantes ocultaban su riqueza. La guardaban en almacenes secretos, a menudo utilizaban los de los otros, de forma que nadie más pudiera saber a ciencia cierta quién era el propietario de lo almacenado. Cualquier cosa que tuvieran en sus casas estaría cuidadosamente oculta detrás de falsos tabiques. Si yo hubiese estado interesado en el dinero del comerciante —ya fuera en la forma de capas de algodón, sacos de granos de cacao, pequeñas hachas de cobre o canutos de plumas rellenos con polvo de oro— no se me ocurriría buscarlo allí.

—No busco dinero —le aseguré—. Solo quiero hablar con Luz Resplandeciente.

—¿No eres tú el hombre con quien tiene tratos en el campo de pelota, cómo se llama, Niebla? —Se refería a Ayauhcocolli, cuyo nombre era Niebla Envolvente—. Creía que eras él, que venía a cobrar.

—Me envía el primer ministro, el señor Plumas Negras —declaré con tono presuntuoso—. Es él quien tiene asuntos que tratar con tu nieto, y no un vulgar delincuente.

El viejo se echó a reír y una nube de perdigones de saliva escapó de su boca.

—¡El primer ministro! El joven Luz Resplandeciente se ha superado a sí mismo si ha conseguido buscarse problemas con él. Desearía poderte ayudar —añadió con voz ahogada—, pero mi nieto no está aquí.

—Entonces esperaré hasta que regrese.

—No sabemos cuándo volverá. —Esta era la voz del esclavo, que acababa de entrar en el patio con un plato de tamales. Me lo ofreció con la corrección adecuada, aunque su expresión agria dejaba claro que hasta allí llegaba su cortesía—. Puedes regresar a tu casa.

Miré de nuevo al anciano.

—Nadie dice que esté metido en problemas. Solo quiero hablar con tu nieto sobre el esclavo purificado que llevó a la fiesta, nada más.

—Ah, eso —murmuró el viejo—. Tendría que haberlo adivinado. Pero Nochehuatl está aquí, aunque Luz Resplandeciente, mi nieto, se ha marchado y no sabemos adónde ha ido ni cuándo regresará.

—¿Sabes tú algo de su ofrenda? —pregunté—. ¿De dónde sacó al esclavo?

—No sé nada al respecto —respondió sin vacilar—. No tenía nada que ver conmigo. Mira —añadió con impaciencia—, estás hablando con la persona equivocada. Mi hija se ocupa ahora de nuestros asuntos. Tienes que hablar con ella.

—¿Puedo verla?

—Claro. Aunque tendrás que esperar. Ahora mismo está reunida con los jefes de la parroquia de los comerciantes.

Hizo un gesto al esclavo que imitaba la acción de levantar y beber de una calabaza. Mientras el esclavo de expresión agria, cuyo nombre significaba «Constante», iba a buscarle la bebida, el viejo añadió:

—Mientras esperas, puedes hacerme compañía.

El viejo se llamaba Icnoyo, que significaba «Bondadoso». Me lo dijo mientras sacaba la mazorca del cuello de la calabaza para dejar que el contenido se vertiera generosamente en su garganta. Luego, como si se acabara de dar cuenta, me la ofreció. Pareció sorprenderse, aunque no ofendido, cuando la rechacé.

—Va contra la ley —manifesté muy digno.

Icnoyo se echó a reír.

—No es mi caso, hijo. Tengo más de setenta años y soy abuelo. ¡Se me permite que beba hasta reventar!

Al verlo beber con tanta fruición decidí que más me valía preguntarle algo antes de que se emborrachara.

—¿Crees que tu nieto le debe dinero al tal Niebla? ¿Por eso se marchó?

—Podría ser. Le escuché mencionar el nombre. Luz Resplandeciente frecuenta los campos de pelota.

—¿Así que es un jugador?

—Puedes decirlo. ¿No lo somos todos? —Advertí una nota de amargura en la voz del anciano—. ¿Estás enterado del error que cometió mi hija con el chico? Nació el Dos Conejo, y sabes lo que eso significa.

—Afición a la bebida —respondí en el acto, como un estudiante que contesta a la pregunta de un examen del Libro de los Días. Había pasado gran parte de mi juventud en la Casa de los Sacerdotes dedicado exclusivamente a aprender de corrido el destino de todos los hombres y mujeres, so pena de recibir una paliza si más tarde me olvidaba de alguno. Aún recordaba la dureza del papel al tocarlo y el crujido de las páginas cuando las pasaba. No me supuso el más mínimo esfuerzo recordar el destino señalado para un hombre nacido el Dos Conejo: acabar convertido en un guiñapo por la afición al vino sagrado. Me pregunté por qué sus padres le habían escogido el nombre que llevaba. Una vida ejemplar: sabía muy bien lo duro que era intentar hacerle honor.

—Así es. Pero lo creas o no, nuestro Luz Resplandeciente nunca probó ni una gota, excepto cuando tuvo que hacerlo como parte de una fiesta. Nunca se le permitió la menor oportunidad, porque su madre tenía verdadero terror a que pudiese ser víctima de su destino. Pero no se dio cuenta de que hay otros vicios capaces de seducir a un hombre. —Exhaló un suspiro y volvió a empinar la calabaza hasta apurar el contenido—. No puedes culpar a la pobre chica. Era su único hijo, y con su padre desaparecido...

—¿Su padre? ¿Qué le pasó?

El viejo cerró los ojos. Permaneció así, sin mirarme ni hablar, durante tanto tiempo que me pregunté si no se había dormido. Estaba a punto de hacer algo —sacudirlo para que abriera los ojos o llamar a un esclavo— cuando los abrió de repente y dijo una palabra:

—Quauhtenanco.

Yo había sido muy joven cuando los habitantes de la provincia de Xoconochco, en el lejano sudoeste, se habían rebelado contra los aztecas y después de matar a unos cuantos comerciantes habían puesto asedio a la ciudad en Quauhtenanco. Los comerciantes resistieron durante cuatro años hasta que derrotaron a los atacantes e hicieron cautivos a muchos de ellos. Cuando un joven general llamado Moctezuma había llegado, en su auxilio, a la cabeza del ejército azteca, los comerciantes tuvieron que disculparse por haberle hecho hacer el viaje en balde.

Quauhtenanco no era una mera victoria simbólica y los comerciantes salvaron mucho más que las propias vidas. La provincia de Xoconochco era el paso obligado a las ardientes tierras del sur, de donde llegaban el caucho, el cacao, las esmeraldas y sobre todo las plumas: las largas, suaves y brillantes plumas de quetzal verdes que los aztecas ambicionaban más que cualquier otra cosa y que no se podían conseguir en ninguna otra parte. Esa había sido la razón por la que el emperador Ahuitzol había concedido sus privilegios a los pochtecas, incluido el derecho a vestir como guerreros y ofrecer esclavos al dios de la guerra en la fiesta del Alzamiento de los Estandartes. Si el padre de Luz Resplandeciente los había ayudado a ganar su posición, y sobre todo si había muerto de resultas, entonces no me resultaba difícil entender que a Luz Resplandeciente le autorizaran a sacrificar a un esclavo purificado.

—Estuvimos allí juntos, Xippopoca, el padre de Luz Resplandeciente, mi yerno, y yo —contó el abuelo del comerciante—. Luz Resplandeciente era un bebé cuando marchamos, así que nunca conoció a su padre, y su madre... bueno, no había tenido noticias nuestras durante cuatro años, y cuando regresé a casa, cargado con el botín de guerra y los regalos recibidos de manos del emperador..., pero sin su marido no, me parece que nunca lo superó.

—¿A qué te refieres? —pregunté—. Han pasado veinte años desde lo de Quauhtenanco. No puede ser que todavía esté de duelo.

—No digo que se eche a llorar todos los días —replicó el viejo, irritado—. Pero quizá tener solo al chico la llevó a ser sobreprotectora. Algunas veces me pregunto si, bueno... —Distraído, dio unos golpecitos en la calabaza, que sonó a hueco, y frunció el entrecejo como si buscara las palabras precisas—. A veces pienso que intenta controlarlo, y no siempre ha sido lo mejor. Cómo se las apañará ahora que Luz Resplandeciente se ha marchado, no lo sé, pero, mira, quizá puedes juzgarlo por ti mismo.

Advertí un movimiento por el rabillo del ojo, y oí el ruido

de uno de los biombos de mimbre cuando lo apartaron de una puerta.

—Creo que ahora te recibirá.

Un pequeño grupo salió de una de las habitaciones. Todos entrecerraron los ojos, cegados momentáneamente por el resplandor. Sus rostros parecían estar hechos de cuero viejo después de tantos años de estar expuestos al sol y al viento, y todos vestían capas sencillas, llevaban el pelo largo y caminaban con porte altivo. Cuando siete de ellos pasaron silenciosamente junto a nosotros para dirigirse a la salida comprendí que debían de ser los jefes de la parroquia de comerciantes de Tlatelolco. A pesar de no llevar capas de algodón, adornos labiales, plumas o sandalias, eran algunos de los hombres más ricos de México.

En el momento que el último de ellos se disponía a salir, se volvió un instante para mirar al anciano.

—Bondadoso —dijo con un tono seco—, esta vez tu nieto ha ido demasiado lejos.

—Díselo a Oceloxochitl. —La voz del viejo sonó cansada—. A mí ya no me importa.

—Se lo hemos dicho —le aseguró el hombre—. Sabe que solo hemos sido pacientes por la manera en que murió su padre. Cuando Luz Resplandeciente regrese —añadió con un tono que no prometía nada bueno—, pasaremos cuentas.

2

El esclavo me acompañó a una pequeña habitación que seguramente era una antecámara, utilizada pare recibir formalmente a aquellos visitantes con los cuales la familia prefería no intimar. Las paredes estaban decoradas con las habituales imágenes de los dioses: reconocí a Ohmetecuhtli y Ohmecihuatl, Dos Señores y Dos Damas, que asignaban nuestras fechas de nacimiento y, junto con ellas, nuestros destinos. Una mesa baja, donde había un surtido de exquisiteces —apetitosos tamales, tortillas rellenas, frutas y diversas golosinas— ocupaba el centro de la habitación.

La única otra pieza de mobiliario era una gran caja de juncos trenzados. Estaba abierta y se veía su contenido. Parecían un conjunto de prendas muy finas: vi una chaqueta de colores adornada con plumas, unas sandalias de obsidiana y orejeras de madera. En un primer momento me intrigaron, hasta que vi un mechón de pelo en medio del montón, y entonces lo comprendí: eran las prendas con las que el esclavo purificado había bailado sus últimos días y noches. Después se habían convertido en la más valiosa posesión de su propietario, destinadas a ser guardadas mientras viviera, y quemadas y enterradas con él cuando muriera.

La madre de Luz Resplandeciente estaba arrodillada en una estera, junto a la caja. Me saludó con las palabras habituales.

—Estás cansado, estás hambriento. Descansa. Come.

Me senté delante de ella y murmuré unas palabras corteses mientras me recogía la capa. Acepté una torta de maíz con miel y comencé a comerla para darme un poco de tiempo para pensar.

De rodillas, con la cabeza gacha, iluminada únicamente por la poca luz que se colaba por encima del biombo en el portal, no revelaba gran cosa. Por lo que alcanzaba a ver —los hilos plateados en los cabellos oscuros, que le caían sueltos sobre los hombros, las arrugas marcadas por las sombras alrededor de los ojos y la boca, la piel morena sin pintar, los dientes blancos y sin manchas, y los sobrios dibujos en la falda y la blusa— juzgué que era una respetable dama en el comienzo de la madurez, y que guardaba luto. Me dije que sería por su hijo, porque sabía que las mujeres de los comerciantes guardaban luto cada vez que sus hombres iniciaban un largo viaje.

—Soy Oceloxochitl. ¿Tú eres el hombre del señor Plumas Negras? Eres bienvenido a mi casa. —Hablaba con una voz clara, profunda y pausada, como alguien acostumbrado a escoger sus palabras con cuidado.

—Gracias, señora. Soy el esclavo de Su Señoría.

—¿Qué requiere el primer ministro de esta humilde familia?

—Quiero hablar con Luz Resplandeciente.

—Entonces has llegado tarde, y lamento que hayas hecho el viaje en balde. Mi hijo se marchó ayer en un viaje de comercio.

Cuando me miró su mirada era firme. No había ahogo alguno en su voz y ninguna lágrima había dejado huella en sus mejillas. Solo la mano, que temblaba ligeramente mientras se movía hacia la caja a su lado, quizá traicionaba una pena o la necesidad de consuelo.

—¿Por qué ayer? —La incredulidad hizo que mi voz sonara más incisiva de lo que pretendía—. ¿Por qué en un día como Uno Junco?

—¿Por qué crees? —Su voz restalló como una rama seca en el fuego—. Tenía que marcharse, ¿no lo entiendes? Lo hubiesen matado de no haberse ido.

—¿Quién quiere matarlo? ¿Sus acreedores? —Recordé lo

que el abuelo del comerciante me había dicho referente a Niebla. Quizá no era el único a quien Luz Resplandeciente le debía dinero.

—¡Hablo de los comerciantes! Tú estuviste en la fiesta, ¿no es así? Tú estabas allí cuando aquel esclavo echó a correr y se suicidó. Fue un hecho desgraciado. Mi hijo sabía que no podría volver a presentarse ante su gente. Dejó la ciudad al día siguiente. Sabía que era un mal día, en un mal momento del año, y marchó sin las provisiones adecuadas ni la bendición de sus mayores. Sabía que podía ahogarse en el lago, morir a manos de los ladrones o comido por los osos o los pumas, morir de frío en las montañas o de calor en el desierto. Nosotros, los comerciantes, hemos vivido con este conocimiento durante generaciones. El padre de Luz Resplandeciente murió a manos de los bárbaros.

No estaba dispuesta a llorar o a alzar la voz, pero me fue imposible no ver que sus dedos retorcían la tela de la falda.

—¿No sabes adónde iba?

—No lo dijo, pero quizá al este, algún lugar como Xicallanco. Habló de Xicallanco antes de marchar.

¡Xicallanco!

—Es muy largo el camino hasta allí —comenté, mientras intentaba recordar dónde había oído mencionar el lugar hacía poco.

—Oh, sí. ¡Cuanto más lejos mejor!

—Es probable —señalé— que, para cuando regrese de un lugar como ese, todo esté olvidado, el esclavo purificado y lo demás.

—No volverá.

—¿Crees que ha marchado al exilio?

—Creo que morirá. —Me espetó las palabras con un siseo que sonó como el aire que escapa entre las ascuas de un brasero—. Lo mismo que su padre. Murió cuando nuestro hijo era un bebé.

—Lo sé. Tu padre me lo dijo. Tu marido debió de ser un hombre muy valiente. Lamento que lo perdieras.

—Fue hace mucho tiempo —respondió desapasionadamente—. Pero sí, lo era. Valía por diez de esos que se proclaman guerreros. —La fugaz sonrisa que apareció en su rostro me sorprendió—. Gracias por decirlo.

Recordé aquello que su padre me había dicho de ella y de Luz Resplandeciente. Me pregunté si podría conseguir que la mujer me lo confirmara, o me explicara qué había querido decir con aquello de que las cosas no siempre habían sido para bien.

—No puede haber sido fácil para ti tener que apañártelas sola, con un hijo que criar.

La mujer me miró con una expresión curiosa.

—No lo fue —admitió—, pero las esposas de los comerciantes estamos acostumbradas a arreglarnos por nuestra cuenta. Tenemos que ocuparnos de los asuntos familiares mientras los hombres están ausente durante meses o años. Nos enseñan a hacerlo. Además no éramos pobres. El emperador fue muy generoso. Después de que los comerciantes regresaran de Quauhtenanco nos envió canoas llenas de maíz y alubias, capas de algodón y pieles de conejo. Nuestro sustento estaba asegurado de por vida, incluso cuando mi padre fue demasiado mayor para continuar viajando. Ahora Luz Resplandeciente está preparado para comerciar por su cuenta. —Volvió la cabeza bruscamente y añadió con una voz ahogada por el llanto—. ¡Mejor dicho, lo estaría, si no hubiese ocurrido esta desgracia!

—Te refieres al sacrificio.

Se mordió el labio inferior pero no dijo nada.

—Esa fue la razón por la que los jefes de la parroquia han venido, ¿no? —la sondeé amablemente—. Estaban furiosos por lo sucedido. ¿Qué han dicho?

La mujer descargó una sonora palmada contra el suelo.

—¿Qué crees que han dicho? ¿Tienes idea del honor que representa ser seleccionado para ofrecer un esclavo purificado? Un comerciante se pasa la vida sumiso ante los guerreros, va por ahí descalzo y ataviado con una vieja capa en lugar de algodón y se aparta del camino de cualquier imbécil al que podría comprar diez veces, y entonces un día al año tenemos la oportunidad de demostrar que somos tanto o más buenos que ellos. Eligen a alguien tan joven como Luz Resplandeciente, y después nos hace quedar a todos como... ¿qué tiene de particular que estén furiosos? —La agitación hizo que chirriara los dientes—. ¿Sabes lo que me he visto obligada a soportar ahora mismo? He tenido que escuchar a siete viejos que me han reprochado la vergüenza que hemos traído a nuestra gente, y han exigido saber dónde está Luz Resplandeciente y dónde consiguió al esclavo. Me he visto obligada a escuchar todo eso, a intentar defender a mi hijo y fingir que sabía cuáles eran sus intenciones, cuando nunca lo he sabido, y hacerlo todo por mi cuenta porque mi padre se ha vuelto a emborrachar y el desagradecido de mi hijo se ha largado sin más. —Se estremeció en un violento sollozo.

—Entonces, ¿no sabes dónde consiguió Luz Resplandeciente a aquel esclavo?

Se sorbió los mocos sonoramente antes de responderme.

—Me dijo que lo había conseguido en el gran mercado de esclavos en Axapotzalco.

—Tú no le creíste.

Oceloxochitl se miró las manos entrelazadas sobre las rodillas, entre los pliegues de la falda.

—Fue demorando la compra hasta muy tarde, tanto que ya no quedó tiempo para darle la preparación debida. Cuando los jefes de la parroquia quisieron verlo, y aconsejar a Luz Resplandeciente cómo presentarlo, él les dio largas. La verdad es que no sé de dónde sacó al esclavo. —Alzó la barbilla hasta que sus ojos brillaron con la luz del sol. Una leve ronquera, una pizca de orgullo, apareció en su voz—. Te diré una cosa. Estuve con mi padre cuando él presentó a un esclavo purificado en la fiesta del Alzamiento de los Estandartes, en el primer año que el emperador permitió a lo comerciantes hacer una ofrenda, y no se parecía en nada a la criatura de Luz Resplandeciente. Subió las escaleras bailando, de la manera que los poetas dicen que deben hacerlo, y murió como un guerrero. ¡Sé cómo hay que hacer esas cosas!

Cruzó y descruzó las manos en la falda. Observé que su muslo se levantaba y bajaba bajo la delgada tela de la falda, un indicio de su repentina inquietud, y me pregunté cuáles serían los sentimientos que habían resurgido con el recuerdo de aquel sacrificio, realizado tantos años antes. Quizá se imaginaba a ella misma como una joven que subía los escalones de la gran pirámide, con los sonidos, los olores y la emoción de la muerte a su alrededor, y delante de ella el hombre que su padre enviaba a la muerte, que subía los últimos peldaños con un grito de triunfo en los labios y el polvo de yeso que se desprendía de sus talones mientras subía.

Tuve una inquietante visión del aspecto de la mujer en el momento en que el esclavo de su padre ofrendaba la vida, con los labios entreabiertos, las mejillas arreboladas, los ojos brillantes, el aliento contenido. Había presenciado suficientes sacrificios para saber cómo había sido, la alegría animal que ningún hombre o mujer con sangre en las venas podía no sentir. No era la sed de sangre sino un instinto más básico: la presencia de la muerte y la afirmación de la vida, dos cosas que nuestras tradiciones nos enseñaban que eran inseparables.

—Yo también lo sé. En otros tiempos fui sacerdote.

Me miró con renovado interés y vi el color oscuro que se había extendido por su rostro y la rapidez del pulso en su garganta. Me pregunté si ella a su vez me veía como un hombre joven, cuando había sido uno de los misteriosos y atractivos servidores del templo, con mi toca de plumas y las mejillas pintadas con sangre y ocre. Frunció el entrecejo.

—Pero ahora eres un esclavo. ¿Cómo fue?

La pregunta me devolvió a la realidad. Era un tema que no me interesaba.

—Mi amo quiere saber de dónde vino la ofrenda de tu hijo —repliqué torpemente—. Necesita hablar con Luz Resplandeciente.

—¿Por qué?

Abrí la boca para responder y la volví a cerrar. ¿Qué podía decir, cuando quizá en esos mismos momentos el viejo Pluma Negras se entretenía en decir qué partes del cuerpo de su hijo le gustaría amputar con un cuchillo mellado? Me oí a mí mismo murmurar:

—Le preocupa que las cosas salieran mal. Después de todo, me envió a mí para que ayudara.

—¡Pues menudo ayudante que resultaste ser! —afirmó ella con un tono rencoroso—. Si no hubieses permitido que aquel esclavo se escapara, quizá las cosas habrían salido bien.

—¡No pude hacer nada!

—Mi hijo hubiese hecho bien en emplear a otro escolta, como Manitas que es un gigantón —prosiguió, sin hacerme caso—. Entre dos como él podrían haber sujetado al esclavo.

—¡Yo no pedí que me mandaran! —protesté—. ¡Ni siquiera sé por qué estaba allí! En cualquier caso, ¿de quién fue la idea de enviarme? ¿Lo pidió tu hijo?

—¿Cómo voy a saberlo? Te lo he dicho. No sé nada de lo que hizo.

—¿Me estás diciendo que no sabes nada de los tratos que tenía con mi amo?

—¡Hasta ayer, ni siquiera sabía que los tuviese!

—¿Qué hay del hombre que aceptaba sus apuestas, el tal Niebla?

Mi última pregunta fue como si le hubiese dado una bofetada. Se inclinó hacia delante bruscamente como aquel que ha recibido una puñalada en el estómago. Volvió a erguirse con la misma brusquedad, pero mantuvo la mirada fija en las rodillas mientras me respondía con una voz que de pronto sonó muy débil.

—Mi hijo no comparte conmigo todos sus asuntos de negocios. ¿Por qué iba a hacerlo?

—¿Los tenía? ¿Hacía sus apuestas en los juegos de pelota a través de Niebla?

Vi que sus hombros temblaban durante un momento bajo la delgada tela de la blusa.

—No lo sé. Sí, es probable que lo hiciera. Escucha, estoy cansada. He tenido aquí a los jefes de la parroquia durante toda la mañana, y ahora apareces tú para hacerme preguntas que no puedo responder. —Sus ojos ya no brillaban sino que se mostraban duros y desafiantes—. Si el primer ministro quiere hablar con mi hijo, pues entonces que lo busque. Puedes decirle que Luz Resplandeciente no está aquí. Que se ha marchado para morir. ¡A ver qué dice a eso tu amo, esclavo!

3

Había un pequeño canal junto a la casa del comerciante. Me demoré un rato en la orilla mientras consideraba la idea de llamar a una canoa y ahorrarme la larga caminata de regreso a casa de mi amo, en el centro de Tenochtitlan. Me sentía cansado y sin ánimos: no podía afirmar que hubiese conseguido gran cosa, aparte de confirmar que Luz Resplandeciente no estaba en casa y que su madre parecía saber incluso menos que yo sobre la procedencia de la víctima del sacrificio. Ni siquiera sabía si debía aceptar su afirmación de que su hijo había marchado al exilio.

Allí se estaba en paz. Las paredes a mi alrededor tenían el color de los huesos blanqueados al sol, y no había ninguna señal de que tras de ellas hubiese vida. El agua a mis pies centelleaba con el sol del mediodía. Miré mi reflejo y me pregunté qué había visto Oceloxochitil cuando me había mirado.

¿Eran figuraciones mías la extraña forma en que me había mirado cuando hablábamos de la muerte de los esclavos purificados?

Muchas mujeres encontraban atractivos a los sacerdotes. Nos veían entre intrigantes y siniestros, con nuestros antiguos himnos, los puñales tintos en sangre, las túnicas negras y los largos cabellos desgreñados. Nos creían valientes, porque ayunábamos, nos lacerábamos, nos enfrentábamos a los dioses todos los días y a las criaturas que frecuentan las tinieblas todas las noches. No podían tenernos porque éramos célibes, y eso nos hacía aún más fascinantes.

Oceloxochitl era una mujer bonita, más o menos de mi misma edad, y algo de ella se había colado en mi corazón y se negaba a ser expulsado. Quizá había sido su fiero orgullo por lo que había hecho su difunto marido, o su negativa a rendirse al dolor o la furia, o su desafío ante el mensajero del primer ministro. Tal vez había sido algo en aquel momento que habíamos compartido, al recordar la muerte del esclavo de su padre. Llevaba el nombre de la más llamativa de las flores, la azucena atigrada, y por un momento pensé que si hubiese visto sus pétalos de color rojo fuerte y brillante amarillo por primera vez, no tendría que haberme sentido tan impresionado por ellos. Pronuncié su nombre en voz baja: Azucena...

Entonces permití que en el rostro reflejado en el agua apareciera una sonrisa indulgente. Un hombre que se ha vendido como esclavo no tiene ambiciones, deseos ni voluntad propia. Había renunciado a todo aquello. Ahora solo le quedaban las fantasías, y estas no suponían ningún peligro.

Dos rostros me devolvieron la sonrisa.

A punto estuve de caer al canal. Rápidamente me recuperé del susto. Me aparté de la orilla y miré al aparecido.

Vestía como un sacerdote. Calaveras y estrellas adornaban su larga capa negra. Una bolsa de tabaco de piel de ocelote le colgaba del cuello. Sus cabellos eran largos como los míos, aunque no tan sucios como los de los sacerdotes; pero sí enredados y roñosos, con musgo en el cuero cabelludo. Los churretes de sangre fresca de los lóbulos se secaban en su cuello.

Por un momento tuve la inquietante sensación de estar viéndome a mí mismo, doce años más joven, hasta que desapareció la sorpresa y comencé a ver las diferencias.

Para empezar el desconocido era más alto, aunque se agachaba para poner su rostro a mi altura. Mucho más interesante resultaba la pasta de hollín que le embadurnaba el rostro y el cuerpo. Todos los sacerdotes la empleaban para pintarse del mismo color negro de la noche, que era su entorno, pero ese hombre había ido mucho más lejos. Era como si se hubiera revocado con la pasta. El roce con el dobladillo de la capa había desprendido parte del revoque que se amontonaba a sus pies. Aparecía agrietado alrededor de los ojos y la boca, cosa que dejaba atisbar su piel morena, pero en el resto había sido aplicada con tanta abundancia que ocultaba las facciones como una máscara. Ni siquiera podía calcular la edad del desconocido, porque la pasta había alisado cualquier arruga en su rostro.

—¿Buscas una canoa? —preguntó sin dejar de sonreír.

Su voz era poco más que un murmullo. Era algo habitual en los sacerdotes, debido a la costumbre de ofrecer su propia sangre en sacrificio, cosa que hacían clavándose espinas de cactos en la lengua.

Miré en derredor. No había nadie más en la orilla, aunque una canoa flotaba en el agua unos pasos más allá. El barquero estaba de pie en la embarcación, apoyado en su pértiga, de espaldas a mí. Era joven y el mechón de pelo del muchacho que no ha derramado sangre le colgaba sobre la nuca.

—Puedes compartir la mía —añadió el desconocido.

Cada vez me inquietaba más la súbita aparición de aquel hombre y aquella canoa.

—Gracias. —Intenté no parecer descortés—. Prefiero regresar a Tenochtitlan dando un paseo.

La sonrisa desapareció en el acto y unas cuantas escamas de la pasta de hollín se desprendieron.

—No lo creo.

Algo me pinchó más abajo de las costillas. Intenté apartarme pero me sujetó un brazo con la fuerza de un caimán que te clava los dientes. Sentí un agudo pinchazo en el estómago y miré el puñal. Estaba hecho de un metal marrón, como el cobre, pero más oscuro. Nunca había visto otro igual.

—¿Qué es esto? ¡Suéltame!

La mano aumentó la presión.

—A la canoa. —El hombre del puñal me retorció el brazo para llevarme a la embarcación. Los esfuerzos para no caerme imposibilitaban cualquier intento de fuga. De nuevo noté la punta del puñal; esta vez me pinchaba en la rabadilla.

Mientras caminábamos hacia la embarcación, el tripulante se volvió.

Era Espabilado, el hijo de Niebla, el muchacho que había visto y oído cuando aceptaba las apuestas de mi amo para un partido de pelota.

En un primer momento creí que se trataba de un robo. Quizá Bondadoso no iba del todo desencaminado, pensé, tal vez el hombre tiznado con el puñal era el padre del muchacho, Niebla. Tal vez fuera cierto que el comerciante le debía dinero. Si se había enterado de la marcha del joven quizá se había dado prisa por cobrar antes de que fuera demasiado tarde, y acaso creía que yo me había adelantado.

—Escucha, me parece que te has equivocado. No tengo nada.

—Cállate y sube a la canoa. Si gritas, eres hombre muerto.

Me hicieron subir en el centro de la canoa, vigilado por el muchacho. El hombre con el rostro negro me siguió. En cuanto se acomodó detrás con el puñal apoyado en mi cuello, Espabilado empuñó la pértiga y apartó la canoa de la orilla.

—¿Qué es todo esto? —protesté—. ¿Adónde me lleváis?

El aliento de mi asaltante movió los cabellos de mi nuca pero no formuló palabra, así que probé fortuna con el muchacho.

—Tu padre no parece un tipo muy hablador, ¿verdad?

El muchacho tampoco se molestó en responderme. Estaba concentrado en la navegación, en la pértiga que tenía en sus manos. Guiaba la canoa con mucha habilidad, y evitaba las embarcaciones que avanzaban en la dirección opuesta sin otro esfuerzo que una leve mueca y un casi invisible movimiento de la pértiga.

—Nos dirigimos fuera de la ciudad —comenté. Fue como si hablase conmigo mismo. Guardé silencio y me dediqué a pensar en qué podía hacer mientras observaba cómo iba cambiando el paisaje.

El canal comunicaba con otra vía más ancha que conducía al lago de Copolco, en la ribera oriental de la isla de México. Muy pronto las casas que íbamos dejando atrás serían reemplazadas por campos: las chinampas, las islas artificiales que nuestros campesinos habían comenzado a cultivar cuando se agotó la tierra firme y que ahora rodeaban la ciudad.

Contemplé las casas y los campos con un extraño distanciamiento. El puñal continuaba rozándome la piel de la nuca pero no tenía miedo. Lo que me estaba pasando no era real. Era ridículo: mi amo me enviaba a casa de Luz Resplandeciente y luego me secuestraba el hombre con quien mi amo apostaba en los partidos de pelota y su hijo. Era obvio que no se trataba de un robo, dado que no habían hecho el menor amago de cachearme en busca de algo de valor. ¿Cuál era su plan? ¿Retenerme como una garantía para el cobro de las deudas de juego de mi amo?

Consideré la posibilidad de gritar pidiendo auxilio a pesar de la amenaza de las consecuencias, pero no había nadie a quien llamar. Las casas estaban en silencio: la mayoría de sus ocupantes bien podía estar en sus hogares, sin ver ni escuchar nada detrás de los blancos muros de los patios, o habían ido al mercado. Los campos tampoco eran más prometedores. Sabía que era poco el trabajo que había ahora en esos campos artificiales, porque no se podía cavar la tierra endurecida por las heladas o porque era demasiado blanda si el clima era suave, y si había alguien tendría mucha suerte si conseguía verlo entre las ramas de los numerosos sauces que bordeaban las parcelas.

Mi única oportunidad, a menos que decidiera enfrentarme al muchacho, al hombre y el puñal, era el lago, donde siempre había muchas canoas. Un grito podría oírse muy bien desde muy lejos, siempre y cuando llegáramos allí. Lo único que podía hacer mientras tanto era conseguir que hablaran. Me pareció que por lo menos conseguiría distraerlos.

—¿Tengo que adivinar de qué va todo esto?

Mi pregunta obtuvo la respuesta que ya me esperaba.

—Muy bien, de acuerdo. —Intenté mantener el tono amable de alguien que solo busca conversación, mientras mis ojos buscaban en los campos una oportunidad para escapar—. No sois ladrones, lo sé. Así que habéis venido a por mí, ¿no? Pero ¿por qué? —Hice una pausa. El chico continuó manejando la pértiga impasible y el puñal no se apartó de mi cuello—. No, no me lo podéis decir. Lo acepto. ¿Cómo sabíais dónde encontrarme? ¿Fue la mujer quien os dijo dónde buscar, o el viejo? Claro que a lo mejor os han enviado un mensaje a tiempo, a menos que ya estuvierais en la casa. ¿Qué tal el primer ministro?

El puñal se movió.

—¿No es acaso el viejo Plumas Negras uno de vuestros mejores clientes? ¿Qué dirá cuando se entere de que os habéis llevado a su esclavo?

—Te lo dije, esto es demasiado peligroso —comentó una voz ahogada a mi espalda—. Tendríamos que matarlo aquí.

Me pareció que su voz sonaba más clara que antes, como si le costara mantener el esfuerzo de hablar como un sacerdote.

Intenté echar mi peso hacia delante de forma que pudiera lanzarme sobre el muchacho si él o su padre hacían un movimiento, aunque sabía que el puñal se hundiría en mis carnes antes de que pudiera mover un músculo.

El muchacho se volvió para mirarme y sus ojos se demoraron unos momentos en mi rostro, como si estuviese buscando algo.

—No —replicó. Su voz sonó muy vieja para su edad—. No debemos.

Noté la tensión del otro hombre a través del metal apretado contra mi cuello. Reconocí el miedo o la furia contenida, o una mezcla de ambas, y me pregunté cuánto tiempo tenía antes de que la desesperación le llevara a emplear el puñal.

—Ya estamos corriendo demasiados riesgos. Cuanto más le dejemos vivir más peligroso resultará. ¡Tendría que haberlo matado junto al canal!

—Pero...

—¡Pero nada! —La tensión se reflejó claramente en su voz, que súbitamente sonó muy aguda, casi estrangulada—. ¿Por quién crees que estoy haciendo todo esto? ¡Si no fuese por ti, no estaría en esta canoa! —El puñal se apartó de mi cuello y por el rabillo del ojo vi que la hoja se agitaba en la dirección del muchacho. Comencé a volver la cabeza, para flexionar los músculos de los brazos y las piernas en preparación del salto—. ¡No discutas conmigo! ¡Lo mataremos cuando yo diga!

La brillante hoja de metal apareció delante de mis ojos. Vi la sorpresa y el miedo reflejados en los ojos del muchacho, y me di cuenta demasiado tarde de que el puñal trazaba un arco hacia mi garganta.

Una fuerte mano me sujetó por los cabellos y me tiró la cabeza hacia atrás. Me estiró el cuello como una codorniz para el sacrificio.

—¡No! —casi gritó el muchacho. Soltó la pértiga y se lanzó sobre mí.

Fue muy lento. Sus dedos apenas rozaron el brazo de Niebla antes de que la hoja cortara la tensa piel.

Se quedó allí, muy quieta, durante un momento que pareció convertirse en días. Apenas si notaba una sensación ardiente, y la tibieza de la sangre que manaba de un corte poco profundo. Me parecía tener mucho más cerca los ojos implorantes del muchacho.

—Por favor —susurró.

El puñal tembló ligeramente cuando la mano que lo sujetaba se relajó.

—¿De verdad quieres que no lo mate?

—Sí... al menos por ahora.

—Al menos por ahora. —El hombre reprodujo su mala imitación de la voz de un sacerdote—. De acuerdo. Tú ganas. Vivirá hasta que nos diga lo que quieres saber. Después lo mataremos.

4

En Copolco nos dirigimos hacia el sur para pasar por el lado occidental de la isla, hacia Tenochtitlan. El muchacho cambió la pértiga por un remo y se alejó un poco de la orilla. Si lo había hecho para no embarrancar o para ponerme más difícil la huida no lo sabía, pero tanto él como su compañero parecieron relajarse un poco. El puñal se apoyó de nuevo en mi cuello.

No había intentado comenzar otra conversación. Haber estado a punto de que me degollaran había convertido el peligro en algo muy real, y contuve la lengua por miedo a provocar a Niebla. Sospechaba que si él y su hijo reanudaban la discusión sobre lo que harían conmigo, quizá el muchacho no conseguiría convencerlo con la misma facilidad. No obstante, a medida que nos alejábamos de la orilla, me arriesgué a mirar de reojo.

El sol apenas asomaba por encima de las cumbres y el extremo más lejano del lago estaba en sombras. La superficie del agua estaba en calma. La isla de México y el dique al otro lado lo protegían de los vientos que en ocasiones encrespaban el gran lado salado situado al este. Vi unas cuantas canoas, aunque ninguna lo bastante cerca para arriesgarme a gritar.

Delante, como un largo murete que nos cerraba el paso, se encontraba la calzada elevada que comunicaba México con la pequeña ciudad de Tlacopan, en la costa occidental del lago.

A la hora que llegaríamos la encontraríamos muy concurrida, con los comerciantes, los jornaleros y los artesanos que marchaban a pasar la noche en sus hogares, en los pueblos y aldeas en tierra firme. El tráfico se interrumpía con cierta frecuencia y se levantaban los puentes instalados a intervalos regulares en la calzada para permitir el paso de las embarcaciones. Cuando los puentes estaban bajados, las canoas permanecían delante de los pasos como juncos dispersos en la superficie del lago mientras esperaban a que se abrieran. Si nos mezclábamos con uno de esos grupos, pensé ilusionado, entonces podría pasar cualquier cosa.

En la orilla más cercana no había más que sauces, cañaverales y zarzas, y de vez en cuando algún rudimentario embarcadero o una choza de adobe con las paredes encaladas, teñidas de rosa por la luz del ocaso. Un par de veces vi la plataforma superior de una pirámide por encima de las copas de los sauces, y la columna de humo del templo construido en la cumbre. La ciudad más grande del mundo se encontraba detrás del silencioso muro verde, pero no había nadie a la vista. Oí el débil chapoteo del remo al hundirse en el agua, y mi visión de la orilla cambió de repente cuando viramos hacia tierra. Me invadió una renovada sensación de temor al darme cuenta de que, después de todo, no pasaríamos bajo la calzada elevada.

En un esfuerzo por ver hacia dónde nos dirigíamos volví la cabeza demasiado rápido y me vi recompensado con un agudo pinchazo en el cuello. El hombre que tenía detrás soltó un gruñido exasperado mientras yo me apresuraba a mirar de nuevo al muchacho. Su rostro se veía un poco más pálido que antes, y advertí su tensión en los ojos entrecerrados y los labios apretados.

Entrábamos en una pequeña cala, o mejor dicho un hueco entre dos parcelas. No había nadie a la vista —como era de esperar, pensé, a esas horas— pero no teníamos la cala para nosotros solos. Había otra canoa, oculta entre los juncos, aunque solo conseguí atisbarla.

Comprendí que debíamos estar muy cerca de nuestro destino, y si tenía la intención de escapar era el momento.

—¿Es aquí? ¿Ya hemos llegado? —Mi voz debió de sonar como la de un niño al que llevan en un largo viaje en canoa, que se queja de aburrimiento y hambre cuando se han acabado las tortas de maíz con miel, pero solo pretendía distraerlos el tiempo necesario para hacerme con el puñal.

La única respuesta que recibí fue un silencio tenso, roto por el chapoteo del agua contra el casco de la canoa.

El muchacho permaneció de pie, a popa, con el remo a un palmo o dos del agua, pero no lo sumergió. Miraba algo detrás de mi cabeza.

Sus labios se movieron aunque durante un momento no se oyó sonido alguno.

A mis espaldas, oí una voz. Tenía un sonido extraño y no conseguí entender las palabras, pero sin duda era una voz.

El hombre que me vigilaba se volvió hacia ella instintivamente. El puñal se apartó de mi cuello y me moví. Me lancé hacia delante con la intención de alcanzar al muchacho: en el poco espacio de la canoa era la única dirección en la que podía ir.

—¡Cuidado! —gritó el chico y levantó el remo.

Su padre intentó sujetarme por los cabellos, pero esta vez llegó tarde, porque yo ya estaba en movimiento. Consiguió asir un mechón y lo apretó, pero mi propio peso lo arrancó de raíz. Oí cómo lo arrancaba y mi aullido de dolor, aunque no por eso dejé de moverme. Golpeé al muchacho con el hombro. Cayó de espaldas y yo de rodillas sobre su pecho. La emprendí a puñetazos contra su rostro.

Conseguí pegarle tres o cuatro veces antes de que su padre me apartara. De nuevo me sujetó por los cabellos y los utilizó para echarme hacia atrás, sobre mis talones, al tiempo que dejaba desprotegida mi garganta para utilizar el puñal.

—¡No! ¡No! ¡No!

Oí los gritos de Espabilado por encima de mis gritos y los sonidos a mi espalda, un fuerte chapoteo, como si algo pesado se moviera en el agua, y aquella voz, ahora más clara pero todavía ininteligible.

—¡Tengo que matarlo! —gritó una voz muy aguda—. ¿No veis lo que está pasando? ¡No podemos tratar con él! ¡Hay que matarlo ahora mismo! ¿Qué otra cosa podemos hacer?

El muchacho se había levantado. Tenía el rostro ensangrentado por mis puñetazos. Su mirada era salvaje y sostenía el remo en la mano, muy alto, por encima del agua.

—¡Podemos hacer esto! —replicó.

Con mis cabellos sujetos por el puño de Niebla era imposible que pudiera esquivar el golpe. No pude hacer más que mirar cómo la pala del remo venía hacia mi cabeza para acabar golpeándome en la sien.

He visto a los hombres pájaro entre los bárbaros del este; entre los huaxtecas y los totonacas. Por supuesto, el hombre pájaro no vuela como las aves; en realidad es un acróbata, cuya actuación consiste en lanzarse desde un poste muy alto, atado a una cuerda enrollada en el poste. Mientras cae y la cuerda se desenrolla parece volar por el aire en un círculo cada vez más amplio hasta que toca el suelo.

Después de que el muchacho me golpeara con el remo me sentí como uno de esos acróbatas, con el mundo dando vueltas a mi alrededor, dando vueltas y más vueltas, arriba y abajo, y el ruido en mi cabeza era como el viento soplándome en las orejas mientras me elevaba hacia el cielo a una velocidad de vértigo antes de caer en picado hacia la tierra y acabar tendido en el fondo de la canoa.

Por un instante no tenía idea de dónde me encontraba o cómo había llegado allí. No conseguía oír otra cosa que un estruendo, ni podía abrir los ojos. Noté el sabor de la sangre: me llenaba la nariz y la boca, y me impedía respirar. Mi cuero cabelludo se había convertido en una hoguera. Alguien me machacaba la sien con un hacha de pedernal y otro me arrancaba los intestinos.

Me dominó el terror. Comencé a lanzar puñetazos y puntapiés como si me fuera la vida. En mi ceguera golpeé la borda de la canoa y el dolor en los nudillos fue tan brutal que se impuso al de la cabeza y los intestinos. La palma de mi mano encontró la misma superficie y después mis dedos la sujetaron espasmódicamente.

Ahora que estaba sujeto, conseguí mal que bien ponerme de rodillas. Me pasé la otra mano por el rostro y la retiré empapada. Conseguí limpiarme la sangre de los ojos y las pestañas antes de que se coagulara. Tosí y me ahogué. Abrí un ojo y lo volví a cerrar tan rápido que no vi nada. Me pareció que alguien gritaba.

Entonces intenté levantarme, antes de tiempo, porque el mundo continuaba girando, y cuando extendí el brazo para sujetarme no encontré nada. Sin que escapara de mi boca ni un solo sonido, me caí de la canoa que se bamboleaba en las heladas aguas del lago.

Fue como caer a través de una placa de hielo, tan fría que no podía sentir lo fría que era, y oscura como una cueva. No podía pensar, no podía moverme.

Mi cuerpo no intentaba nada, al parecer no tenía voluntad, todo lo que podía hacer era retorcerme, indefenso como un pez enfermo. Por un momento creí que me sujetaba algún monstruo marino; luego descubrí que la capa me sujetaba los brazos contra el cuerpo.

Pasé por otro momento de terror incontrolado mientras mis brazos presionaban contra la tela empapada y mis piernas se movían en vano. Quería gritar pero no había aire en mis pulmones y tenía la boca y la nariz llenas de sangre y agua.

Pasó por mi mente la fugaz visión del destino de aquellos que se ahogaban. Vivían su vida en el más allá, en el paraíso del dios de la lluvia, un lugar de placeres y abundancia donde la lluvia era cálida y las cosechas ubérrimas.

Quizá la visión me calmó. Dejé de resistirme, en el mismo momento en que las fibras empapadas de mi capa de mala calidad finalmente cedieron y pude mover los brazos.

Con un último esfuerzo me impulsé hacia la superficie. Los restos de mi capa se me enredaron en los tobillos; sacudí las piernas hasta librarlas. Abrí los ojos por primera vez en el agua helada y miré hacia arriba.

No vi la superficie. Una larga forma oscura flotaba por encima de mí. Me di cuenta de lo que era cuando mi cabeza la golpeó.

Me encontraba debajo de una canoa.

Empujé la áspera madera con las dos manos, desesperado por apartarme antes de que el mareo que comenzaba a dominarme consiguiera hacerme olvidar dónde estaba la superficie. Noté el movimiento a través de las palmas de mis manos: la gran masa comenzaba a moverse lentamente y retumbaba como si la embarcación estuviese llena de personas que corrieran de una punta a otra. «Debo de estar a punto de ahogarme —pensé—, y ahora tengo alucinaciones.» La canoa no me había parecido muy grande.

Entonces desapareció la sombra por encima de mi cabeza, y me encontré en la superficie. Comencé a boquear como un pez fuera del agua.

Al principio no oí nada más que el ruido de mi respiración. Miré a un lado y a otro en busca de la orilla. Tenía que llegar a tierra firme lo antes posible, pero ya no me quedaban fuerzas y el frío me calaba los huesos. Comenzó a invadirme un extraño letargo.

Noté que estaba casi conmocionado. Oí gritos de alarma o de rabia. Con los oídos llenos de agua no conseguía entender las palabras y en cualquier caso tampoco escuchaba, pero entonces, a pesar de mi cada vez mayor indiferencia, algo me obligó a prestar atención.

—¡Yaotl! —La voz era confusa, pero era imposible no reconocer mi propio nombre—. ¡Espabilado! ¿Dónde está Yaotl?

Miré hacia la borda de la canoa, atento a los gritos y a las carreras.

Un rostro apareció por encima de la borda.

El muchacho y yo nos miramos, ambos demasiado atónitos para hablar o movernos. Vi los regueros de sangre en sus mejillas y el cuello. No había tenido tiempo de limpiarse.

—¡Yaotl! —repitió la voz.

El rostro desapareció sin emitir ni un sonido.

Empecé a nadar porque en ello me iba la vida.

5

Aquella orilla era obra de los hombres, el límite de la chinampa, hecho de estacas y sauces. No había una playa donde tumbarme como un pez varado. Por el otro lado había muchísimas raíces de sauces donde aferrar mis entumecidos dedos mientras arrastraba mi cuerpo molido hasta la tierra relativamente seca.

No sabía si algún tripulante de la canoa me había seguido. No había oído a nadie, y tampoco me importaba. Estaba demasiado exhausto para hacer otra cosa que tumbarme boca arriba, en el fangal.

El sol se había puesto. El cielo tenía un color azul oscuro, y las ramas de los sauces no eran más que unas sombras irregulares entre las que se veían las estrellas, que eran como brillantes puntos luminosos en el claro cielo invernal.

«Si me quedo aquí moriré congelado —pensé, omnibulado— pero tampoco pasará nada si descanso unos momentos, acunado por el rumor de las ramas que se balancean.»

Cerré los ojos.

Los abrí de nuevo.

Algo se movía entre las ramas.

Observé las ramas, atento a la repetición del movimiento, mientras me preguntaba si no lo habría imaginado. Entonces lo vi y lo oí: un pájaro de gran tamaño que batía las alas con desesperación mientras remontaba el vuelo desde una rama que estaba justo encima de mí, y vacilaba un momento para después caer pesadamente en una rama más baja. Una breve lluvia de ramitas cayó a mi alrededor, seguida por un par de plumas grandes.

El pájaro se balanceó precariamente en la rama. Algo en su breve y torpe vuelo me hizo pensar que no estaba acostumbrado a moverse por el aire.

Intenté levantarme para mirarlo de más cerca. Resbalé en el fango, caí de lado, y maldije en voz alta.

El pájaro se espantó. Esta vez remontó el vuelo y me roció otra vez con una lluvia de ramitas mientras desaparecía en la noche, con sonoros graznidos, y luego no quedó nada, salvo unas plumas dispersas y el sonido de sus escandalosos graznidos por encima del agua.

No sé cuánto tiempo estuve allí, con la mirada fija en la dirección que había seguido. Lo suficiente para que saliera la luna porque, cuando recogí una de las largas y duras plumas y la observé, vi que brillaba con la luz plateada, y lo fuerte que era su color rojo.

En ese momento temblaba, pero no era de frío. Se trataba de una reacción natural, me dije, incluso para alguien que había sido sacerdote, cuando se enfrentaba a un mensaje de los dioses porque el pájaro tenía que haber sido un augurio.

No había confundido sus graznidos mientras se alejaba. Ya los había oído, justo antes de que el muchacho me golpeara con el remo. Ahora sabía que habían sido palabras. ¿Qué clase de pájaro podía hablar con el lenguaje humano?

«¡Sálvanos! —había graznado, una y otra vez—. ¡Sálvanos! ¡Sálvanos! ¡Sálvanos!»

La caminata de regreso a casa fue muy larga. Avancé a trompicones a través de los campos anegados, entré y salí de las zanjas heladas que los separaban cuando eran demasiado anchas para saltarlas, sin tener claro si seguía el camino correcto o estaba describiendo círculos.

Cuando llegué a casa de mi amo estaba exhausto, muerto de frío, empapado, hambriento, sucio, dolorido y furioso. Había tenido mucho tiempo para pensar en lo que me había sucedido, en preguntarme qué significaba, y había encontrado una única respuesta posible. Subí las escaleras que conducían a los aposentos privados de mi amo, dispuesto, si tenía que hacerlo, a encararme con él allí mismo, porque estaba demasiado furioso para preocuparme de lo que pudiera decir o hacer.

Encontré al viejo Plumas Negras en lo alto de las escaleras, sentado debajo de su magnolio, fumando tranquilamente bajo las estrellas antes de irse a dormir. Tenía los ojos cerrados, pero los abrió cuando oyó el ruido de mis pisadas.

Se incorporó en la silla como si lo hubiesen pinchado. Los ojos se le desorbitaron, levantó las manos como si quisiera defenderse de un ataque, y la pipa cayó de su boca y golpeó contra el suelo estrepitosamente. Un sonido sordo escapó desde el fondo de su garganta.

—Pareces sorprendido de verme —dije, con una pausa significativa antes de añadir—, mi señor.

Una delgada columna de humo se elevó entre nosotros desde la pipa caída. Ninguno de los dos hizo movimiento alguno para recogerla. Yo lo hubiese hecho como algo natural en cualquier otra circunstancia, pero esa noche no estaba de humor. Mi amo parecía haberla olvidado.

—No creías que regresaría hoy, ¿verdad? ¿Esperabas volver a verme? Por cierto, ¿por qué vino Niebla a por mí?

Apoyó las manos en las rodillas. Se reclinó en la silla. Una expresión preocupada reemplazó a la sorpresa, y ahondó las sempiternas arrugas que surcaban su frente.

—¿Niebla? —repitió.

—Sí, mi señor. Ambos sabemos la clase de tratos que tienes con él, y el motivo por el que su hijo viene aquí. Me enviaste a Pochtlan y ellos sabían exactamente dónde encontrarme. Por eso ayer necesitaste a Manitas, para que llevara el mensaje, ¿verdad? ¿Qué fue lo que pasó? ¿El equipo de Huezotla no ganó? ¿Quería cobrar? ¿Por qué yo? —añadí, con un tono amargo—. No es que no te puedas permitir la pérdida. ¿Tan poco valgo?

En cualquier otra ocasión no me hubiera tolerado tamaña insolencia, y de haberla repetido le hubiese dado a mi amo una razón legítima para ponerme un yugo y enviarme al mercado, donde los únicos posibles compradores hubiesen sido los sacerdotes en busca de víctimas para los sacrificios. Esta vez, sin embargo, lo único que decía, una y otra vez, era:

—¿Niebla?

—No puedes fingir que no sabías que estaría allí.

Mientras le relataba lo sucedido vi cómo su expresión se tornaba cada vez más grave. Cuando acabé un largo silencio siguió a mis palabras.

—Niebla —murmuró mi amo, por última vez—. Pero eso no tiene sentido...

Entonces pareció rehacerse. Desapareció la expresión ceñuda y carraspeó.

—No comprendo tu relato, Yaotl y, sinceramente, no lo creo.

—¡Sabes que es verdad!

—¡Silencio! —rugió. Sus manos apretaron las rodillas con tanta fuerza que la piel de los nudillos se quedó sin sangre—. ¿Con quién crees que estás hablando? ¿Has olvidado quién soy, esclavo? —Temblaba de cólera, y a pesar de mí mismo me aparté un poco—. Te ordené que fueras a buscar al comerciante y ¿qué pasó? No solo no has conseguido hacer lo que te mandé, sino que te presentas aquí, sin mi permiso, sucio y maloliente, como si hubieses dormido en una cloaca, y tienes la temeridad de decir lo que sé o lo que no sé. Podría mandarte a trabajar en las canteras. ¡Eso te enseñaría a tener modales!

—Pero mi señor, yo...—tartamudeé, pero luego guardé silencio. La indignación que me dominaba flaqueó ante su furia. Con unas pocas palabras el viejo Plumas Negras había restablecido nuestra relación de amo y esclavo, y me había recordado que era él, y no yo, el dueño de mi destino—. Lo siento, mi señor —murmuré.

Respiró hondo y después soltó el aire, poco a poco. Dejó de temblar.

—No voy a decir que sé en qué te has metido —dijo por fin—, pero a la vista de tu aspecto, es obvio que no fue muy agradable. —Había perdido la capa, mi taparrabos estaba sucio y desgarrado, tenía el rostro y el cuello embadurnados con sangre seca, mis pies y piernas estaban cubiertos de fango, y un pequeño charco se había formado a mi alrededor—. Me pregunto si no habrás hecho demasiados esfuerzos. Quizá tendrías que descansar. Después de todo, no has conseguido encontrar a Luz Resplandeciente o a los brujos. Sí, ya está. Mañana descansarás todo el día y puede que así se te ocurra alguna idea.

Fue mi turno de mirarlo desconcertado, al comprender que me ordenaba retirarme, que mi amo había dado por acabada la conversación.

Bajé las escaleras a paso lento. No tenía ningún sentido discutir. Si mi amo sabía que estaba diciendo la verdad pero la negaba por alguna razón no podía hacer nada. En cualquier caso, ¿qué podía decirle? ¿Que hablara de mi secuestro con Niebla, cuando estaba convencido de que ambos se habían compinchado para hacerlo?

Mientras me dirigía a mi habitación me asaltó la inquietud de que me había ordenado descansar porque quería tenerme en la casa, al alcance de su mano, mientras decidía qué hacer conmigo.

6

Me desplomé en mi colchoneta, cogí una manta vieja con mis dedos ateridos, me abrigué lo mejor que pude y me quedé inmóvil, demasiado exhausto para preocuparme de limpiar la sangre y el barro de mis miembros doloridos.

—¿Dónde has estado todo el día?

—¿Es que nunca duermes? —protesté.

—¿Cómo quieres que duerma? —replicó Costoso—. Tiré a un lado la manta durante el día, cuando hacía tanto calor, y ahora no la puedo coger. ¡Estoy helado! Además, nadie ha venido a darme mi medicina, y no he podido hacer mis necesidades en todo el día.

Maldije por lo bajo mientras me levantaba para recoger la manta del viejo. Era tarde para darle la repugnante pócima que tomaba para removerse los intestinos, pero busqué la calabaza para tenerla a mano a la mañana siguiente. La sacudí para ver cuánto quedaba y calculé que tendría suficiente para dos días.

—Ahora estoy mejor. Cuéntame qué has estado haciendo, así me dormiré.

Se lo conté. No deseaba otra cosa que quedarme dormido, pero estaba demasiado incómodo. No dejaba de temblar y me dolía horrores la cabeza. Al mismo tiempo, el entumecimiento de las manos y los pies, debido a la inmersión en el agua helada y el viento de la noche, comenzaba a desaparecer y ahora el hormigueo era como tener fuego en las venas.

—¿Así que crees que tienes alguna posibilidad de conquistar a la viuda? —fue el único comentario de mi compañero de cuarto.

—No digas tonterías —solté cuando conseguí controlar el castañeteo de mis dientes—. Aparte de que ella pertenece a una familia pochteca y yo soy un plebeyo y un esclavo, no hay ninguna razón para que le agrade. Cree que soy uno de los responsables de la fuga de su hijo.

—Y como, además, no te gusta... —comentó con un tono burlón. Cuando no hice caso añadió—: A mí me preocuparía más ese tipo, el tal Niebla. ¿De verdad crees que nuestro amo te entregó a él para saldar una deuda de juego? Parece demasiado retorcido.

—Eso fue lo primero que pensé. Quizá lo hizo porque no podía entregarme abiertamente. Me dije que fingir un secuestro podía ser la manera más sencilla de hacerlo sin correr riesgos. —La explicación sonaba plausible, pero ya había deducido que era una tontería. Era tomarse demasiadas molestias para saldar una deuda menor—. Además, parecía no ver la hora de matarme. ¡No creo que muerto le hubiese servido de gran cosa!

—Pero el muchacho se empeñó en salvarte la vida —me recordó el viejo esclavo.

—Me dejó escapar —admití con un tono de extrañeza mientras recordaba aquel rostro bañado em sangre que me miraba por encima de la borda de la canoa. No conseguía encontrarle el menor sentido. El muchacho había hecho su parte, y me había golpeado con el remo, aunque evidentemente lo había hecho para evitar que su padre me apuñalara. Pero ¿por qué no había dado la voz de alarma mientras veía mis esfuerzos por mantenerme a flote y su padre preguntaba a gritos dónde estaba?

—¿Qué me dices de aquel pájaro? —La pregunta de Costoso interrumpió mis pensamientos—. Has dicho que hablaba. Eso podría ser un augurio, ¿no te parece? Eso, o se trataba de un brujo convertido en pájaro. Oye, ¿no creerás...?

—No era uno de los hombres que estaba buscando. Estoy seguro de que solo son unos charlatanes. En primer lugar no creo que nadie que sea un brujo auténtico se deje encerrar en una celda y, en cualquier caso, el pájaro que vi parecía demasiado grande para deslizarse entre los barrotes de una de aquellas jaulas. Un brujo se hubiera transformado en algo muy pequeño, como un colibrí o un vencejo. Un augurio...

Me arrebujé en la manta, inquieto. En México se habían visto muchos augurios en los últimos tiempos. El emperador me había descrito algunos pero había habido otros: hombres con dos cabezas, la voz de una mujer sin cuerpo que gritaba en la calle durante la noche, rayos que habían caído sobre el templo del dios de la guerra.

—Podría ser. ¿Un augurio de qué?

El viejo soltó una risa que sonó como un ronco cacareo.

—¡La respuesta es fácil de conseguir! Haz como el emperador. Búscate un brujo para que te lo diga.

—Muy gracioso. —Por fin comenzaban a desaparecer los temblores. Me volví, dispuesto a dormir, pero el anciano aún no había acabado.

—No, hablo en serio —insistió—. ¿Por qué no consultas a un brujo para que interprete la aparición del pájaro? Podría ser la respuesta a todas tus preguntas.

—No conozco a ningún brujo, por lo menos a ninguno auténtico.

—Eso no es un problema. Hay un hombre al que solía consultar. Se llama Cipactli, vive en una aldea cercana a Coyoacán. No tienes más que mencionar mi nombre y él...

Volví a sentarme en la colchoneta.

—¿Has dicho Coyoacán?

—Sé que está muy lejos, pero si sales muy temprano...

—Coyoacán. —El nombre me recordó el rostro de mi hermano, y aquella cosa oculta en sus sombras cuando lo mencionó. Me estremecí, aunque ya me había olvidado del frío.

—Por supuesto —añadió Costoso—, no es barato. Lo bueno nunca lo es.

—No tengo dinero. Ya lo sabes.

—Entonces utiliza parte del mío. Hay tela de algodón de primera calidad en aquella caja. Tendrás más que suficiente para pagar una consulta.

La caja a la que se refería era una pequeña hecha de juncos trenzados que guardaba nuestras posesiones. En mi caso eran muy pocas, un único recuerdo sin ningún valor de mis días como sacerdote, un par de viejas capas de fibra de magüey, un par de taparrabos y poca cosa más. Costoso tenía algo más: algo de dinero en forma de tela, granos de cacao y un par de narigueras de hueso. El dinero era lo que había ahorrado, como hacían casi todos los esclavos cuando podían, con la ilusión de comprar su libertad.

—No puedo aceptarlo.

—Yaotl, ¿qué crees que voy a hacer con todo eso? ¿Comprarle mi libertad al viejo Plumas Negras? —Exhaló un suspiro—. ¿De qué me serviría? No puedo caminar y no hay nadie que me cuide. Moriría de hambre. Prefiero ser un esclavo y comer. Yo... —Le oí tragar, como si quisiera quitarse una obstrucción de la garganta—. Iba a dejártelo a ti de todas maneras, así que ahora puedes coger una parte. ¡Considéralo un adelanto de tu herencia!

No se me ocurrió ninguna respuesta.

Había pasado años atendiendo al viejo esclavo, le había dado de comer en la boca, suministrado su medicina y limpiado el resultado, le había dado vuelta en la cama cuando estaba demasiado débil y entumecido para hacerlo por sí mismo y, sobre todo, había escuchado sus interminables quejas, y durante todo ese tiempo nunca se me había ocurrido esperar nada de él, más allá de lo que ya había hecho. Sin embargo, lo que ahora me hacía arder los ojos no era su generosidad al dejarme todo lo que poseía. Era el pensamiento de que si alguna vez recibía su dinero, sería porque no volvería a oír la quejumbrosa voz del viejo nunca más.

—Muchas gracias —dije al cabo de un rato.

La única respuesta fue un sonoro ronquido.

TRES ÁGUILA

1

Salí de la casa de mi amo antes del amanecer, sin hablar con nadie. El primer ministro aún no se había levantado y yo quería marcharme antes de que se enterara que había desobedecido sus órdenes. Me llevé una parte del dinero de Costoso conmigo, aunque no tenía ninguna intención de pagar al brujo.

Manitas, el plebeyo, vivía en Atlixco, una parroquia de la parte este de la ciudad. Estaba al borde del lago y, de no haber sido por el dique que protegía a la ciudad de las tormentas que se formaban en el gran lago salado, probablemente se inundaría tres o cuatro veces al año.

Llegué a la casa muy temprano, y me encontré con un caos.

Parecía haber chiquillos por todas partes. Los más pequeños perseguían a grito pelado a los pavos y cachorros de perro por el patio, en un complicado juego cuyo objetivo parecía ser que las criaturas pasaran entre dos fémures humanos, clavados en el suelo, y que entraran en la casa de baños. Dos chicos mayores observaban la escena e intentaban mostrarse circunspectos como dos adultos, aunque resultaba obvio que se morían de ganas de participar en el juego o interrumpirlo haciéndose con los huesos —la orgullosa exhibición de los despojos de dos guerreros enemigos que Manitas había capturado— y utilizarlos para machacar las cabezas de sus hermanos.

Los más pequeños me miraron solo el tiempo necesario para tomar nota de mi presencia y después se olvidaron de mí.

Los mayores me observaron con curiosidad mientras cruzaba el patio para dirigirme a las habitaciones privadas de la familia.

Mi amigo me esperaba en el portal, vestido con una capa aún más vieja que la que llevaba la primera vez que lo vi. Se lo veía agobiado.

—¡Unos chiquillos muy animados! —comenté—. ¿Son todos tuyos?

Miró de reojo en torno a sí.

—No lo sé. ¿Cuántos has visto?

—Creo que siete.

—En ese caso no, un par de los más pequeños son de mi hermano. Tenemos nueve —comentó con un tono contrito—, pero la mayor está casada y su hermana y dos de sus hermanos están en la Casa de los Jóvenes. Itzcoatl y Mazatl no tardarán en seguirlo, eso si antes no acabo con todos ellos colgándolos cabeza abajo sobre chiles picantes. Perdona.

Volvió al cabo de un momento, después de haber enderezado uno de los fémures, apartado a un par de chiquillos que se ensañaban con otro más pequeño, sacado a un cuarto de la casa de baños y reprendido a los dos mayores, aunque no tuve claro si eso lo hizo por no vigilar a los pequeños o solo por divertirse.

—¡No me vas a creer, pero estamos esperando otro!

—Te deben de gustar mucho los niños.

—No puedo escapar de mi destino.

—¡Tonterías! ¡Los adora! —afirmó una mujer joven que acababa de salir de la casa cargada con un pieza de tela áspera que algunas veces utilizamos para hacer mantas. Me miró con atención y luego miró a Manitas.

—¿Vas a presentarme?

—Me llamo Yaotl.

—¿Yaotl? ¡Ah, ya sé quién eres! Estoy enterada de todo aquel escándalo en la pirámide. ¡Vaya mala suerte que tuviste, y no hablemos del pobre hombre que ofreció al esclavo!

—Casi todos los habitantes de la ciudad lo saben, Atototl —señaló Manitas con un tono agrio—, y la mayoría de ellos de tu boca. Es la esposa de mi hermano —me explicó—. Tienen su habitación al otro lado del patio, aunque Atototl pasa la mayor parte de sus días en la nuestra. Ella y Citlalli son dos cotillas.

—Tu mujer necesita a una persona que la ayude a prepararse para el parto. —Atototl me sonrió—. Tenemos que ser pacientes con el pobre hombre. ¡Es incapaz de soportar la tensión!

Una expresión dolorida apareció fugazmente en el rostro de Manitas.

—Si buscas a tus dos hijos, probablemente los encontrarás en la casa de baños, y si hay un perro con ellos, me gustaría recuperarlo. —Me miró—. Ahora entiendes por qué tengo que gastar tanto tiempo y dinero en brujos, con todos estos cumpleaños que interpretar.

—Ah, esa es la razón de mi visita.

—¿Los cumpleaños?

—No, los brujos. Tengo que ir a ver a uno.

—¿Has venido para que te recomiende...?

—No, ya sé a quién quiero ver: un hombre de Coyoacán. Pero traigo conmigo mucho dinero para pagarle, así que me preguntaba si querrías venir conmigo, solo como una medida de prudencia si me encuentro con problemas en el camino. Naturalmente, te pagaría.

El gigantón me miró con una expresión de desconfianza.

—¿Problemas? ¿Qué clase de problemas?

—Ya sabes, ladrones.

Había pasado buena parte de la noche reflexionando sobre la respuesta a esa pregunta, y al final había decidido mentir. Hubiese sido muy difícil explicar qué esperaba encontrar en Coyoacán cuando ni yo mismo lo sabía, y no quería que las siniestras insinuaciones de mi hermano desanimaran a Manitas. Además, pensé, si le hablaba de guerreros y del primer ministro solo serviría para que me pidiera más dinero.

Frunció los labios mientras meditaba la propuesta.

—Coyoacán está lejos. Tardaría gran parte del día en ir y volver. Quiero decir que querría acompañarte, pero...

Suspiré.

—De acuerdo. ¿Cuánto quieres?

Por mucho que fuese, valdría la pena. Si León había dicho la verdad sobre Coyoacán, entonces no había manera de saber lo que podría suceder, y quizá necesitaría a alguien con fuerza y agallas.

Coyoacán se alzaba en tierra firme, en la esquina sudoeste del lago, al final de la calzada.

Nos llevamos a los hijos de Manitas, Itzcoatl y Mazatal —Serpiente de Obsidiana, o Serpiente a Secas, y Venado— con nosotros.

—Ninguno de los dos es un erudito —me confió su padre—, pero tampoco lo soy yo, y causarían más problemas si los dejo en casa.

Me espantaba la sola idea de llevarnos a los chicos, pero sus protestas en contra de quedarse pudieron más que las mías.

—No les pasará nada —afirmó Manitas cuando me encaré con él—. No creo que vayamos a tener problemas. La verdad es que me sabe mal aceptar tu dinero. —Estaba de buen humor, y al parecer le hacía ilusión pasar el día fuera de casa. Sentí el impulso de explicarle el verdadero motivo del viaje pero me contuve. Después de todo, me dije, quizá estuviera en lo cierto, y no pasaría nada. No quería que se volviera y me dejara librado a mi suerte en el viaje a Coyoacán.

Solo por cambiar de tema, le pregunté por la carta que le había dado mi amo.

—No tengo idea de lo que decía. Te lo dije, no sé leer.

—¿Adónde la llevaste?

—A Pochtlan, a la casa de aquel comerciante, Luz Resplandeciente. —Titubeó al escuchar que contenía la respiración—. Creo que era la respuesta a la carta que le traje.

—¿A quién se la diste?

—A un esclavo, un pobre viejo. Le pregunté si sabía cuál era el contenido de la carta, solo por curiosidad, pero me dijo que apenas si veía.

Los chicos no comenzaron el viaje de una manera muy prometedora. Caminaban malhumorados detrás de su padre y no dejaban de discutir sobre a quién le tocaba cargar con la bolsa de la comida. No tenían la edad requerida para entrar en la Casa de los Jóvenes, y sin duda era allí donde hubiesen preferido estar, dedicados a admirar a sus hermanos mayores como grandes héroes, a manejar la lanza, a blandir la espada o pendientes del relato de las exageradas hazañas de algún veterano cubierto de cicatrices. Caía por su propio peso que no creían que una larga caminata con su padre y un esclavo desastrado fuese la mejor manera de emplear su tiempo.

Se animaron cuando dejamos atrás la ciudad y nos dirigimos al sur, porque les dijimos a quién íbamos a ver.

—¡Un brujo! ¿Utilizará el brazo de una muerta para ponernos en trance? —preguntó Serpiente, entusiasmado.

—No, no lo hará —respondí con voz firme—. Solo los brujos malvados hacen esas cosas. Este interpretará un sueño, nada más.

Después de eso, caminamos en silencio. Queríamos ahorrar el aliento para la caminata, y una vez que entramos en la calzada había tantas cosas para ver que incluso los chicos callaron.

Hacía un bonito día de invierno. Una leve brisa se había llevado la bruma matinal y ahora agitaba el agua descomponiendo los reflejos del sol en la superficie y las formas y las sombras de la vida submarina. Era fácil imaginar que debajo acechaban cosas terribles —enormes peces de dientes afilados, la criatura que llamábamos el Ahuitzotl, que profanaba los cuerpos de los ahogados— pero podías mirar las embarcaciones y sentirte seguro. Había más de las que podías contar, de todos los tamaños, desde canoas para uno hasta grandes transportes y casas flotantes, cuyas tripulaciones vivían todo el año en las endebles chozas construidas en las cubierta. Muchas navegaban con el agua casi hasta la borda, hundidas por el peso de los pasajeros y las mercancías que transportaban entre la isla de México y los numerosos pueblos y aldeas de resplandecientes casas encaladas que salpicaban la orilla.

Si mirabas detrás de ti veías la ciudad. En una mañana clara, cuando el sol alumbra los brillantes colores de los templos y resalta el blanco de las paredes de las casas y de la nieve en las cumbres de las montañas, ningún azteca podía mirar todo aquello sin emocionarse. Podías olvidarte de la gente que vivía allí; yo podía olvidarme de amos caprichosos como el primer ministro, tipos prepotentes como su mayordomo, el emperador, mi padre, mis hermanos y de todos los demás que me habían arruinado la vida a lo largo de los años, incluidos Niebla y su hijo. Desde allí solo veía el lugar, y era la cosa más bonita sobre la tierra: la ciudad que mi gente había levantado de la nada en solo unos haces de años.

Casi con pena, volví a mirar el camino. No había mucho tráfico. Unos hombres que caminaban a paso lento o corrían, según la urgencia de sus ocupaciones. Pasamos junto a una caravana en la última etapa de su largo viaje desde el sur, cargada con productos exóticos, los porteadores sudorosos debajo de las correas que les cortaban los hombros y les marcaban las frentes. En la dirección opuesta y al trote rápido, tanto que tuvimos que apartarnos cuando nos alcanzaron, desfiló una compañía de guerreros. La mayoría de ellos parecían jóvenes que aún no habían matado a nadie, a juzgar por sus capas sencillas y los mechones de pelo en la nuca, aunque el capitán era un veterano. Marchaban a la guerra, o para amenazar con una: llevaban cargadas a la espalda las pesadas mochilas y los escudos de plumas de colores chillones, y las espadas de madera sujetas encima se bamboleaban. Las cuchillas de obsidiana encastradas en los bordes de las espadas resplandecían con el sol. Las grandes tiras de cuero de las sandalias del capitán golpeaban ruidosamente contra el suelo.

—Un magnífico espectáculo, ¿verdad? —comentó Manitas mientras él y sus hijos contemplaban a los guerreros. Los chicos estaban boquiabiertos—. Se ocuparán de mantener llenas las casas de los tributos. ¡Quién pudiera ser joven otra vez para ir con ellos! Era hábil con la lanza. Todavía lo soy. Tendrías que haberme visto...

—Lo sé —lo interrumpí con demasiada brusquedad—. He visto los resultados de la habilidad de demasiados guerreros, créeme.

Miré cómo la nube de polvo que había levantado la compañía volvía a posarse en el camino. Una vez había sido como ellos, dominado por los sueños de una Muerte Florida en la batalla o en el ara. Luego, como todos los jóvenes sacerdotes, había ido a la guerra y había visto cómo era en la realidad: el prisionero maniatado que se debatía indefenso a mis pies, el herido que sostenía el brazo amputado y le sonreía, incrédulo, el guerrero águila muerto en el barro, su hermoso tocado sucio y pegoteado con sangre. Por encima de todo recordaba la confusión, los capitanes que gritaban hasta enronquecer sin que nadie los oyera, la desconcertante sensación de que el ritmo de la vida se había interrumpido y que solo Tezcatlipoca sabía quién había vencido y si eso importaba.

La guerra, pensé, era para los jóvenes que no tenían tiempo para el futuro y para los viejos que habían olvidado el pasado. Al resto solo nos quedaba sumar años.

2

Según el viejo esclavo, Costoso, la aldea de Cipactli estaba poco después de Coyoacán. Rodeamos la ciudad y comenzamos a subir por una suave pendiente, entre campos de recias plantas de maguey, con sus grandes hojas verdes, rígidas y carnosas. Habían plantado el maguey en hileras a lo ancho de la ladera, y las hojas y las fuertes raíces habían levantado la tierra para formar escalones de poca altura. Dispersas entre los campos se veían las chozas de adobe y con techos de cañas.

—Ahí vive la gente —comentó Venado con voz de sabelotodo.

—¡No, no vive! —gritó su hermano, indignado—. Son demasiado pequeñas. Seguro que los hombres de la ciudad las construyeron solo para refugiarse del sol, cuando trabajan en los campos.

—Vosotros dos ni siquiera sabéis que habéis nacido —gruñó su padre—, y no gritéis. Ahí vive gente, así que comportaos. No parece que haya mucha actividad —me dijo.

Miré con desconfianza hacia la cumbre y después abajo, hacia la ciudad y el lago.

—No veo a nadie. ¿Tendría que haber alguien en esta época del año?

—Siempre hay cosas que hacer —me aseguró el gigantón—. ¡Algún día tendrías que probar lo que es trabajar en el campo!

Mira allá, hay chayoteras, todavía no las han recogido. Se echarán a perder si no se apuran.

Las chayoteras, aparentemente olvidadas, estaban casi ocultas entre sus hojas enredadas. Un par de pasos más allá había un montículo oscuro que creí que no era más que tierra, hasta que vi el polvo negro que la brisa levantaba de su superficie, y comprendí que eran los restos de los ladrillos calcinados.

A pesar del calor sentí que se me helaba el sudor en la espalda.

—¿Qué ha pasado aquí? —pregunté lentamente.

El plebeyo frunció el entrecejo mientras miraba con expresión inquieta el montón de cenizas.

—Probablemente pertenecía a la persona que cultivaba los cidrayotes. Quizá alguien pisó la solera del hogar, el viejo dios se ofendió y, en castigo, quemó el lugar.

Solté una risa nerviosa.

—Espero que no fuese Cipactli.

—Yo también, después de haber venido hasta aquí. Será mejor que echemos una ojeada. Quizá encontremos a alguien que nos pueda decir dónde vive el brujo. —Levantó la voz para llamar al orden a sus hijos, pero no le hicieron caso. Estaban demasiado ocupados discutiendo y empujándose.

—Te dije que eran casas —le dijo Venado a su hermano para provocarlo—. Eres tan estúpido que no sabes distinguir una casa de la mierda de mapache.

Serpiente le replicó con un rápido puntapié en la pierna y luego, prudentemente, echó a correr. No pude evitar la sonrisa mientras miraba cómo corría. Era el más joven y, sospechaba, el más listo de los dos, cosa que lo hacía merecedor de mis simpatías. Yo había sido un poco como él.

—No sé qué voy a hacer con estos chicos —protestó Manitas—. No veo la hora en que al menos a uno de ellos un maestro de jóvenes le enseñe modales.

—Déjalos estar. Busquemos a nuestro hombre y acabemos con esto.

—De acuerdo. ¡Eh, vosotros! —gritó—. Vamos a subir a la colina. ¡Cuidad de la bolsa o nos quedaremos sin comer!

No dejé de mirar de reojo mientras subíamos la pendiente a la casa más cercana, como si esperase ver a alguien que nos seguía, pero aparte de los dos chicos que se perseguían entre las plantas de maguey no había nadie a la vista.

La casa era una covacha de ladrillos y cañas podridas, con una tela sucia en la entrada que se agitaba con la brisa porque nadie se había preocupado de asegurarla. Atrás y en los costados se amontonaba la basura: platos rotos, mazorcas, cuchillos de obsidiana rotos, huesos roídos, una jaula de pavos caída. En la entrada estaba una vieja sentada en cuclillas, el rostro curtido por una vida de trabajo en el campo hasta semejar una máscara de cuero que no revelaba la más mínima expresión mientras miraba cómo subíamos la pendiente.

—¿Cipactli? Nunca lo he oído mencionar.

Manitas me miró. Yo miré en otra dirección para evitar que se viera en mi rostro la preocupación que me dominaba.

—No es posible —afirmó el plebeyo—. Es un brujo. Vive aquí.

—Aquí no hay brujos —replicó la anciana—. Nunca los ha habido. Te has equivocado de aldea. Vete.

Manitas dio un paso atrás, repelido por la abierta hostilidad de la vieja.

—¿Qué está pasando aquí, Yaotl?

Miré inquieto el montón de cenizas que habíamos dejado atrás. ¿Eran imaginaciones mías o algo lo había perturbado? El poco polvo que levantaba el viento se había convertido ahora en una nube negra que ocultaba el túmulo. Noté un malestar en el estómago cuando me di cuenta de que no había señales de los chicos. Me volví hacia la vieja.

—¿Quién vivía en esta casa?

La máscara de cuero permaneció inmutable. Solo los ojos respondieron a mi pregunta. Parpadearon una vez.

Vaciló durante lo que a mí me pareció una eternidad antes de responder con voz pausada, baja pero muy clara:

—No lo recuerdo.

Manitas y yo nos miramos. Ambos abrimos la boca para hablar al mismo tiempo, pero las cerramos al oír un grito muy agudo.

—¡Papá!

3

Manitas llegó primero, como era de esperar, corriendo campo a través mientras yo aún intentaba descubrir de dónde había llegado el grito de Serpiente.

Cuando llegué al lugar los tres estaban en el centro de la casa incendiada. Los dos chicos parecían estar sanos y enteros, aparte de estar cubiertos de pies a cabeza por una capa de ceniza y hollín. Serpiente sonreía y su hermano mayor lo miraba con el entrecejo fruncido. Su padre estaba entre ellos. Su expresión había pasado de ser la de un padre angustiado a la de un juez que intenta arbitrar en una disputa muy complicada.

—¡La he encontrado yo! —afirmó Serpiente.

—¡No la hubieses encontrado de no haber sido porque te empujé a ese montón de cenizas! —replicó su hermano. Me recordaron un par de guerreros novatos con su primer cautivo, discutiendo a cuál de ellos le correspondía la recompensa más importante: el torso y el muslo derecho.

—¿Qué han encontrado? —pregunté.

Manitas me la entregó sin decir palabra. La sopesé en la palma de la mano. Era sorprendentemente liviana y las llamas la habían ennegrecido pero resultaba inconfundible.

Era una quijada humana.

—Ahora se entiende que no recogieran las chayoteras —comenté.

—¿Buscamos el resto? —preguntó Serpiente.

Su padre no parecía muy dispuesto, pero Venado ya estaba rebuscando entre las cenizas y los escombros para hacerse con algún recuerdo. Antes de que cualquiera de nosotros pudiéramos contenerlo soltó un grito de triunfo mientras tiraba con entusiasmo de otro fragmento requemado. Era una clavícula.

—Manitas..

—Lo sé. A mí tampoco me gusta, pero ahora no hay quién los pare.

—¿Por qué nadie se ha preocupado de recoger los huesos? —pregunté. Cualquiera hubiese esperado que la familia del muerto mandara incinerar los restos o al menos que los metieran en un recipiente y los enterraran en un lugar cercano. Verlos desparramados me inquietaba. Un guerrero muerto o capturado en la batalla podía esperar que su sonriente calavera acabara en una estantería y sus fémures en exhibición en la casa de su captor, para aumentar su gloria, pero alguien que había muerto en un estúpido accidente como el incendio de su casa se merecía un trato más considerado.

Eso si había sido un accidente.

—Ha ocurrido hace tiempo —opiné—. ¿Nadie ha estado aquí desde entonces?

—Quizá no había nadie, puede ser que el muerto no tuviese familia.

—También podría ser que su familia no se atreviera a venir a recoger los restos.

Manitas no prestó atención a mi comentario. Contemplaba con una mezcla de orgullo y enfado cómo sus hijos convertían su disputa en una carrera para ver quién recogía más restos humanos en el menor tiempo posible.

—¡Mira a esos dos! ¡Si pudiese conseguir que trabajaran en el campo con el mismo entusiasmo no volveríamos a pasar hambre!

Nubes de ceniza y hollín se elevaban a nuestro alrededor mientras Venado y Serpiente escarbaban con ahínco. En obediencia a un acuerdo tácito, cada vez que uno de ellos encontraba algo lo depositaba en su propia pila, junto a las ruinas de la casa. Me pregunté cómo elegirían al ganador. ¿Contarían los huesos o los pesarían?

Me acerqué al montón de Serpiente y deposité la quijada con cuidado y respeto. Le eché otra ojeada a la pila. Había algo que no me cuadraba. Me agaché de nuevo y cogí un hueso.

—Serpiente.

El chico se acercó. En su rostro destacaba una expresión inteligente.

—¿Sabes qué es esto?

—Tiene todo el aspecto de un fémur —respondió acertadamente.

—¿Dónde lo has encontrado?

Consideró la pregunta con la misma seriedad que un viejo jardinero a quien se le pregunta cuál es el mejor lugar para plantar las dalias.

—Allí —respondió.

El contorno de la casa apenas si resultaba visible bajo las cenizas. El lugar que señalaba estaba fuera. A juzgar por los fragmentos de cerámica y otros desperdicios que aún se veían, aquel debía de ser donde la familia acumulaba la basura. Su padre se reunió conmigo cuando me acerqué al lugar.

—¿Qué pasa?

—Échale una mirada a esto. —Le entregué el fémur que había encontrado Serpiente. Me agaché y comencé a rebuscar entre las cenizas.

—No parece tan quemado con los demás.

—No —admití. Mis dedos sujetaron algo duro y dentado—. Ni tampoco esto —añadí mientras lo sacaba.

—Eh —protestó Venado—. ¡No es justo! ¡Podría haberlo encontrado yo!

—¡Cállate! —le ordenó el padre.

—Es otra quijada, ¿verdad? —señaló Serpiente—. ¿Cómo es que es mucho más pequeña que la otra?

—Porque es de un niño —respondí—, como también lo es el fémur que tiene tu padre. Creo que sería una buena idea si todos echamos otra ojeada a las pilas que habéis juntado. Vamos a ver qué tenemos exactamente.

Clasificamos los huesos. El proceso de convertir las pilas en esqueletos entusiasmó a los chicos mucho más que la búsqueda, y no tardamos en tener tres ejemplares incompletos.

—Esto debe de ser una tibia, así que va aquí —dijo Serpiente y colocó el hueso con la misma precisión de un oficial de plumas que pega una pluma en un escudo de ceremonias—. Papá, ¿has visto que los cráneos más pequeños están partidos?

—¿Tú qué crees que tenemos aquí? —me preguntó Manitas.

Miré los huesos. Dos de los esqueletos reconstruidos eran visiblemente más pequeños que el tercero.

—Un hombre o una mujer y dos niños. Lo que llama la atención es que los huesos del adulto se ven mucho más quemados. Tu hijo tiene razón: el cráneo del adulto está entero y los otros están partidos. ¿A qué lo atribuyes?

—No lo sé. Me pregunto cómo se incendió la casa. Tuvo que ser algo muy rápido para pillarlos a los tres. ¿Quizá una chispa del hogar que encendió las cañas del techo?

—Quizá. —Comencé a caminar alrededor de las ruinas. Lo que había sido el interior aparecía revuelto y pisoteado por los chicos cuando buscaban los huesos, pero parte de la tierra y las cenizas en el exterior estaban casi sin tocar, excepto donde estaba la pila de los desperdicios. Observé el suelo, con la esperanza de encontrar alguna pista de lo sucedido, aunque no supe lo que buscaba hasta que lo encontré.

—Lo más probable es que se hundiera el techo —añadió Manitas—, y los aplastara antes de que pudieran reaccionar. Así y todo eso no explica que los huesos de los niños estén casi blancos.

Había algo semienterrado cerca del lugar donde había estado la entrada: una pincelada de color brillante entre los grises, negros y ocres. Hinqué una rodilla en tierra para mirar más de cerca.

—Por otro lado, ¿dónde...? ¿Yaotl? ¿Qué has encontrado?

Aparté las cenizas y lo levanté cuidadosamente con el pulgar y el índice, como si fuese un insecto venenoso. Estaba hecho de cuero, teñido de amarillo, un tanto chamuscado en un extremo y muy gastado en el otro, y tenía un tamaño exagerado. Se lo mostré a Manitas.

—La correa de una sandalia.

—Es curioso —opinó—. Dudo mucho de que nadie de estos alrededores tenga un par de sandalias. De toda maneras, no nos dice qué sucedió.

Yo ya había deducido a quién debía pertenecer la sandalia, y tuve que hacer un gran esfuerzo para no dar media vuelta y echar a correr ladera abajo y no detenerme hasta Tenochtitlan.

—Pues creo que nos da una muy buena idea. —Miré inquieto arriba y abajo—. El incendio no fue un accidente. La persona que perdió esta correa no vino en visita de cortesía. Más nos vale marcharnos de aquí, cuanto antes mejor.

—No lo entiendo.

—En ese caso mira de nuevo la correa. —La sacudí delante de sus ojos y unas cuantas partículas de hollín volaron por los aires—. Es demasiado grande para cualquier sandalia que tú o yo podamos usar. Pregúntate quién lleva sandalias con grandes tiras de cuero. ¿Recuerdas al capitán que vimos esta mañana en la calzada?

—El recortado —dijo Manitas, pensativo—. Son los más grandes guerreros de nuestro ejército junto con los otomíes. —De pronto volvió a la realidad. Me miró boquiabierto—. No, espera un momento, no puede ser... —Su expresión se endureció mientras añadía con un tono donde se insinuaba la cólera—: Dime, Yaotl, ¿qué esperabas encontrar aquí?

Había temido este momento. Con la mayor rapidez posible, y en voz baja para que los chicos no me oyeran, le relaté lo que me había contado mi hermano, añadí la historia de mi secuestro, del pájaro y el consejo de Costoso para que no hubiera ninguna duda.

—Como ves —concluí, compungido—, confiaba en ver a un brujo, te lo juro, y me preocupaba que le hubiese pasado algo.

—¡Eres idiota! ¡Nos has metido en problemas con el ejército!

—No grites. ¿Quieres que te oigan los niños?

—¿Por qué crees que estoy furioso? ¿Qué voy a decirle a su madre? ¿Has pensado en eso?

—Te dije que no los trajeras.

La respuesta de Manitas fue un gruñido furioso y un violento puntapié contra el suelo, que nos cubrió de cenizas.

—Sabía que acabarías metiéndonos en un lío en cuanto te vi —afirmó—. ¿Qué pasará ahora? ¿Crees que volverán?

—¿Cómo puedo saberlo? —Casi podía ver la columna que subía la ladera, con sus escudos emplumados y las túnicas ondeando al viento mientras corrían, las hojas de obsidiana de las espadas que reflejaban los rayos de sol, los dientes a la vista, como animales feroces—. Creo que debemos marcharnos de aquí cuanto antes.

—No te preocupes por eso, nos marcharemos en cuanto encuentre la bolsa de la comida. ¡Ni se te ocurra pedir que la compartamos contigo! ¡Venado! ¡Serpiente! ¿Cuál de vosotros tiene la comida?

—Él —respondió Venado sin desatender su trabajo.

—¿Serpiente?

—La dejé allí —contestó el menor sin darle importancia—, junto a una de las plantas de maguey, cerca de donde está Yaotl.

Miré inmediatamente en la sombra proyectada por la planta más cercana y las que estaban a cada lado.

—¿Estás seguro? No la vco.

—¡No me lo puedo creer! —gritó Manitas—. Os encargo una cosa muy sencilla...

—¡Estaba allí! —La voz de Serpiente se elevó cargada de justa indignación—. ¡La dejé allí cuando vosotros subisteis la colina!

Me acerqué a la hilera de plantas y me detuve junto al escalón.

—Es probable que se haya caído —opiné. Aparté dos de las anchas hojas y miré en el espacio entre ellas.

Unos ojos claros me devolvieron la mirada.

Sorprendido, di un paso atrás y solté las hojas, que volvieron a ocultar los ojos. Luego, recuperado de la sorpresa, me metí entre las hojas una vez más mientras el desconocido emprendía la huida. Dejó caer la bolsa de Manitas y se escabulló por el borde del campo, con la precaución de no levantar la cabeza.

—¡Al ladrón! —grité—. ¡Allá va! ¡Cogedlo!

A los chicos les entusiasmó más perseguir a una presa viva que entretenerse con unos huesos calcinados. Salieron de las ruinas en medio de una nube de polvo y cenizas y se lanzaron tras el fugitivo, al que alcanzaron.

Confuso por los gritos de alegría, se detuvo. Podría haberse librado de haber dado media vuelta e ir ladera abajo, dado que, por un momento, Venado y Serpiente se quedaron tan sorprendidos y desorientados como él. Cuando reaccionó ya era demasiado tarde. Ya se volvía cuando apareció Manitas, rugiendo como un oso, y se le echó encima.

—¡Te pillé! ¡Si te has comido todas nuestras tortillas...!

Su cautivo no abrió la boca, pero a la vista de que el gigantón lo aplastaba con su peso no tenía nada de particular.

Bajé la pendiente con mucho cuidado y recogí la bolsa.

—Creo que no falta nada. ¡Vámonos!

Manitas comenzó a levantarse, aunque mantuvo sujeto al frustrado ladrón con una rodilla.

—Un momento. Quiero echarle una ojeada a este tipejo.

Entonces en el rostro del hombre apareció una expresión extraña. Mientras miraba al chico que había atrapado —me di cuenta de que no era más que eso, porque no tenía más de nueve o diez años— los ojos y la boca de Manitas se abrieron al máximo, mientras abría y cerraba los puños en un gesto de indecisión. No parecía tener muy claro si debía luchar o correr.

—¿Manitas?

—¿Papá? —La voz de Serpiente sonó con un tono infantil—. ¿Qué pasa?

Su padre pareció decidirse finalmente. Se agachó para recoger a su cautivo del suelo y lo sujetó como si fuese un pavo que acababa de cazar. Antes de que cualquiera de nosotros pudiera reaccionar, trotaba colina abajo, con la cabeza del chico tan abajo que casi rozaba el suelo.

—¡Venga, vamos! —gritó volviéndose—. ¡Salgamos de aquí!

Sus hijos y yo lo seguimos lo mejor que pudimos.

—¿Qué pasa? —le pregunté a viva voz—. Sé que tenemos prisa, pero... ¡Espéranos!

Cuando me puse a su altura se volvió hacia mí y dijo, sin detenerse:

—¿No ves el parecido, Yaotl? ¡Mírale las orejas! ¡Tú y yo matamos al padre de este chico!

Constaté el parecido. Incluso cabeza abajo, y con las violentas sacudidas mientras colgaba bajo el brazo de Manitas, las orejas como pantallas eran inconfundibles. Las había visto por última vez mientras subía los escalones de la gran pirámide, y habían sobresalido de la cabeza del hombre que me precedía: el esclavo purificado de Luz Resplandeciente. No solo eran las orejas. El chico tenía la complexión esquelética del esclavo y el mismo aire de resignación.

—¿Me estás diciendo que el padre de este chico era la ofrenda de Luz Resplandeciente? ¡Espera un momento! ¿Qué hacía robándote tu comida?

Manitas continuó su carrera, sin preocuparse en lo más mínimo de nosotros, que lo seguíamos a duras penas. Corría con su cautivo bien sujeto. El chico mantenía los ojos abiertos pero sin decir nada. Me dije que le pasaba algo o que era muy valiente. De haberme visto yo en esa situación, estaría aullando.

—¿Cómo voy a saberlo? Lo único que sé es que lo encontramos. Tenemos que llevarlo a casa. ¿No lo entiendes, Yaotl? Nos dirá quién es su padre y de dónde vino. Los comerciantes querrán saber dónde consiguió Luz Resplandeciente el esclavo purificado que los deshonró a todos. ¡Habrá una recompensa!

Podría haber algo más que eso, pensé, mientras dejábamos atrás los muretes que marcaban los límites de Coyoacán y entrábamos en la calzada de piedra y tierra que cruzaba el lago. ¿Qué pasaría si cualquiera —un comerciante que pasaba o alguien del entorno de mi amo— reconocía al hijo del esclavo de Luz Resplandeciente sujeto bajo el brazo de Manitas?

A medio camino de la calzada me detuve e intenté llamar a los demás, para suplicarles que arrojaran al chico al agua y se olvidaran para siempre de su existencia.

No me hicieron caso. Quizá fue que me faltaba el aliento o sencillamente que no querían escuchar.

4

—Citlalli —dijo Manitas con tono confiado—. Ella sabrá qué debemos hacer.

Su esposa lo miró boquiabierta mientras él arrastraba al niño al interior de la casa.

—Creía que habías ido a que te interpretaran un augurio. ¿Quién es este? ¿Qué habéis hecho para acabar con esas pintas?

Con el alba, las mujeres de la casa de Manitas preparaban tortillas, barrían el patio y lavaban las caras de los ídolos. El resto del día lo dedicaban a tejer. Sin embargo, Citlalli estaba tan avanzada en el embarazo que no podía trabajar en el telar, así que dividía su tiempo entre hilar las fibras de maguey en la rueca y supervisar a sus hijas mayores y a sus sobrinas. Eso le dejaba tiempo para interesarse en lo que nosotros estábamos haciendo.

Su marido se miró las piernas como si no se hubiera dado cuenta de que las tenía cubiertas de porquería hasta las rodillas.

—Encontramos al chiquillo rondando por la aldea. ¡Intentó robarnos la comida! —Le hizo un relato muy parcial de nuestras actividades del día, que ella escuchó con una incredulidad que crecía por momentos.

—¿Así que no encontraste al brujo y dejaste que los chicos se ensuciaran de barro y hollín hasta las orejas mientras jugaban con unos huesos? —preguntó en voz baja, cuando él terminó el relato. Por la manera en que nos miró a todos tuve la sensación de que me incluía entre los «chicos».

—Sí —admitió Manitas.

—Bueno, ya sabes dónde están los cepillos. Si crees que te seguiré limpiando todo lo que ensucies, estás muy equivocado. En cuanto al chico... —El tono de Citlalli sonaba duro pero la piel alrededor de sus ojos estaba marcada con las huellas de la risa. Decidí que me gustaba esa mujer: haber traído nueve hijos al mundo no había acabado con su sentido del humor. Su nombre significaba «Estrella», y tenía una actitud alegre y cordial que casaba bien, aunque no se reía cuando observó al chiquillo.

Manitas continuó explicándole su idea con gran entusiasmo.

—¿Recuerdas al esclavo purificado que se escapó para después arrojarse al vacío desde la gran pirámide? Este es su hijo. No me cabe la menor duda. ¿No crees que los comerciantes pagarían lo que sea por descubrir de dónde lo trajeron?

El tema de la discusión estaba sentado en cuclillas en el centro de la habitación donde lo había dejado Manitas, con el pulgar en la boca, sin perderse ni una palabra mientras nosotros nos recordábamos los unos a los otros cómo había sido la muerte de su padre.

Temblaba, aunque no era un día frío.

—Los comerciantes no averiguarán nada de este chico si se muere de hambre —replicó Estrella—. ¿Alguno de vosotros tiene idea de cuándo fue la última vez que comió?

Su marido y yo intercambiamos una mirada culpable.

—No nos dijo que tuviese hambre —alegué en nuestra defensa.

Citlalli me dirigió una mirada que hubiese secado a un cactos.

—¿Por qué crees que intentó llevarse la bolsa de la comida? Tampoco tiene nada de particular que no os dijera nada; es obvio que se ha llevado un susto de muerte. —Se levantó sin hacer caso del tardío gesto de ayuda de su marido, y le extendió la mano al chico—. Ven. Tengo tortillas calientes y tamales con miel. ¿Te gustan los tamales? Claro que sí, a todo el mundo le gustan. Muy bien, eso ya está mejor.

Con una última mirada de reproche que nos dirigió casi sin volverse, se llevó al niño de la habitación.

Lo llevaba cogido de la mano, pues había conseguido que se sacara el dedo de la boca. También se llevó la bolsa con la comida.

Venado y Serpiente no pertenecían a la clase de chicos que se quedan sentados dócilmente a los pies del padre cuando se acaban de llevar la comida de la habitación. Se marcharon apresuradamente detrás de la madre y el niño. Un momento más tarde, oímos cómo los reprendía por haber dejado huellas de barro en el patio.

—Manitas —dije.

—Se ha llevado la comida —me interrumpió desconsoladamente—, pero voy a ver si encuentro algo para beber. Espera aquí.

—Tenemos que hablar —le dije cuando ya salía.

Regresó al cabo de unos momentos con dos boles hechos de la más vulgar cerámica naranja y negra, la que encontrabas en casi todas las casas de Tenochtitlan. Solo contenían agua, aunque me sorprendí a mí mismo deseando que fuese otra cosa.

Mi amigo se bebió el agua de un trago. Profirió un suspiro de satisfacción.

—¡Lo necesitaba! ¿Decías que teníamos que hablar?

—Del chico. No creo que debas darte tanta prisa por ir a ver a los comerciantes después de oír la historia de su vida. Yo no le diría a nadie ni media palabra de dónde lo encontramos.

Se balanceó sobre los talones. Frunció el entrecejo.

—Solo pensaba en los jefes de los comerciantes, o quizá en tu amo, como él tiene algo que ver con Luz Resplandeciente...

Dejé el bol en el suelo muy despacio para no ceder a la tentación de hacerlo añicos.

—¿No te has dado cuenta de lo que ocurrió en aquella aldea?

—¿Por qué no me lo cuentas tú? —respondió tranquilamente—. Lo único que sé es que tres personas murieron en un incendio, y que si hubiésemos estado allí en el momento equivocado quizá hubiesen sido siete.

—No murieron en el incendio; al menos, no todos. Escucha, los huesos de la mujer estaban más quemados que los de los niños, y encontramos a los chicos fuera de la casa. Así que ella murió en el interior, mientras la casa se quemaba. Sus hijos estaban en el montón de basura con las cabezas rotas. Tuvieron que matarlos a ellos primero y los dejaron fuera mientras incendiaban la casa.

—¿Ella? ¿Cómo sabes que era una mujer?

—No es más que una suposición, pero sabemos qué le pasó a Cipactli, y él no estaba allí. Por lo tanto, parece lógico creer que los tres que hemos encontrado hoy eran su mujer y sus hijos. Eso fue lo que hizo el primer ministro; cuando los brujos escaparon de la prisión mandó al ejército a perseguir a sus familias. A juzgar por la correa de la sandalia que encontramos quería que hicieran un trabajo a fondo, porque escogió a los mejores. Ahora que lo sabes, ¿de verdad quieres ir proclamándolo por ahí?

—¡No, claro que no! —respondió Manitas, dolido—. Solo pensé que el chico...

—El chico cuyo padre da la casualidad que era el esclavo purificado de Luz Resplandeciente. ¿No te parece demasiada coincidencia que apareciera cuando rebuscábamos entre los restos de una matanza? ¿Por qué crees que sucedió?

Manitas miró con una expresión de malhumor el fondo de su bol y esperó a que yo respondiera a mi propia pregunta.

—Encontramos al chico allí porque estábamos en su casa. Rondaba alrededor de las ruinas porque no tenía ningún otro lugar adonde ir. Si estás en lo cierto sobre el esclavo purificado de Luz Resplandeciente, y él era el padre del chiquillo, entonces eso significaría...

Me interrumpí mientras pensaba en lo que significaría.

Si Manitas estaba en lo cierto, entonces los guerreros habían ido a por el esclavo purificado. Si mi hermano no se equivocaba, la participación de mi amo en todo el asunto estaba clara. La casa había recibido la visita de los hombres que había enviado para buscar al esclavo purificado. Era obvio que no lo habían encontrado, pero no habían querido marcharse con las manos vacías. Habían asesinado a tres miembros de su familia y quemado la casa hasta los cimientos, y lo habían hecho para cumplir con las órdenes de mi amo.

Ningún varón azteca adulto es ajeno a la muerte. Matamos a los guerreros enemigos o, mejor todavía, los arrastramos hasta lo alto de nuestras pirámides y los ofrecemos a los dioses, a sabiendas de que ellos harían lo mismo con nosotros si pudieran, y muy seguros de la recompensa que les darán los dioses: escoltar al sol en su viaje a través del cielo y después de cuatro años reencarnarse como colibríes o mariposas. Cuando los dioses lo exigen incluso matamos a mujeres y niños, pero lo que casi nunca hacíamos era matar por capricho. Las vidas humanas eran demasiado preciosas. ¿Por qué, si no era así, los dioses las habían valorado tanto?

La matanza de unos vulgares campesinos, cerca de la propia México, me parecía un acto de una audacia, de una desesperación, de una ilegalidad tan desmesuradas que el hombre que podía ordenarla debía de ser capaz de todo. En aquel momento no me importaba mucho saber por qué lo había hecho. Solo podía pensar en lo que significaba para mí, para su esclavo, el hombre más a su merced.

¿Quién, me pregunté, podía protegerme de un hombre así, una vez que decidiera que le había fallado demasiadas veces y dado que la molestia de explicar mi muerte no era nada en comparación con la molestia de mantenerme vivo?

Sabía que solo el emperador. Y también sabía que Moctezuma no se preocuparía ni por un instante por la vida de un esclavo a menos que le diera lo que quería: los brujos. Ahora lo único que podía ofrecerle era un chiquillo mudo que, por lo que había visto y oído, ni siquiera podía decirnos su nombre.

Era de noche cuando me marché. El chico seguía al cuidado de Estrella. Había comido un poco pero a pesar de todos nuestros halagos no había dicho ni una palabra. Manitas me invitó a quedarme, pero yo debía regresar a la casa de mi amo. Ya tendría bastantes dificultades cuando llegara la hora de explicarle dónde había estado.

También tendría que explicárselo a León. Mi hermano me había enviado a Coyoacán, y, mientras caminaba sin prisas de regreso a casa, atento a no caer en las oscuras aguas del canal, ensayé las palabras que utilizaría para explicarle lo que habíamos encontrado.

Claro que cabía preguntarse: ¿qué habíamos encontrado?

El guerrero que había perdido la correa de la sandalia en la casa pertenecía a la élite del ejército, quizá un recortado o un otomí, hombres que cumplirían con la orden de matar sin hacer preguntas. ¿A quiénes sino a ellos podía ordenar el primer ministro que mataran a toda una familia de una manera rápida y expeditiva?

En cuanto se me ocurrió la pregunta intuí una posible respuesta, y era tan aborrecible que tuve que pararme durante unos momentos para dominar las náuseas.

Mi hermano pertenecía a la élite del ejército. La correa bien podría ser suya.

Era mi hermano quien me había hablado de la marcha de los guerreros a Coyoacán. En aquel momento me había parecido que sabía mucho más de lo que decía, y que mostraba una indecisión extraña en él, como si tuviese miedo de irse de la lengua. Era un hombre de una obediencia ciega y cumplía las órdenes con una celeridad implacable. No obstante, era uno de los hombres más piadosos, correctos y nobles que había conocido. Lo hecho en aquella aldea era algo que nunca se hubiera rebajado a hacer, no importa quién se lo ordenara.

No, me dije con un nudo en la garganta. Él sería...

Continué mi camino, incapaz de desechar la terrible duda hasta que di la vuelta a la última esquina, antes de la casa de mi amo, y entonces se borró de mi mente ante la visión de otra muerte.

5

Delante de la casa de mi amo había un ancho canal. Su Señoría podía bajar de su canoa y subir las escaleras directamente a sus aposentos privados si así lo deseaba. Había sido ahí donde su mayordomo me había detenido tres días atrás, antes de mi tensa entrevista con mi amo en el patio. Esa noche mis intenciones eran las mismas: acostarme en mi colchoneta y arrebujarme debajo de mi capa.

En cuanto vi las escaleras comprendí que no sería posible. Había infinidad de personas, de pie o sentadas en los escalones, que le daban el aspecto de las tribunas de una cancha de pelota.

Varios de los espectadores se fijaron en mí durante unos momentos antes de mirar de nuevo hacia el canal sin decir palabra. En cuanto subí media docena de escalones y me volví para mirar el agua, comprendí la razón.

—Su Señoría no tardará en llegar —comentó alguien a mi espalda. Se oyó un grave murmullo de asentimiento, como si la llegada de mi amo pudiese servir de alguna ayuda.

Sin apartar la mirada de lo que flotaba en el agua, pregunté:

—¿Alguien ha mandado llamar a un sacerdote?

A la vista de que ni mi amo ni su mayordomo aparecían, y el resto de la servidumbre parecía paralizada por el miedo, me encontré asumiendo el mando.

Mandé que fondearan canoas a través del canal en dos lugares, para así mantener despejado el sector delante de la casa de mi amo. Luego los dos sacerdotes que habían mandado llamar fueron hasta el centro del canal en una canoa, provista de una larga pértiga para pescar al muerto.

—Si se ha ahogado, entonces es nuestro trabajo —me recordó uno de ellos. Los cuerpos de los ahogados, como sus almas, pertenecían al dios de la lluvia y nadie excepto un sacerdote podían tocarlos.

—Solo ocúpate de rescatar el cadáver —respondí con un tono de cansancio—. Su Señoría querrá saber quién es y qué le sucedió en este mundo, no adónde irá su alma.

Los sacerdotes no tuvieron problemas para encontrar el cuerpo. Flotaba a la vista de todos. Seguramente lo habían arrojado al agua en cuanto había oscurecido, porque de no haber sido así alguien hubiese visto cómo lo lanzaban. Sin embargo, sacarlo resultó mucho más difícil de lo esperado. Los sacerdotes lo enganchaban una y otra vez con la pértiga pero no conseguían moverlo. Después de que estuvieran a punto de zozobrar en dos ocasiones se quitaron las túnicas y se metieron en el agua para descubrir la razón.

Vistos desde la orilla, a la luz de las estrellas, los cuerpos de los sacerdotes untados de hollín, los largos cabellos negros y los miembros esqueléticos les daban el aspecto de grullas pescando en el lago.

En cuanto encontraron la cuerda, solo tardaron unos momentos en levantar la piedra. La habían atado a uno de los tobillos a modo de ancla.

Cargaron el cadáver en la canoa haciéndolo rodar por encima de la boda. Solo le echaron una ojeada antes de volver a la orilla. Cuando pisaron tierra firme el alivio se reflejaba claramente en sus rostros.

—Has hecho bien en llamarmos, pero no es asunto nuestro, después de todo —me informó el más joven de los dos—. No se ahogó. Le cortaron el cuello.

Eso explicaba la razón por la que él y su colega se mostraran aliviados, porque significaba que no tendrían que encargarse de enterrar el cadáver. A los que morían en el agua no los quemaban, sino que los enterraban, generalmente en sus propios patios y sentados. Enterrarlos de esa manera, cuando a menudo estaban hinchados, hedían y estaban medio comidos por los peces no era una tarea agradable.

—Que alguien traiga una antorcha —ordené mientras miraba al interior de la canoa.

El muerto estaba desnudo. No costaba mucho ver que era delgado, casi esquelético. Los cabellos aplastados contra un lado de la cabeza eran largos. Tenía los ojos y la boca abiertos, en una expresión de terror.

Le habían rajado la garganta de un tajo. Esa podía ser la herida mortal, pero no era la única. El cuerpo aparecía cubierto de extrañas marcas, como cicatrices de diferentes tamaños, desde pequeños pinchazos hasta largos trazos de carne rugosa.

—Yo diría que no llevaba mucho tiempo en el agua —comentó el joven sacerdote, que espiaba por encima de mi hombro—. No está hinchado, y la piel apenas si se ve descolorida. Tampoco huele demasiado.

Tendí la mano hacia atrás, sin decir palabra, y alguien me entregó una antorcha. Subí a la canoa. Los sacerdotes habían embarcado la cabeza y el torso pero habían dejado los pies colgando en el agua. Los subí a bordo, atento a la cuerda atada a uno de los tobillos.

—La persona que decidió dejar el cadáver flotando delante de la casa de mi amo quería que lo encontráramos por la mañana —comenté.

—¿Crees que es algo así como un mensaje? —De nuevo era el joven sacerdote. Me dije que no tenía ni un pelo de tonto mientras consideraba la idea.

—Parte de un mensaje, en el mejor de los casos —respondí—. Un cadáver sin más no se puede considerar un mensaje en sí mismo.

Miré el cuerpo desnudo con expresión ceñuda. Después de lo que había visto ese día era difícil sentir algo por esa víctima desconocida, excepto desconcierto. ¿Era posible que lo hubiesen matado solo para transmitir un mensaje? Si era así, ¿dónde estaba el resto, la clave de la amenaza o la advertencia que representaba? Pensé en una carta, pero no había ningún lugar obvio donde ocultarla. Mi mirada recorrió el torso y los miembros, atenta a la presencia de algún esquema en las heridas que lo cubrían, sin encontrar nada. Entonces miré de nuevo la cabeza y vi la respuesta.

—Me pregunto... —Separé los largos cabellos lacios del muerto. Estaban empapados y pegajosos, y se pegaban a mis dedos como telarañas. Rocé la oreja, y la piel resbaladiza detrás, y algo más: una superficie más áspera que la piel. Me dije, mientras retiraba el pequeño trozo de tela y lo desplegaba, que no podía ser papel. Se hubiera deshecho con el agua.

Alguien había trazado unos dibujos en la tela. Lo había hecho deprisa y la tinta se había corrido un poco pero el mensaje se leía con claridad. Era muy sencillo: solo el glifo de un nombre.

—Al menos ahora sabemos su nombre.

Luego miré de nuevo los dibujos. Un punto, una calavera, una burda figura de líneas que empuñaba una espada y de pie en un sendero decorado con galenas.

—Cemiquiztli Yaotl. —Repetí las palabras una y otra vez como un idiota, mientras la tela temblaba en mis manos.

Cemiquiztli significa «Uno Muerto» y Yaotl significa «Enemigo», pero tomadas juntas significaban mi nombre.

—¿Esto es una broma? —pregunté. Desembarqué de la canoa, demasiado alterado para mirar adónde iba—. ¿Alguien te dijo que pusieras esto en el cuerpo? —Agité el trozo de tela delante del rostro del sacerdote.

El sacerdote ya se había marchado. El rostro que tenía delante cuando pisé la orilla del canal era el de mi amo. Junto a él se encontraba su mayordomo. Ambos me miraban, sus expresiones ridículamente idénticas, con los ojos desorbitados y las bocas abiertas.

El mayordomo fue el primero en reaccionar. Pasó respetuosamente junto a mi amo para quitarme el trozo de tela de la mano.

—Creo que lo mejor será que nos quedemos con esto, Yaotl.

El primer ministro parecía haber perdido el habla. Continuaba mirando el cadáver tumbado en el fondo de la canoa con la boca abierta como un imbécil. El mayordomo le puso la nota en la mano. Otro me cogió la antorcha y la sostuvo por encima de la cabeza de mi amo para que pudiera leerla.

No prestó la menor atención a la nota, como si no supiese que la tenía. Parecía haberse olvidado de todo lo que lo rodeaba, excepto el cadáver. Nadie más se atrevió a hablar, ni siquiera en susurros, así que el único sonido era el de su respiración. No sonaba muy normal: rápida, poco profunda y con un desagradable ronquido. Por fin, él acabó con el silencio.

—¿Quién ha hecho esto? —dijo con voz entrecortada.

—Mi Señor —respondió el mayordomo con su tono más humilde—, quizá la nota que te di...

Mi amo miró el trozo de tela que sostenía como si la viera por primera vez. Miró el cuerpo una vez más, y luego clavó en mí sus ojos brillantes y agudos. Entonces me llamó la atención que no parecían envejecer: a pesar de que su rostro se ajaba cada vez más y su cuerpo era más débil, sus ojos siempre eran iguales, como si estuviesen hechos de algún material duro, brillante, imperecedero como el jade o el mármol pulido. Ahora su mirada era aviesa, malévola y calculadora, y me hacía sentir frío como si hubiese sido yo, y no el cadáver, quien había pasado el atardecer flotando en el canal. El miedo que me había asaltado en la casa de Manitas reapareció multiplicado.

—Cemiquiztli Yaotl. —Los labios de mi amo pronunciaron mi nombre en silencio.

—Mi Se... ñor —tartamudeé—. Encontramos la nota en el cuerpo, en el cadáver que flotaba en el canal. Mandé a llamar a los sacerdotes...

—Sí, sí, todo eso ya lo sé. —Mi amo miró de nuevo la nota—. ¿Por qué lleva escrito tu nombre?

—No lo sé —respondí penosamente.

—Yo sí. —La severidad de su tono iba acorde con su expresión. Cuando volvió a mirarme mantenía los labios apretados—. ¡Huitztic!

—¿Mi Señor? —contestó el mayordomo en el acto.

—¡Lleva a Yaotl a su habitación, y esta vez asegúrate de que se quede allí hasta que mande a buscarlo!

—Pero... —protesté. Sin embargo, el primer ministro no quería escucharme. El viejo que había mandado asesinar a una familia entera en Coyoacán acalló mi protesta con una mirada, mientras su repugnante mayordomo me retiraba de su vista, con una callosa mano apretada como un cepo en mi brazo.

Las últimas palabras de mi amo parecieron flotar en el aire, detrás de nosotros.

—¡Cemiquiztli Yaotl! ¡Me ocuparé de ti por la mañana!

6

—Entra ahí y no te muevas —me ordenó el mayordomo al tiempo que me empujaba a través del umbral—. Tengo que hablar con Tochtli.

Tochtli, cuyo nombre significaba «Conejo», era uno de los porteadores de la litera de mi amo, un hombre fornido y obtuso que formaba parte de la servidumbre desde la niñez y que poco a poco había ascendido a un trabajo servil que se adecuaba perfectamente a su capacidad. Había tenido la desdicha de cruzarse en nuestro camino cuando el mayordomo me llevaba a mi habitación, y le había ordenado que nos acompañara. Huitztic no tenía la menor intención de pasarse el resto de una fría noche de invierno acurrucado en el patio para vigilar mi puerta, y había pensado que el tonto de Conejo sería el guardián ideal.

Me dejé caer contra la pared, en un rincón del cuarto, descartada cualquier posibilidad de dormir. Había llegado a casa con la mente convertida en un torbellino.

¿Por qué habían dejado un mensaje con mi nombre en el cadáver? ¿Tenía algo que ver con los brujos? Estaba seguro de que debía de tenerlo, pero era incapaz de verlo.

Había creído ver algo en el cadáver, pero tendría que verlo de nuevo para estar seguro, y difícilmente podría hacerlo, me dije lúgubremente, mientras estuviese prisionero en mi habitación.

Además, sospechaba que cuando me dejaran salir de allí ya sería demasiado tarde.

—¿Qué has hecho esta vez? ¿Por qué está Conejo delante de la puerta?

Cualquier otra noche habría maldecido el sonido de la voz de Costoso, pero esa noche agradecí que estuviera despierto. Me daba la oportunidad de compartir mis problemas en lugar de tragármelos. El viejo esclavo vivía para el cotilleo y no se perdía ni una palabra.

En cuanto acabé el relato comentó astutamente:

—Permíteme que adivine. Crees que el cadáver del canal podría ser uno de los brujos a los que el viejo intenta encontrar como sea, ¿no?

—Podría ser. Necesito echarle otra ojeada, y así y todo no me aclararía por qué llevaba mi nombre.

—¿Cuántas personas conocen tu nombre completo?

Me detuve a pensar. Era una buena pregunta. Mi nombre incluía la fecha de nacimiento. Se trataba de una información que ningún azteca estaba dispuesto a facilitar alegremente, por si acaso llegaba a oídos de un brujo, que podría utilizarla para hechizarlo.

—No son muchas. Mi familia, por supuesto, nuestro amo, algunos de aquellos que estaban en la Casa de los Sacerdotes... —Descargué una palmada contra la rodilla como muestra de mi frustración—. Ya está, no hay más. ¡Esos son todos los sospechosos! La persona que asesinó al hombre del canal solo puede ser alguien que conoce mi nombre. Si existe alguna relación con los brujos quizá podría llevarme directamente hasta ellos. Todo lo que tengo que hacer...

—Es salir de esta habitación —dijo el viejo con un tono desabrido—. No descubrirás grandes cosas desde aquí.

—Lo sé —admití tristemente—. ¿Cómo podría escapar de la vigilancia de Conejo? —Me imaginaba al porteador montando guardia al otro lado de la puerta, sin duda contrariado por tener que estar en el patio gélido y no bien abrigado en su camastro, pero de todas maneras con los ojos bien abiertos y con la intención de no fallarle a su amo.

—¿Conejo? —exclamó el viejo con un tono de mofa—. Lo conozco desde que era un crío. Déjamelo a mí. Solo tenemos que hacerle entrar. —Antes de que yo pudiera reaccionar alzó la voz y gritó el nombre del porteador.

Un rostro donde destacaba una expresión de sospecha asomó por la puerta.

—¿Qué quieres?

—No quiero nada —respondió Costoso alegremente—. Solo pensábamos en que quizá estarías más cómodo aquí, con nosotros, que helándote las pelotas en el patio.

Conejo frunció el entrecejo.

—¿A ti qué más te da?

—Venga ya —replicó Costoso con una expresión de dolida inocencia—. Todos sabemos que no hay nada personal entre tú y Yaotl. —Eso era muy cierto. Nunca había considerado al porteador otra cosa que un amable bufón—. Has tenido la mala fortuna de que te viera ese imbécil de mayordomo. Pero si tienes que vigilar a Yaotl, bien podrías hacerlo cómodamente en lugar donde lo tienes ante tus ojos, ¿no te parece?

El rostro en la puerta reflejó el esfuerzo mental de Conejo en su intento por descubrir el juego de Costoso.

—No estoy muy seguro...

—A ver, dime, ¿qué mal hay en ello? Además —añadió el viejo con un susurro desbordante de picardía—, estoy harto de escuchar los problemas de Yaotl. Podrías contarme los tuyos, para variar. Por cierto, ¿qué tal te van las cosas con tu mujer?

La pregunta pareció tener un efecto desastroso. Fue seguida por una brevísima pausa y después una única palabra «Bien», y la cabeza de Conejo desapareció.

—¡Eres un idiota! —cuchicheé, pero Costoso parecía muy tranquilo.

—Entonces, ¿aquel viejo problema no ha vuelto a aparecer? —gritó.

Al cabo de un momento reapareció Conejo. Entró en la habitación y se encaró con Costoso.

—¡No, no ha vuelto! ¡Te agradecería que no lo mencionarás en su presencia!

El viejo se echó a reír libidinosamente.

—Oh, no te preocupes por Yaotl. Fue sacerdote en otros tiempos, y ya sabes que ellos nunca lo hacen. ¡Ni siquiera tiene idea de lo que estamos hablando! —Me mantuve en silencio—. Pero me alegra saber que ahora todo funciona a la perfección. De todas maneras, no deja de ser curioso. El otro día pensaba en ti, y recordaba cuando yo tuve el mismo problema. Tuve que ir al curandero para que me diera un remedio.

—¿Funcionó? —La ansiedad en la voz del porteador era toda una confesión.

—¿Si funcionó? ¡Fue como caminar con un leño entre las piernas! Ni siquiera tuve que acabármelo. Es probable que todavía me quede un poco.

Me costaba creer que ni siquiera Conejo pudiese ser tan estúpido para tragarse semejante mentira, pero era obvio que estaba desesperado.

—Aunque lo tengas, no creo que todavía sirva —comentó con un tono que pretendía ser despreocupado.

—Yo también lo creo —admitió el viejo—. Además, es probable que no hubiese funcionado si no hubiese invocado a los dioses cuando lo tomé. En cualquier caso, ahora no me serviría. Pero si tú todavía tienes problemas... Bueno, me alegra saber que ya no los tienes.

Siguió un largo silencio. Luego Conejo dijo muy nervioso:

—Mira... quiero decir... ahora estoy bien, no tengo ningún problema, pero si alguna vez vuelve a presentarse, bueno...

—En realidad, ahora que lo pienso, la pócima podría ser venenosa después de tanto tiempo. No, lo mejor será olvidar lo dicho.

—¿Cuánto quieres por ella?

—Ni en sueños se me ocurriría vendértela.

—¿Cuánto? —insistió Conejo, esta vez con tono cortante.

Costoso exhaló un suspiro.

—Ya te lo he dicho, no te la puedo vender. Pero escucha, si quieres arriesgarte... —No podía ver lo que estaba haciendo en la oscuridad pero oí cómo buscaba algo junto a la colchoneta, seguido por el chapoteo de un líquido en una calabaza—. Te lo regalaré. Pero, de verdad, creo...

—¡Gracias! —Conejo casi le arrebató la calabaza—. ¡Si esto funciona, te debo una!

Salió disparado de la habitación y el cuerpo del viejo se sacudió en el jergón, dominado por una risa incontenible.

—¿Es lo que creo que es? —pregunté.

Las carcajadas acabaron en un ataque de tos.

—¡Menudo imbécil! —exclamó cuando consiguió recuperar el aliento—. ¡Se beberá hasta la última gota! ¡Para la medianoche estará vaciando los intestinos como una cloaca! Ahora ya tienes todo el tiempo que necesites. —Volvió a reír—. ¡Ay, madre!

Me gusta recordar a Costoso de aquella manera, casi sin poder respirar por la risa.

Me ayuda a olvidar lo que ocurrió después.

7

No era difícil deducir adónde habían llevado el cadáver. Mi amo no habría querido ocuparse, y el mayordomo carecía de la inteligencia y la imaginación para hacer cualquier cosa que no fuese lo obvio.

Podía dar por sentado que no lo habían dejado en la embarcación. Lo más normal era trasladar el cadáver antes de que se pusiera rígido, pero no se podían llevar muy lejos, en mitad de la noche. En cualquier caso, me dije, mi amo y su mayordomo no podían tener idea de adónde llevarlo, a menos que supieran cuál era la familia del muerto o quiénes habían sido sus amigos. Habrían mandado llevarlo a la menor distancia posible y dejarlo en algún lugar adecuado, desde donde pudieran llevárselo de la casa en cuanto saliera el sol.

Pocas casas eran lo bastante lujosas para tener las antorchas encendidas toda la noche, pero la casa de mi amo era una de ellas. Cogí una y me apresuré a ir al frente de la casa, al cuarto donde guardaban la basura, cerca de las escaleras que conducían al patio.

Cuando me agaché para cruzar la entrada, comprobé que el mayordomo no me había fallado. Allí estaba el cadáver. Mientras me erguía, vi que había algo más. Al levantar la antorcha, vi que la sombra del muerto se proyectaba, mucho más grande que en la vida real, contra la pared más lejana, agazapada sobre una esquina de la litera. No obstante, ni siquiera la vacilante luz de la antorcha podía justificar la manera como la sombra fluía y cambiaba de forma mientras el cadáver se levantaba.

Solté la antorcha, que cayó junto a mis pies, y la sombra del muerto se convirtió en una raya oscura que subía por la pared y cruzaba el techo por encima de mi cabeza. La antorcha se apagó. No tenía importancia: había otra encendida en la pared. Retrocedí al tiempo que mis manos buscaban a tientas el hueco de la entrada. Tenía la intención de salir corriendo en cuanto la encontrara.

Entonces el cadáver habló.

—Lo siento. No tendría que estar aquí. Ahora mismo me voy.

Era la voz del joven sacerdote, uno de la pareja que había rescatado el cadáver del agua. En cuanto lo identifiqué miré la escena que tenía ante mis ojos desde otra perspectiva.

El muerto no había proyectado ninguna sombra. Había sido el sacerdote quien me había asustado, al levantarse súbitamente del lugar donde había estado, en cuclillas, junto a la litera porque se había asustado tanto como yo. El cadáver estaba sentado en la litera, apoyado en el alto respaldo de mimbre, los ojos cerrados, con un aspecto muy normal excepto por el espantoso tajo en la garganta y la manera que le colgaba la mandíbula. Continuaba desnudo. Rodeado por las plumas de garza y las cintas de papel que engalanaban hasta la más sencilla de las literas de mi amo, y cubierto en parte por las pieles de conejo que tapizaban la silla, parecía más patético que cuando lo acababan de sacar del canal.

Me agaché para recoger la antorcha. Había sido una suerte que se apagara. De lo contrario podría haber originado un incendio. Cualquiera de las capotas de algodón bordadas apoyadas contra las paredes, o las resplandecientes plumas verdes y azules que las festoneaban, algunas largas como mi brazo, podrían haberse encendido en un abrir y cerrar de ojos.

Observé al sacerdote. Los juegos de luces y sombras bailaban alrededor de su rostro cubierto de hollín. Al ver la forma en que sus ojos se movían a un lado y a otro como si buscara la manera de rodearme para llegar a la puerta, tuve la inquietante sensación de que quizá lo conocía.

—¿Quién eres? —le pregunté.

—Me llamo Yolteol. Soy sacerdote de Hitzilopochtli. —No había ningún temblor en su voz. En cambio, había una tranquilidad absolutamente artificial, un control que denunciaba su miedo con tanta elocuencia como si estuviese suplicando piedad. Parecía incluso más joven que cuando habíamos hablado en la orilla del canal. Tenía razón: no tendría que haber estado allí. Tendría que haber estado en la Casa de los Sacerdotes, al cuidado de la hoguera del templo y ofreciendo su sangre a los dioses.

Le había hecho la pregunta lógica. Al ver que no conseguiría zafarse de mí, pareció relajarse un poco.

—Me dominó la curiosidad. —Señaló el cadáver—. Hay algo que me llamó la atención.

Me adelanté al tiempo que le sonreía.

—¡Ya somos dos!

El sacerdote se apartó para permitir que mirara el cadáver más de cerca, y espió por encima de mi hombro mientras lo examinaba. Luego se me ocurrió que podría haber alcanzado la salida sin problemas, de haberlo querido.

—Son las heridas, ¿verdad? —preguntó al cabo de unos instantes.

Asentí. Miraba el cuello al tiempo que tocaba los bordes del tajo con el dedo. La piel estaba fría, seca y dura, como si no quedara sangre.

—Está muy claro que esta fue la herida que lo mató. Me pregunto cuál habrá sido el arma.

—¿Una espada? —aventuró.

—Quizá. Es un corte muy limpio, demasiado para un cuchillo de pedernal. Tiene que ser obsidiana. —Esto apoyaría que hubiese sido una espada, una varilla plana de roble endurecido al fuego con varillas de hojas de obsidiana encastradas en los bordes—. Sin embargo, es poco profunda, ¿no? —Me imaginé una espada que cruzaba el aire y se hundía en un cuello o un miembro—. Creo que utilizaron un puñal o una navaja. Una espada lo hubiese decapitado.

—No, si quien la blandía tenía poco espacio para levantarla.

Miré al joven sacerdote, que espiaba ansioso por encima de mi hombro. Había acertado al creer que no era un tonto, me dije, pero su inteligencia acabaría por causarle problemas algún día.

—Tienes razón. Fue un puñal hecho de algo más afilado que el pedernal o lo mataron en un espacio pequeño. Quizá las dos cosas. No veo ningún motivo para que no sean ambas. Si no tienes espacio para moverte, es mejor un puñal. —Intenté imaginarme los espacios cerrados que conocía: cuartos pequeños, los baños de vapor, los nichos en la parte posterior de los templos. Si querías asesinar a alguien parecía lógico hacerlo en un lugar cerrado y discreto.

Me aparté un poco del cadáver para mirar el resto de las heridas.

—¿Cómo interpretas estas marcas? —le pregunté.

La piel ahora grisácea parecía haberse encogido y los pinchazos, cortes y ampollas se veían como en relieve.

—No se me ocurre nada —contestó—. Pero tienen el aspecto de haber sido hechas intencionadamente, ¿verdad? Precisamente antes de que entraras estaba pensando en que parecía como si lo hubiesen pinchado con espinas de cactos y apaleado con estacas encendidas, como hacen en las Casas de los Sacerdotes.

—¿Por qué le harían algo así?

—¿Para castigarlo?

—Quizá. —Sabía que esa era la razón por la que lo hacían los sacerdotes. El recuerdo todavía me inquietaba—. Tal vez querían hacerle hablar. —Aparté la vista de la piel lacerada para fijarme en el rostro del muerto. Sus ojos continuaban abiertos y se veían claros y resplandecientes a la luz de la antorcha. Aún no se habían opacado como ocurre después de la muerte. ¿Qué habían visto para que alguien apelara a la tortura para saberlo? —Miré al sacerdote sin disimular la curiosidad—. ¿Por qué querías volver a ver el cuerpo?

—No podía dejar de pensar en las marcas. Tenía la sensación de haber visto antes algo parecido.

Yo había pensado lo mismo. Por eso había venido.

—Tengo el honor de servir al dios en el gran templo en el Corazón del Mundo —añadió el joven—. Estaba allí durante la fiesta del Alzamiento de los Estandartes, cuando los comerciantes presentaron a sus esclavos para sacrificarlos al dios. Uno de ellos tenía cicatrices como estas: pinchazos, cortes, quemaduras. Me fijé en ellas cuando lo tendimos sobre el altar. Recuerdo...

—Yo también estaba —lo interrumpí—. Ya estaba muerto cuando llegó a ti, ¿verdad?

Cuando el sacerdote me miró boquiabierto le encontré cierto parecido con el cadáver.

—¿Cómo lo sabes?

—Ya te lo he dicho. Estaba allí. Saltó de los escalones de la pirámide a medio camino. Tuvimos que cargarlo hasta la cumbre y luego nos costó lo nuestro convencer a Peynal y a los sacerdotes del fuego de que lo aceptaran. —Acababa de recordar a Yolteotl. Era el joven acólito que nos había recibido en lo alto de las escaleras—. Yo también vi las cicatrices, cuando descuartizaban el cuerpo.

—¡Eras tú! Ahora lo recuerdo. ¡El charlatán! Es curioso, ¿no? Nos traes una ofrenda con estas cicatrices, y un cadáver aparece aquí en el mismo estado, delante de la casa de tu amo. ¿Qué está pasando? —Entrecerró los párpados mientras me miraba. Yo continué mirando el cadáver.

—No lo sé —respondí lentamente—. Tengo que pensarlo.

Aún continuaba pensando cuando el joven sacerdote recordó dónde debía estar y se marchó. Seguía pensando cuando la antorcha se apagó tras un último chisporroteo.

Continué pensando en la oscuridad.

No podía regresar sin más a mi habitación y esperar a que me llamaran. Tenía que escapar de las garras del primer ministro, aunque eso no sería suficiente. Tenía que encontrar a los brujos cuanto antes y entregárselos a Moctezuma antes de que mi amo me diera caza. Luego podría confiarme a la merced del emperador, y si su corazón se inclinaba hacia mí, quizá salvaría el pellejo.

¡Así que lo único que debía hacer era encontrar a los brujos! Podría haber llorado de desesperación, pero de pronto vi cómo lo haría, y al mismo tiempo, cómo atraparía al asesino del hombre que habíamos encontrado en el canal, y cómo averiguaría por qué habían dejado mi nombre escrito en él.

El muerto había sido la mitad del mensaje. Mi nombre había sido la otra mitad. Podía ser que el mensaje fuese para mí, aunque, si lo era, no lo comprendía, o se refería a mí. En cualquier caso, me dije, tendría que responder. Todo lo que tenía que hacer era darle una respuesta, y el asesino vendría a por mí.

Entonces el asesino me conduciría hasta los brujos. El esclavo bañado de Luz Resplandeciente había sido torturado con la misma saña del muerto que tenía a mi lado, y eso significaba que la misma persona los había tenido a su merced. El esclavo purificado había sido uno de los hombres que mi amo y el emperador estaban buscando, y no me cabía ninguna duda de que el hombre asesinado había sido otro. Si lo habían tenido encerrado con raciones de hambre no era de extrañar que estuviese delgado.

Claro que Luz Resplandeciente, incluso si era el asesino, no podía ser quien me enviara el macabro mensaje, porque no sabía mi nombre completo; pero sin duda conocía a la persona que lo sabía, y seguramente estaban compinchados. Recordé las palabras que mi amo le había dicho al hijo de Niebla: «¿Tengo que limitarme a mirar cómo matan a esos hombres, uno a uno, hasta que él decida decirme qué quiere?». El esclavo purificado también había sido un mensaje, a su manera, y el cadáver en el canal un recordatorio.

Si aún me quedaba algo de fe en la historia del exilio de Luz Resplandeciente desapareció en aquel momento. No sabía si su madre había creído sinceramente en lo que me había contado, pero en cualquier caso decidí que tendría que confrontarlo con la verdad.

No tenía tiempo para ir a llamar a la puerta de todas las personas que sabían mi fecha de nacimiento, aunque fueran muy pocas. Además, ¿qué podía preguntarles a un puñado de viejos sacerdotes y a mis familiares? ¿Acaso se mostrarían dispuestos a confesármelo todo, a mí, que había sido expulsado de la Casa de las Lágrimas y había deshonrado a mi familia?

Era mucho mejor encontrar al comerciante y llegar al asesino a través de él.

Contemplé el cadáver en la litera, ahora algo más visible gracias a la débil luz que entraba por la puerta. Al ver de nuevo las heridas, me estremecí al pensar en el peligro que me acecharía mientras intentaba tenderle una trampa a quienquiera que fuese su asesino.

—No sé quién eres —dije en voz alta—, pero tenemos algo en común. Te lo prometo, atraparé a nuestro enemigo.

El sonido de las escobas que barrían el camino y el débil olor a humo de los fuegos en las cocinas me informó de que estaba a punto de salir el sol.

CUATRO BUITRE

1

Cuando salí del cuarto de las literas el color del cielo todavía era azul oscuro. En los fogones estarían haciendo las tortillas. Noté una punzada de hambre al pensarlo y olisqueé el aire. Como era de esperar, percibí el humo, aunque no acababa de oler como debía. En lugar del apetitoso olor de la masa de harina de maíz en la parrilla, en el aire flotaba un olor acre que no acababa de identificar.

Me recordé que debía salir de allí e ir a la casa del comerciante lo más rápido que pudiera. Sin embargo, antes quería ver a Costoso, y pensé que si Conejo continuaba incapacitado podría cruzar el patio que daba a nuestra habitación, sin hacer caso de las mujeres que barrían un polvo inexistente, y entrar sin que nadie nos molestara.

Cuando espié cautelosamente el patio comprendí que iba a ser muy sencillo.

No había nadie barriendo el suelo de tierra, aunque este era un trabajo en honor de los dioses y siempre se hacía antes del amanecer. Miré rápidamente al cielo para ver si era más temprano de lo que creía, pero no me había equivocado. Era como si le hubiesen dicho a las mujeres que esa mañana no aparecieran por el patio.

El olor a quemado era mucho más fuerte. Una vaharada me produjo un fuerte cosquilleo en la nariz, y tuve que hacer un esfuerzo para contener un estornudo.

Conejo estaba allí, en cuclillas, en mitad del patio. Me daba la espalda, así que me era imposible saber cómo se encontraba. No estaba solo: había un segundo hombre a su lado, con las piernas un tanto separadas y los pies bien plantados, y lo mismo que Conejo, miraba la puerta de mi habitación. En la incipiente luz del amanecer, vi que llevaba una pértiga cruzada sobre los hombros.

No tenía manera de evitarlos. Así y todo vacilé y continué mirando a los dos hombres mientras me convencía a mí mismo de la conveniencia de marcharme discretamente. Me pregunté qué estarían haciendo allí y qué pintaba la pértiga.

Estaba a punto de dar media vuelta cuando comprendí qué era aquello que ambos miraban con tanto interés.

Por el hueco de la puerta de la habitación de Costoso y mía salía una densa columna de humo.

Sin pensármelo dos veces entré en el patio mientras la columna de humo se transformaba en una nube gris que amenazaba con ocultar la entrada.

—¡Eh! —grité—. ¡Hay alguien dentro! ¡Tenemos que sacarlo!

El viejo esclavo no podía caminar. Sin ayuda acabaría quemado vivo si antes no moría asfixiado por el humo. Eché a correr, al tiempo que repetía los gritos a los hombres que tenía delante.

—¡Venga, moveos! ¿Qué os pasa?

Conejo y su compañero no dieron ninguna señal de haberme oído. Estaban absortos en el humo, que ahora también comenzaba a salir por la puerta de la habitación vecina a la mía. Ya estaba casi encima de ellos cuando reaccionaron. Conejo intentó levantarse con gran esfuerzo; el otro hombre se volvió en el acto.

—¡Tú! —gritó.

En aquel momento los envolvió el humo. La pócima de Costoso seguramente había debilitado mucho a Conejo porque se dobló por la cintura en un súbito acceso de vómito que le hizo caer de rodillas. A su compañero le fue un poco mejor;

se mantuvo de pie a pesar de la tos seca que lo sacudió repentinamente y lo hizo tambalearse. Entonces el humo me alcanzó a mí también: sentí un picor tremendo en los ojos y por unos instantes se me cortó la respiración. Me detuve, obligado por la momentánea ceguera.

—¡Cabrones! —grité.

A través de las lágrimas vi cómo el hombre se acercaba a mí a trompicones. Veía menos que yo, pero conocía mi voz.

—¿Qué estás haciendo aquí? —replicó entre jadeos.

Era el mayordomo de mi amo, y la pértiga tenía un collar de madera en una punta, uno de esos que se utilizaban para impedir que los esclavos poco dignos de fiar se escaparan del mercado.

Con el collar de madera en una mano, intentó, tambaleante, sujetarme con la otra. Le propiné un puntapié. Soltó el collar para liberar la otra mano y avanzó a ciegas una vez más hacia mí, pero yo ya me había apartado de su camino. Esta vez descargué un puntapié, mucho más fuerte, contra la rodilla, cuando pasé a su lado. Cayó de bruces.

Fui a por el collar. Era pesado, difícil de sujetar y no estaba diseñado como un arma, pero era lo único que ambos teníamos a mano. Cuando el mayordomo intentó levantarse, lo descargué con toda la fuerza de que fui capaz contra su nuca. Se desplomó en silencio.

Unos sonidos a mi espalda me recordaron la presencia de Conejo. Intentaba levantarse apoyado en una mano mientras que con la otra se abanicaba inútilmente para apartar la cortina de humo que lo envolvía. Miraba sin ver nada en mi dirección con los ojos enrojecidos y llenos de lágrimas. Cuando lo golpeé con el collar, cayó fulminado junto al mayordomo.

Toda la refriega se había desarrollado en silencio. No había llamado la atención: eché una ojeada al patio, que continuaba desierto.

Necesitaba respirar. Me agaché, con la intención de situarme por debajo de las nubes de humo, y corrí paralelo a la pared, en la dirección contraria a la del humo, hasta que pude erguirme y respirar sin que el humo me quemara los pulmones, Respiré hondo, al tiempo que parpadeaba para aliviar el escozor en los ojos.

Al mirar atrás vi que las densas nubes de humo que salían de las habitaciones se habían convertido ahora en una niebla, con alguna que otra nube un poco más oscura. Me dije que el fuego se estaba apagando, aunque eso no suponía ninguna diferencia para lo que debía hacer.

Tomé aire, me cubrí el rostro con la capa y me lancé sin más al interior de mi habitación oscura y llena de humo.

En un acto involuntario, dejé caer la capa que me protegía la nariz y la boca para frotarme los ojos. Solo conseguí que me ardieran más.

No podía respirar con o sin la capa. No podía ver. Me tambaleé y tropecé con algo blando, con la consecuencia de que caí al suelo y me golpeé en la rodilla con tanta fuerza que me mordí la lengua para no gritar e impedir que el humo entrara en mis pulmones.

A gatas, me volví para ver con qué había tropezado. Era un cuerpo. Le pegué con fuerza. Lo sacudí. Encontré la piel y la pellizqué cruelmente. No había ninguna señal de vida.

Desorientado, no pude hacer otra cosa que dar vueltas antes de que se agotara el aire en mis pulmones y perdiera el conocimiento o me asfixiara antes de conseguir escapar. Me di de cabeza contra la pared. Al tocarla, encontré algo inesperado: un agujero, de un poco más de un palmo de diámetro, a nivel del suelo. Metí la mano sin pensar en las consecuencias y la aparté inmediatamente en cuanto noté el feroz calor del fuego.

El mayordomo lo había encendido en la otra habitación, después de abrir un agujero en la pared que la separaba de la mía y Costoso. Me lo imaginé trabajando rápida y silenciosamente para no despertarnos antes de que él pudiera escapar. Conejo, poco dispuesto a revelar su falta, le habría asegurado que yo estaba todavía en la habitación, y el muy cretino, con el propósito de no arriesgarse, había decidido ahumarme antes que correr el peligro de entrar a por mí. La intención había sido que saliera al patio, ciego y tosiendo por el humo, y ponerme el collar al cuello antes de que pudiera defenderme.

Me pregunté si el mayordomo o mi amo se habían molestado en pensar las consecuencias para Costoso.

Mientras retrocedía, mis talones chocaron contra el pequeño baúl de mimbre.

Con el último aire que me quedaba di un suspiro de alivio. Saber dónde estaba el baúl me permitía encontrar la salida. Me puse de pie, cogí el baúl con las dos manos y crucé la habitación, casi no sentí que mi hombro golpeó contra el marco de la puerta.

En el exterior dejé caer el baúl en el suelo y me desplomé encima. Era consciente de que no podía quedarme allí, pero la necesidad de descansar, respirar aire fresco, era demasiado fuerte. Permanecí allí, tumbado sobre el baúl, hasta que oí las voces de las mujeres.

—¿Qué les pasa a esos tres?

—¿Ese no es Huitztic?

—¿Qué es ese olor?

Levanté la cabeza a duras penas. Eran dos muchachas que conocía vagamente por haberlas visto por la casa, concubinas de mi amo o parientes. Me dije que sus padres debían ser reyezuelos de provincias que las habían entregado según los términos de algún tratado. Ambas empuñaban las escobas, y nos miraban con la misma expresión crítica que hubiesen mostrado nuestros padres de habernos sorprendido durmiendo después del amanecer.

—¡Es Yaotl! —gritó una de ellas—. ¿Qué ha pasado? ¿Por que Conejo y el mayordomo están tumbados en el suelo?

Una rápida mirada al cielo, cada vez más claro, me recordó que no disponía de mucho tiempo. Muy pronto asomaría el sol y los moradores de la casa saldrían al patio, entre ellos mi amo. Además, el mayordomo y Conejo acabarían por despertar, porque estaba seguro de que no los había golpeado muy fuerte.

—¿No habéis llegado tarde? —señalé, mientras levantaba la tapa del baúl y comenzaba a rebuscar en su interior. Desde lo alto de la gran pirámide, el toque de una trompeta de concha nos avisó de la salida del sol.

—Estuvimos aquí mucho antes del alba —replicó una de las muchachas—, pero el mayordomo nos echó. Por cierto, que lo hizo con muy malos modos.

—Pues ahora está aquí, tendido en mitad del patio —manifestó la otra—. Tendrá que apartarse, quiero barrer este trozo.

—¿No podrías barrer solo a su alrededor? —sugerí, agotado—. Sin duda, a los dioses no les importará por una vez.

Miré el contenido del baúl dominado por la desesperación. Los pocos objetos de valor se veían tan dañados por el humo que no se podían salvar, pero eso ya no me importaba. Habían sido de Costoso, y él estaba muerto, y yo ni siquiera podía llorarlo porque no me quedaban lágrimas ni tiempo para derramarlas.

Solo había una cosa en el baúl que me interesaba, pero no la veía.

Unos brazos helados me ciñeron el pecho al pensar que quizá el mayordomo se me había adelantado y saqueado el baúl antes de encender el fuego en la otra habitación. Incluso mientras me decía que lo que buscaba era demasiado pequeño y debía estar enterrado debajo de todo lo demás que se había guardado con el paso de los años, cogía las cosas a dos manos y arrojé las baratijas y los descoloridos abanicos de plumas sin importarme dónde caían.

—¡Eh! ¿Qué haces? ¡Ni se te ocurra hacernos recoger todas esas porquerías!

Cuando la encontré, en el mismísimo fondo del baúl donde la había dejado años antes, mis ojos se cerraron por un momento. Era demasiado pequeño para que pudiera usarlo de nuevo, tan pequeño que pude ocultarlo en mi puño cuando lo saqué del baúl. La aspereza del algodón contra la palma me consoló.

El humo acre se había disipado casi del todo. Sin embargo una solitaria lágrima se abrió paso entre mis párpados mientras me sentaba en el baúl casi vacío, entregado a mis recuerdos.

No podía hacer nada por Costoso, pero sabía que él hubiese querido que hiciera algo. Hubiese querido que aprovechara la oportunidad que me había dado para que marchara deprisa y corriendo, y luego siguiera mi plan para atrapar al asesino del hombre del canal, encontrar a los brujos y llevárselos al emperador.

Ahora veía claramente el propósito del mensaje consistente, por una parte, en un hombre muerto y mi nombre, por otra.

Era a mí a quien Luz Resplandeciente, su aliado, o ambos habían querido desde el principio.

Entre los dos, debían tener a los brujos en su poder. Seguramente eran los organizadores del secuestro y se habían valido de Niebla y su hijo para cometerlo, y cuando me había escapado sin duda habían matado a uno de los brujos y enviado el cadáver a mi amo como un recordatorio. Mi amo ya había intentado entregarme una vez; ahora estaba claro que debía haber ordenado a su mayordomo que se asegurara de que me entregara en un estado que impediría cualquier intento de fuga.

¿Quién era el aliado de Luz Resplandeciente, y cómo habían conseguido complicar a Niebla y su hijo en sus intrigas? Por un momento pensé que quizá Niebla había sido el hombre que había escrito mi nombre, pero si era así, me pregunté, ¿cómo conocía mi nombre?

Había otra pregunta cuya respuesta ni siquiera me atrevía a adivinar, aunque sabía que mientras continuara así nunca más podría volver a dormir tranquilo: ¿por qué yo? ¿Qué había hecho para que tantas personas —el comerciante, su misteriosa aliada, Niebla, mi amo y su mayordomo— estuvieran dispuestas a verse deshonradas, ser enviadas al exilio y provocar la cólera del emperador solo por matarme?

Me levanté lentamente.

—Podéis cogerlo todo —dije a las muchachas. Señalé las cosas desparramadas en el suelo—. Algunas cosas se pueden salvar. Cualquier cosa que os sirva es vuestra. Nosotros ya no las necesitamos.

2

El mediodía me encontró en Pochtlan, con la mirada fija en el muro de piedra de la parte trasera de la casa del comerciante.

No estaba dispuesto a presentarme en la puerta. Tenía que transmitir un mensaje sencillo, pero quería asegurarme de que llegara a su destinatario: la madre de Luz Resplandeciente, Azucena.

La única forma de estar seguro de que lo recibiera, antes de que mi amo enviara a sus hombres para llevarme de nuevo a casa, o que el comerciante o sus aliados intentaran un segundo secuestro, era hablar con ella cara a cara. Quería aparecer ante ella sin previo aviso, sorprenderla con mis palabras y marcharme con tiempo para planear mi próxima jugada. Eso significaba colarme en la casa, y la manera obvia de hacerlo era escalar el muro del patio.

Tenía claro que debía esperar hasta la noche para intentarlo. Por otro lado, si bien era muy posible que me pillaran si lo probaba durante el día, hacerlo por la noche significaba que me tomarían por un ladrón. Además, había un fresno en el patio vecino, una de cuyas gruesas ramas se inclinaba tentadoramente a mi alcance antes de dar sombra en el patio de Luz Resplandeciente, y no había nadie a la vista.

Aproveché la oportunidad. Me encaramé a la rama. La fortuna volvió a sonreírme al otro lado del muro, cubierto en su mayor parte por una madura flor de la pasión cuyos resistentes tallos me permitieron un suave y silencioso aterrizaje en el patio.

Lo hallé tal cual lo había visto la primera vez, excepto que no estaba el viejo desplomado contra la pared. No había nadie a la vista. Ni siquiera un perro.

Respiré más tranquilo y me acerqué a la puerta más cercana. Habían apartado el biombo y lo habían dejado apoyado en la pared, así que entré.

La habitación estaba vacía.

Me maldije por idiota. Por supuesto que estaba vacía: ¿por qué, si no, iban a dejar la entrada franca? Me volví con la intención de marcharme, pero algo me lo impidió.

Había algo extraño en esa habitación.

Resultaba difícil ver para qué se había utilizado, porque no tenía más muebles que la mayoría de las casas aztecas. Había un par de esteras muy raídas y una caja de mimbre rota. Pintadas en las paredes había unas pocas figuras estilizadas, claramente más burdas que las otras que decoraban la habitación donde me habían recibido la primera vez. Lo extraño era que las paredes solo estaban pintadas hasta la mitad. La parte de atrás de la habitación, la mitad más alejada de la puerta, estaba desnuda, y la división entre las dos mitades era una línea recta. Solo cabía pensar que la habían dejado así intencionadamente o que allí había existido un límite físico hasta donde había llegado la pintura y que ya no estaba.

Cuando miré la línea atentamente vi lo que había sucedido. Habían derribado el falso tabique y barrido los restos de ladrillo, pero las huellas eran claras.

—¿Así que después de todo aquí escondiste tu tesoro? —murmuré—. Me pregunto dónde lo tendrás ahora.

—Yo también quisiera saberlo —dijo una voz a mi espalda—. Claro que, ya te dije, si quieres hablar de negocios, tendrás que ver a mi hija.

El susto me hizo gañir como un perro. Di un salto y llegué a lo que había sido la parte oculta de la habitación antes de recuperar el equilibrio y volverme para mirar al viejo.

El abuelo de Luz Resplandeciente ocupaba el portal. Su rostro estaba oculto por la sombra pero su cuerpo inclinado y el olor agrio del vino sagrado que flotaba en el aire eran inconfundibles.

—¿Qué estás haciendo aquí? —pregunté, con un tono de reproche absurdo—. ¡Deberías estar durmiendo!

—Tuve que levantarme a mear. Te vi rondando así que me pareció oportuno averiguar qué buscabas. Además —añadió como si acabara de caer en la cuenta—, ¿no tendría que ser yo quien te hiciera esa pregunta, Yaotl? ¿Cómo has entrado?

Comprobé que la bebida y la edad no habían embotado su mente, a la vista de que recordaba quién era.

—El esclavo me abrió la puerta.

—No lo hizo. Trepaste al fresno que está en la parte de atrás, ¿no es verdad? Tendría que haberles pedido que lo talaran hace años. En el verano los chicos trepan para robar la fruta de la pasión.

Aún continuaba de pie en la mitad desnuda de la habitación.

—Me dijiste que aquí no había dinero —repliqué con el mismo tono de reproche mientras miraba en derredor.

—No lo hay. Lo había. —Para mi desconcierto, al viejo parecía no importarle que lo interrogara alguien que podía ser considerado un ladrón—. Mi nieto se lo llevó todo. Deduzco que algún amigo suyo encontró un lugar más adecuado para ocultarlo. Pero, como te decía, tendrás que preguntarle...

Otra voz lo interrumpió. Era una voz de hombre pero sonó quejosa, como la de una vieja.

—¿Qué pasa aquí? ¿Con quién hablas?

Bondadoso miró de reojo al recién llegado y luego se apartó para dejarle mirar a través de la entrada. Cuando lo hizo el sol iluminó su rostro consumido y la sonrisa aviesa.

—Es un viejo amigo tuyo, Constante —respondió, mientras el sirviente que me había dejado entrar en la casa en mi anterior visita miraba con ojos de miope el interior de la habitación—. Es Yaotl, el esclavo del primer ministro.

—¡Yaotl! —El esclavo se apartó de un salto como si lo hubiesen mordido—. ¡Él! Muy bien, ahora mismo iré a avisar al jefe de la parroquia. ¡Haremos que se lo lleven!

—No es necesario. —El viejo apoyó una mano en el brazo del sirviente—. Estoy seguro de que Yaotl ya se iba, ¿no? Creo que solo quería hablar un momento con Azucena.

—¡Eso es! —afirmé apresuradamente.

—Pues no podrá ser —me informó el sirviente con tono desabrido—. No está aquí.

—¿Dónde está? —No sé por qué, pero no se me había ocurrido que la madre de Luz Resplandeciente no pudiera estar en casa, esperando pacientemente a que escalara la pared de atrás para que le transmitiera mi mensaje.

—Ocúpate de tus asuntos —replicó el esclavo sin vacilar.

—¿Por qué quieres saberlo? —preguntó el viejo amablemente.

Dudé, temeroso de decir demasiado, aunque después pensé que mi presencia ya era suficientemente reveladora.

—Quiero decirle algo que le interesará.

—Miente —soltó Constante.

—Solo un poco —opinó el viejo—. Ha venido aquí por una razón, y no creo que haya sido para robarnos nuestro dinero. Si tu amo quisiera dinero —añadió con una mirada astuta—, supongo que lo hubiese exigido sin más.

—Ahora no estoy trabajando para el primer ministro —me apresuré a aclararle.

—¿De verdad? —En el rostro del viejo apareció una expresión pensativa—. Bueno, en última instancia le corresponde a mi hija decidir si quiere escuchar o no lo que quieres decirle. Ella es quien toma sus decisiones. ¡Oh, cállate! —Bondadoso le dirigió estas últimas palabras a su sirviente antes de mirarme—. Prueba en la cancha de pelota de Tlatelolco.

¿Que podía estar haciendo la respetable viuda de un comerciante en una cancha de pelota?

—¿Quieres decir que Azucena ha ido a pagar las deudas de juego de su hijo?

¿No podía ser que su motivo fuese algo más siniestro que eso? Tenía que enfrentarme a la posibilidad de que, fuera lo que fuese que Luz Resplandeciente y Niebla se llevaran entre manos, su madre estuviese complicada. Si querías tener un encuentro discreto, la cancha de pelota, donde había cientos de apostadores, sería el lugar ideal.

La idea de que ella estuviese compinchada con mis secuestradores me hizo estremecer.

—Dijiste que tu hija no conocía que hubiese otros vicios capaces de seducir a un hombre —comenté con un tono desilusionado—. ¡Ahora veo que los conoce todos!

Las sombras ocultaron el rostro del anciano cuando desvió la mirada.

—Por lo menos, algunos —murmuró.

3

Corrí a la cancha de pelota, ansioso por adelantarme a la noticia de mi llegada. Si era verdad que Azucena estaba hablando con Niebla, quería sorprenderlos.

A la hora que llegué, sudoroso y sin aliento, ya había comenzado un partido. El día era ideal para el juego, soleado pero no excesivamente caluroso, y la llovizna que había caído durante la madrugada había sido suficiente para humedecer el polvo de la cancha sin convertirlo en un fangal. Mientras me acercaba oí el golpe de la pelota cuando rebotaba en las paredes de ladrillos y los cuerpos de los jugadores.

Era difícil acercarse a las gradas de piedra que daban a la cancha debido al gran número de espectadores. Se comportaban con la misma discreción y buenos modales que en cualquier otra reunión de aztecas, pero los asuntos que trataban en voz baja lo hacían con tanto interés que me dio miedo interrumpirlos. Me encontré moviéndome entre pequeños grupos de personas que hablaban de cómo iban las apuestas.

Por fin conseguí llegar a las gradas y unirme a la multitud, que seguía atentamente el desarrollo del partido.

La cancha consistía en un largo y angosto rectángulo de tierra apisonada rodeado de altos muros de ladrillos, con dos trozos marcados en ángulo recto en cada extremo. En la cancha corrían dos equipos de jóvenes de aspecto aguerrido, cuyos cortes de pelo y cicatrices mostraban que sus cuerpos habían sido endurecidos por la guerra además del ejercicio. Vestían taparrabos cortos y protectores de cuero en las rodillas y los codos, y se lanzaban a por la pelota como si sus vidas dependieran de mantenerla en el aire, y más les valía, porque ese juego se podía disputar hasta la muerte, y si los jugadores llegaban a olvidarlo, no tenían más que mirar los espeluznantes y sangrientos frisos que adornaban las paredes.

La pelota era un relámpago oscuro entre los cuerpos que se daban empellones, y solo tomaba un aspecto sólido en el instante en que la detenía una cadera, un muslo o una nalga. A los jugadores no se les permitía utilizar las manos o los pies, excepto para levantarse del suelo cuando caían. Las huellas de sangre en el suelo mostraban los lugares donde los jugadores habían caído y vuelto a levantarse. El aire olía a sangre y sudor, mezclado con el olor animal producido por la agitación.

Era imposible no sentirte atrapado por el juego. Los espectadores nos inclinábamos hacia delante, estirábamos los cuellos para seguir el vuelo de la pelota y los choques de los jugadores. Nadie aplaudía, gritaba o se atrevía a murmurar, incluso cuando un jugador realizaba una fantástica pirueta para golpear la pelota y lanzarla al campo rival. No podíamos olvidar ni por un momento el hecho de que era algo más que un juego: se trataba de un ritual sagrado, una de las maneras en que los dioses manifestaban sus deseos, y los sacerdotes vestidos de negro ubicados en cada extremo de la cancha no estaban allí solo para conceder los puntos y castigar las faltas.

Algunos de los que presenciaban el partido confiaban en que les revelaría sus destinos. Otros arriesgaban más que su futuro, o menos, según como se viera. Dispuestos ante nosotros, había bienes de todo tipo, sacos de granos de cacao, piezas de tela, hachas de cobre y canutos de plumas llenos de oro, piedras preciosas talladas como adornos labiales, collares, calabazas, pavos y cordonices, hojas del mejor papel de Amatlán o Amacoztitlan, y la cosa más bonita y delicada de todas: las plumas. Delante de mí tenía un tocado de bellas plumas rojas, de la clase que los comerciantes y recaudadores de tributos traían de las provincias muy al sur, pero rígidas y con el color vivo, como si las acabaran de arrancar.

La única regla en las apuestas era que aquello que se apostaba debía exhibirse a la vista de los jugadores. Esa era la ley que mi amo había quebrantado con sus apuestas secretas. El motivo estaba relacionado con los dos pequeños aros de piedra, que no tenían mucho más de un palmo de diámetro, colocados en cada extremo de la cancha, a una altura que doblaba la de un hombre. El equipo que consiguiera hacer pasar la pelota por el aro del contrario ganaría todo lo que se había apostado en el partido. Nunca lo había visto, y no conocía a nadie que lo hubiese presenciado.

El hombre que había hecho la pirueta se levantó del suelo, cojeó unos momentos y luego volvió al partido mientras uno de sus compañeros corría para interceptar la pelota. Tenía la pierna hinchada: después del partido tendrían que hacerle un corte con una hoja de obsidiana para que saliera la sangre acumulada.

Me recordé que estaba allí para buscar a alguien, no para ver el partido. Sin embargo, cuando miré las gradas al otro lado y a mi alrededor solo vi la clase de espectadores que solían acudir a esos encuentros. La mayoría lucía las vulgares capas cortas y los cortes de cabellos tonsurados de los plebeyos que nunca habían capturado a un enemigo ni lo harían. Unos pocos, que ocupaban los asientos reservados para ellos en las gradas junto a la cancha, vestían con más elegancia y tenían los labios y los lóbulos de las orejas perforados con joyas que resplandecían mientras conversaban entre ellos. Los partidos de pelota atraían a los más pobres, que depositaban todas sus ilusiones en una jugada que los sacaría de la miseria, y los más ricos, que podían permitirse las pérdidas. Ninguno de los espectadores tenía nada que ver con la clase de los comerciantes y su discreta riqueza. No había ni una sola mujer.

Quizá había estado allí y se había marchado, me dije. Intenté preguntárselo a mis vecinos.

No podía ver la cara de la persona que estaba a mi derecha,

pues estaba inclinado hacia delante, la mirada fija en los lances del partido, pero aún no se había afeitado la cabeza para señalar su primera captura de un guerrero enemigo. No llevaba capa, y por los músculos que destacaban en los hombros y la espalda, me dije que bien podía ser un jugador de pelota. Tuve más suerte con el plebeyo de mi izquierda.

—¿Vienes mucho a estos partidos? —le pregunté con el tono de quien solo busca un poco de charla.

—Cada vez que puedo. —Sonrió—. Por lo menos, todas las veces que juega el equipo de Tlatelolco, pero intento no perderme ninguno, aunque sea un lamentable partido de entrenamiento como este. ¿Y tú?

—Oh, a mí no hay quien pueda mantenerme apartado.

Los jugadores volvían a ocupar sus posiciones, dispuestos a competir por el siguiente punto. El sudor hacía brillar los cuerpos magullados, allí donde la piel no estaba cubierta de polvo, y la tierra que pisaban estaba salpicada con su sangre. Nunca se me hubiera ocurrido que ese encuentro pudiera ser un simple partido de práctica.

—Pues hoy hay una buena concurrencia —añadí para mantener la ficción de que buscaba un poco de charla.

—No está mal —admitió.

—Me preguntaba...

Se volvió hacia mí, molesto.

—¿Estás mirando el partido o no?

Intenté eludir su mirada de enfado.

—Lo siento. Es que buscaba a alguien...

Se quedó mirando la cancha antes de decidir que la mejor manera de librarse de mí era responder a las preguntas breve y rápidamente.

—¿Cómo se llama el tipo?

—En realidad, es una mujer. Se llama Azucena.

Comenzó a toser con violencia. En cuanto consiguió controlarla me dijo:

—Vaya, así que era eso. Has escogido un lugar curioso para una cita. ¿No hubiese sido mejor quedar en un jardín?

—¿Mejor para qué? —Lo miré dominado por una súbita confusión. Me pregunté si había creído que estaba buscando a una fulana, y después comprendí que era eso exactamente lo que había pensado porque era lo mismo que hubiera pensado yo, de haber estado en su lugar.

—Bueno, ya sabes...

—No, no lo sé —lo interrumpí—. Mira, no estoy hablando de una cualquiera. Es la viuda de un comerciante y madre de otro. —Sentí el súbito impulso de lanzarlo por encima de las gradas que teníamos delante y que rodara hasta el suelo de la cancha, solo para borrar la expresión de lascivia en su rostro—. ¿La has visto o no?

Indiferente a mi enojo, mi vecino volvió a seguir el juego.

—Lo siento, amigo, pero no puedo ayudarte...

No oí si llegó a añadir algo más.

No había sido otra cosa que un movimiento que percibí por el rabillo del ojo, pero la jugada había provocado murmullos de admiración entre la concurrencia y algunos de los espectadores se habían puesto de pie. La pelota reposaba en uno de los sectores marcados en los extremos y el equipo que lo defendía se había reunido a su alrededor. A juzgar por los gestos y la animada discusión que llegaban hasta donde me encontraba, intentaban descubrir cómo había llegado hasta allí y quién había sido el culpable.

—¡Oh, sí! —El joven musculoso de mi derecha era uno de los que se habían levantado. Se volvió hacia mí—. Tú lo has visto, ¿no? ¡Una jugada clásica! ¡La pelota no podía estar a más de un palmo del suelo cuando la ha devuelto! Ese...

Su voz se apagó al ver cómo lo miraba. Entonces, al reconocerme, abrió los ojos como platos.

Era Espabilado, el hijo y mensajero de Niebla.

Soltó un sonido inarticulado y se volvió con la intención de saltar de su asiento y escapar gradas arriba.

—¡Eh! —gritó alguien en la fila de detrás—. ¡Sentaos, que no vemos nada!

—¡No puedes salir por aquí! ¿Qué estás haciendo?

Estiré el brazo, cogí el mechón de pelo que le colgaba sobre la nuca y le di un buen tirón. Lanzó un aullido de dolor y se tambaleó hacia atrás.

—Ya lo has oído —mascullé—. ¡Siéntate!

Se dejó caer en el asiento a mi lado y me miró, furioso.

No dije nada. Mi asombro era tal al verlo allí que, por un momento, no se me ocurrió qué decirle. No podía hacer más que mirar y maravillarme del sentido del humor del dios Tezcatlipoca. Resultaba difícil creer que incluso el caprichoso Señor del Aquí y Ahora fuese tan perverso para poner precisamente a ese joven en el asiento vecino al mío.

—¿Vas a soltarme el mechón o no? —preguntó con una voz que sonó de acuerdo con sus pocos años—. Me duele.

Repetí el tirón, observé su mueca de dolor y lo solté.

—Ni se te ocurra intentar huir —le advertí—. Tú y yo tenemos que hablar.

—Sí. —Su tono me pareció casi ansioso—. Me pareció oír que estás buscando a Azucena.

Si se hubiera mostrado agresivo o malhumorado quizá lo hubiese escuchado, pero ver que lo planteaba como una conversación normal me sacó de las casillas.

—¡Soy yo quien hace las preguntas! —repliqué—. ¡Puedes comenzar explicándome qué pretendías conseguir con el secuestro del otro día!

—¡No queríamos hacerte ningún daño! ¡Solo queríamos hablar contigo!

—¿Qué quieres decir con eso de que no queríais hacerme ningún daño? Entonces, ¿para qué el puñal? ¿Qué me dices del cadáver en el canal? ¿A él tampoco queríais hacerle ningún daño?

—¿Cadáver? —Frunció el entrecejo y consiguió parecer intrigado—. ¿Qué cadáver?

—El que encontramos anoche, flotando delante de la casa del primer ministro, con un breve mensaje donde se pedía que me entregaran al remitente. Casi lo consiguieron. Con un yugo al cuello como un esclavo en el mercado. Tuve suerte.

¡Hay un viejo muerto, en una habitación de la casa de mi amo, por culpa de tu condenado mensaje!

—¡No sé de qué me hablas!

—¡Seguro que no! Como tampoco sabes por qué el cadáver en el canal estaba cubierto de quemaduras, cortes y morados, lo mismo que aquel pobre infeliz que Luz Resplandeciente obligó a convertirse en un esclavo purificado, o ¿vas a decirme que tampoco sabes nada de eso?

Para mi sorpresa no se enfadó. Miró a un punto entre sus pies y murmuró:

—Escucha, no fue idea mía. Ni se me ocurrió que pudiera llegar a esos extremos. Creí que conseguiríamos hacerles hablar solo con enseñarles las espinas de cactos, y pasarles el fuego por delante de las narices...

—¿Hacerles? —repetí—. ¿Te refieres a los brujos? —Entonces, al recordar que, aunque los hombres a nuestro alrededor estaban atentos al desarrollo del juego, era un lugar público, bajé la voz. Susurrar mi pregunta me produjo la sensación de ser un conspirador—. ¿A los hombres que escaparon de la prisión de Cuauhcalco? ¿Dónde están?

Levantó la cabeza, antes de volverla rápidamente, como si mirara de reojo.

—No creo que deba decírtelo.

—¡Pues si no me lo dices a mí, quizá quieras decírselo al emperador! ¿Has estado alguna vez en la cárcel? ¿Quieres que te la describa?

—¡No puedo decírtelo!

—¿Dónde está tu padre?

—¿Mi padre? —El chico me miró boquiabierto.

—Sí, tu padre. ¡Niebla!

—¿Mi padre? —repitió en un susurro casi inaudible. Entonces, por alguna razón que solo él sabía, se echó a reír.

Continuó riéndose mientras yo lo miraba sin saber qué hacer. Se tapó la boca con la mano sin interrumpirse. Podría haberle dado una bofetada o sacudido, pero era tal mi asombro ante su reacción que no hice ninguna de las dos cosas. Aún se reía cuando se produjo una súbita conmoción en la cancha, seguida por un rugido de los espectadores que llenaban el estadio.

Distraído por el barullo, me levanté de un salto y descubrí que todos habían hecho lo mismo.

Tardé unos instantes en encontrar una posición desde donde podía ver por encima de las personas de la fila de delante. Vi que los jugadores y los sacerdotes que hacían de árbitros tampoco se movían, sino que miraban hacia arriba, con idénticas expresiones de sorpresa. La pelota yacía en el suelo, en mitad de la cancha, al parecer olvidada, como si ya hubiese cumplido su propósito. Había pasado por uno de los aros de piedra colocados en lo alto de las paredes.

Un extraño silencio se extendió entre la multitud. Era como si sus voces se hubiesen apagado al mismo tiempo que la sangre se retiraba de sus rostros.

Pero cuando me volví hacia él, el chico había desaparecido. Se había escabullido entre las piernas de los espectadores de pie como una culebra de agua entre los juncos.

Muchos años atrás, el equipo derrotado hubiese perdido mucho más que el partido. Al capitán, como mínimo, lo hubiesen subido por las escaleras de la pirámide más cercana, donde lo último que hubiera visto en la faz de la tierra habría sido el rostro tiznado de hollín del sacerdote que le arrancaba el corazón.

Vivíamos en tiempos más civilizados, donde al equipo perdedor solo tenían que escoltarlo para que abandonara la cancha y darle la ocasión de escapar lo antes posible antes de que sus miembros acabaran descuartizados por una turba de apostadores decepcionados. En teoría los ganadores tenían el derecho de llevarse las prendas y las posesiones de los vencidos, y también los espectadores, pero en la práctica esa era una preocupación menor.

No sentía sentido salir corriendo en persecución del muchacho. Si tenía suerte, lo encontraría más tarde, muerto a pisotones por la estampida de la muchedumbre, si no lo habrían arrastrado con ella. En momentos como ese la contención que los aztecas nos imponemos habitualmente se esfuma para dar paso a la terrorífica ferocidad que tanto espanta a nuestros enemigos. Como el único espectador que no había apostado en el partido, permanecí en mi asiento hasta que desapareció el último de los aficionados y la nube de polvo que habían levantado comenzó a posarse, y solo me moví un poco cuando dos guerreros calzados con sandalias estuvieron a punto de tropezar con mis piernas en sus prisas por unirse a la persecución del equipo perdedor.

Me puse de pie y miré la cancha. Los vencedores continuaban allí, con unas expresiones que reflejaban una incredulidad incluso mayor que la de sus rivales.

—¡Felicidades! —grité.

Uno de los jugadores —me pareció que era el capitán— me miró con una expresión de súplica.

—Escucha, lo sentimos de verdad. No era nuestra intención.

Había recogido la capa dispuesto a marcharme, pero me detuve.

—¿De qué hablas?

—Seguramente has perdido una fortuna. Pero no fuimos nosotros, te lo juro. Fue cosa de los dioses, de Tezcatlipoca.

El polvo me hizo estornudar.

—No te preocupes. Yo no...

—También los otros tienen su parte de culpa —añadió otro de los jugadores, sin hacerme caso—. No tendrían que haberle dado tanto efecto a la pelota en el último ataque. ¿Cómo podíamos saber adónde iría a parar?

—Además, la pelota era más dura de lo habitual.

Había una nota de auténtico miedo en sus voces. Quizá les asustaba lo que pasaría cuando la multitud abandonara la persecución de los perdedores y volviera a por los hombres que habían pasado la pelota por el aro, pero me dije que había algo más. Un dios —casi sin duda Tezcatlipoca, el perverso y caprichoso Señor del Aquí y Ahora— había tocado sus vidas y probablemente las había cambiado para siempre. Sabía muy bien cómo se sentían. Había intervenido en la mía muchas veces, casi nunca para bien, pero dudaba que me hubiese sentido más desesperado y asustado que ellos.

—Fue un fallo. Somos profesionales. Buscábamos ganar por los puntos.

—Venga, salgamos de aquí. —El capitán me miró—. Puedes quedarte con tus prendas. Incluso puedes llevarte la apuesta, si quieres.

—No aposté.

—¿No? —La respuesta pareció tranquilizarlo—. Pues entonces tan amigos.

Los jugadores comenzaron a subir las escaleras que llevaban fuera de la cancha, mientras hablaban en voz baja entre ellos, quizá sobre cómo harían para llevarse a casa sus ganancias antes de que alguno de los antiguos propietarios intentara robárselas.

Decidí preguntarles si alguno de ellos había visto a Azucena. El capitán se echó a reír.

—No lo dirás en serio. ¡Bastante trabajo tenemos con mirar a la pelota como para mirar a las chicas!

Un par de jugadores secundaron sus risas, pero hubo uno —el que parecía más joven, un muchacho que seguramente acababa de salir de la Casa de los Jóvenes— se detuvo y se tocó los labios en un gesto pensativo.

—Pues había una. —Miró un tanto asustado al capitán, que lo fulminó con la mirada, y se apresuró a añadir—: Solo me fijé en ella porque era la única mujer; destacaba en la multitud. Tampoco era una de tus busconas. Una mujer de mediana edad y vestida con mucha sencillez, como la esposa de un plebeyo o un comerciante.

—¿Dónde está? —pregunté con voz entrecortada—. ¿Por dónde se fue?

El muchacho agachó la cabeza, apenado por el silencioso reproche del capitán.

—No lo sé. La última vez que miré, ya no estaba.

Respiré con normalidad.

—No importa. Al menos sé que ha estado aquí.

Me volví dispuesto a marcharme.

—Pues no la has encontrado por los pelos —me dijo el muchacho—. Estaba sentada en tu mismo asiento.

4

Estaba seguro de que la mujer había ido a la cancha de pelota con el propósito de hablar con Espabilado. Por alguna razón se había marchado inmediatamente después de hablar con el muchacho y había dejado libre el asiento, lo que explicaba que hubiéramos acabado en el mismo asiento. Los dioses no habían tenido nada que ver.

No era difícil deducir adónde había ido el muchacho: si aceptaba la premisa de que había sido arrastrado por la multitud que se alejaba corriendo de la cancha de pelota, no tenía más que seguir el rastro de las huellas, plumas aplastadas, restos de tortilla y cenizas de pipa. Espabilado sabía lo que yo quería averiguar: el paradero de los brujos.

El rastro acababa un poco más allá, en la entrada del mercado de Tlatelolco. Un muy reducido grupo de espectadores del partido rondaba por allí, delante de una de las puertas de la larga tapia que rodeaba el mercado. Unos pocos ya emprendían el camino de regreso a casa, con aire de disimulo, mientras otros más pacientes hacían cola ordenadamente y avanzaban arrastrando los pies bajo la mirada atenta de los guardias del mercado, que controlaban la entrada. Una vaga impresión de tontería colectiva parecía flotar sobre la multitud, cada vez más pequeña, y se hacía sentir en los murmullos a mi alrededor. Era como si, después de haber visto acabar el partido de una forma inesperada y escapado del lugar despavoridos, ahora nadie tuviese muy claro adónde debía ir.

A la vista de que no había rastro del hijo de Niebla, me uní a la cola de la entrada. Si su intención era la de ocultarse de mí, me dije, no había mejor lugar para hacerlo que el enorme y siempre concurrido mercado de Tlatelolco.

El mercado era a su manera el corazón de nuestro mundo, como la plaza sagrada de Tenochtitlan, en el sur. Entre cuarenta y sesenta mil personas acudían allí todos los días. Venían a comprar y vender, o sencillamente a mirar; paseaban tranquilamente por las callejuelas, entre los centenares de tenderetes, admiraban los productos expuestos y miraban y escuchaban a sus compatriotas aztecas. Gran parte de la producción de los pueblos dominados acababa allí, y formaba parte de los tributos que pagaban, o la habían comprado los comerciantes en ciudades que se encontraban a muchos días de marcha. Allí, colocados en las esteras, al cuidado en su mayor parte de mujeres mayores, esposas de comerciantes, madres e hijas, estaba todo lo que deseabas comprar.

Cada producto tenía su sector. Algunos estaban a la sombra de las columnatas que rodeaban la plaza. La mayoría daban a las angostas callejuelas que se abrían paso en el enorme espacio del mercado, callejuelas bordeadas de puestos que eran propiedad de una misma familia desde hacía muchas generaciones. Allí había pieles de animales —jaguares, castores, chacales, venados y tejones— curtidas y sin curtir, telas de algodón y fibra de maguey. Había sandalias de sisal, que eran baratas, y las caras, de cuero con joyas. Había tabaco, cacao y una amplia variedad de hongos. Había comidas preparadas y toda clase de productos para prepararlas: alubias, vainilla, salvia, pimientos, calabazas, harina de maíz y amaranto, pavos, perros, callos, ranas y huevos. Enseres como jarras, platos, cuencos y vasos de cerámica y madera. Había todo lo que podías necesitar para construir un palacio: cuerdas, madera, mortero y piedra, herramientas de pedernal, hueso y obsidiana, y peones para que hicieran el trabajo. Había a la venta carretadas de excrementos, provenientes de las letrinas que había junto al canal que bordeaba uno de los lados del mercado, para abonar los campos y los jardines de la ciudad.

Me abrí paso entre la bulliciosa multitud, y pedía disculpas cada vez que pasaba entre un cliente y un vendedor que regateaban. Asomé la cabeza entre las columnatas, miré descaradamente los rostros de las personas que pasaban y estiré el cuello para espiar por encima de las cabezas, pero no vi ni rastro de Espabilado.

—¿Tienes la intención de comprar o qué? —El encargado del puesto tuvo que gritar para hacerse oír por encima del estrépito de su oferta: jaulas de madera llenas de patos que graznaban furiosamente.

—Busco a un chico.

Miró de reojo las jaulas que se movían con los saltos de los patos.

—Es obvio que te has equivocado de sitio, ¿no te parece? ¡Ve a preguntar a los vendedores de esclavos!

—No, no lo entiendes —protesté, desconcertado por su respuesta.

—Pero si eso es lo que te gusta —añadió con un tono de desprecio—, tendría cuidado a la hora de preguntar. Queman vivan a las personas por esas cosas, ¿no lo sabías?

—Pero si yo no quiero...

—A mí lo único que me importa es que no quieres comprar un pato. ¡Lárgate de aquí antes de que llame a los guardias!

No tardé en desistir de preguntar por el chico. Su nombre no significaba nada para ninguna de las personas ocupadas e impacientes a quienes pregunté, y su descripción solo hizo que me miraran de una manera extraña o me insultaran como había hecho el vendedor de patos. De todas maneras, fui a dar una vuelta por la zona de los esclavos: estaba cerca de una de las salidas y pensé qué bien podría echar una ojeada, aunque había perdido gran parte del entusiasmo, estaba cansado, me dolían los pies y aún tenía que volver a la casa del comerciante, en Pochtlan.

En el momento en que entré en la parte más horrible del mercado, comprendí que había cometido un error.

Había sido mucho más afortunado que la mayoría. Ningún traficante de esclavos me había rodeado el cuello con un yugo de madera para evitar que me fugara o me había vestido con una capa y un taparrabos de primera calidad que me quitaría en cuanto me vendiera. No había venido al mercado como parte del pago del tributo de una ciudad vasalla, condenado por algún delito que hubiese cometido o para saldar una deuda. Había renunciado a mi libertad voluntariamente, cosa que me había evitado algunas de las peores indignidades de la esclavitud, y había contado con la ayuda de cuatro testigos, como estipulaba la ley, para asegurar de que, cuando me vendieran, se pagara un precio justo. Solo había habido unos pocos que insistieran en mirarme los dientes y palparme los miembros para asegurarse de que eran fuertes, pero la mayoría habían sido capaces de apreciar de una ojeada que no era un trabajador, y me habían tratado en consecuencia. El sirviente que me había comprado para el primer ministro buscaba a alguien que pudiera servir como secretario, y si le había preocupado que mi mirada fuera un tanto vaga, mi tez un tanto enrojecida y mi aliento oliera a vino sagrado, sin duda lo había atribuido a los nervios.

La experiencia de que me vendieran como esclavo no había sido agradable, aunque podría haber sido peor. Era duro ver cómo los hacían exhibir sus habilidades: los hombres bailaban como autómatas al ritmo marcado por un tamborilero, y las mujeres giraban como peonzas, ajenas a todo. Me había preguntado qué podría estar pasando detrás de aquellos ojos apagados, y si era lo mismo que yo había conocido años atrás: una amarga mezcla de reproches y autocompasión, miedo al futuro y furia contra el pasado y la secuencia de pobreza, miseria e infortunios que los había traído hasta ese horrible lugar.

—¿En qué te puedo servir? —Aquí los vendedores eran más amables, su mercancía era mucho más cara.

—Estoy buscando a... —Me interrumpí a tiempo, al recordar las respuestas que habían dado a mis preguntas referentes al muchacho. Cambié la frase—. Estoy buscando a la viuda de un comerciante que se llama Azucena —expliqué—. Es probable que la acompañe un muchacho.

El tratante frunció el entrecejo.

—¿Azucena? Oh, perdona. —El tamborilero esperaba con los dos martillos de goma apoyados en el parche del tambor de dos tonos—. No lo necesitamos, no es un comprador. En cuanto a vosotros —gritó a los esclavos que habían comenzado a mover los pies automáticamente—, moved el culo y volver a la fila, si no queréis que os arranque la piel a tiras. —Volvió a dedicarme su atención—. Conozco a Azucena, la hija de Bondadoso, ¿no? ¿La viuda de Xippopoca? ¿No fue su hijo quien montó todo aquel escándalo en la fiesta del otro día, cuando su esclavo purificado se volvió loco y saltó desde la gran pirámide?

—Así es —admití cariacontecido mientras me preguntaba si es que quedaba alguien en todo México que no estuviera enterado del incidente.

—No es probable que la encuentres aquí —añadió cortésmente—, a menos que esté comprando. Su familia no comercia con esclavos. Venden artículos de lujo del sur: plumas de quetzal y cosas por el estilo. ¿Has probado con los joyeros? —Miró a lo largo de la callejuela donde estábamos, hacia la siguiente sección del mercado, donde los vendedores de cosas bonitas las sostenían en alto y las hacían resplandecer en el sol de la tarde para que las admiraran en toda su belleza. Mis ojos siguieron su mirada, que ahora reflejaba su desesperación por alejarse de la vista y el olor de su mercancía humana—. Prueba allí. Si hoy ha estado aquí, ellos lo sabrán.

Casi corrí hacia el sector de los joyeros.

Muy pronto me encontré caminando entre filas de esteras de junco cubiertas de oro, plata, ámbar, jade, turquesas, esmeraldas y plumas. Algunas gemas estaban sueltas, otras montadas en pulseras, en orejeras y adornos labiales. Había brazaletes, pendientes y platos de oro, y canutillos de plumas llenos de polvo de oro, que era algo muy práctico a la hora de pagar. Había plumas que se vendían sueltas, otras tejidas como capas y otras en tocados, cuyas plumas azules y rosadas flotarían sobre la cabeza del usuario mientras que las plumas de quetzal verde iridiscente colgarían graciosamente a su espalda.

Me detuve junto a las plumas. Era el lugar para preguntar si habían visto a Azucena. No tenía razón ninguna para fiarme de la palabra del vendedor de esclavos. Las plumas exóticas las importaban del sur, de lugares como Xoconochco, donde sabía que la familia de Azucena tenía intereses.

En cualquier caso, las plumas eran dignas de admiración. La pieza más importante de la exhibición que tenía delante era un escudo de ceremonias, un disco de cuero con la figura del monstruo acuático que llamamos Ahuitzotl dibujado con plumas azules y rojas, y los dientes, las garras y las escamas de oro. En la estera junto al escudo había una enorme pila de plumas rojas, que se vendían en manojos, y me llamaron la atención porque me recordaban el manojo que había visto en el partido de pelota. Esas eran más frescas, por supuesto. Estaban entre las mejores que había visto. El color era brillante como el del sol, y el aire las hacía moverse como si aún estuvieran en el cuerpo de un pájaro en vuelo.

—¿Te agradan? —preguntó el vendedor—. Mi primo las trae. Son nuestra especialidad.

Ningún azteca podría resistir tanta belleza, gloriosa y frágil como la vida misma.

—Son preciosas. ¿De qué son, de cuchareta roja?

—De Guacamayo rojo. Estas son las plumas de la cola.

—¿Dónde las consigue tu primo?

El vendedor era un joven, quizá un aprendiz impaciente por obtener el permiso de acompañar a sus mayores en su primer viaje al extranjero. Mientras me sonreía con una expresión ingenua me recordó a Luz Resplandeciente.

—Es un secreto familiar —respondió.

—¿Sí? ¿Se puede saber de qué familia? —pregunté, con un tono que reveló un interés excesivo.

La sonrisa del vendedor se esfumó en el acto.

—Estas pertenecen a Bondadoso y a su nieto. ¿Por qué quieres saberlo? —Su tono se volvió suspicaz.

—Quizá tenga algo para ellos —contesté crípticamente— o para Azucena. ¿La has visto? Creo que ella lleva el negocio.

—Hasta cierto límite —murmuró una nueva voz a mi espalda.

Me volví en el acto, pero ya sabía con quién me encontraría antes de mover un músculo. Había oído aquella voz solo unos momentos pero era poco probable que la olvidara.

Niebla se encontraba a un par de pasos, y me miraba con expresión burlona debajo de las capas de hollín que le embadurnaban el rostro como una máscara de fango. Mantenía una mano escondida bajo la capa. No costaba mucho adivinar qué sujetaba. Sentí cómo se me erizaban los cabellos de la nuca al recordar aquel curioso cuchillo de metal.

—¿Qué tienes que pudiera interesar a Azucena? —Su voz continuaba siendo irónica, pero la amenaza en ella era inconfundible.

Miré rápidamente en derredor, en busca de Espabilado y lo encontré. Caminaba hacia nosotros, con un higo chumbo en la mano, mientras me miraba absolutamente asombrado. Al cabo de un momento echó a correr.

—¡Detente! —gritó.

Niebla se volvió en el acto para enfrentarse a él. El puñal apareció a la vista y su afilada hoja relampagueó con la luz del sol. Para mi sorpresa, amenazó al muchacho con el arma.

—¡No te metas en esto! —le gritó—. Si no quieres...

Me lancé sobre él.

Fui a por el brazo del puñal, pero él estaba un poco de perfil y era el más apartado. Cuando alargué la mano para sujetar el arma levantó el codo del otro brazo y me pegó de lleno en la barbilla. El golpe no era fuerte —él estaba desequilibrado, se tambaleaba ante la fuerza de mi ataque—, pero me hizo perder el impulso y le dio tiempo a Espabilado para alcanzarme antes de que pudiese intentarlo de nuevo. Con un aullido, el chico me sujetó por los hombros y me tiró hacia atrás. Intenté zafarme pero él me enganchó las piernas con las suyas y me estrellé dolorosamente contra el suelo.

Me encontré de rodillas, rodeado por mis enemigos. En los momentos en que esperaba la puñalada apenas si tuve conciencia de lo que hacían. Tuve la vaga impresión de unos cuerpos que se empujaban y voces airadas.

—¡Voy a matarlo ahora mismo! —La ficción de murmurar como un sacerdote había desaparecido. Ahora su voz me sonaba conocida, pero no conseguía ubicarla. Pasaban demasiadas cosas.

—¡No! ¡No puedes hacerlo! —replicó el chico—. ¡Tenemos que saberlo!

Se oyó el sonido de un golpe, seguido de un grito juvenil, y desapareció una de las sombras que se cernían sobre mí.

Al parecer Espabilado había perdido la discusión.

Algo grande y duro se apoyó en mi rabadilla y me obligó a tenderme en el suelo: era la rodilla de Niebla, que me aplastaba.

—¡Te tengo! —susurró—. ¡No sabes cuánto hace que esperaba esto!

De pronto volví a oír la voz de Espabilado. Sonaba ahogada, llorosa y aguda, pero muy clara.

—¡Mira! ¡Allí viene! ¡Azucena!

—¿Qué? ¿Dónde?

El peso desapareció de mi espalda cuando mi agresor se levantó de un salto. Sin encomendarme a nadie, hice lo mismo y eché a correr despavorido, antes de que él tuviese tiempo de volverse hacia mí y utilizar el puñal.

—¡No la veo, es mentira! ¡Estúpido, se escapa!

Oí los golpes de las sandalias contra el suelo cuando Niebla emprendió la persecución, pero ya le había sacado mucha ventaja.

Así que renunció a perseguirme y pensó en otra cosa.

—¡Alto! —gritó—. ¡Al ladrón, al ladrón!

Miré al frente en el preciso momento en que dos altas y

musculosas figuras asomaban por una de las callejuelas transversales. Ambas se detuvieron en el acto y contemplaron la escena que se desarrollaba ante ellos mientras tomaban una decisión. Entonces echaron a correr.

Interrumpí mi carrera con tal brusquedad que me deshollé un talón. Atrás tenía a un loco armado con un puñal que gritaba «¡Al ladrón!». En mi dirección se acercaban dos de los guardias del mercado, cuyo trabajo incluía detener a los ladrones. No tenía tiempo para pensar en lo que hacía; de haberlo tenido, no hubiese sido tan estúpido.

Intenté saltar por encima de una estera llena de joyas y plumas para alcanzar la siguiente callejuela. Creí que conseguiría llegar hasta la salida y seguir corriendo hasta dar con un sitio donde esconderme. Todo lo que conseguí fue caer de bruces sobre la estera y lanzar por los aires las piedras preciosas y las plumas como si fuesen granos de maíz.

Me protegí como pude mientras una vieja me gritaba y los golpes llovían sobre mi cabeza y espalda. Los golpes continuaron cayendo mientras me obligaban a levantarme: me aporrearon las costillas, el vientre, y me inmovilizaron cuando me echaron los brazos hacia atrás. La vieja gritó unas cuantas obscenidades más y luego algo pesado como una pared me golpeó en la sien y perdí el conocimiento.

SEIS CUCHILLO

1

—No te muevas —dijo una voz de mujer.

No estaba dispuesto a intentarlo. Me parecía que había hecho el esfuerzo una vez, hacía mucho tiempo, pero el dolor, las náuseas y un siniestro ruido, como algo que rozara dentro de mi cuerpo, me habían hecho desistir.

Además, estaba seguro de que no tardaría en morir. ¿Qué sentido tenía moverme si no serviría de nada? Consideré la posibilidad de no respirar, porque hacía que me dolieran las costillas y no servía para otra cosa que prolongar el dolor, pero me olvidaba una y otra vez. Precisamente cuando ya me parecía que había llegado mi hora un dolor fulminante, como si me hubiesen clavado un puñal de obsidiana, me despertó.

—Tranquilo. —Era la misma voz de mujer. Un peso se apoyó en mi hombro y lo empujó lenta y firmemente hasta el suelo.

—¿Puedes abrir la boca?

—¿Ummm?

No podía hablar porque tenía los labios entumecidos, y la lengua hinchada, como si me la hubiese atravesado con los dientes.

—Intenta beber esto.

No podía ver lo que me ofrecía porque tenía los párpados convertidos en una masa pegoteada.

—Te aliviará el dolor de las costillas.

El líquido goteó en mi boca. Una parte se derramó sobre mis mejillas y por el mentón. Era agrio como el vómito y me quemó la garganta.

Tosí. El dolor me hizo jadear.

—Bebe un poco más —dijo la voz profunda, seductora.

Estaba demasiado débil para apartarla o impedir que siguiera echándome en la boca aquel líquido fétido. Ni siquiera tenía fuerzas para vomitar.

—Ahora, duerme.

Me dormí.

Me desperté.

Ahora podía abrir un poco los ojos. Lo único que veía era formas difusas, sombras y luces que se mezclaban, y todo teñido de rojo. Resultaba difícil encontrar algún sentido a aquello que veía, hasta que se me ocurrió cerrar un ojo. Entonces el mundo dejó de girar el tiempo suficiente para deducir que me encontraba en el interior de algún lugar, y por la inclinación de las sombras que debían de ser las últimas horas de la tarde o muy temprano, por la mañana.

El dolor que me partía el cráneo me obligó a cerrar los ojos. Gemí.

Alguien se movió cerca de mí; mis oídos, aunque no dejaban de silbar, captaban los sonidos más débiles, como el de una mazorca que caía en la calle, o el crujido de las articulaciones cuando alguien se levantaba. Una mano apoyada en mi nuca me levantó la cabeza, mientras otra colocaba algo caliente en mi frente, una pasta espesa que picaba cuando la apretaban. Gemí de nuevo. A medida que cedía el picor noté que unos dedos expertos ataban el vendaje.

—¿Puedes hablar? —Era la misma voz de antes.

—¿Ummm?

—Está bien. Descansa. Aquí estás seguro.

Cuando desperté estaba solo en una habitación pequeña con un olor fétido como única compañía.

Estaba tumbado boca arriba, en el suelo, con la mirada fija en el techo. Ahora podía abrir un poco más los ojos, aunque no había mucho que ver, excepto una argamasa gris. Cuando moví la cabeza para mirar la pared vi más de lo mismo y un par de grandes manchas irregulares. Recordé que había llovido un poco y pensé en la humedad. Tendrían que cambiar la paja del techo antes de que comenzara a llover en serio en el verano, me dije, mientras volvía la cabeza hacia el otro lado.

En la pared opuesta a la manchada había un curioso dibujo formado por unas luces muy pequeñas, como estrellas, pero dispuestas de una forma más ordenada y no tan claras. Fruncí el entrecejo mientras intentaba descubrir qué era. Parpadeé sin desviar la mirada, y gradualmente se convirtieron en dos filas de luces idénticas colocadas una al lado de la otra, y en el espacio entre ellas había un dolor como si me estuviesen clavando una estaca de madera en el cráneo. Me entraron náuseas.

Mi cabeza volvió a la posición normal por su cuenta y una vez más me encontré mirando el techo. Cerré los ojos y tragué convulsivamente, para detener el vómito que subía a mi garganta, y permanecí quieto, en la oscuridad, hasta que el dolor agudo y las náuseas se calmaron.

Esperé hasta que lo único que quedó fue un sordo martilleo en mi cabeza —un dolor conocido que me parecía que siempre había estado ahí, con su ritmo regular, casi un consuelo, como si necesitara recordarme que seguía vivo— y la protesta de las costillas cada vez que respiraba.

El hedor me preocupaba. Hasta las casas más pobres de México, aquellas covachas de una sola habitación construidas sobre postes en los pantanos en los aledaños de la ciudad, se limpiaban todos los días, pero esa habitación apestaba como un perro muerto en una letrina.

Decidí no mover la cabeza, sino mirar de reojo a uno y otro lado, de la misma manera que un rico mira a un pordiosero. Eso pareció ayudar. No vi ningún mueble, pero ahora sabía qué eran las luces. Cuando no veía doble, solo había una fila. Eran los rayos del sol que se colaban a través del biombo de mimbre. Era la única iluminación del cuarto, lo suficiente para que todo a mi alrededor tuviera un color grisáceo.

Todas las luces tenían la misma intensidad. Eso significaba que el sol no iluminaba la entrada directamente. Me pregunté cuál sería su posición y entonces comprendí que ni siquiera sabía qué día era.

Un débil gemido escapó de mis labios cuando otro acceso de náuseas me revolvió el estómago.

¿Dónde estaba y cuánto tiempo llevaba aquí?

La desconcertante verdad comenzó a tomar forma en mi mente aturdida incluso antes de mirar la pared opuesta a la entrada y comprender que aquello que había tomado por manchas de humedad eran pinturas con los colores convertidos en tonos de gris por la penumbra, pero todavía reconocibles. Eran Dos Señor y Dos Dama. Las había visto por última vez en esa habitación, el día que había ido a buscar noticias de Luz Resplandeciente, cuando la madre del joven comerciante me había recibido con toda la amabilidad y me había dicho que su hijo había marchado al exilio.

Luego me di cuenta de que la voz que recordaba vagamente, que me había arrullado mientras vendaban mis heridas y me hacían tragar el hediondo brebaje, había sido la de Azucena.

Intenté sentarme. Lo que me lo impidió no fue el súbito y paralizante dolor o la sensación de los huesos rotos que se rozaban el uno contra el otro, sino el hecho de que estaba atado a una tabla, tan apretado que apenas si podía llenar los pulmones.

Cesé en mis esfuerzos con un jadeo de desesperación. Estaba atrapado y a merced de mis enemigos.

Había salido dispuesto a que un asesino viniera a por mí, y con la intención de valerme de la madre del comerciante para hacerlo salir de su escondite, pero no de esa manera: herido e indefenso como un recién nacido.

Entonces descubrí, estremecido, que aquel hedor era mío. El dolor y la desesperación me hicieron gemir.

La respuesta fue el sonido de unos pasos en el patio, el roce del biombo cuando lo apartaron, y la luz que inundó la habitación y barrió el gris de los rostros de los dioses.

«¿Qué pasa aquí?», intenté decir. Lo que se oyó fue:

—¿Ummm?

La única respuesta fue un gruñido provocado por el esfuerzo cuando me levantaron, atado a la tabla, y me sacaron de la habitación. Mis porteadores me llevaron a través del patio iluminado por el sol hasta un lugar umbrío, donde apoyaron la tabla en la pared.

Cuando la sensación de que la sangre en mi cabeza chapoteaba violentamente comenzó a desaparecer, miré a un lado y a otro cautelosamente.

El padre de Azucena estaba sentado en el medio del patio con la espalda apoyada en el tronco de una higuera; me miraba, furioso.

—Confío en que te hayas dado cuenta de que estás en mi lugar.

—¿Ummm?

—Perdona, tendrás que hablar más alto. Mis oídos ya no son lo que eran.

Lo intenté de nuevo hasta conseguir algo que sonó aproximadamente a:

—¿Qué... estoy... haciendo... aquí?

—Verás, te han sacado de la habitación para limpiarla. Por lo que se ve, mi hija te ha cuidado muy bien, pero me han dicho que has ensuciado de sangre, orina y los dioses saben qué más todo. Además tenían que levantarte, o arriesgarse a que pillaras una neumonía.

Un hombre y una mujer cruzaron el patio, él cargado con un cántaro de agua y ella con una escoba. El hombre era Constante, el sirviente. A juzgar por su expresión, el poco aprecio que me pudiese tener no había aumentado un ápice.

Emití un sonido que debió de sonar como una pregunta.

—No lo sé —respondió el viejo—, pero parecen haberte dado una paliza de tomo y lomo. Afortunadamente para ti, Azucena fue al mercado en lugar de volver aquí.

—¿Azucena? —balbuceé—. ¿El mercado?

—Pues claro, ¿no lo recuerdas? —Me miró de la cabeza a los pies—. Quizá no. Me dijo que, después de ocuparse de un asunto en la cancha de pelota, adonde tú fuiste a buscarla, ¿lo recuerdas?, fue a ver a alguien en el mercado. Entonces vio que había una pelea cerca de uno de nuestros puestos: entre tú y un sacerdote. Tú estabas en el suelo y el sacerdote tenía un puñal, pero entonces algo lo distrajo y tú intentaste escapar. No llegaste muy lejos.

Sus palabras me hicieron recordarlo todo: el hombre con el rostro tiznado de negro que me perseguía al grito de «¡Al ladrón!», los guardias que se me acercaban, los golpes que me llovían de todas partes mientras me levantaban. Sentí como si el suelo se abriera bajo mis pies y la vista se me nubló.

Una expresión de alarma apareció en el rostro del anciano. Cogió la calabaza que tenía a su lado.

—¡Constante! ¡Deprisa, necesita un trago!

—¿Qué pasó con el sacerdote? —pregunté con un hilo de voz.

El sirviente que habían estado limpiando mi habitación salió al patio, vio la calabaza que sostenía el padre de Azucena, y se le acercó con una expresión agria.

—Dale un trago de esto, lo reanimará —ordenó—. ¿El sacerdote? Al parecer, escapó. Mi hija dijo que corrió al puesto donde estaba, para preguntarle la razón de sus gritos, pero que desapareció entre la multitud antes de que ella llegara. En ese momento todos estaban demasiado ocupados viendo cómo te pegaban para poder decirle dónde se había ido. —Sonrió cruelmente—. No sabes lo afortunado que has sido. Los guardias se estaban llevando lo que quedaba de ti directamente al cuartel, donde probablemente te hubiesen apaleado hasta matarte. Mi hija consiguió convencerlos de que no habías robado nada, así que te soltaron después de propinarte una buena tunda.

Sin decir ni una palabra el sirviente cogió la calabaza de la mano del viejo, se acercó a mí y me la puso en los labios.

Era vino sagrado.

Una vez había jurado que nunca más volvería a probarlo. Por otro lado, en aquella ocasión no me habían molido a palos, no me habían rescatado sin más explicaciones ni me había cuidado una mujer a la que había considerado mi enemiga. Tampoco me habían atado a una tabla y colocado en un rincón de un patio ajeno como un trofeo.

Cerré los ojos y bebí el vino con la misma fruición que un bebé devora la leche materna.

—¿Estás despierto?

La habitación estaba a oscuras. La compartía con las sombras que se movían a mi alrededor como coyotes que rondan un venado herido.

—¿Yaotl?

Moví los ojos en dirección a la voz.

Las sombras se movían porque alguien caminaba por la habitación con una antorcha. En el momento en que la figura oscura la colocó en un soporte en la pared, se detuvieron, se acomodaron en los rincones, repentinamente dóciles como cachorros saciados.

—Debes de tener hambre; no has comido desde hace días. Tienes que comer un poco.

Solo cuando ella se arrodilló a mi lado y acercó a mis labios una caparazón de tortuga, me di cuenta del vacío en mi estómago y comprendí que no había probado nada excepto el vino sagrado del viejo. Saberlo me provocó una arcada.

Azucena me hizo tragar un poco de papilla de maíz, algo muy liviano, sin ningún condimento salvo un poco de sal, pero cuando pasó por mi garganta mi cabeza se movió hacia delante y escupí la papilla, el vino sagrado y la bilis sobre mi barbilla y el pecho.

Ella apartó el cuenco pero mantuvo la mano en mi nuca y me sostuvo hasta que cesaron las arcadas.

—No te preocupes —dijo con voz dulce—. No pasa nada. Calma. Lo volveremos a probar más tarde.

Depositó el cuenco en el suelo, dejó que bajara la cabeza con mucho cuidado, y me acarició la frente mientras mi respiración se normalizaba poco a poco.

Cerré los ojos. No quería dormir. Quería levantarme y salir, apartarme de los cuidados de esa mujer inquietantemente bondadosa, cuyo hijo y sus amigos eran unos asesinos que querían mezclar mi sangre con la de sus otras víctimas, pero estaba agotado. Si solo pudiese descansar un momento, pensé, recuperaría las fuerzas hasta que la mujer me dejara solo, y entonces pensaría en la manera de salir de allí.

Sin duda dormí un poco.

Quizá solo dormité, pero seguramente a ella le pareció que dormía.

Con una mano apoyada en mi frente, la mujer susurraba con una voz ahogada por las lágrimas:

—Mi niño. Oh, mi pobre niño.

SIETE LLUVIA

1

La lluvia me despertó después de que saliera el sol. Estaba solo.

La casa de Azucena era sencilla, como correspondía a un comerciante, pero estaba bien construida y el techo no goteaba. Podía quedarme acostado en mi colchoneta, seco, caliente y cómodo, y disfrutar del repiqueteo de la lluvia contra el biombo de mimbre de la entrada y ver cómo goteaba por el marco.

Me dolía menos la cabeza, aunque mis costillas todavía protestaban con cada respiración profunda. Experimentaba una curiosa sensación de calma, como si las gruesas paredes de esa casa ajena pudieran protegerme de los peligros que me acechaban. Era como si la ciudad, con su constante bullicio y actividad, me hubiese olvidado, y se hubiera llevado con ella al emperador, a mi amo, a Niebla, a su hijo y a su anónimo aliado que conocía mi nombre completo. Incluso Luz Resplandeciente parecía estar muy lejos, aunque esa era su casa. Había comenzado a pensar que si su madre hubiese querido matarme o hacerme algo daño había tenido muchas oportunidades. Incluso me dije que quizá me había equivocado con ella. Tal vez su interés por mí no debía inquietarme, después de todo.

La paz acabó cuando apartaron el biombo y dos personas entraron apresuradamente en la habitación.

—Estoy calado hasta los huesos, Azucena —dijo el hombre—. Confío en que harás que esto valga la pena.

—Sabes que disfrutarás de nuestra hospitalidad —lo tranquilizó ella en voz baja—. Tenemos venado y también pavo. Me ocuparé de que te preparen prendas secas.

Estas palabras parecieron complacerlo.

—De acuerdo. Entonces más vale que le eche una mirada. Debemos comprobar qué tal se van acomodando las costillas. ¿Crees que hay alguna posibilidad de mantener una antorcha encendida el tiempo necesario para traerla hasta aquí?

Trajeron la antorcha y la sostuvieron en alto mientras el hombre se me acercaba.

Si no me hubiesen tenido atado podría haberme escabullido. No había duda de que el visitante pertenecía a una de las muchas variedades de sanadores. Incluso los buenos sanadores tenían un aspecto espeluznante, y bueno o malo, ese hombre no era la excepción. Aunque era bajo, fornido y no dejaba de mover nerviosamente la cabeza y las manos, su rostro, sin rasgos visibles contra la luz de la antorcha excepto por los blancos de los ojos y las resplandecientes nariguera y adornos labiales, se cernió sobre mí como una nube de tormenta. Cuando sacó un puñal, una muy afilada hoja de obsidiana, noté la boca seca.

—Vamos a ver...

Torcí el gesto incluso antes de que comenzara a cortar los vendajes que me rodeaban el pecho.

—Todavía duele, ¿no?

—Sí —grazné.

—Eso pensaba. Estas cosas siempre duelen más al tercer día. Si hubiésemos conseguido que te bebieras el polvo de lagartija disuelto en orina caliente cuando era el momento ahora estarías mejor.

—El tercer... —balbuceé, incrédulo.

—Sí. Te trajeron aquí el Cuatro Buitre. Es correcto, ¿no es así, Azucena? Hoy es Siete Lluvia.

Se levantó un momento, metió los dedos en la bolsita de

tela que colgaba alrededor de su cuello antes de inclinarse de nuevo sobre mí y soplar en el cuenco de la mano.

Una nube de un polvo muy fino me llenó los ojos, la nariz y la garganta. Comencé a lagrimear y a toser.

—¿Qué estás haciendo? —protesté débilmente—. ¿Qué es esto?

—Yauhtli.

—¿Yauhtli? Pero eso es lo que les dan...

—... a las víctimas de los sacrificios durante las fiestas de la Caída de los Frutos y la Llegada de los Dioses, momentos antes de arrojarlos a la hoguera. Por supuesto que lo es. Necesitas algo que te calme el dolor. Ahora cállate. Tengo que hablar con un dios.

El polvo no alivió gran cosa mi dolor. El hombre trabajaba al ritmo marcado por un himno a Quetzalcóatl, el patrono de los sanadores, que salmodiaba. Apreté los dientes, algo que me descubrió que había perdido algunos, y me retorcí en la estera. Mis manos sujetaron los bordes con tanta fuerza que acabé rompiendo los juncos.

Azucena se acercó, me cogió una mano y la apretó suavemente. Estaba demasiado sorprendido para responder a la presión o apartar la mano, así que la dejé reposar como muerta en la suya hasta que el sanador acabó su trabajo.

—Está cicatrizando bien —anunció—. Le he drenado un poco más de sangre. Dentro de un par de días puede darse un baño de vapor. Y te daré unas hierbas para que las tome cuando lo haga, para ayudar a que baje la hinchazón de la cara. No dejes que salga de la casa o al patio. Preparé un poco de lengua de serpiente por si tiene un ataque de tos y tienes que continuar con las cataplasmas en el pecho. Ah, y ponle un enema si se le hincha el vientre. —Me miró—. Tienes mucha suerte de estar vivo, y no hablemos de estar entero. —Miró hacia la puerta—. ¿Ha dejado de llover? Bien. ¡Estoy hambriento!

—No sé de qué te quejas. —me espetó Azucena—. Al menos te he buscado un sanador de verdad. ¿Acaso hubieras preferido a uno de esos charlatanes que lanzan granos de maíz al aire y te cuentan cualquier cosa sobre tu futuro?

—No me hubiese dolido —murmuré.

—¡Tampoco te hubiese curado!

Ya no me tenían atado a la tabla. El patio se había secado lo suficiente para que sacaran una colchoneta y la colocaran junto a una pared. Me habían ayudado a salir de la habitación y sentado con mucho cuidado en la colchoneta, y ahora miraba a Azucena, que se paseaba hecha una furia delante de mí. La falda se levantaba alrededor de sus tobillos cada vez que daba la vuelta.

—Es el mejor sanador que conozco. Aprendió su oficio en el ejército.

—¿Qué hacía? ¿Remataba a los heridos?

Azucena levantó los brazos como una muestra de su frustración.

—¿Por qué no te habré dejado donde te encontré? Te atendió cuando te trajeron aquí. ¡Eres un desagradecido, un ignorante! ¡Le debes la vida!

—Sé que te la debo a ti —repliqué—, pero no sé la razón.

La mujer me miró como si estuviese intentando tomar una decisión. Mantenía la mirada fija en algún punto por encima de mi cabeza y movía los dedos de los pies como si fuese a marcharse. Tiró de un hilo suelto de su blusa con aire ausente.

—¿Qué hacías en el mercado, Azucena? Estuviste sentada junto al chico de Niebla, Espabilado, en la cancha de pelota, pero te marchaste temprano. Lo seguí a él hasta el mercado pero lo perdí, así que pensé que podría buscarte a ti, o por lo menos averiguar dónde parabas. Llegué hasta el puesto de tu familia y me vi atacado por Niebla en persona. Ahora resulta que tú también estabas allí. ¿Por qué? ¿Qué significan Niebla y Espabilado para ti? —Era el discurso más largo que había hecho y las dos últimas palabras sonaron como un gemido.

Siguió un largo silencio, y al final se oyó un sonido muy

débil cuando el hilo del que había estado tirando la mujer se rompió.

—¿Niebla? —Repitió el nombre para sí—. No lo entiendo. El hombre con quien peleabas era un sacerdote.

—No era más que un disfraz. Él y el chico estaban juntos. Tú también, pero ¿por qué?

Miré a Azucena a la cara. Entornaba los párpados, aunque no sabía si era de furia, inquietud o desconcierto.

—¿Es eso todo lo que quieres saber? —preguntó en voz baja.

—Bueno, no —respondí—. En realidad quiero saber...

«¿Qué estoy haciendo aquí?» Eso era lo que quería preguntar, pero no me dieron la oportunidad.

—¡Cómo te atreves a interrogarme en mi propia casa! ¿Sabes lo que he hecho por ti? Tuve que convencer a los guardias para que no te arrojaran al canal, entre las canoas, con el abono. Tuve que pagarle al dueño del tenderete que destrozaste. Tuve que enviar a un mensajero para que llamara a Constante y a un par de porteadores para que fueran a recogerte. Te he cuidado durante tres días, te he limpiado, he soportado tu hedor, he pagado al mejor sanador, y ¿cuál es el agradecimiento que recibo? ¿Quién eres tú para espiar en mis asuntos? —Había comenzado a pasearse arriba y abajo pero se detuvo a pensar como si la pregunta acabara de ocurrírsele antes de encararse de nuevo conmigo.

Se inclinó sobre la colchoneta, acercó su rostro al mío y dijo con un siseo furioso:

—Dime por qué me buscabas. ¡Dímelo ahora o mandaré que te echen de mi casa!

—Quería darte un mensaje —respondí débilmente.

—¿Qué mensaje?

—Era para tu hijo, o para Niebla, o para su hijo. Pero...

—Sabes que mi hijo no está aquí —afirmó con un tono frío. Se apartó—. Te lo dije la primera vez que nos encontramos. Se ha marchado.

—No creí que lo hubiese hecho. Pensé que él, Niebla y

Espabilado seguían en contacto. Creí que tú te encargabas de llevar sus mensajes. ¿No era eso lo que estabais haciendo tú y el chico en la cancha de pelota?

—¡No! —gritó—. ¡No lo era! ¿Quién dice que estuviéramos haciendo...? —Se interrumpió, sin saber cómo seguir.

Esperé. Escuché en el silencio su respiración agitada. No iba a hacerle más preguntas y arriesgarme a que me echaran a la calle.

—Mi hijo juega —prosiguió finalmente con una voz baja, gutural—. No es ningún secreto. Una buena parte de la riqueza de la familia ha ido a parar a las manos de Niebla, y todavía quedan deudas. Hay que pagarlas, ¿lo entiendes? Los comerciantes viven de su reputación: nos arruinaríamos si no hiciéramos honor a nuestras deudas. La respuesta es «sí» —añadió, como si cada palabra fuese como recibir una puñalada—. Fui a ver al chico, para pagarle una parte de lo que mi hijo le debe a su padre, pero nunca he conocido a Niebla y lo que te dije de mi hijo es verdad. ¡Comeré tierra!

Luego, sin apartar su mirada de mí ni un solo momento, se agachó lentamente, tocó el suelo a su lado con la punta de un dedo, y con expresión solemne acercó el dedo a sus labios.

Intenté no reaccionar. Procuré no mostrar mi asombro ante la impiedad de la mujer, o mi sorpresa ante la enormidad de su desesperación, porque estaba convencido de que mentía.

—¿Cuál era el mensaje?

—¿Mensaje? —repetí, distraído.

—El mensaje que querías enviarle a mi hijo.

Vacilé. No estaba en condiciones de enfrentarme a un asesino despiadado. Por otro lado, comprendí que aquello que quería decir en realidad no tenía ninguna importancia. Era mi nombre el que habían encontrado en el cadáver en el canal. Azucena no tendría más que decirle a su hijo o a sus aliados dónde estaba.

No obstante, quizá ella no me traicionaría. Me aferré de nuevo a la idea de que ella me había salvado en el mercado, me había llevado aquí, me había cuidado y no había hecho nada que me pudiera perjudicar cuando había tenido todas las oportunidades. Tal vez la mejor manera de convencerla de que no fuera a llamar a mis enemigos era decirle lo que ella quería saber.

Le relaté todo lo que había visto y hecho desde el día en que había conocido a su hijo, en la fiesta del Alzamiento de los Estandartes. Cuando acabé tenía la garganta seca y me dolía la cabeza por el esfuerzo de recordarlo todo, pero experimenté una curiosa sensación de alivio después de contarle la historia, aunque no confiara en ella.

—Así que el esclavo purificado de mi hijo era un brujo —comentó Azucena, pensativa—. Lo que me desconcierta es cómo acabó en manos de Luz Resplandeciente.

—A mí también. Me pregunté si lo había conseguido a través de Niebla, pero es posible que también fuera a la inversa, y en cualquiera de los dos casos no entiendo cómo el brujo acabó en sus manos. —La observé hasta que el dolor entre mis ojos me obligó a cerrarlos—. ¿Qué había entre tu hijo y Niebla? ¿Solo eran las apuestas, o había algo más?

Me miró con la fijeza de un águila.

—¿Qué has querido decir?

—Nada —respondí precipitadamente, asustado por su tono—. Pero sé que Luz Resplandeciente tenía a uno de los prisioneros, y Niebla y Espabilado tenían a otro, y ambos fueron tratados de la misma manera antes de morir, y no veo el motivo. Además mi nombre aparece metido en todo esto, y tampoco entiendo la razón. —Acabé con un gemido cuando el dolor en mi cabeza comenzó a marearme.

La mujer se levantó de repente.

—Tienes que descansar.

—Pero...

—Y yo tengo trabajo que hacer —añadió con una voz que no admitía réplica.

Mientras ella se alejaba, recordé una cosa.

—Azucena.

Oí el titubeo en sus pisadas.

—¿Qué?

La miré lo mejor que pude, con los ojos doloridos detrás de los párpados hinchados. Azucena permanecía con el peso descargado en su pie izquierdo y el derecho ligeramente levantado; un músculo en el tobillo palpitaba mientras ella decidía si dar o no el siguiente paso, y me miró de reojo, con el entrecejo fruncido y los labios apretados, como si quisiera adelantarse a mis palabras.

—Gracias por salvarme la vida —dije.

El trabajo de Azucena incluía ayudar a su anciano padre, que tenía dificultades para levantarse por la mañana. Poco después de dejarme apareció el viejo, apoyado en el brazo de un sirviente, con una expresión agria y una calabaza llena.

—No quiero sentarme apoyado en el árbol. Hay un nudo en el tronco que se me clava entre las paletillas como una punta de flecha. Apóyame en la pared, junto al esclavo, allí.

En cuanto el sirviente desapareció de la vista quitó la mazorca del cuello de la calabaza y se la llevó a la boca. Se relamió cuando acabó de beber. Cuando se volvió hacia mí el olor de su aliento casaba con su expresión.

—¿Así que todavía estás aquí? Bueno, a la vista de que mi hija parece haberse encaprichado contigo, tendré que darte la bienvenida. ¡Bebe un trago!

Me encogí cuando me ofreció la calabaza, aunque una parte de mí quería cogerla y vaciarla en un par de tragos.

—Venga —insistió, impaciente—. No pasa nada. Tú estás enfermo y yo soy un viejo. ¡Más vale que aprovechemos la ocasión!

Miré la calabaza con profunda desconfianza. Me lamí los labios porque de pronto los noté secos.

—¿Por qué bebes tanto?

El viejo bebió otro trago con expresión pensativa.

—A ver cómo te lo explico... ¿Crías perros?

—Supongo que mi amo lo hace. Mi padre solía hacerlo, aunque mi hermano mayor le suministra ahora tanta carne de pavo y venado que probablemente no necesita hacerlo. ¿Por qué?

—¿Alguna vez te has preguntado por qué se lamen las pelotas?

La pregunta era tan inesperada que me hizo estallar en carcajadas, y luego, por supuesto, toser, jadear y gemir de dolor. Cuando me enjugué las lágrimas de los ojos vi que el viejo me miraba atentamente con sus ojos velados.

—Porque pueden —explicó con voz seca—. Ahora, ¿quieres un trago o no?

Me dolía el pecho. Me dije a mí mismo que era como tomar un medicamento, y eso me descargó la conciencia.

Mis recuerdos del resto de aquella mañana están oscurecidos por el dolor y el vino sagrado.

Cuando bebía, había sido para que los días transcurrieran más rápido. Era evidente que Bondadoso consideraba que, después de llegar a una edad en que se toleraba la ebriedad, tenía la sagrada obligación de recuperar el tiempo perdido. Bebía con la misma concentración que había visto en los rostros de los jóvenes novicios cuando tenían que aprender de corrido los viejos himnos.

Ahora que aún podía, intenté recordar por qué había venido a esa casa y la razón por la que había buscado a su hija, y antes de que el vino acabara de paralizar del todo mi lengua hinchada, traté de sonsacarlo.

—Háblame de tu nieto.

—¿Qué pasa con él?

—¿Siempre ha sido jugador?

Bondadoso me miró por encima de la curva de la calabaza con el entrecejo fruncido.

—Eso creo. Ya sabes lo que pasa: comienzan cuando son unos críos jugando al patolli, en un tablero trazado en el suelo, y van a más. Pero creo que solo hace un par de años que la cosa empezó a ser preocupante.

—¿Desde que conoció a Niebla?

Miró por un momento la calabaza antes de pasármela sin mucho entusiasmo.

—Podría ser.

—Verá, lo que creo —añadí después de beber un par de tragos— es que quizá hay algo más entre ellos que las apuestas.

El rostro arrugado y correoso se ensombreció.

—¿Por qué lo dices? —preguntó con voz pausada.

—Solo me refiero al sacrificio que hizo —respondí cautelosamente, mientras lamentaba que ambos hubiéramos bebido tanto—. Vi el estado en que se encontraba el hombre. Lo habían torturado; le habían pegado con antorchas y pinchado con espinas de cactos. No estaba en condiciones de ser un esclavo purificado. No creo que nadie hubiese pagado ni un saco de granos de cacao por él, y mucho menos presentarlo como ofrenda a un dios. Pero no es el único que vi en ese estado. —Una vez más empecé a relatar mi secuestro, lo del cadáver que habíamos encontrado flotando en el canal delante de la casa de mi amo y lo del mensaje que lo había acompañado. Mientras hablaba dejé la calabaza en el suelo, entre nosotros, y advertí que el viejo no hizo el menor intento por cogerla hasta que acabé. Asentía con la cabeza apoyada en el pecho, marcando el ritmo de mis palabras, y respondió en cuanto terminé.

—¿Así que crees que la ofrenda de Luz Resplandeciente y el cadáver que según tú está relacionado con Niebla fueron tratados de la misma manera? —murmuró—. ¿Cuál podría ser la razón? ¿Crees que mi nieto le dio a... Niebla un esclavo para saldar una deuda de juego?

—Eso no explicaría por qué lo torturaron —señalé—, ni tampoco cómo se hicieron con el hombre del canal o la ofrenda de tu nieto.

—Tampoco lo que quieren de ti —apuntó el viejo—. Es interesante que la persona que dejó el mensaje utilizara tu nombre completo, ¿verdad? No se me ocurre cómo pudo saberlo mi nieto. En el caso de Niebla no te puedo ayudar. —Acarició el cuello de la calabaza con una expresión meditabunda—. ¿Se lo has preguntado a Azucena?

—No pareció muy dispuesta a responderme. La verdad es que se enfadó, y mucho.

—No me sorprende. —Miró la calabaza con un ansia incontenible y después la acercó a sus labios con un movimiento súbito, casi convulso—. Tienes que comprenderlo, no conozco al tal Niebla —jadeó, en mitad de un trago—. Nunca me lo he cruzado. Pero cualquiera que sea amigo de Luz Resplandeciente es un tipo malvado. ¿Has dicho torturas? Bueno, eso cae en su estilo. En ese caso, él y mi nieto harán una buena pareja.

Lo miré perplejo mientras él bebía de nuevo.

—No te entiendo.

—Por eso mi hija se alteró tanto —aclaró el viejo con un tono amargo, cuando finalmente apartó la calabaza de su boca—. Ya bastante terrible fue perder a su marido a manos de un grupo de salvajes, como para que a su hijo lo quemen en la hoguera por sodomía. ¡Eso sería demasiado!

—¿Luz Resplandeciente y Niebla? —pregunté, incrédulo.

—Oh, no lo sé. Como te dije, no conozco a ese hombre, pero parece de la clase que le gusta a mi nieto: vicioso. Te comenté una vez que hay otros vicios además de la bebida que pueden seducir a un hombre, ¿no es así? —Agitó la calabaza en un gesto teatral—. No es solo el juego. Creo que Luz Resplandeciente intenta probarlo todo por lo menos una vez. Además siempre ha tenido un lado cruel. En una ocasión lo sorprendí con una bolsa donde había metido a uno de los perros de Azucena con un pavo. Creo que quería ver cuál de los dos salía vivo. Quizá planearon todo ese asunto del sacrificio como una broma malvada.

—¿Azucena lo sabe?

—Sabe cómo es su hijo. Pero no puedes culparla por no querer que se hable del tema. —Levantó la calabaza una vez más y la apuró hasta que las últimas gotas cayeron en su boca—. Si se descubre que a su hijo le gustan los chicos y no las chicas, a él lo matarán y nosotros acabaremos en la ruina. Por cierto —añadió con una sonrisa que no tenía ni pizca de humor—, ni se me ocurriría decirle a mi hija que te lo he dicho. ¡Sería capaz de matarte, solo por mantener tu boca cerrada!

2

—¡Como si con un borracho en esta casa no fuese suficiente! ¿Crees que he salvado tu miserable vida solo para que le hagas compañía a ese borrachuzo?

El sonido de la voz de Azucena era como el de una pelota de goma dura rebotando en el interior de mi cabeza, aunque las palabras parecían llegar de muy lejos y en un idioma extranjero que solo conseguía comprender con mucho esfuerzo.

—Es tu padre.

—Podría ser el Sol, el príncipe Turquesa en persona, con una tropa de guerreros bailando a su alrededor, y continuaría siendo un borrachuzo. ¡Al menos él tiene una excusa!

—¡Yo también!

—No la tienes. El sanador dijo que tomaras lengua de serpiente, no vino sagrado, y eso es lo que vas a tomar. ¡Ten!

Olí el bol que me ofrecía, que estaba lleno de un líquido marrón. Sabía que no estaba hecho de lengua de serpiente sino de una hierba llamado *coanenepilli*, que se empleaba para tratar el dolor de pecho. Lo había aprendido en la escuela. No me habían enseñado lo mal que olía, pero me dije que el sabor no podía ser peor. Me equivoqué.

—Podrías haberlo mezclado con *atolli*, o miel, o algo —protesté mientras me lo tragaba.

—Podría —admitió mientras cogía el bol—. Quizá lo haga la próxima vez, si aprendes a no comportarte como un crío.

Comenzaba a anochecer, y una brisa helada nos había obligado a entrar en la casa: Bondadoso para desplomarse, inconsciente, en su colchoneta, y yo para soportar la repugnante pócima del sanador preferido de Azucena y una reprimenda sobre los peligros de la bebida.

La pócima sirvió para despejarme la cabeza. Miré a Azucena, que estaba de rodillas junto a la puerta, iluminada por la claridad que entraba en la habitación. Noté un cambio en ella, aunque en un primer momento no supe a qué atribuirlo.

—Dime una cosa, Azucena. Si no soy el compañero de borracheras de tu padre, ¿qué estoy haciendo aquí?

—Curándote, por supuesto. Te encontrabas en un estado tan lamentable cuando los guardias acabaron de pegarte que no se me ocurrió qué otra cosa podía hacer contigo, excepto traerte aquí.

—¿Así que te apiadaste de mí? Mira, no quiero que me tengas por un ingrato, pero si un mendigo se presenta a tu puerta y te ofrece chiles pasados o tortas de maíz rancias, ¿le compras? Lo dudo.

Me sorprendió con una expresión dolida: se sorbió los mocos sonoramente y volvió la cabeza con un movimiento brusco. Cuando lo hizo la claridad le iluminó la mejilla y comprendí lo que había cambiado. Aunque en sus cabellos se seguían viendo las canas, su piel parecía más clara y pálida que antes.

El efecto era tan sorprendente que no pude evitar el comentario:

—¿Ocre?

Me miró de nuevo.

—¿Qué has dicho?

—Te has pintado.

—¿A qué te refieres? ¡Ah, ya sé! No, no me he pintado —me corrigió muy compuesta, aunque no alcanzó a suprimir del todo la sonrisa que quería formarse en sus labios—. Incluso si tuviese alguna razón para maquillarme, no podría, no mientras mi hijo... esté ausente. Para nosotros es como estar de duelo —añadió en voz baja—. Esto no es más que un ungüento para el frío. Impide que se me seque la piel durante la noche.

Su media sonrisa no borró las arrugas alrededor de la boca y los ojos. Como mucho las resaltó, pero ahora parecía que quizá las había marcado la risa además del dolor. Me pregunté cómo sería en unos tiempos más felices.

A la vista de que, por el momento, podíamos mantener una conversación, repetí la pregunta.

—¿Qué estoy haciendo aquí?

—¿Tú qué crees? —Exhaló un suspiro—. Quería preguntarte por el sacrificio de Luz Resplandeciente. Entonces, cuando te vi en el mercado, creí que era un regalo de los dioses.

—En ese caso, ambos fuimos afortunados —comenté con un deje de escepticismo.

—Tenía que hablar contigo, porque pensé que podrías hablarme de la ofrenda, decirme alguna cosa que me ayudara a saber dónde lo había conseguido y por qué hizo lo que hizo. Sé la razón por la que mi hijo buscó tu compañía. Nunca me lo dijo, pero era obvio. Sabía que no estaba bien preparado para el sacrificio, y creyó que le sería útil tener a alguien que conociera toda la ceremonia.

—Eso ya se me había ocurrido —admití—, pero no comprendo por qué me buscó a mí. Podría haber buscado a un sacerdote de verdad para que lo aconsejara, y podría haber acudido a cualquiera de los otros comerciantes. ¿Tu hijo se lo pidió a mi amo, o fue el primer ministro quien le ofreció mis servicios?

—No tengo ni idea.

Seguí con mis razonamientos.

—Luz Resplandeciente consiguió mi nombre en alguna parte. ¿Quién le aconsejó que acudiera al primer ministro? ¿Un conocido mutuo? Ambos tenían tratos con Niebla. —Escuché la brusca exclamación de Azucena cuando mencioné el nombre, pero continué pensando en voz alta—. Así que Niebla, o su hijo, Espabilado, pudieron proponerle mi nombre. ¿Por qué? —Gemí en voz alta, no por el dolor de mis heridas sino por una angustia mucho más antigua, más duradera—. ¡No soy un sacerdote! Soy un escriba, un secretario, un mensajero, un animal de carga, el pelele a quien martiriza el bestia que mi amo tiene por mayordomo. No he pisado una Casa de los Sacerdotes en una docena o más de años. ¿De qué le hubiese servido?

Azucena no abrió la boca. Me miraba con los ojos muy abiertos.

Entonces me di cuenta de que casi había gritado, con los puños apretados como los de un bebé y los músculos de mi rostro tensos hasta el punto de convertirlo en una máscara furiosa. Con esfuerzo y algo de dolor conseguí relajarlos.

—Lo siento —mascullé—. Algunas veces recordar no es fácil.

Inclinó el torso un poco hacia delante y apoyó las manos en las rodillas.

—¿Qué pasó, Yaotl? —preguntó con un interés sincero—. Eras un sacerdote. Pertenecías a los dioses. Estabas cerca del cielo, en las montañas, en las cumbres de las pirámides. ¿Qué te hizo renunciar a todo eso para convertirte en la posesión de otro hombre?

—Quizá los dioses no me querían —respondí sin meditar. Solo pensar en el tema me causaba dolor—. Suelen hacerlo. Se aburren fácilmente. Son capaces de elevar a un hombre hasta más arriba del Popocatépetl solo para lanzarlo de nuevo al suelo, y si eso te tiene que ocurrir, no sirve de nada prepararse o quejarse. Yo estaba consagrado al más quisquilloso de todo ellos. Tezcatlipoca. ¿Por qué crees que lo llamamos «el Enemigo de las Dos Manos»?

—Algo te llevó a abandonar el templo —insistió—. ¿Qué fue? ¿Una mujer? ¿Una pelea con otro sacerdote?

—Fue hace mucho. —Que me preguntaran esas cosas ahora era como si me pincharan con espinas de maguey—. Ya no importa. Por favor, más vale olvidarlo.

—No quieres decírmelo. —La mujer se sentó sobre los talones. Se apartó un poco, como si considerara que mi reserva era una pobre gratificación a su hospitalidad—. Bueno, tú sabrás. —Miró hacia la puerta, como si acabara de decidir marcharse—. Sin embargo, no te creo cuando dices que no importa.

Salió rápidamente de la habitación y regresó al cabo de un momento con algo pequeño.

Antes de que se acercara para coger mi mano y extenderla con la palma hacia arriba, para poner el objeto en ella, comprendí lo que debía ser, y la alegría y el miedo asaltaron mi corazón.

Durante un buen rato solo pude mirar el objeto en mi mano, incapaz de articular palabra. Solo cuando me cegaron las lágrimas conseguí decir con voz llorosa:

—Esto es mío. Creía haberlo perdido.

—Cuando te encontré en el mercado, lo tenías sujeto en el puño. El sanador dijo que tendríamos que cortarte los dedos para quitártelo, pero después lo soltaste, cuando te quedaste dormido.

Era el collar de un infante, de un bebé, algo tan pequeño que no alcanzaba a rodearme la muñeca.

—Tú sabes lo que es —dije, desconsolado.

—Por supuesto. Nosotros también enviamos a nuestros hijos a la escuela de la Casa de los Sacerdotes. Un comerciante que viaja al extranjero debe aprender a ser su propio sacerdote, sanador, escriba y embajador de su propia ciudad. —Cogió el pequeño collar de algodón con mucha delicadeza y lo hizo pasar entre sus dedos mientras lo observaba—. Es tan pequeño..., ¿verdad? Te lo dieron cuando solo tenías unos días, y los sacerdotes lo cogieron y lo colgaron en el templo como una muestra de tu dedicación a los dioses.

Aún me costaba trabajo hablar.

—Fue todo lo que me dejaron —murmuré.

Los recuerdos, liberados sin más, fueron como un torrente en mi cabeza: la deliberada crueldad de los sacerdotes, los templos que apestaban a incienso y muerte, los himnos y las oraciones que aún podía recitar de corrido, y la confusión, la furia y la desesperación que había puesto fin a todo aquello. Podía vivir sin esos recuerdos, abandonados alegremente años antes, con los rastros lavados por la purificadora marea de vino sagrado. Me había hecho feliz dejarlos ligados en un diminuto collar en el fondo de un baúl.

Ahora tenía el collar en mis manos, y la mujer que me lo había devuelto quería que compartiera mis recuerdos, y en cierta manera creía que ella tenía derecho. Además, me llevé una sorpresa al comprender que no quería que se fuera.

—¿Sabes...? —Me falló la voz.

Azucena volvió la cabeza.

—¿Sí?

—¿Tú sabes lo que ocurre durante el mes de Comer Maíz y Alubias, antes de la fiesta?

3

—El mes de Comer Maíz y Alubias es el momento de las pruebas. Se aproxima el verano y si no llegan las lluvias, la ciudad morirá de hambre, como sucedió hace sesenta años, cuando incluso los nobles tuvieron que vender a sus hijos para conseguir comida. Si un sacerdote comete un error en un himno o un sacrificio, puede que Tláloc decida abandonarnos, vaciar sus nubes de lluvia al otro lado de las montañas y regar los campos de los enemigos en lugar de los nuestros. Los sacerdotes tienen que prepararse para la fiesta. Tienen que ser los más selectos. Cualquiera que no dé la talla es expulsado.

—¿Tú fracasaste en las pruebas? —me preguntó en voz baja.

—¡Las pasé! ¡Las pasé todos los años desde que tenía siete! Deja que te cuente cómo pasó. Debes recordar que todo esto se hace durante un período de ayuno, no comes nada excepto un par de tortas de maíz a mediodía. Al atardecer hacemos una ofrenda ante el hogar, en la Casa de los Sacerdotes. No es gran cosa: unos trozos de tortilla, tomates, pimientos, cosas por el estilo. Lo importante es que todo lo que ofrecemos debe ser redondo. Ha de ser algo que ruede con solo mirarlo, porque eso es parte de las pruebas. Tienes que apilar las ofrendas delante del fuego y si no se sostienen donde las pones, si se caen o, peor todavía, si la pila se desmorona, entonces te has metido en problemas.

—¿Qué clase de problemas?

—Ya llegaré a eso, todavía hay más. Cuando acabas con la ofrenda, te desnudas y ofreces tu sangre.

Recordé cómo atravesaba los lóbulos de las orejas con las espinas, la sensación en el momento de reabrir la cicatriz y ver cómo la sangre, el agua de la vida tan preciosa para los dioses, goteaba sobre mis hombros y los brazos.

—Después corres hasta el lago. Es plena noche y el agua está fría como la Tierra de los Muertos, pero todos tenemos que zambullirnos, desde el más pequeño hasta el más viejo. Siempre hay muchos gritos y chapoteos, y hay quienes intentan convencerte de que es para llamar la atención de los dioses o espantar al monstruo del lago. Por mi parte siempre he creído que lo hacíamos solo para no congelarnos.

»Cuando acabas en el lago vuelves a la Casa de los Sacerdotes, donde no haces más que tiritar hasta el mediodía. Te dejan dormir, pero hace tanto frío que no puedes pegar ojo, y por la mañana no duermes porque solo piensas en la comida. Te dan de comer a mediodía, solo unas tortas de maíz, como te dije, con salsa de tomate, y eso también forma parte de las pruebas. Fracasas en el momento en que dejas caer un mendrugo o una gota. Lo intentas, cuando tienes los dedos entumecidos y las manos heladas, y lo único que deseas es engullir las tortas y acostarte.

—Les debemos tanto a los sacerdotes... —afirmó Azucena. Le dirigí una mirada fulminante, pero por su expresión comprendí que lo había dicho con toda sinceridad.

—¡Ni siquiera has escuchado la mitad! No puedes dormir durante la tarde, tienes que trabajar. Te mandan a Citaltepec a recoger juncos.

—Creo que me han hablado de esa parte. ¿No es cuando los sacerdotes atacan a los transeúntes?

—Sí, en el camino de regreso si son lo bastante estúpidos para estar en el camino. No tiene nada de particular. Tienes a un grupo de sacerdotes, muertos de hambre, agotados, que se han de enfrentar a cinco días y noches de maltratos, todo sea por mantener regados los campos, y se encuentran con algún imbécil desagradecido con la panza llena y una capa abrigada que cree que su maíz y sus alubias crecen solos de la tierra. Es lógico que le den una tunda.

Hice una pausa, sorprendido de mi agitación, la rapidez y la superficialidad de mi respiración y la expresión en el rostro de Azucena. Su piel se había coloreado un poco debajo del ungüento y me miraba fijamente, con los labios entreabiertos. Se estaba imaginando a sí misma como uno de nosotros, pensé. Estaba compartiendo el hambre, la fatiga y el agotamiento nervioso, y el placer que obteníamos de aquellos gloriosos momentos de violencia tolerada.

—¿Eso también era parte de las pruebas?

—Sin duda debía serlo. Si podías descargar toda tu rabia en algún extraño y regresar al templo más sereno, dispuesto a comenzar de nuevo al anochecer, quizá tendrías una oportunidad. Ah, y una última cosa. Aquel que llegaba el último a la Casa de los Sacerdotes...

—¿No pasaba las pruebas?

—Así es.

—¿Cómo se enteran de que has fracasado?

—Alguien te denuncia. Señalará el pimiento que rodó hasta el fuego, la mancha de salsa en tu taparrabos, la cabeza gacha sobre tu pecho cuando tendrías que estar prestando atención a tus obligaciones. Te llevan a la presencia de un sacerdote mayor y tienes que pagar una multa... a tu acusador.

—¿A tu acusador? —Me miró, asombrada—. ¡Es una locura! ¡Os estarías acusando los unos a los otros continuamente!

—Sí, era lo que hacíamos. ¿De qué otra manera crees que pasábamos el tiempo? Se trataba de un juego; era lo único que hacía soportable todo aquello. —No pude evitar la sonrisa al recordarlo: cómo volvíamos corriendo desde el lago, muertos de frío, calados hasta los huesos, cansados y ensimismados en nuestra propia desgracia hasta el punto de que nadie se fijaba en lo que ocurría a nuestro alrededor; y, no obstante, con cuánta rapidez comenzaban las acusaciones en el momento en que nos tumbábamos en nuestros jergones. Los ojos sondeaban la penumbra, atentos a descubrir la más mínima falta, y luego los ásperos gritos de triunfo, las furibundas negativas y las amargas recriminaciones rompían el tenso silencio. Recordé lo muy dulce que resultaba cobrar la multa del hombre que te había denunciado el día anterior—. La cantidad que pagabas dependía de lo rico que eras, así que los hijos de los grandes señores acumulaban el mayor número de denuncias. Dado que mi padre era un plebeyo y tampoco teníamos dinero, no salía mal parado. —Cuando comenzaba la fiesta tenía una pila de capas de algodón y un montón de joyas envueltas en mi capa, cosas que no me servían para nada, salvo como muestra de mi triunfo sobre mis compañeros.

Había conocido y disfrutado de aquel triunfo durante todos mis años como sacerdote, salvo el último.

—Por supuesto, el quinto día era diferente.

Cerré los ojos, como si así pudiera no ver las escenas del último día antes de la fiesta en mi último año en la Casa de los Sacerdotes. Me obligué a no taparme los oídos con las manos en un esfuerzo por suprimir también los sonidos.

Desde muy lejos, oí que Azucena me hacía una pregunta.

—El quinto día dejaba de ser un juego. Iba en serio. No había multas, y ricos y pobres tenían las mismas oportunidades. Si cometías un error durante los primeros cuatro días no te costaba más que un par de capas y soportar las burlas, y sabías que al día siguiente eras tú quien cobraba y se reía. El último día te costaba todo. Te expulsaban del sacerdocio. Te arrastraban por los cabellos y los flecos del taparrabos hasta la orilla del lago, te arrojaban al agua y te hundían hasta que estabas casi ahogado, no podías ver, y tragabas agua salada. Los hombres que habían sido tus amigos desde la infancia eran los primeros en darte puntapiés en la cabeza, y también los últimos. Luego te abandonaban, y si eras afortunado, tarde o temprano alguien iría a decirle a tu familia dónde estabas.

Tarde o temprano, me recordé a mí mismo, vendría tu familia y te llevaría a casa, y esa había sido la peor humillación y el castigo más duro de todos.

4

No se movía nada en la casa, pero sabía que la ciudad, al otro lado de los muros —aquel vasto y bullicioso hacinamiento de casas, antros, templos, sacerdotes, guerreros, comerciantes, hombres, mujeres, perros y pavos— nunca dormía. Incluso ahora los sacerdotes cuidaban las hogueras de los templos, los guerreros arreglaban las plumas de sus capas, los mercaderes contaban sus riquezas, los hombres y las mujeres discutían, amaban, dormían, gritaban y morían. Los dioses miraban todos los movimientos, como jugadores que siguen atentamente una partida de *patolli*, y Tezcatlipoca, el Burlón, el dios que nos sostenía en la palma de su mano, estaría pensando de qué lado caerían las cuentas esta vez.

En ese momento, la habitación donde me encontraba me parecía el único lugar tranquilo en todo el mundo.

—¿Cuál fue tu error? —preguntó Azucena.

Habían pasado años desde que me había atrevido a plantearme la misma pregunta, pero ahora las palabras salieron sin dolor, como una espina que se ha abierto camino hasta la superficie de tu piel.

—No creo que cometiera un error. Había pasado las pruebas durante tantos años que para entonces el quinto día no me asustaba. Siempre había uno o dos que fracasaban: novicios, chicos cuyos padres nunca tendrían que haberlos enviado a la Casa de los Sacerdotes, o los mayores, a quienes sencillamente no les importaba, y recuerdo haber sentido algo de pena por algunos de ellos, al fin y al cabo, todo se había acabado para ellos. Pero tenía confianza en mí mismo. Quizá demasiada.

»¡Fue una nimiedad! Solo uno de aquellos pequeños tomates verdes, y lo único que debía hacer era añadirlo a la pila delante del fuego. Además, lo hice sin tocar ninguno de los demás, pero en el momento en que lo iba a dejar, algo me picó en la nuca. No sé qué fue, pero la sensación fue como la de tocar el filo de una hoja de obsidiana, rascarte con la punta afilada de un junco o una espina de cactos. La verdad es que no me dolió, pero me hizo apartar los dedos bruscamente, y, bueno...

Apreté los puños involuntariamente al recordarlo.

—No vi rodar el tomate. Me volví para mirar a los demás, para preguntarles qué pasaba, quién me había rascado, lanzado o soplado algo contra mí, y entonces lo vi en sus rostros. Todos miraban las ofrendas delante del fuego, y creo que ni uno solo de ellos respiraba.

»No me había vuelto para mirar de nuevo las ofrendas. No había sido necesario. El asombro y luego la certeza que había visto en los rostros a mi alrededor me lo decían con toda claridad.

»No se me ocurrió discutir, pelear o huir cuando vinieron a por mí. Sencillamente esperé, como la más complaciente de las víctimas, sentado inmóvil delante del fuego que había sido el trabajo de mi vida atender.

—¿Nunca supiste quién te distrajo?

Miré con ojos llorosos el rostro de Azucena. Cuando conseguí ver con claridad vi, para mi sorpresa, que también en sus ojos brillaban las lágrimas.

—No, y no sé cómo. Quizá una bolita de arcilla lanzada con una cerbatana, la punta afilada de una pluma, una piedra diminuta. Ni siquiera sé a ciencia cierta, Azucena, si fue un acto humano. ¿Por qué no un dios? Eso fue lo que creí en aquel momento, y por eso no protesté.

Hubiese sido algo muy típico de Tezcatlipoca, de quien se dice que muestra un aprecio especial por los esclavos, haber escogido una manera perversa para fijar el rumbo que me convertiría, a la postre, en una de sus criaturas. Sin embargo, los hombres y las mujeres son las herramientas que utilizan los dioses, y en mi corazón sabía que aquello que me había tocado aquella tarde, tantos años atrás, había sido propulsado por una mano humana.

No podía dormir. Daba vueltas y más vueltas en mi colchoneta, despierto por el dolor de mis heridas y las preguntas que se formaban en mi mente y se negaban a desaparecer.

¿Qué había pasado realmente el día que me habían expulsado de la Casa de los Sacerdotes? Siempre lo había aceptado. Había sido mi destino, ordenado por los dioses supremos, Ohmetecuhtli y Ohmetecihuatl, que habían presidido el día que me había dado nombre; si no era eso, entonces no había sido más que otra víctima de los caprichos de Tezcatlipoca. Hablar de aquello me había conmovido al despertar los recuerdos enterrados hacía mucho y que no podía volver a sepultar hasta que no los hubiese repasado.

¿Había habido algún hombre con un motivo para odiarme?

Me imaginé un rostro, tiznado con hollín, con largos cabellos enredados y las sienes manchadas con la sangre fresca del sacrificio: el rostro de un sacerdote, irreconocible. Solo los ojos, blancos contra la piel tiznada, quizá podrían permitirme darle un nombre, pero entonces me distrajo otra visión: otro rostro, que parecía cernirse sobre el primero, menos claro, pálido, o quizá teñido con ocre amarillo.

Me senté, como si con eso consiguiera verlos con más claridad.

—Te conozco —murmuré.

Un ruido fuera de la habitación borró la visión y me obligó, a pesar del dolor y la rigidez de mis miembros, a correr hacia la puerta.

La luna y las estrellas brillaban a través de la fina bruma del humo de los hogares y las hogueras de los templos, y mi aliento era un nube resplandeciente delante de mí mientras miraba al exterior. Me arrebujé en la manta para protegerme del frío. Por la mañana todo estaría cubierto de escarcha.

El ruido se repitió: un roce, el sonido que podría hacer una falda cuando la persona que la lleva se la recoge para caminar silenciosamente a través del patio.

Una silueta delgada salió de las sombras, cruzó un charco de luz y desapareció de nuevo en las sombras.

Pocos aztecas se atreverían a caminar solos en la oscuridad. Cruzarte con cualquier criatura de la noche —un búho, un tejón, un coyote, un zorrino— era mirar a la cara a tu propia muerte; y lo peor de todo eran los monstruos creados por nuestras propias mentes. No eran muchos los que se aventurarían voluntariamente a caminar por las calles donde rondaba el torso sin cabeza, cuyo pecho se abría y cerraba con el ruido de una rama que se quiebra, por hombres sin cabezas o pies que se arrastraban con terribles gemidos, y calaveras con piernas.

No obstante yo había sido sacerdote. Había recorrido por la noche las colinas alrededor del lago, con la antorcha, el incensario, la trompeta de concha y los haces de ramas de abeto para quemar como ofrendas. Había sido mi trabajo plantar cara y alejar a esos monstruos para que mi pueblo pudiera dormir tranquilo en las esteras de junco. Para mí no había terrores en la noche.

Confiado en que aún conservaba mi capacidad para resistir el frío que evitaría el castañeteo de mis dientes, abandoné la manta y seguí a la mujer a través del patio.

Oculto en las sombras, como había hecho ella, vi una luz débil en la habitación más cercana al lugar donde la había visto desaparecer. Había ido a la habitación más importante de la casa: la cocina, donde estaba el hogar.

Me acerqué a la puerta.

El hogar era mucho más que el fuego para cocinar: las tres soleras eran sagradas, un santuario para Huehueteotl, el viejo dios del fuego, y Yacatecuhtlie, el Señor de la Vanguardia, el dios particular de los comerciantes. Un bastón de comerciante, envuelto en un papel grueso muy manchado, estaba apoyado en la pared detrás del hogar. La mujer se arrodilló delante del objeto, con la cabeza agachada, de forma que su rostro quedaba oculto, y las llamas proyectaron una enorme sombra gibosa en la pared que tenía detrás.

Tenía algo en la mano derecha. Brilló a la luz del fuego cuando lo acercó a su oreja derecha. Era una hoja de obsidiana, la hoja más afilada que conocemos.

La superficie pulida reflejó la luz cuando se hizo un corte en el lóbulo.

La sangre de la mujer se derramó sobre la obsidiana y apagó su brillo como el agua que cae sobre las ascuas.

Azucena sostuvo con la mano izquierda un bol de cerámica junto a la oreja. La mantuvo allí un momento, antes de acercar el bol al fuego y verter la sangre acumulada en las llamas. Sacudió el bol para que cayeran las últimas gotas, y lo dejó a un lado.

A continuación cogió una tira de papel blanco y la apoyó en la oreja herida. La apretó para sacar más sangre, así que, cuando la retiró, se veía negra con la poca luz del hogar. Miró el papel empapado durante un buen rato, y luego se levantó.

Sabía lo que iba a hacer. Había sacrificado su sangre al dios del fuego; ahora era el turno de su propio dios personal, el patrón y protector de los comerciantes.

Las ofrendas a Yacatecuhtli no se quemaban. La madre del comerciante no iba a lanzar el regalo de su sangre al fuego. En cambio, se acercó al bastón apoyado en la pared y envolvió el papel en la caña solemnemente. Había añadido otra capa ensangrentada a la envoltura.

Le habló a su dios.

Yacatecuhtli siempre estaba cerca de un comerciante, encarnado en el bastón que llevaba con él a todas partes. El viajero clavaba el bastón en el suelo, junto a la hoguera, cuando montaba el campamento, para verlo cuando se despertaba y así recordar a su dios y sentirse reconfortado. Se apoyaba en él cuando caminaba de un extremo del mundo al otro, obtenía fuerzas de su dios mientras cruzaba desiertos, bosques, pantanos y regiones pobladas por salvajes hostiles. Si moría en alguno de sus viajes, los quemarían juntos en la cumbre de la colina más alta.

La voz de Azucena era demasiado baja para permitirme oír más que unas pocas palabras, pero escuché lo suficiente antes de marcharme con el mismo sigilo con el que había venido.

No fueron las palabras en sí mismas lo que me impresionaron. «No es más que un niño», había dicho, y «Cuida de él». No era gran cosa como plegaria dirigida a un dios al que todos los comerciantes encomendaban su seguridad.

Si había algo que pudiera conmover al Señor de la Vanguardia, me dije, no serían las palabras de la plegaria de Azucena, sino los desgarradores sollozos que las puntuaban.

5

—¿Estás despierto?

La luz de la luna entraba por el portal e iluminaba el suelo. La sombra alargada de la mujer aparecía en el centro, con la cabeza casi tocando el borde de mi colchoneta.

—Sí. —Había dado un respingo tan visible al oírla que no tenía ningún sentido fingir que dormía.

Su falda era como una nube oscura contra la luz en el suelo, y cuando se volvió hacia mí las uñas de sus pies brillaron como unas estrellas lejanas.

—¿Por qué me has seguido por el patio?

—No sabía que eras tú.

Se acercó a la cabecera de la colchoneta, así que me encontré mirando su rostro, enmascarado por las sombras. Me senté sobre los talones.

—Podría haber sido cualquiera —añadí—. Podrías haber sido el mayordomo de mi amo o Niebla, que había vuelto para acabar su tarea. En cualquier caso, ¿a qué venía tanto sigilo?

Se arrodilló a mi lado e inclinó la cabeza como había hecho antes delante del fuego.

—No quería que mi padre, los sirvientes o tú me vierais. No quería que me oyerais rezar.

Estaba de nuevo ante la mujer que había visto la primera vez, el día que mi amo me había enviado a preguntar por Luz

Resplandeciente. Su voz era baja y gutural, como si tuviese algún impedimento en la garganta, y los mechones de cabello iluminados por la luna se sacudían un poco, pero había reaparecido la misma compostura, la misma renuencia a mostrar o compartir una pena que nunca conseguía ocultar del todo.

Tendría que haberla desafiado entonces. Tendría que haberla enfrentado con la verdad: que su hijo no había abandonado la ciudad, que él, Niebla y Espabilado, su hijo, y algún otro sin nombre había conspirado contra mi vida, y que yo estaba seguro de que ella formaba parte de la trama, porque no creía en su historia de que se había encontrado con el muchacho en la cancha de pelota para pagarle las deudas de juego de su hijo. Eso era lo que debía haberle dicho.

No lo hice, porque de pronto olvidé mis terrores y sospechas, y recordé solo lo que había visto y oído aquella noche: la desconsolada plegaria de la mujer, sus manos temblorosas mientras envolvía el bastón con el papel empapado con su propia sangre, el dolor y el miedo que parecían sinceros.

—En realidad no crees que regresará, ¿verdad?

—No... sí... no lo creo. —Apenas si oí las palabras, pero después se sorbió los mocos.

El sonido fue tan infantil que no pude contenerme: le tendí los brazos al mismo tiempo que ella se volvía hacia mí para ocultar su rostro contra mi hombro huesudo.

Incluso sacudida por el llanto, fue discreta y ahogó sus sollozos contra mi pecho, hasta que se calmaron. Continuó entre mis brazos mientras le murmuraba lo que creía que eran palabras de consuelo y le acariciaba los cabellos torpemente.

—Tenía que marcharse, ¿lo comprendes? Lo hubiesen matado si se quedaba después de lo ocurrido.

—Lo sé. —Ella continuaba hablando de los comerciantes. A pesar de todo me preguntaba si Azucena creía sinceramente que su hijo había escapado de sus iras después de lo ocurrido con su ofrenda en la fiesta.

—Sé lo que la gente piensa de él. Pero no es un monstruo. Puede ser tan bondadoso... Tiene tanto amor para dar... y lo daría si intentaran comprenderlo. No es más que un chico, un tanto salvaje, sin un padre para guiarlo. Su padre lo hubiese puesto en vereda. Hubiesen ido juntos en los viajes, a las tierras de los mayas, los zapotecas o los hopis. Creo que es eso lo que siempre deseó Luz Resplandeciente, ser como su padre, un héroe para su gente... —Se interrumpió con un sollozo.

A la luz de la luna era una forma vaga en mis brazos. Podía oler su leve y limpio olor femenino mejor de lo que podía verla. Le toqué los cabellos.

—Azucena...

Mi caricia rompió el hechizo. Se rehízo súbitamente.

—Se hace tarde. Promete ser una noche muy fría. Lo siento, no pretendía cargarte con mis problemas familiares.

Se levantó, envarada. Volví a tender mis manos, sujeté el dobladillo de su falda. Vaciló más de la cuenta.

Se arrodilló a mi lado durante un buen rato, sin decir gran cosa, absorta en sus pensamientos. Por fin me preguntó:

—¿Recuerdas Cuatenango?

—Recuerdo a los pochtecas cuando regresaron. —Todo México, o al menos así había parecido en su momento, había salido a la calle para saludar los comerciantes victoriosos. Alineados a lo largo de la calzada entre la costa sur del lago y la ciudad, los espectadores habían vitoreado al pequeño grupo.

—Me negaba a creer que hubiese muerto. —No había ninguna necesidad de preguntarle a quién se refería—. Habían enviado mensajeros, por supuesto, así que sabíamos quiénes eran los vivos y quiénes los muertos, pero no dejaba de repetirme que debía de haber un error. Así que no me moví de la calzada y observé sus rostros a su paso, mientras todos los demás gritaban y me decían lo muy orgulloso que debía de estar.

—Yo también estuve allí. —En la vanguardia de la multitud, por orden del emperador Ahuizotl, habían estado los sacerdotes del fuego, los grandes señores y los condestables. Yo también había estado allí, entre los sacerdotes, con mi capa agitada por la brisa mientras soplaba animosamente mi trompeta de concha para colaborar en el estrépito.

—Casi habían pasado todos cuando lo vi.

—¿Lo viste? —repetí, confuso—. ¿Te refieres a Xippopoca? Creía que..

—Se le veía tan viejo... —continuó Azucena, como si no la hubiese interrumpido—. Llevaba este trofeo, solo un estandarte de plumas, pero por la manera en que se encorvaba, bien podría haber sido un bloque de granito. No alcanzaba a verle el rostro. Fue su capa lo que reconocí; estaba sucia y rasgada, pero la hubiese conocido en cualquier parte, porque yo misma la había bordado.

Tenía claro lo que diría después. Yo también lo había visto avanzar arrastrando los pies al final de aquella columna de hombres esqueléticos, sucios, agotados, hasta que captó una voz conocida que se hacía oír por encima de los gritos de la multitud, y había hecho una pausa para después levantar la cabeza y sonreír.

—Tenía al pequeño Luz Resplandeciente en mis brazos. Lo sostuve en alto y me desgañité antes de darme cuenta de lo que sucedía, pero cuando vi que era mi padre vestido con la capa de mi marido...

—Deseaste que él hubiese muerto y no tu esposo.

—¡Deseé haber muerto yo y así no haber sabido nunca lo que era sentirse de esa manera! Había esperado durante cuatro años el regreso de Xippopoca, y solo por un momento me permití creer que era verdad. ¿Cómo crees que me sentí?

—Tu padre siguió caminando, ¿no? Tenía que seguir la procesión. Lo vi. No podía enfrentarse a tu mirada.

—Cuatro años —repitió—, y muchos más desde entonces.

—¿No ha habido nadie más?

—No, aunque pudo haberlo. Tuve ofertas. —De sus labios escapó un sonido que podía haber pasado por una risa—. Soy una viuda rica, ¿qué te piensas? Uno de los viejos que viste el otro día, incluso él está... —Acabó la frase con un estremecimiento—. Sin embargo nunca me había molestado estar sola. Me ocupaba de los negocios familiares. Tenía a Luz Resplandeciente, pero ahora no tengo nada. —Me miró a la cara sin parpadear, atenta a mi expresión—. ¿Me comprendes? —susurró.

Quería responderle pero de pronto se me había secado la boca. Sentí deseo y también miedo, ambos a la vez.

Después nos abrazamos de nuevo, pero esta vez fue diferente.

No era como estar con una prostituta. Sentir que me devolvían mi calor era como ver una llama reflejada en un espejo de obsidiana: una cosa conocida pero extraña, impredecible, esquiva, incontenible.

Luego ella se rió como una jovencita.

—¡No has aprendido a hacer eso en la Casa de las Lágrimas!

—Eso no nos lo enseñaban.

Nuestros sacerdotes eran célibes, consagrados a los dioses, pero algunas veces se extraviaban. El emperador, Moctezuma, había sido sacerdote, y resultaba difícil imaginar que un hombre como él, con todas sus esposas y concubinas, nunca hubiese poseído a una muchacha durante todo el tiempo que había estado en la Casa de los Sacerdotes.

Yo también me había extraviado. Había dejado que mis pies vagaran hacia el mercado cuando me dominaba la locura. No tenía importancia, siempre y cuando fueras discreto, y si regresabas agobiado por la vergüenza y convencido de que tu traición se reflejaba en tu cara con la misma claridad que la sangre embadurnada en el rostro de una estatua, era una cuestión entre tú y los dioses. Naturalmente, era otra cosa si te pillaban.

—¿Qué? ¿Vas a hablarme de ella o no? —murmuró a mi oído.

—No hay gran cosa que contar.

Pensé en mis visitas al mercado, en los fugaces encuentros que me apresuraba a olvidar. Siempre era en el mercado; era demasiado peligroso visitar a las hermosas criaturas de las casas de placer oficiales, que bailaban con los guerreros y estaban reservadas para ellos. Me las arreglaba con las rubicundas muchachas campesinas, las esclavas demasiado torpes para bailar y morir en las fiestas y las extranjeras perdidas y hambrientas en una inmensa ciudad extraña.

—Solo hubo una muchacha en particular —dije con voz soñadora—. Era extranjera. Se llamaba Miahuaxihuitl. —Un nombre poco creíble, que significaba «Flor de Maíz Turquesa» en náhuatl—. Decía que era huaxteca, y vestía como tal, con la blusa y la falda bordadas con colores brillantes y los cabellos trenzados con cintas de colores y plumas. Sin embargo, no sé si lo era de verdad. —Los huaxtecas pertenecían a una raza famosa por su ardor, y siempre había sospechado que Flor de Maíz se había aprovechado de su fama como grandes amantes—. Durante un tiempo la visité con regularidad. Todo acabó en drama, por supuesto.

Hablaba con un tono despreocupado, pero lo que había sentido en aquel momento era horror.

Recordar la última vez que había visto a la muchacha y lo que me había dicho entonces era como ser acusado de un crimen que había cometido muchos años atrás y que suponía olvidado por todos. Era como mirar al suelo y descubrir que el camino que había seguido con tanto cuidado estaba bordeado a ambos lados por profundos abismos que me engullirían en cuanto equivocara un paso.

—¿Yaotl? ¿Qué pasa?

Mis músculos se habían envarado y la había apartado involuntariamente. Sin duda había notado el sudor frío que había aparecido súbitamente en mi piel.

—No pasa nada —respondí con voz ronca—. Solo algo que he recordado. Lo siento. Ahora no puedo hablar, me duelen las costillas.

Vi de nuevo los rostros que había imaginado antes de seguir a Azucena a través del patio. Ahora sabía quiénes eran, y hubiese preferido no saberlo.

Permanecí quieto entre sus brazos y traté de controlar los temblores. Ninguno de los dos dijo nada en mucho tiempo.

Finalmente me quedé dormido.

OCHO FLOR

1

Me desperté sobresaltado.

Era de mañana. Habían retirado el biombo y la luz del sol entraba a raudales a través de la abertura de la puerta, alrededor de una figura oscura cuya sombra caía sobre mi colchoneta.

Miré estúpidamente aquella silueta durante lo que me pareció una eternidad, tendido, con la cabeza inclinada a un lado, a la espera de que desapareciera la somnolencia, antes de darme cuenta de que había alguien más en la habitación.

—¿Quién...?

Azucena no se movió de donde estaba.

—Creo que deberías decirme qué pasó en realidad.

—¿Qué?

—Cuando te expulsaron de la Casa de los Sacerdotes, Yaotl. —Hablaba con un tono apagado, como alguien que recita un texto aprendido de memoria—. Dime quién te odiaba tanto para hacer que te expulsaran, y por qué.

Con mucho cuidado para no hacerme daño en las doloridas costillas, me levanté apoyado en un codo.

—No lo entiendo. ¿Por qué quieres saberlo?

—¡Dímelo! Te traje a esta casa. Te di de comer, cuidé tus heridas y... y... —Parecía incapaz de mencionar lo demás—. Es lo único que quiero saber. ¿No crees que me lo debes?

Eso era desconcertante.

—La verdad es que no lo sé. Si lo supiera te lo diría, te lo juro.

—¿Fue por una mujer?

—¿Nunca tienes celos?

—No te vanaglories. —Descargó un puntapié contra el suelo—. ¡Contéstame! ¿Fue por esa mujer que mencionaste, Flor de Maíz?

—Azucena, ¿a qué viene todo esto? —A medida que se esfumaba la somnolencia, reaparecía el recuerdo de cómo esa mujer había cuidado de mis heridas, y cómo había sido mientras la tenía entre mis brazos. Algo había ocurrido desde entonces; había dejado que me despertara solo, y había vuelto con un propósito que no comprendía.

En la manera en que se inclinaba hacia mí, con los puños apretados contra los muslos, había algo que recordaba la voluntad desesperada de una chiquilla, como si hubiese algo que necesitaba tener como fuese y que se encontraba fuera de su alcance por muy poco.

De pronto creí saber qué era.

—Todo esto es por tu hijo, ¿verdad? —dije lentamente—. Lo tienen ellos, Niebla y su hijo, ¿no? ¡Lo han secuestrado del mismo modo que intentaron secuestrarme a mí! Ahora te amenazan. Te hacen decirle a todo el mundo que se ha marchado, para evitar que los jefes de los comerciantes salgan a buscarlo. ¡Me querían a mí, querían saber algo de mí, y ahora te han dicho que lo averigües para ellos! ¡A eso se reduce todo esto!

Entonces el rostro de la mujer, que se había mantenido firme como el de una estatua, pareció derrumbarse; se cubrió la cara con las manos y se echó a llorar.

—Mi hijo no tiene dinero, y le debe tanto a ese malvado de Niebla... Ahora se ve obligado a hacer todo lo que le pide. Niebla le hizo llevar aquel esclavo purificado. No sé dónde lo consiguió, por qué Luz Resplandeciente tuvo que sacrificarlo al dios de la guerra; pero lo hizo, y después tuvo que ir a ver a Niebla para contarle lo sucedido. Creo que mi hijo pensó que ya había cumplido. Pero ya no volvió a casa. Antes de irse, me pidió que dijera que se había marchado, porque después del sacrificio no podría aparecer por Tlatelolco en mucho tiempo. Un par de días más tarde recibí el primer mensaje. —Me miró a los ojos y parpadeó varias veces—. Tenía que mantener el engaño de que mi hijo se había marchado. Además tenía que informar al chico: debía decirle si te había visto.

—¿Por qué? ¿Qué quieren de mí?

—No lo sé.

—¿Por qué quieren que te hable de aquella muchacha del mercado? —Me estremecí, lo mismo que la noche pasada cuando recordé cómo Flor de Maíz y yo nos habíamos separado.

Azucena agachó la cabeza y sus cabellos cayeron sobre su rostro.

—Tuve que ver al chico esta mañana. Le conté lo que tú me dijiste anoche. Me pidió que averiguará más. —Con un sollozo de desesperación, añadió—: ¡Yaotl, por favor! ¡Lo matarán si no les digo lo que quieren saber! ¡Es muy poco lo que te pido, pero podría valer la vida de mi hijo!

No quería hacerlo. No quería sacar a relucir ese episodio en la mañana de rivalidades mezquinas, y no tan mezquinas, peleas y disputas que eran el pan nuestro de cada día en la Casa de los Sacerdotes. No quería revivir todos los dolorosos detalles y soportar toda la culpa y la pérdida de nuevo.

Escuché los sollozos de la mujer, vi cómo se sacudían sus hombros y comprendí que no tenía otra opción.

Dos niños habían nacido el mismo día: Uno Muerte, en el año de Nueve Junco. Uno Muerte era el día señalado de Tezcatlipoca, y cada uno de los niños llevaba uno de los muchos nombres del dios. Uno se llamaba Telpochtli, que significa «Hombre joven». El otro se llamaba Yaotl, el Enemigo. Los padres de ambos los prometieron a los sacerdotes a los pocos días de nacer, y eso fue todo lo que tenían en común.

—Telpochtli era de familia noble —expliqué—. Podría haber nacido en cualquiera de los Días Inútiles al final del año y así y todo hubiese acabado convertido en sacerdote. Mi padre no era más que un plebeyo, y si hubiese nacido en cualquier otro día hubiese ido a la Casa de los Jóvenes como mis hermanos.

—¿Erais amigos? —El tono de Azucena se había suavizado un poco, ahora que parecía estar diciéndole lo que quería saber.

—¿Amigos? No lo sé. No, ¿cómo podíamos serlo? Él era un niño rico, rodeado por otros niños ricos. Lo habían aceptado sin reservas. A mí nunca me aceptaron. Solo sobreviví gracias a que era más listo que ellos, cosa que no me ayudó en lo más mínimo a granjearme sus simpatías. La cuestión es que a Telpochtli lo llevaron a la Casa de los Sacerdotes el mismo día que a mí. Siempre estaba allí, y ambos comprendimos, tan pronto como supimos la fecha de nacimiento del otro, que nuestros destinos estaban ligados.

»Habíamos practicado leer el futuro juntos, habíamos estudiado juntos el Libro de los Días. Habíamos regresado corriendo con nuestros haces de leña durante la fiesta de Comer Maíz y Alubias, y nos habíamos denunciado alegremente el uno al otro por las noches, aunque solo durante los primeros cuatro días, cuando era un juego inocente. Habíamos ido juntos a la batalla como guerreros novicios, y durante nuestra primera incursión, cuando se permitía cooperar en la captura de un enemigo, habíamos estado en el mismo equipo.

»Resultó que también compartíamos la misma mujer.

—¿Flor de Maíz? —preguntó Azucena.

—Sí, aunque entonces yo no lo sabía. En honor a la verdad fue una sorpresa saber que se veía con una chica, porque no creo que fuera lo suyo: era demasiado serio, mucho más dedicado que yo al servicio de los dioses. Pero descubrí que él también visitaba el mercado con frecuencia. No pudo ocultármelo durante mucho tiempo. Nunca se lo dije a nadie, por supuesto. Algunas veces nos cubríamos entre nosotros cuando alguien advertía la ausencia de uno de los dos. Sin embargo, no sabía quién era su chica.

—Pero lo descubriste.

No quería continuar con la historia. Desvié la mirada del rostro de Azucena y miré la abertura de la puerta. No la aparté, dispuesto a fingir que estaba solo, hasta que no pude más y me di cuenta de que continuaba mirándome, expectante, como si quisiera obligarme a decir algo que ella ya sabía.

—Lo descubrí —susurré—, cuando ella me habló del bebé.

—¿Tú tienes...? —dijo, asombrada.

—No —la interrumpí, un tanto irritado—. Al menos... Azucena, nos veíamos desde hacía meses, pero creía que siempre habíamos tenido mucho cuidado. Quizá era mío, pero ¿por qué debía serlo? ¿Por qué no de Telpochtli o de cualquier otro? ¿Por qué tuvo que escogerme a mí?

Hacía mucho que había decidido no pensar en la posibilidad de que había engendrado un hijo. Había suprimido cualquier pensamiento, había borrado la idea de mi mente con la misma eficacia con la que había borrado de mi vida a aquella infeliz. Solo en los momentos de descuido, o en mis sueños, el pensamiento de mi hijo o hija reaparecía para acosarme: una acusación que nunca había sido probada ni tampoco retirada, y para la cual no tenía respuesta.

—Me reí de ella cuando me lo dijo, pero Flor de Maíz solo afirmó que Tezcatlipoca lo había puesto en su vientre, así que no le importaba quién pudiera ser el padre. Si le decía al Supremo Sacerdote que era yo, él le creería.

Recordé cómo me había quedado boquiabierto cuando Flor de Maíz me comunicó la noticia, y lo rápido que yo había comenzado a analizar posibilidades y planes en mi mente, consciente del peligro que se corría sobre mí antes de que ella ni siquiera llegara a amenazarme.

—No creí que fuera a ver a los sacerdotes. Después de todo, ella se enfrentaba a unos problemas incluso más graves que los míos. ¡Claro que no lo sabía! Intenté razonar con ella, y luego intenté sobornarla. Le ofrecí diez capas, que eran muchas más de las que tenía y el doble de las que le hubiese dado un esposo el día del casamiento. Después comenzó a ponerse histérica. No conseguía entender lo que decía con tantas lágrimas, pero dijo muchas tonterías sobre la confianza, el amor y los hombres, y las mujeres que eran más fuertes que los dioses. ¡Más fuertes que los dioses! ¡Era una frase muy apropiada para recordarla la próxima vez que el lago se desbordara y barriera centenares de casas!

»Flor de Maíz no había dejado de acercarse a mí, en un intento por sujetar el dobladillo de mi capa, y yo me había apartado una y otra vez, sin mirarla a la cara, como si tuviese miedo de que fuera a morderme. Luego, sin más, había desistido, y se había desplomado, entre sollozos, en un rincón.

»—¿Por qué no te marchas de una vez? —me gritó.

»—Flor de Maíz —le respondí al tiempo que le tendía la mano torpemente, solo para ver cómo me la apartaba de un manotazo.

»—¡No malgastes saliva! De todas maneras, ¿para qué te necesito? ¡Ni siquiera es tu hijo, imbécil! ¿Crees que iría a los sacerdotes para poner en riesgo la vida de su verdadero padre? ¡Lárgate! ¡No quiero volver a verte nunca más!

—Tuvo que ser muy duro —comentó Azucena.

—¿Tú crees? En aquel momento solo pensé que me había librado de una buena. Me dolió —admití—, pero eso fue mucho más tarde. Entonces me largué de allí lo más rápido que pude, con los insultos todavía resonándome en los oídos. No conseguí entender la mayor parte de lo que dijo, creo que mucho lo dijo en su idioma, pero sí hubo una frase que recuerdo, porque era muy extraña. Fue algo así como: «¡Tan bueno como tú!». No «mejor». Aquel otro hombre, quienquiera que fuese, era claramente solo «tan bueno».

—¿No la volviste a ver?

—No. Tampoco vi mucho más a Telpochtli. Desapareció al cabo de poco tiempo. Sin embargo, vino a verme antes de marcharse. Lo recuerdo claramente, fue en mitad de un ayuno, y yo estaba sentado con mi bol de gachas de maíz, que era la única comida del día. Me miró a los ojos y dijo: «Lo sabes, ¿verdad?». Yo tenía la boca llena y no podía hablar. «No creas que aquí se acaba esto, patán. ¡Puede que tarde un tiempo, pero nos las pagarás!», añadió. Luego le dio un puntapié a mi bol, que salió disparado por la habitación, con lo que me quedé sin mis gachas, y se marchó.

—¿Crees que estaba al tanto de tu relación con Flor de Maíz?

—Para ser más exactos, él sabía que yo estaba enterado de la suya. Tenía que ser él, ¿no? ¿Quién, si no, era tan bueno como yo, no mejor ni peor? ¿Quién que no fuese el hombre que compartía mi fecha de nacimiento? Tuvo que escapar muy poco después. Nunca supe qué pasó con Flor de Maíz, pero ya no estaba la próxima vez que fui al mercado. Quizá se marcharon juntos. En aquel momento, deseé que lo hubieran hecho. Me dije que sería una prueba de que el niño era de Telpochtli y no mío. No pasó mucho tiempo antes de que me marchara de la Casa de las Lágrimas, pero eso ya lo sabes. Nunca lo pensé cuando sucedió, pero creo que debió de ser uno de los nobles amigos de Telpochtli el autor de la mala pasada.

—¿Qué harás ahora? —preguntó Azucena.

Se había serenado a medida que llegaba al final de mi relato. Me trajo agua y comida, y se sentó en un rincón del cuarto, con la falda plegada bajo las rodillas, y me miró con los ojos enrojecidos por el llanto mientras yo mordisqueaba un trozo de tortilla.

—No lo sé. Es obvio que no puedo regresar a la casa de mi amo, y tampoco me puedo quedar aquí, ¿verdad?

Azucena desvió la mirada sin decir palabra. Exhalé un suspiro.

—No me refería a lo que pasó anoche entre nosotros. Solo me refería a que Niebla y Espabilado saben dónde estoy. Me han atacado en dos ocasiones. Es cuestión de tiempo que vengan a por mí de nuevo.

—Sí, el chico lo sabe —admitió—. No estoy muy segura del padre.

Fruncí el entrecejo al oírla.

—No entiendo cómo podría serlo. Espabilado le cuenta a Niebla todo lo que le dices.

—Pues yo no lo afirmaría —comentó, pensativa—. Escucha, esto es lo que pasó. Después de ver a Espabilado en la cancha de pelota, el Cuatro Buitre, el día que te atacaron y te traje aquí, fui al mercado. Había dejado a un joven primo mío a cargo de uno de nuestros puestos y quería asegurarme de que todo iba bien. Creo que tú hablaste con él.

—¿El muchacho que vendía plumas? Sí, lo hice.

—Espabilado se reunió conmigo allí después de acabar el partido. Estaba muy nervioso. Me dijo que te había visto en la cancha, y que me buscabas. Quería asegurarse de que lo informaría si finalmente tú y yo nos encontrábamos. ¡Como si necesitara que me lo recordaran!

—Desde entonces le has estado informado puntualmente, ¿no? —Sonreí con pesar, y la amargura me obligó a añadir—: Seguramente esta mañana has ido a verlo, y le has contado todo lo de anoche, ¿verdad? ¿Era eso lo que habías planeado, conseguir que te revelara mis secretos al oído mientras estábamos en la cama para después ir corriendo a contárselos?

—¡No! —Se echó hacia atrás como si la hubiese abofeteado—. ¡No, no fue así! Fue... —Bajó la voz—. Tú sabes cómo fue.

—¡Sé cómo pareció! Tendría que haber sido más listo, ¿no?

—¡Cómo te atreves! —Era tal su furia que escupía al hablar—. ¿Quién te crees que soy? ¿Crees que me entrego a cualquier siervo o esclavo solo para escuchar los sórdidos detalles de sus encuentros con una ramera en el mercado?

No dije nada por un momento. No sabía si debía creerla, pero entonces pensé que tampoco tenía importancia, porque estaba muy claro que no podía quedarme allí. Mi furia cedió ante la suya. Después de todo lo que me había pasado apenas si me quedaba un poco de orgullo, y no valía la pena defenderlo.

—Lo siento —murmuré—. Creí... ha pasado tanto tiempo... —Suspiré—. Hablabas del muchacho y su padre.

Azucena frunció el entrecejo y se mordió el labio inferior.

—Algo está pasando entre ellos. No sé qué es, pero fue lo último que me dijo Espabilado. Me advirtió que tuviese cuidado. Dijo que nunca había sido su intención hacer daño a nadie, pero que ya no sabía cómo evitarlo.

El muchacho me había dicho lo mismo poco antes en la cancha de pelota: que no había creído que su padre llegara al extremo de hacer que al esclavo purificado de Luz Resplandeciente lo mataran en la pirámide, y que no sabía nada del cuerpo encontrado en el canal. En aquel momento no había hecho caso de sus palabras; pero se había peleado con su padre cuando salió en mi defensa en el mercado, y también estaba aquel extraño incidente en el lago, cuando me había visto en el agua y no había dicho nada.

—Tuve la sensación —añadió Azucena— de que el chico tenía miedo de algo, porque no dejaba de mirar de reojo. Me pregunté si no temía que apareciera su padre.

—Niebla estaba muy cerca —señalé—, armado con su puñal. Está loco. El chico hace bien en temerlo. No obstante, eso no explica por qué intentó salvarme, o por qué su padre quiere matarme.

Encontré la explicación en el mismo momento en que las palabras salían de mi boca. Cuando lo comprendí, se relajaron todos los músculos de mi rostro, abrí los ojos como platos y la boca un palmo, y solo después advertí que estaba mirando a la nada, como un imbécil.

—¿Yaotl? —exclamó ella, alarmada—. ¿Qué pasa?

—Ay, Quetzalcóatl —respondí en voz baja, en una vana invocación al dios de la sabiduría—. ¡Soy un maldito idiota!

—¿Qué ocurre? ¿De qué hablas?

—¡Telpochtli!

—¿Qué pasa con él?

—¡Que es él! ¡Por supuesto! —Solté un gemido—. Mi enemigo, ¿qué otro podría odiarme hasta el punto de querer matarme! —Me llevé la mano a la frente y la bajé sobre mis ojos, como si quisiera limpiarlos de algo que me oscurecía la visión, como una telaraña—. ¿No lo ves? Después de leer el mensaje que habían dejado en el cadáver en el canal, me dije que Niebla y Espabilado debían contar con un aliado que sabía mi nombre completo, pero no lo necesitaban. ¡Niebla ya lo sabía, porque Telpochtli nació el mismo día que yo, y él y Niebla son el mismo hombre!

Esta vez le tocó a Azucena mirarme con una expresión de asombro.

—No lo entiendo. Creí que habías dicho que Telpochtli se había marchado muchos años atrás, antes de que te expulsaran de la Casa de los Sacerdotes.

—Lo hizo. Seguramente ha vuelto. Todo cuadra: se disfraza de sacerdote porque lo fue en un tiempo, y con el rostro tiznado hasta la exageración podría ser cualquiera, así que no hay ninguna posibilidad de que yo o cualquiera de sus antiguos compañeros lo pudiéramos reconocer. Explica por qué quería saber cómo había abandonado la Casa de los Sacerdotes, y todo lo referente a Flor de Maíz. Está obsesionado y me odia hasta la médula, tanto que quiere matarme con sus propias manos.

—Si es así, ¿por qué su hijo no quiere que te mate?

—No lo sé. Quizá no me odia en la misma medida que su padre. Tal vez crea que las cosas se han salido de madre. —Comprendí que había otra posibilidad, pero en el momento en que se me ocurrió volví a sentir el horror, el abismo que se abría a mi alrededor, la voz acusadora que pronunciaba mi nombre.

Me resultaba imposible decirlo en voz alta. Azucena no tuvo reparos en formularla.

—Quizá el chico crea que tú eres su padre.

—No —respondí en el acto, con toda la firmeza que pude dado los temblores que me sacudían—. No, no lo creo. Flor de Maíz me dijo que el niño no era mío. Lo dijo, y además Telpochtli se la llevó con él. Nunca lo hubiese hecho si ella llevaba en su vientre al hijo de otro hombre. No es mío. No puede serlo. ¡No lo es!

Azucena se miró las manos, apoyadas en los muslos, y yo continué comiendo la tortilla con aire absorto.

La mujer rompió el silencio para recordarme que aún no le había dicho lo que pensaba hacer.

—Irme —contesté con voz apagada—. Cuando fui a buscarte lo hice para que le transmitieras un mensaje a tu hijo, pero eso fue cuando creía ser lo suficientemente fuerte para enfrentarme a mis enemigos. Ahora necesito un lugar donde esconderme de ellos, al menos hasta que sanen mis costillas. Es muy peligroso quedarme aquí.

—Lo sé. —Azucena tuvo el detalle de adoptar un tono de pesar.

—¿Qué harás tú?

—Tengo que ir a ver al chico —respondió sin mirarme—. Tendré que comunicarle lo que me has dicho sobre tu marcha de la Casa de los Sacerdotes y de la muchacha. Nada más. No necesitan saber el resto. —Se le quebró la voz, respiró profundamente y añadió—: Confío en que bastará para que me devuelvan a Luz Resplandeciente. No podrán retenerlo para siempre, ¿verdad?

Bebí un sorbo de agua y la miré por encima del borde del bol. Se la veía cansada, y mientras su hijo continuara ausente no se le permitía que disimulara las ojeras con maquillaje. Me pregunté cuánto habría dormido desde que el joven se había marchado. La había visto cambiar de humor muchas veces en un plazo muy breve: orgullosa, compasiva, apasionada, furiosa, angustiada.

Recordé la advertencia de su padre de no mencionar los gustos de su hijo. Me encogí de hombros mentalmente al darme cuenta de que si era verdad lo que sospechaba, provocaría su furia de nuevo. Sin embargo, no podía hacer otra cosa. Necesitaba saberlo.

—¿Cuál es exactamente la relación de tu hijo con Niebla?

Su expresión se congeló.

—¿A qué te refieres?

—Sé que llevaron la mercancía a su almacén. Constante me lo dijo. Él ayudó a Luz Resplandeciente.

Azucena exhaló un largo y tembloroso suspiro.

—Niebla convenció a Luz Resplandeciente de que era el lugar ideal para ocultar nuestras cosas. Nadie sabría nunca dónde estaban, afirmó. Le dije a mi hijo que era un tonto, pero él es el hombre: suya era la decisión. No quiso escucharme, y mi padre se negó a intervenir. Además, le debía mucho dinero. Ahora, es como vivir de prestado. No sé dónde está ese almacén. Luz Resplandeciente no me lo dijo; ¡ni siquiera él sabe dónde está! Solo me quedaba confiar en que Niebla nos dejaría lo suficiente para vivir. Ahora, sin embargo...

—¿Luz Resplandeciente y Niebla son amantes?

No estaba preparado para lo que ella hizo a continuación. En un abrir y cerrar de ojos me tenía sujeto por los cabellos y me sacudía con tanta fuera que escupí en el suelo el trozo de tortilla que tenía en la boca.

—¡No te atrevas a preguntarme eso nunca más! ¡Nunca más! ¿Está claro?

—¡Sí! —El dolor y la sorpresa hicieron que me saltaran las lágrimas.

Me retorció los cabellos para que calara el mensaje.

—¿Lo has entendido?

—¡Sí, te he dicho que sí!

—Solo recuerda lo que está en juego para nosotros —dijo mientras me soltaba—. Luz Resplandeciente y yo nos vimos honrados como un homenaje a su padre, pero todo aquello se ha acabado, desde... bueno, tú ya sabes lo que pasó. Ahora ese parásito, Niebla, se ha hecho con mi hijo y nuestra fortuna. Lo único que nos queda es comerciar, y hasta que regrese Luz Resplandeciente y pueda viajar al extranjero, ni siquiera eso. Si alguien ajeno a mi familia alguna vez oye que mi hijo es... que mi hijo es... —Tragó saliva, incapaz de decir la palabra—. Tú sabes lo que pasaría. Si alguna vez apareciera en la ciudad lo quemarían vivo y a mí no me permitirían comerciar nunca más. —Azucena acercó su rostro al mío, tanto que su aliento fue como un beso en mi mejilla, y susurró—: No dudaré en matar para evitarlo, ¿está claro?

Volvió a su lugar, en el rincón. Yo le di un último mordisco a la tortilla que me había servido, pero aunque la mastiqué y tragué como estaba mandado, descubrí que había perdido el apetito.

NUEVE COCODRILO

1

—Hoy estás inquieto.

Había salido para sentarme contra la higuera pero no conseguía descansar. Así que intenté estirar los miembros caminando alrededor del patio.

Bondadoso no sentía la necesidad de hacer ejercicio.

—¿Por qué no vas y haces eso en otra parte? —protestó—. O por lo menos intenta cambiar de dirección. ¡Me estás mareando!

Me volví para cojear en la dirección opuesta. Por el rabillo del ojo vi que Constante caminaba apresuradamente hacia la puerta principal.

—¿Por qué no tomas un trago?

Me sorprendí a mí mismo cuando rechacé la invitación.

—Necesito pensar.

—Allá tú.

¿Qué iba a hacer? Le había dicho a Azucena que debía marcharme, pero ¿adónde podía ir? Fantaseé con la idea de ir a probar fortuna en el extranjero. Tendría que ser algún lugar remoto. Pensé en el lejano este y en la posibilidad de vivir entre los mayas. Podría aprender su bárbaro idioma, limpiar un terreno en su selva impenetrable para tener una granja, pescar en el mar Divino y recorrer las playas en busca de alguna de las cosas extrañas que el mar había dejado allí durante los últimos años, como aquella caja llena de prendas que me había enseñado mi hermano.

«Olvídalo, Yaotl —me dije—. ¡Eres demasiado viejo!»

Vi otra vez a Constante, que ahora volvía seguido por otro hombre. Desaparecieron en el interior de la casa antes de que pudiera ver bien al visitante.

Continué dando vueltas a las cosas de las que habíamos hablado Azucena y yo el día anterior. Intenté recordar a Telpochtli, pero después de una docena de años o más lo único que venía a mi memoria era la figura de un sacerdote, esquelético como todos nosotros de tanto ayunar, y su rostro oscurecido por el hollín y la sangre seca. A la muchacha la recordaba con un poco más de claridad: las trenzas que se balanceaban provocativamente sobre sus hombros, el destello rojo de los dientes teñidos con cochinilla cuando sonreía...

En el mercado seguramente había habido un millar de chicas como Flor de Maíz: ¿por qué había insistido en verla?

—Cualquiera diría que estás metido en un lío de faldas —comentó Bondadoso, con tono sarcástico.

—Quizá lo esté.

El viejo soltó una carcajada que sonó como un ladrido áspero.

—¿Será mi hija? Entonces, te deseo suerte. La necesitarás. Me preguntaba por qué le había dado por pasear por el patio durante la noche.

—No es nada de eso —repliqué—. Cree que soy un estorbo, no, más que eso. ¡Una amenaza! —Me picaba la cabeza, donde me había tirado de los cabellos.

Bondadoso gimió sonoramente.

—¿No se te habrá ocurrido repetir lo que te dije de Luz Resplandeciente?

—Tuve que hacerlo —admití a mi pesar—. Necesito saber qué pretende Niebla. Ha intentado secuestrarme dos veces, no sé si lo recuerdas.

El anciano murmuró algo con la boca oculta por la calabaza. A mí me sonó como: «Idiota». La voz áspera de Constante interrumpió mis pensamientos.

—¡Yaotl! ¡Ven aquí!

El sirviente estaba en la entrada de mi habitación. Detrás acechaba la vaga sombra del extraño que había venido a vernos.

—¿Qué quieres? —Tuve un súbito presentimiento. ¿Quién era el desconocido?

—¡Es hora de tomar tu pócima!

—¿Qué pócima?

Constante salió al patio para dejarme entrar y dejó al extraño a su espalda.

—¿Cómo puedo saber cuál es? —replicó, enfadado—. ¿Acaso soy un sanador? Este hombre dice que el ama lo mandó llamar, así que ven.

Oí las risas de Bondadoso.

—Será mejor que vayas, muchacho. Cuando a mi hija se le mete en la cabeza que se debe hacer una cosa, no es momento de hacer preguntas.

—Pero no necesito tomar ninguna pócima —insistí, aunque de todos modos caminé hacia la puerta—. Azucena no me dijo nada de esto. —Tampoco podía preguntárselo porque se había marchado antes de que yo abriera los ojos.

Había ido a hablar con Espabilado. No era ningún secreto.

Ahora estaba allí un extraño, que afirmaba haber sido enviado por ella para darme una pócima que no había pedido.

Los helados dedos del miedo me retorcieron los intestinos cuando comprendí que difícilmente podía ser una coincidencia.

Había tardado más de la cuenta en emprender la huida. El enfrentamiento que había buscado cuando salí a buscar a Azucena estaba a punto de producirse, y tuviese o no las fuerzas necesarias, no podía hacer otra cosa que enfrentarme a mi enemigo allí y en ese instante.

—Entra de una vez, estúpido desagradecido —dijo Constante—. Solo los dioses saben lo que le habrá costado esto. ¡Ya se ha gastado tres veces lo que vales para que tu miserable cuerpo y tu alma no se separaran!

Bondadoso se rió de nuevo.

No les hice el menor caso y crucé la entrada.

—Yaotl.

La voz fue como sentir que unas garras trepaban por mi espalda. Todavía hablaba como un sacerdote, y sonaba como si le pasara algo en la boca. Me dije que debía de haberse convertido en un hábito.

Estaba sentado en cuclillas, en un rincón del cuarto. Me aparté de la entrada, con la precaución de mantener la mayor distancia entre nosotros mientras lamentaba que la habitación no fuese más grande. Me pregunté si aún tendría el puñal. Deslumbrados por el reflejo del sol en las paredes encaladas del patio, mis ojos no me ofrecían ninguna información.

—¿Qué quieres?

Oí una breve risa rasposa.

—¡Que te bebas tu pócima!

—No es verdad —respondí con voz tensa mientras luchaba por controlar el miedo que amenazaba con dejarme mudo—. Sé quién eres. Sé por qué has venido aquí. —Noté cómo las uñas se clavaban en mis palmas. Me obligué a aflojar un poco los puños. No tenía idea de lo que iba a suceder, ni cuándo, o cómo prepararme.

—Pues creo que te gustará esta pócima, Yaotl. ¡Está hecha con vino sagrado!

Una mano se movió hacia mí como una serpiente en la penumbra. Sostenía una pequeña calabaza cuyo contenido producía un ligero chapoteo.

La miré como quien mira un escorpión. Entonces miré a través de la entrada, como si quisiera convencerme de que había una ruta de escape; fue un error, porque el resplandor me cegó de nuevo y no pude ver nada de la habitación.

—Venga, Yaotl —insistió la voz con un tono que pretendía ser amable—. ¡Te estoy ofreciendo un trago!

La calabaza estaba destapada. Olí el contenido agrio y embriagador. Olí a vino sagrado de calidad, aunque había algo más, un toque amargo.

—¡No lo quiero! —le grité—. ¡Solo dime lo que quieres de mí!

Niebla salió de la oscuridad como una tromba. Se lanzó sobre mí, me hizo caer de espaldas contra el suelo y apretó la calabaza contra mi boca. El contenido me inundó la garganta, así que solo me quedaba tragar o ahogarme.

—¡Venga, bébetelo, maldito cabrón! —rugió.

Los puñetazos y puntapiés no sirvieron de nada. Mis manos y pies se agitaron inútilmente en la oscuridad. El hombre que me sujetaba era demasiado fuerte para mis músculos cansados. Con la calabaza contra los labios ni siquiera podía gritar para pedir ayuda. La mantuvo allí hasta que vació el contenido y luego la arrojó a un lado.

—¡Teonanacatl! —Era imposible confundir el sabor de los pequeños hongos que llamábamos la Comida de los Dioses—. ¡Es vino de obsidiana! —Intenté de nuevo levantarme pero una mano me aplastaba el pecho como una piedra—. ¿Por qué? —pregunté con voz ahogada.

—Creo que lo sabes. Tú mismo lo dijiste: has bebido vino de obsidiana, ¡el mismo que les dan a los cautivos antes de matarlos!

Noté cómo el líquido llegaba a mi estómago, caliente e indigerible, como una tortilla comida directamente de las brasas. Tenía que librarme del preparado antes de que se extendiera por mis venas, y la mezcla de vino y hongos sagrados aflojara mi espíritu y me privara de voluntad. Me debatí furiosamente; contraje los músculos del estómago y tragué aire con la intención de provocar el vómito y expulsar el veneno fuera de mi cuerpo.

—No te lo he hecho beber porque vaya a matarte, Yaotl. —La voz de Niebla era poco más que un susurro ronco—. Cuando lo haga quiero que estés con los cinco sentidos. Quiero que sepas exactamente lo que te está pasando. No quiero que te pierdas nada.

Noté cómo me debilitaba. El peso en mi pecho aumentó de una piedra a una montaña, me daba vueltas la cabeza, notaba un hormigueo en la punta de los dedos. ¿Era consecuencia de la droga o de la falta de aire? Se me llenó la boca de saliva y la tragué junto con más aire mientras luchaba por limpiar mi estómago.

—Pero hice una promesa. Le prometí a Espabilado que no te mataría hasta que nos dijeras lo que quiere saber. Así que te he dado algo para aflojarte la lengua. Dentro de muy poco no podrás evitarlo.

Me mordí la lengua para añadir sangre a la saliva y el aire que me obligaba a tragar. Su voz me llegaba, por encima del retumbar en mis oídos, como la voz de un dios que hablaba desde el fondo de una caverna.

—¿Recuerdas la Casa de los Sacerdotes, Yaotl? ¿Recuerdas a Telpochtli, y a la muchacha del mercado? Vas a contármelo todo, hasta la última palabra. ¡Todo lo que hiciste con ella!

Los hongos comenzaban a funcionar. Me pareció oír pasos y voces, muy lejos, y a alguien que gritaba mi nombre.

—¡Yaotl! ¿Estás bien? ¿Qué pasa?

Abrí la boca. La arcada me pilló por sorpresa y me doblé con tanta fuerza que la mano se apartó de mi pecho, y de mi boca salieron el veneno, el vino sagrado, los hongos y todo lo demás en un chorro que roció a Niebla en el momento en que intentaba no perder el equilibrio.

Mientras me maldecía, utilicé lo que me quedaba de fuerza para rodar sobre mí mismo y gritar, con una voz estrangulada:

—¡Socorro! ¡Socorro! ¡Me matan!

Constante debía de estar esperando junto a la entrada. Quise gritarle una advertencia pero ya no me quedaba aliento. Mi enemigo se lanzó sobre el sirviente, lo apartó del camino y corrió a través del patio, pero comprendí por el grito de Constante que lo había herido con algo más que los puños.

Conseguí salir de la habitación. Tropecé con el cuerpo de Constante y pisé el charco de sangre.

—¡Socorro! ¡Se escapa! —grité a duras penas—. ¡El asesino se escapa!

El suelo del patio se onduló bajo mis pies mientras lo cruzaba tambaleándome como un borracho, hasta que finalmente tropecé y caí de bruces.

Permanecí tumbado, con la mejilla contra el suelo caliente mientras continuaba pidiendo ayuda con voz ronca, hasta que me di cuenta de que nadie me respondía.

Me puse de rodillas y miré en derredor.

Bondadoso había abandonado su asiento junto a la pared y ahora se inclinaba sobre Constante.

—Olvídalo —dijo sin darse la vuelta—. Has tardado mucho. Ya se ha ido.

Me levanté. Mi estómago se rebeló. Las paredes parecieron lanzarse sobre mí y luego se apartaron con la misma rapidez. Di un par de pasos hasta la higuera y me apoyé en el tronco, agotado.

—¿Por qué no has intentado detenerlo?

—¡No lo dirás en serio! —Se irguió con una mano apoyada en los riñones—. Ahora estaría muerto como él. —Tocó el cadáver de Constante con la punta del pie—. Eso si hubiese podido acercarme al hombre, cosa del todo imposible.

Me acerqué cautelosamente al cadáver.

—¿Al menos has podido verlo con claridad?

—¿Con mis ojos? No veo nada con claridad desde hace años. Además, estaba oyendo tus aullidos mientras miraba cómo se desangraba Constante. No se puede estar en todas partes a la vez.

—¿No lo has visto en absoluto?

El viejo exhaló un suspiro, impaciente.

—Alto, los cabellos largos y desgreñados, el rostro tiznado, con la capa sucia de vómito. ¿Es suficiente?

Miré el cuerpo acurrucado a nuestros pies.

—Lo siento —dije, aunque era un poco tarde.

—Yo también —contestó Bondadoso—. Tenía algo de vieja cascarrabias pero era útil. Con él siempre sabías dónde estabas. —Intentó agacharse de nuevo sobre el cadáver, soltó un gemido, se lo pensó mejor y desistió—. Mi hija lo echará de menos. Oye, haz algo útil y dale la vuelta.

Lo hice, aunque la cabeza todavía me dada vueltas. Me costó un poco porque la sangre coagulada había pegado el cuerpo al suelo. Cuando lo puse boca arriba oí que Bondadoso soltaba una exclamación de triunfo.

—¡Lo sabía! ¿Qué me dices de eso?

No fue necesario que me lo señalara. El mango de un puñal sobresalía debajo de la segunda costilla de Constante. Para quitarlo tuve que moverlo a un lado y a otro; noté cómo raspaba contra el hueso mientras lo hacía. Cuando finalmente lo arranqué, como quien arranca un diente podrido de la encía, vi que la hoja no se parecía a ninguna otra en México: un largo y resplandeciente trozo de metal.

Lo sostuve en alto, entre el pulgar y el índice, y me estremecí. Conocía muy bien esa hoja: la había tenido apretada contra mi cuello durante todo el largo viaje en canoa desde esa casa hasta la cala donde estaba el pájaro. También la había visto en el mercado, y ambas ocasiones solo la intervención de Espabilado había impedido que Niebla la utilizara. Esta vez, me dije tristemente, el chico no había estado presente para evitarlo.

—Es bronce —comentó Bondadoso—. Se parece al cobre, pero es mucho más duro. Los únicos que saben cómo hacerlo son los tarascos; es un secreto que no comparten con nadie. Ni siquiera lo venden, es muy precioso.

—Así que ha venido de muy lejos. —Dejé el puñal junto al cadáver—. Sin embargo, aquel hombre no era tarasco.

Constante tenía los ojos abiertos. Mientras lo miraba me dije que aun para lo que era habitual entre los aztecas estaba viendo a muchos muertos últimamente.

—Tendría que haber sido yo quien estuviera muerto, ¿no?

—Así es —asintió Bondadoso con pesar—. Se disponía a ayudarte. Oyó algo que le llamó la atención, así que fue a investigar. Llegaba a la puerta cuando salió aquel loco, lo apuñaló y siguió corriendo. El error de Constante fue estar en su camino.

Apenas si alcanzaba a ver la herida con tanta sangre.

—Un tipo experto, ¿no te parece? Directamente al corazón.

—Necesito un trago. —El viejo caminó a paso lento hacia su lugar junto a la pared. La calabaza estaba donde la había dejado caer.

Lo seguí para estar a su lado mientras se echaba un buen trago al coleto y respiraba más tranquilo. No me ofreció. No me importó en lo más mínimo; después de lo que había pasado, la sola idea de probar el vino sagrado me producía náuseas.

Por fin, después de apartar la calabaza de su boca y relamerse los labios, se volvió hacia mí, con una expresión de claro disgusto.

—A ver, dime, ¿quién era ese hombre? Es obvio que no se trataba de tu sanador.

—Era el socio de tu nieto, Niebla.

—¿Niebla? —Miró pensativamente la calabaza. Sin duda, acababa de darse cuenta por primera vez que ahora no había nadie para que la llenara—. ¿Niebla? ¿Aquí? ¿Por qué?

—Tu hija lo mandó llamar —respondí con un tono sombrío—. Por lo tanto, lo que le dijo a Constante fue una verdad a medias. Ella le dijo dónde encontrarme, y no me creo ni por un momento que Azucena pensara que tuviera la intención de curarme.

Eché una ojeada al patio impecablemente barrido, recoleto y ordenado, con la única mancha de un cadáver que yacía en medio de un charco de sangre oscura en un rincón. No sabía qué hacer. Aún me dolían los huesos de la paliza, todavía me daba vueltas la cabeza por los efectos del vino sagrado que había bebido, y no tenía ningún lugar adonde ir. Solo sabía que si me quedaba allí me matarían.

—Me voy —le informé a Bondadoso sin más.

—¡Espera!

La urgencia en su voz consiguió que me detuviera.

—¿Qué pasa? —le pregunté con desconfianza.

Señaló con la calabaza vacía el cadáver de Constante.

—¿No piensas aclarar todo este asunto? ¡Alguien tendrá que explicar lo que ha pasado!

Me encaminé de nuevo a la salida.

—Vosotros los comerciantes arregláis las cosas a vuestra manera, ¿no es así? Pues arreglad esto también. ¡A mí dejadme fuera!

Me marché, casi con la convicción de que allí se acababa la historia.

2

Como no tenía con qué pagar a un barquero crucé la ciudad a pie, con la precaución de evitar los lugares donde pudieran reconocerme. Por fortuna había salido de Pochtlan a la hora más calurosa del día, cuando había muy poca gente por las calles. Por fin me detuve en la orilla de un canal que pasaba junto a uno de los muros de un patio, con la mirada puesta en la pequeña casa donde había crecido. Me pregunté si había valido la pena ir hasta allí.

No era seguro quedarme en mi antiguo hogar porque era obvio que el primer ministro estaría buscando a su esclavo errante y, desde luego, no había ido allí por motivos sentimentales. Tampoco estaba allí para descansar, aunque me dolían todos los huesos y los músculos, tenía la sensación de que me habían dado una patada en el estómago y que mi cabeza estaba separada de mis hombros.

En cualquier caso, tampoco esperaba una cálida bienvenida.

Sin embargo, no podía elegir. Había intentado encontrar a Luz Resplandeciente y a los hombres a los que creía sus aliados, y el intento no solo casi me había costado la vida, sino que me había dejado con la sensación de que me habían traicionado y humillado. Ahora pensaba en otro enfrentamiento, que bien podría resultar tan peligroso como el que acababa de tener. Iba a buscar a mi hermano mayor, a acusarlo de complicidad en los asesinatos en Coyoacán, y preguntarle qué sabía sobre el primer ministro y los brujos pero que no me había querido decir.

No me atrevía a acercarme a las habitaciones de mi hermano en el palacio, por miedo a que me viera mi amo o alguno de sus sirvientes. La única otra posibilidad era ir a mi casa.

Vi que una vieja salía del patio para vaciar una vasija de arcilla en el canal. Tenía los cabellos color ceniza, la piel como papel arrugado y los brazos y las piernas tan consumidos que hasta un niño hubiese podido quebrarlos. Vestida con una vieja falda azul y una blusa, coja por las articulaciones inflamadas, parecía frágil y digna de compasión, aunque en realidad no era así.

Me miró con curiosidad antes de volver a la casa, pero no dio ninguna señal de que me hubiese reconocido.

—¿Mamá?

Ya estaba casi dentro del patio cuando se detuvo para mirar de soslayo.

—¿Qué quieres? —Bien podría haber estado hablando con un extraño que no era bienvenido.

—Tú sabes quien soy. —Caminé hacia ella. Se había vuelto a medias hacia mí pero dio otro paso hacia el patio.

—¿Sí? —replicó con frialdad—. Pues no lo sé. Te pareces un poco a mi hijo menor, Yaotl el borracho, pero tú no puedes ser él. Es un «esclavo» en la casa del primer ministro. —Me escupió la palabra esclavo como si una mosca se le hubiera posado en la lengua, aunque no hizo movimiento alguno para detenerme cuando caminé hacia la entrada de la casa. Me detuve en el umbral para preguntarle dónde estaba mi padre.

—En Chapultepec —me informó a regañadientes—, con tus hermanos, excepto León, por supuesto. Los llamaron para trabajar en el acueducto. ¡Un trabajo honrado! —Esa era su manera de recordarme que estaba exento de formar parte de un grupo de trabajo, a diferencia de cualquier otro plebeyo, solo porque era un esclavo y mi trabajo se lo debía a mi amo—. No espero que regresen esta noche. ¿No es una suerte para ti? —añadió con un acento de mofa.

Así que no vería a mi padre, después de todo. Lo que debía hacer allí ya sería bastante complicado como para tener que soportar además las furiosas recriminaciones que, sin duda, acompañarían el encuentro. El alivio que experimenté, apenas si disminuyó cuando mi madre añadió:

—Se llevaron en sus bolsas todas las tortillas que había, así que no esperes que te vaya a dar de comer.

—¡Yaotl! —Mi hermana Quetzalchalcihuitl que significa «Precioso jade», estaba fabricando papel en el patio. Con un mazo de madera machacaba las tiras de corteza de higuera colocadas sobre una piedra—. ¿Qué estás haciendo aquí?

—¡Gracias por la bienvenida! —repliqué, malhumorado—. He caminado mucho para llegar hasta aquí. Estoy cansado.

—Apestas y tienes todo el aspecto de haber participado en una pelea. —Frunció la nariz remilgadamente.

Me senté delante de mi hermana.

—Es una larga historia, Jade —dije con voz cansina—. Perdona si no te la cuento ahora, pero es que estoy agotado.

Mi madre salió de la casa con un espejo de cobre, que llevaba colgado en una de las paredes desde que yo era un bebé, y un bol de la sabrosa papilla de maíz que nosotros llamamos *atolli*. El olor me recordó hasta qué punto había vaciado mi estómago unas pocas horas antes.

—Se la iba a dar a los perros —explicó—, pero como estás aquí te la podrías comer. No creo que los esclavos coman muy bien.

Mientras engullía la papilla, mi hermana comentó:

—Espero que no siga el mismo camino que tu última comida, o ¿has renunciado a comer cosas sólidas?

—Dame un respiro, Jade —murmuré con la boca llena—. No he bebido nada en años. —Me dije que las calabazas de Bondadoso no contaban, porque había estado enfermo, y la bebida que me había forzado a beber Niebla tampoco se podía tomar en cuenta.

En cualquier caso, no se podía negar que había sido vino sagrado del bueno el que había pasado por mi boca y me había calentado el estómago. Me aferré al recuerdo de aquel último trago, la calabaza apretada contra mis labios, el amargor de los hongos mezclado con el sabor agrio del vino, y me dije que nunca más quería probarlo.

Sentí que mi estómago se contraía y me apresuré a dejar el bol de *atolli.*

—¿Qué pasa? —preguntó mi madre—. ¿No te gusta?

—No está acostumbrado a la comida casera —señaló mi hermana—. Ha estado comiendo los manjares de la mesa del primer ministro. ¡La comida sana le hace vomitar! ¿Por qué no le das el espejo, mamá? ¡Que vea en qué se ha convertido!

—Escucha, estoy lleno, eso es todo... —Oí cómo mi voz se apagaba cuando me pusieron el espejo en las narices.

Los ojos color castaño oscuro los podía aceptar como propios, aunque los párpados parecían más pesados de lo que recordaba. Lo que me asustaba eran las marcas de un azul casi negro a su alrededor, la nariz hinchada y torcida, las orejas deformes y el pensamiento de lo que pudiera haber debajo de mi capa.

—De acuerdo —susurré—, no soy ninguna belleza. Tuve una pelea. ¡No fue culpa mía!

—Me sorprende que seas capaz de recordar nada —afirmó mi hermana con un tono desabrido.

—¿Qué aspecto tenías tú la última vez que Amaxtli te pegó? —repliqué con saña. Mi cuñado abusaba de los puños lo mismo que mi hermana de su lengua.

—¡Ya está bien! —Mi madre tenía experiencia en poner punto final a nuestras peleas—. Yaotl, espero que no hayas venido aquí solo para discutir. ¿Qué quieres?

—Necesito hablar con León.

Mi madre y mi hermana se miraron. Mi madre dijo con lo que para ella era una voz apagada:

—Vuelves a estar en líos, ¿no es así? ¿Es tan grave?

—Mi vida está en peligro.

—¡Podría ser algo mucho más grave que eso! —exclamó Jade.

—Escuchad, ¿me vais ayudar o qué?

—Le enviaremos un mensaje —dijo mi madre escuetamente—. Si viene o no es otra historia. No te aprecia, Yaotl.

—Lo sé.

—Mientras tanto, podrías lavarte —propuso mi hermana—. Toma un baño. Sí, es una buena idea. Ve a bañarte. ¡Así no te veremos durante un rato!

Miré la casa de baños con forma de cúpula, el hollín en una de las paredes y el hogar donde se encendía el fuego para calentar el interior. Pensé en quitarme mis prendas roñosas, la mugre de la ciudad y mi rostro de fugitivo, y cambiarlos por el oscuro, cálido e íntimo mundo de un baño de vapor.

—¿Quién se encargará de encender el fuego? —pregunté, desconfiado.

—Yo lo haré —respondió Jade muy decidida—. No te preocupes, disfrutarás de un baño bien caliente. ¡Confía en mí!

Jade fue fiel a su palabra. Encendió el fuego en el lado exterior de la pared de la casa con mano experta y lo alimentó hasta que las piedras que conducían el calor al interior brillaron con un color rojo violento.

—¿Quieres que entre contigo y te azote? —me preguntó con una sonrisa traviesa, mientras yo me desnudaba.

—No, gracias. —Imaginar lo que podía hacer mi hermana con un puñado de varillas me inquietó, y además, solo necesitaba pensar. No hay nada como un baño de vapor para que veas tu vida con otros ojos. No puedes correr, pelear o hablar en un baño de vapor. Solo puedes pensar.

Pensé en las personas que había conocido desde la fiesta del Alzamiento de los Estandartes, y vi los glifos de sus nombres y sus rostros flotando en la oscuridad a mi alrededor.

En primer lugar estaba Luz Resplandeciente: un joven

afable quien, según su abuelo, era aficionado a todos los vicios excepto uno. Bondadoso creía que Luz Resplandeciente era el amante de Niebla, pero ¿el poder de Niebla sobre Luz Resplandeciente llegaba hasta el punto de separarlo de su fortuna? ¿Cómo había convencido al joven comerciante para que ofreciera al dios de la guerra, a costa del buen nombre de su familia, un prisionero famélico y mutilado?

Eso me llevó a Niebla. El glifo de su nombre carecía de rostro, porque solo lo había visto embadurnado con una capa de hollín de un dedo de grueso que lo hacía irreconocible, pero si reemplazaba la Serpiente en la Niebla que representaba el nombre que designaba el glifo correspondiente a Hombre Joven, todo parecía más claro. ¿Era de verdad mi viejo rival, Telpochtli? Si era así, entonces Telpochtli se había quedado con el dinero de mi amo y el de Luz Resplandeciente, había sido el amante de Luz Resplandeciente y ahora era el secuestrador del comerciante. Si la mano que había marcado el cuerpo de la ofrenda de Luz Resplandeciente había hecho lo mismo con el cadáver en el canal, entonces Telpochtli también tenía a los brujos en su poder. ¿Todo lo que había hecho no era más que la venganza por un incidente ocurrido una docena de años atrás? Me dominó un sentimiento de injusticia del todo infantil. ¡No había sido culpa mía!

Ahora estaba atrapado entre ese loco y mi amo, que en su desesperación por recuperar a los brujos estaba dispuesto a canjearme por ellos. Pensar en el rostro del viejo Plumas Negras, marcado por décadas de amargura con unas arrugas que eran como grietas en el lecho de un arroyo seco, me recordó que aún no sabía por qué el primer ministro necesitaba encontrar a los brujos con una urgencia que lo había llevado a desafiar al mismísimo emperador.

Había dos personas cuyos nombres y rostros no quería ver.

Una era Azucena. La había deseado, pero al conseguirla me había visto envuelto en una pesadilla de traiciones y mentiras, pues mis enemigos la habían utilizado para sonsacarme mis secretos y luego intentar matarme. No significaba nada para mí que lo hubiese hecho para proteger la vida de su hijo. Había yacido entre mis brazos la noche anterior y había esperado hasta el día siguiente para decirme que había sido por un precio. No podía pensar en ella sin rechinar los dientes con toda mi furia.

La otra persona en la que me resultaba difícil pensar era Espabilado. Si su verdadero padre era Telpochtli, entonces no había duda de que su madre era Flor de Maíz. El joven tenía la edad para serlo; sin embargo, yo sabía que, a pesar de todas las precauciones que habíamos tomado, existían las mismas probabilidades de que el hijo de Flor de Maíz fuera mío como de cualquier otro. Si él también lo creía, ¿esa era la razón para que me salvara de Telpochtli y que le pareciera a Azucena que el chico le tuviese miedo? Pero si era así, ¿por qué estaba con él?

Nunca había querido admitir que el hijo de Flor de Maíz pudiera ser mío, pero ahora lo había visto y hablado con él, y me había salvado la vida en dos ocasiones. Un chico que podría ser mi hijo había crecido hasta casi ser un adulto. No lo había visto: no sabía dónde se había criado ni quién se había encargado de su crianza. Me sentí como un hombre que súbitamente goza de la fama de un gran guerrero y al que sorprenden escapando de una batalla, y con la misma rapidez lo despojan de sus preciosas capas, las plumas de quetzal, los adornos labiales de oro y ámbar y de su lugar en la Casa de las Águilas. Y el conocimiento de mi pérdida me hizo llorar hasta que me quedé dormido.

En cuanto me dormí, comencé a soñar. Soñé con los muertos: Costoso, que había muerto asfixiado por el humo de la hoguera encendida por el mayordomo; el esclavo purificado de Luz Resplandeciente y el chico que Manitas y yo habíamos encontrado rondando las ruinas de su casa incendiada; los niños y la madre que habían muerto allí y el hombre que los sacerdotes habían sacado del canal con el cuerpo todavía señalado por las marcas de la tortura.

Se cernían sobre mí y hablaban todos a la vez. «¿Qué pasa con nosotros? —preguntaban—. No pedimos vernos envueltos en esto. ¿Es que nadie se preocupa por nosotros?»

Siempre es un error quedarse dormido cuando uno está en pleno baño de vapor.

Me desperté de una pesadilla para pasar a otra: me vi en un lugar pequeño, caliente, oscuro, sin aire, donde alguien me tiraba de un tobillo con la misma ferocidad con la que un perro tira de un hueso o un monstruo del agua arrastra a un infortunado marinero a la muerte. Grité. Llamé a los dioses, al emperador y a mi madre para que me salvaran. Lancé puntapiés, mis manos buscaron en vano la pared lisa que me rodeaba, y me golpeé la cabeza contra el dintel de la casa de baños.

El sol de la tarde me cegó, pero cuando cerré los ojos con fuerza vi unas chispas que titilaban como las estrellas.

—¿Qué le pasa? —preguntó una voz que me asustaba.

—Seguramente lo has despertado —respondió Jade.

—Quizá tenía una pesadilla —opinó mi madre.

—Espero que no —dijo León con un tono agrio—. Me dolería haber interrumpido... ¿Ya estás con nosotros, condenado haragán?

Me senté. El patio giró a mi alrededor. Sacudí la cabeza para librarme de las telarañas del sueño y lamenté haberlo hecho porque reapareció el pitido en mis oídos.

—Me estaba bañando —contesté en una confirmación de lo obvio. Miré a mi hermano. Había algo extraño en su apariencia. Cerré los ojos, seguro de que en mi confusión mental me imaginaba cosas, pero cuando los abrí de nuevo seguía allí con el mismo aspecto—. ¿Por qué vas vestido de esa manera? —pregunté.

Se había quitado la larga capa de algodón amarilla de los Guardianes de la Orilla para reemplazarla con una capa de maguey que apenas le cubría los rodillas. Los cabellos le caían sobre la espalda, mal atados con un vulgar cordel en lugar de las habituales cintas blancas. El adorno labial y las orejeras de oro los había sustituido por otros de hueso, y no llevaba pintura en el rostro. Iba descalzo. Era mi hermano, pero como no lo había visto en años, y entonces caí en la cuenta de que nadie en la ciudad lo reconocería con ese aspecto. Sabía que eso debía mortificarlo. A menos que tuviese que presentarse ante el emperador, cuando era obligatorio vestir humildemente, resultaba impensable que un hombre del rango de mi hermano se desprendiera de sus adornos, ganados a pulso, y mucho más si se trataba de alguien que había nacido plebeyo.

Sus dedos tironeraron del deshilachado dobladillo de la capa como muestra de su desagrado.

—Quizá tú podrías explicarmelo, Yaotl. Creo que he tenido que ponerme este disfraz solo para visitar a mi estúpido hermano menor, para que no me siguiera la mitad del ejército con la intención de asesinar a toda mi familia. ¿Cómo es que se te ocurrió escapar? ¿Eres consciente de que los hombres del primer ministro te están buscando? ¡Han llegado al extremo de interrogarme! Por supuesto, les dije que no tenía sentido que vinieran a buscarte aquí. «Hace años que Yaotl no aparece en nuestra casa —afirmé—. No es posible que pueda cometer la estupidez de presentarse ahora, cuando sabe que lo buscan.» ¡Es obvio que te sobrevaloré!

—¿Por qué crees que escapé? —me defendí—. ¡Quieren matarme!

Miró mi cuerpo desnudo con el ojo de un experto. Me encogí, consciente de mi desnudez, hasta que mi hermano me dio un taparrabos limpio.

—Ya lo veo —comentó, mientras me ataba el taparrabos con toda la dignidad de que fui capaz—. No hicieron un buen trabajo. ¿Qué esperas que haga?

—¿Puedes decirme lo que ocurrió en Coyoacán?

De pronto mi hermano consiguió mostrarse sorprendido e incómodo, como un hombre que descubre que una avispa se ha metido debajo de su capa.

—¿A qué te refieres?

—Tú recuerdas lo que nos dijo el emperador, León. Mi amo apeló a medidas extremas para dar con el paradero de los brujos. También recuerdo lo que tú dijiste, sobre los guerreros que envió a Coyoacán. En aquel momento me pareció que sabías más de lo que estabas dispuesto a admitir. Pero me dijiste que fuera allí, así que lo hice. Vi la casa incendiada. Vi los cuerpos: los niños, y la mujer. Encontré todo aquello que querías que encontrara.

—¿De qué estás hablando?

—Me preguntaba por qué pusiste tanto empeño en asegurarte de que supiera dónde mirar, pero sin decirme qué había pasado allí. Querías que viera por mí mismo lo que había hecho el primer ministro, pero no querías decírmelo para evitar que te preguntara cómo era que sabías tanto. El problema es que en aquella casa descubrí más de lo que tú esperabas: encontré el rastro de los guerreros que se presentaron. Encontré la correa de una de sus sandalias, una de esas cosas largas, como las que tú usas habitualmente. Estaba muy gastada. Seguramente se cortó cuando alguien la pisó. Claro que tú no te hubieses molestado en vestirte para una visita de ese estilo, ¿verdad? ¿Fuiste uno de ellos? ¿Mataste a aquellas personas?

—¡Yaotl! —gritó mi madre, horrorizada.

Mi hermano no dijo nada. Comenzó a mover la mandíbula de una manera que no auguraba nada bueno. La furia hizo que su rostro adquiera un color rojo oscuro.

Lo había conseguido: lo había acusado y había llegado demasiado lejos para echarme atrás.

—León, desde la última vez que nos encontramos, me han amenazado con un puñal, secuestrado, casi asfixiado, pegado y envenenado. He encontrado un cadáver flotando en un canal; de acuerdo, sé que no has tenido nada que ver, pero he rebuscado entre los restos de otros tres cadáveres quemados, y sé que el ejército los mató. No me dijiste gran cosa, pero he visto lo suficiente para deducirlo yo solo. Tú eres uno de los verdugos del emperador. ¿Fue tu trabajo lo que vi? ¿Por qué, León? Al menos dime eso. Sé que se llevaron a uno de los brujos de aquella casa. ¿Por qué tuvo que morir su familia?

La furia contenida de mi hermano acabó por explotar. Era un guerrero avezado y rápido, a pesar de sus años. Saltó sobre mí con la celeridad del rayo y sentí el golpe, un tremendo bofetón en el costado de mi cabeza, antes de verlo venir. Mientras me encogía ante el ataque me gritó:

—¿Quién te crees que eres para hablarme de esa manera? ¿Debo soportar que me interrogue un esclavo, un borracho, un inútil como tú? —Se volvió hacia mi madre y mi hermana—. ¿Me habéis hecho venir solo para oír esto? He tenido que cruzar media ciudad vestido como un vagabundo para evitar que me siguieran los espías del primer ministro y todo ¿para qué? ¿Para que este idiota me acuse de ser un asesino?

—¡Siéntate!

A mi hermano le habían enseñado a mandar y los años que llevaba en el ejército le habían dado toda las oportunidades para practicar, pero había algo mucho más viejo y profundo en la manera en que habló mi madre. Reavivó algo que le habían inculcado cuando éramos pequeños, y él siempre había sido el primero en obedecer sin rechistar, aunque fuera el mayor y el más corpulento. Su furia se aplacó con la misma rapidez con la que había aparecido.

—Te diré quién es —le recordó mi madre—. Es tu hermano y mi hijo. Ahora apártate de él y, luego —añadió con un tono afilado—, quiero oír cómo respondes a sus preguntas.

—Mamá... —comencé a decir, pero ahora fue mi turno.

—Y tú, Yaotl, ten mucho cuidado con tu lengua.

León se sentó sin dejar de mirarme con una expresión hosca.

Respiré profundamente y probé de nuevo.

Mi madre tenía razón; debía escoger mis palabras con mucho cuidado. León era uno de los hombres más respetados y temidos de la ciudad. Las prendas con las que él y los de su mismo rango se vestían solo se recibían de la mano del emperador, como reconocimiento al valor en el campo de batalla. Esa es la razón por la que las prendas y las joyas tienen tanta importancia para nosotros: si ves a un hombre como mi hermano en la calle no necesitas preguntarle cómo obtuvo su riqueza, y sabes que debes ser cortés con él o apartarte de su camino. Sin embargo, León no había vacilado en vestirse como un plebeyo para venir a verme. Lo había hecho por una razón, pero yo no debía olvidar el esfuerzo que suponía.

—Lo siento, León. —La inesperada disculpa disipó en parte su enfado. Incluso mi madre suspiró, complacida—. Pero debo saber lo que hizo mi amo y por qué. Tú recuerdas las palabras que me dijo el emperador. Tengo que encontrar a los brujos y llevárselos, y también decirle en qué ha estado metido su primer ministro. Si no puedo hacerlo es probable que sufra un destino peor que el de esas personas de la aldea.

Mi hermano miró de reojo a mi madre, que lo observaba impasible, como un juez que esperara oír la declaración de un testigo.

En su rostro se produjo un cambio extraordinario. Pasó del rojo fuerte de los tomates maduros al color de una batata cruda. Pareció aflojarse, como si le hubieran arrebatado toda la carne, y la piel quedara colgando sobre los huesos. De pronto nos pareció que estábamos mirando, no a un famoso guerrero, sino a plebeyo viejo antes de tiempo.

Volvió el rostro hacia el cielo con los ojos cerrados. Cuando los volvió a abrir para mirarnos de nuevo, había algo que nunca había esperado ver: una lágrima resbalaba por su mejilla.

—No sé el porqué. —Su voz apenas superaba el murmullo—. Nunca me lo dijeron. Hasta el día aquel que hablamos con el emperador, Yaotl, creía que él había dado las órdenes. ¡Comeré tierra! —Tocó el suelo con la punta del dedo en un gesto automático.

—Así que es verdad —afirmó mi madre.

—¡Intenté que no sufrieran! Mandé que los hombres sacaran a los niños de la casa; nunca supieron lo que le pasó a su madre, o ella lo que les hicimos a sus hijos. No podía hacer otra cosa, ¿no lo veis?

Ninguno de nosotros le respondió durante un buen rato. Mi hermana mantenía la mirada fija en el trozo de corteza que tenía delante, aunque no había empuñado el mazo desde que yo había salido de la casa de baños. El rostro de mi madre parecía tallado en granito. Al final me tocó a mí decir:

—Creo que lo mejor será que nos lo cuentes todo desde el principio, León.

—No quería estar allí —murmuró mi hermano—. Eso no tiene nada que ver con ser soldado... Ahorcar a las mujeres y aplastar la cabeza a sus hijos, como si golpearas a un pescado contra las piedras para que deje de saltar...

Vi de reojo la mueca de mi hermana.

—¿Por qué lo hiciste? —pregunté.

—¡No seas idiota! Teníamos órdenes. En cualquier caso, los condestables somos los tipos duros del emperador, ¿no? ¿En qué se diferenciaba de cuando les partimos el cráneo a los borrachos delante del palacio?

Preferí hacer caso omiso.

—¿Creíste que las órdenes las había dado el emperador?

—¿Quién, si no? No lo oí darlas, pero... —Mi hermano profirió un sonoro suspiro—. Escucha, te contaré cómo fue. No nos dijeron nada de aquellos hombres. Ni siquiera nos dijeron sus nombres. Solo teníamos que buscar al jefe de la aldea y llevarnos al hombre que él nos indicara. Fuimos a Coyoacán como quien va a la guerra: un pelotón de veinte hombres solo para hacer un arresto. Nos encontramos con el jefe y su gente fuera del pueblo mucho antes del alba.

—¿Qué os dijeron?

—¡No nos dijeron nada! Pero oí cosas. Oí que susurraban la palabra «brujo», cuando creían que no los oíamos. Al oírla, me dije que estábamos perdiendo el tiempo. Cualquier brujo con dos dedos de frente hubiese sabido que íbamos a por él y hubiese desaparecido como la niebla antes de que llegáramos. Claro que tampoco hubiese necesitado ser brujo. Intenta llevar a un pelotón de veinte guerreros armados hasta los dientes a través de una aldea en plena oscuridad sin hacer ruido. Seguramente nos habían oído desde la otra orilla del lago. Sin embargo, lo cogimos sin ningún problema. Incluso habíamos apostado hombres en la parte trasera de la casa, por si intentaba escapar por allí. No era más que una de esas casuchas de adobe de una sola habitación. Yo podría haber echado las paredes abajo solo con los codos. Tantas precauciones resultaron innecesarias. El jefe se acercó a la puerta y lo llamó, y él salió sin rechistar.

—¿Qué aspecto tenía?

—Parecía muy poca cosa. Nada que llamara la atención, excepto por las orejas. Creo que si lo viera lo reconocería sin problemas, solo por las orejas.

—¿Qué hicisteis con él?

—Lo llevamos a la cárcel de Cuauhcalco. No volvimos a pensar en él en cuanto lo entregamos. ¿Por qué íbamos a hacerlo? Solo agradecí que no hubiésemos tenido que partirle el cráneo a nadie. Eso no es ser soldado; no te dan capas de algodón, tabaco y orejeras de turquesa por esas cosas. Así que cuando nos dijeron que debíamos volver...

—¿Cuándo fue eso? —pregunté sin disimular la ansiedad.

—No mucho después de las detenciones. No me causó ninguna alegría, ni tampoco a mis hombres, pero órdenes son órdenes, y él dejó muy claro lo que debíamos hacer. No sé qué había hecho el hombre que detuvimos, pero su familia debía morir y su casa ser arrasada. Debía parecer como si él nunca hubiese existido.

—¿Él lo dejó muy claro? ¿Quién? —pregunté, aunque sabía la respuesta.

León miró a mi madre con una expresión de súplica. Ella le dijo que respondiera con una voz que apenas si alcancé a oír.

—Habló con nosotros personalmente. No tardó mucho; me pareció que tenía prisa porque debía dar las mismas órdenes a todos los otros pelotones que habían participado en los

arrestos y siempre en persona, como si no pudiese confiar la tarea a ningún otro. Fue tu apreciado amo, Yaotl: el primer ministro en persona, ¡el Señor Tilpotinqui!

Nos miró uno por uno, como si quisiera valorar el efecto que había tenido en nosotros la revelación. Si había esperado ver asombro se llevó una desilusión. Mi madre y mi hermana parecían no haber movido un músculo desde que él había comenzado su relato, mientras que yo había sabido lo que iba a decir antes de que abriera la boca. Los tres le devolvimos la mirada sin decir palabra.

León se pasó una mano por el rostro, y luego la miró, como si le sorprendiera verla húmeda.

—Ahorcamos a la mujer en la puerta. Eso fue lo que él nos dijo que hiciéramos. Primero la golpeé en la cabeza, cuando no miraba, para que no sufriera, y los niños no la oyeran resistirse. Le dije a mis hombres que así nos sería más fácil acabar con ellos. —De pronto rugió como una bestia herida que intenta apartar a los cazadores—. ¿Crees que queríamos hacerlo? El primer ministro nos dijo que aplastáramos las cabezas de los niños contra la pared. No pude hacer otra cosa: mis hombres habían estado presentes cuando el primer ministro nos dio las órdenes. Quería que lo hiciéramos de esa manera. Si mis hombres no lo hubiesen oído, podría haber sido diferente, pero ¿qué otra cosa podía hacer?

—¿Qué más hiciste? —pregunté.

—Registramos la casa en busca de cualquier otro ocupante. Después le pegamos fuego. Hasta la casa debía desaparecer. Había que dar el mensaje a los aldeanos de que las personas que había vivido allí nunca habían existido y que no debían hablar de ellas nunca más.

Me incliné hacia delante, incapaz de ocultar la urgencia en mi voz.

—¿Matasteis a todos los ocupantes? ¿Estás seguro?

Mi hermano me miró de una manera extraña: con la mirada que podría dirigirle alguien que se está ahogando a otro que acababa de aparecer en la orilla con una cuerda.

—A todos los ocupantes. ¿Por qué lo preguntas?

Vacilé, sin saber hasta qué punto podía hablarle del chico que habíamos encontrado Manitas y yo.

—Solo me preguntaba si alguien había conseguido escapar.

—Informé de que había acabado con todos.

—¿Estás seguro?

—Oh, sí —afirmó mi hermano con voz contrita—. Con todos. —Hizo una inspiración profunda antes de añadir—: Excepto el que rescaté.

—¿Rescataste? —gritamos mi madre, mi hermana y yo al unísono.

—Quizá no inspeccionamos el lugar todo lo bien que debíamos. Creo que fue eso lo que me hizo volver, la sensación de que habíamos pasado algo por alto. Fingí que tenía una piedra en la sandalia, dije a mis hombres que continuaran y yo volví a la aldea. Todos habían huido, por supuesto, así que no había nadie más excepto yo y quien fuese que gritaba en el interior de la casa incendiada. Lo sé, tendría que haberlo dejado, pero estaba asqueado de todo aquello. Así que lo saqué, un momento antes de que se desplomara el techo. Tampoco fue fácil; no dejó de gritar y patalear hasta que pasamos junto al cadáver de su madre. Tuve que apartarle las piernas para poder salir. —En su rostro apareció una expresión pensativa—. Es curioso. Dejó de gritar en aquel mismo momento.

—¿Desobedeciste las órdenes? —Hice un esfuerzo para reconciliar la imagen de un hombre que rescata a un niño aterrorizado de una casa en llamas con todo lo que había contado mi hermano—. ¿Qué te habría sucedido si te hubiesen pillado?

—Pues que tu amo habría ordenado que me mataran en el acto —replicó.

—¿Dónde está el chico ahora? —preguntó mi hermana, preocupada.

—No lo sé —respondió León—. En el momento en que lo dejé en el suelo echó a correr. —Exhaló un suspiro—. No lo culpo. El pobre crío probablemente me tenía más miedo que al fuego.

Recordé el mutismo del chico y que ni siquiera las dulces palabras de Estrella habían conseguido hacerle hablar. Ahora parecía más importante que nunca conseguir que rompiera su silencio.

Mientras pensaba en todo eso, se había suscitado una discusión entre mi hermano y Jade.

—¡No me importan las órdenes que creías obedecer! —gritó mi hermana—. ¿Eres incapaz de pensar por tu cuenta? ¿No podías ver que lo que hacías era una maldad?

—No lo entiendes —afirmó León con voz débil. Miró a mi madre para pedirle su intervención pero ella hizo como si no lo hubiese visto—. Tú no has estado en el ejército. No sabes cómo es.

—¡Ni siquiera Yaotl hubiese sido tan estúpido! —Jade agitó el mazo como un guerrero que blande su espada para provocar al enemigo—. ¡Al menos a él se le hubiera ocurrido una manera de escabullirse!

—Rescaté al chico —alegó León—. Arriesgué mi vida para salvarlo. ¿Eso no cuenta? ¿Qué otra cosa podía hacer? —Luego se volvió hacia mí y me espetó—: ¡Todo esto es culpa de tu amo!

—No intentes echarle las culpas a Yaotl por lo que hiciste, León —le advirtió mi madre—. Creo que tendrías que habérselo contado hace días.

—No podía —comenté con una naturalidad que me sorprendió—. La vergüenza se lo impidió, ¿no es así, hermano? Sobre todo cuando comprendiste que el viejo Plumas Negras te había hecho creer que cumplías las órdenes del emperador.

—¡Al menos podrías haber cuidado del chico! —dijo mi hermana—. ¿Qué crees que le habrá pasado?

—No lo sé —murmuró mi hermano con voz dolida.

—Yo sí —le informé—. Se me acaba de ocurrir algo que podrías hacer para enmendarte y quizá vengarte de mi amo.

Les dije lo que había visto y hecho desde la fiesta del Alzamiento de los Estandartes.

Les relaté todo aquello que consideré conveniente. No vi la necesidad de mencionar la noche que había pasado con Azucena; pero, para que el resto tuviese sentido, me vi obligado a hablarles de mis visitas a Flor de Maíz, la muchacha del mercado.

Mi hermana miró al cielo aunque no dijo nada en ese punto de mi relato. La expresión de mi madre no cambió, como si nada de lo que estaba escuchando pudiera afectarla todavía más. León escuchaba todo lo que decía con expresión meditabunda. Quizá creía que mi relato le ayudaría a encontrar algún sentido a sus actos.

La voz de mi madre fue la primera que se oyó cuando acabé.

—Todo se reduce a una sola cosa. Mientras se esperaba que tu dedicación solo fuera para los dioses, estabas liado con una puta barata en el mercado.

—No siempre —respondí a la defensiva—, y no era precisamente barata.

—Además, ni siquiera tuviste la sensatez de asegurarte de que no la dejabas embarazada.

—¡Espera un momento! —grité—. ¡Yo no la dejé preñada! Fue Telpochtli. ¡Eso fue lo que ella misma me dijo!

—¿Tú la creíste? —Esta vez fue el turno de mi hermana—. Retiro lo que te dije, León. ¡A la postre resulta que Yaotl es más estúpido que tú!

Mi hermano se puso rígido pero no respondió. En cambio, me miró con una expresión pensativa.

—A ver si lo he entendido bien. ¿Dices que Telpochtli, aquel amigo tuyo en la Casa de los Sacerdotes, el que desapareció antes de que lo lapidaran por fornicar, se escapó con la muchacha que compartíais, y tuvieron el niño que ella mencionó, y que ahora él anda por ahí haciéndose pasar por un sacerdote y que acepta apuestas en los partidos de pelota, con el chico de ayudante?

—Han tenido que regresar a la ciudad después de muchos

años de ausencia —confirmé—. Espabilado creció en el extranjero, en el exilio. El chico todavía tiene acento. —Me pregunté dónde lo habría adquirido; ¿quizá entre los tarascos? Eso explicaría el puñal de bronce—. Telpochtli no puede usar su nombre, por supuesto, y va por ahí disfrazado. Cada vez que lo he visto, llevaba una capa de hollín tan gruesa que podría ser cualquiera.

—¡Telpochtli era un sacerdote! ¿Cómo puede estar ganándose la vida aceptando apuestas ilegales?

—Yo era un sacerdote. ¿Cómo es que soy un esclavo? —respondí en el acto—. Telpochtli está viviendo fuera de la ley desde que abandonó la Casa de los Sacerdotes. Tú mismo lo has dicho: lo podrían lapidar. ¿Qué puede perder?

—Entonces, ¿qué quieres hacer ahora? ¿Denunciarlos a todos al emperador: a tu amo, a Telpochtli y a su hijo?

—El muchacho podría ser tu sobrino —le advirtió mi madre.

—¡No lo es! —insistí. La voluntad de mi madre y mi hermana en creer que el muchacho era mío me inquietaba—. En cualquier caso, no creo que sea una buena idea. El emperador quiere a los brujos, y no que le vayan con cuentos sobre su primer ministro. Decirle a Moctezuma que el viejo Plumas Negras no sabe dónde están esos hombres porque los perdió, cuando nosotros tampoco sabemos nada de su paradero, no nos ayudará en lo más mínimo.

—Si no eso, ¿qué podemos hacer? —Advertí que de pronto León y yo parecíamos habernos convertido en aliados. No lo tenía muy claro: el todopoderoso guerrero no se contentaría con aceptar las indicaciones de su deshonrado hermano menor durante mucho tiempo—. ¿Ir a buscar a Niebla, Telpochtli, o como se llame?

—¡Hacerlo no me ha servido de mucho hasta el momento! Además, ni siquiera sé cuál es su aspecto debajo de todo ese hollín; al menos, después de todos estos años. Preferiría centrarme en los brujos. Creo que deberíamos descubrir primero cuál es el interés del primer ministro por esos hombres, qué pudo haber hecho cualquiera de ellos para que él ordenara matar a toda su familia. El chico que tú rescataste de la casa incendiada es la única persona que conozco que podría aclararlo. Hasta donde sé, aún está en casa de Manitas. No hablaba cuando me marché. Quizá haya dicho algo desde entonces, pero si no lo ha hecho, será porque Estrella es demasiado blanda. Tengo la sensación de que necesita un buen susto para sacarlo de su mutismo. —Miré fijamente a mi hermano—. Verte a ti de nuevo podría ser la solución.

—Eso parece algo brutal —objetó mi hermana.

—Así y todo, creo que podría estar en lo cierto —opinó León—. Quizá a la larga podría resultar beneficioso para el chico. Es algo que a veces les pasa a los chicos de la Casa de los Jóvenes, cuando siguen al ejército a la batalla por primera vez y ven las flechas que vuelan a su alrededor y las heridas de verdad. Regresan y se niegan a hablar, y eso no es bueno. ¿Quieres que mañana vayamos a ver a tu amigo Manitas? —La perspectiva de hacer algo, por pequeño que fuese, para reparar el daño que había hecho le había devuelto algo de su antigua brusquedad.

Sin embargo, su orgullo había recibido una buena paliza, y era obvio que aún sufría al ver las miradas de reproche de su madre y su hermana. No tardó en anunciar que estaba cansado y que se marchaba a descansar. Me lo imaginé despierto toda la noche, de cara a la pared, ahora con el entrecejo fruncido, ahora con el semblante torturado por el dolor y el remordimiento, ahora atónito por la posición en que se encontraba.

—Tú, mientras tanto, podrías hacer algo útil —manifestó mi madre, y me dio el mazo.

—¿Qué? —protesté sin mucho entusiasmo—. ¿Dejas que mi hermano se marche a descansar y quieres que yo haga el trabajo de las mujeres?

—Si comes nuestra comida, también puedes compartir nuestro trabajo —remachó mi hermana—. Deja ya de meterte con tu hermano, ¿no ves cómo sufre?

—¡Yo también! ¡Todavía tengo morados, y no he matado a nadie!

Me pregunté cómo era que las malas acciones de mi hermano parecían haber sido perdonadas casi en el acto, pero luego decidí no preocuparme. Yo nunca sería el hijo predilecto.

DIEZ VIENTO

1

Mi hermano había llamado a Manitas mi amigo, pero a juzgar por cómo nos saludó el fornido plebeyo a la madrugada del día siguiente era obvio que él consideraba nuestra relación desde otra perspectiva.

—Eres la última persona que necesito ver —afirmó antes de que hubiese abierto la boca—. Lárgate, y llévate contigo a tu sucio amigo.

Me aparté de su puerta, y lo miré asombrado. Resistí la tentación de volverme y mirar a mi hermano para ver cómo se había tomado el comentario de Manitas. Yo vestía la misma capa de maguey corta y el taparrabos de siempre. León mostraba un aspecto aún más desastrado que el día anterior: ahora solo vestía un viejo taparrabos que parecía haber sido objeto de disputa entre dos perros.

—Escucha —protesté—, ni siquiera me has dado la oportunidad de darte una explicación.

—¿Explicarme qué? —Entró en la casa. Una cabellera humana, colgada del techo, le rozó la cabeza y la apartó de un manotazo. Se trataba de un viejo trofeo de guerra, sin duda del propietario de uno de aquellos fémures que decoraban su patio—. ¿Qué hay que explicar? ¿Cómo me matarán, solo porque me vieron hablar contigo? ¡Prefiero no saberlo!

—¡Solo queremos hablar con el chico! —grité desde la puerta.

Eso hizo que Estrella saliera de la habitación y nos chistara.

—¡Silencio, idiotas! ¿Queréis que se entere toda la ciudad?

Manitas se volvió hacia mí con un gesto de indefensión.

—¿Lo ves? No tendría que aguantar todo esto si no te hubiese escuchado. Ahora tengo que alimentar otra boca más y en el momento en que alguien llega a la esquina de la calle, tenemos que ocultar al chico en el cajón del maíz, no vaya a ser el mayordomo de tu amo. —Resopló, enfadado—. Mira, más vale que entres. ¡Serpiente! ¿Dónde estás? Ve y diles que llegaré tarde.

—Gracias. ¿El mayordomo de mi amo? ¿Por qué viene aquí?

—Para darme órdenes. Ahora trabajo para el viejo Plumas Negras.

—¿Qué? —gritamos León y yo al unísono. Miré rápidamente a mi hermano y con la misma prisa desvié la mirada—. ¿De qué? —pregunté en voz baja.

—De mensajero y lo que haga falta. Plumas Negras necesitaba a alguien de confianza, sobre todo después de la desaparición de su esclavo más valioso. He estado llevando sus mensajes a aquel comerciante, Luz Resplandeciente, y al parecer considera que lo hago bien. —Manitas me sorprendió mirando la puerta con desconfianza—. Oh, no te preocupes. No voy a entregarte. Pero debes comprender el compromiso en que me metes. ¿Qué explicación podré dar si me pillan hablando con un fugitivo?

Me di cuenta de lo difícil que sería. Para ser más preciso, veía lo fatal que podría ser para mí.

—Por supuesto —admití con mi tono más amable—. Me hago cargo. León, lo mejor será olvidarnos del chico.

—¿León?

Itzcoatl, que iba camino de la puerta, se detuvo en seco al oír el nombre de mi hermano.

El silencio se hizo eterno mientras Manitas y su hijo miraban a mi hermano, mi hermano me miraba con ganas de asesinarme y yo procuraba no mirar a nadie.

Tendría que haber adivinado que uno de los hijos de Manitas, un chico que aún no tenía la edad para ingresar en la Casa de los Jóvenes, conocería por su nombre a todos los famosos guerreros de México y a muchos de ellos de vista. Incluso hubiese dicho que sabía el nombre y el rango de cada uno de los cautivos de mi hermano.

—Tú eres... —continuó Serpiente.

De muy poco había servido el disfraz de mi hermano.

—Sí, es el Guardián de la Orilla.

—¡Es fantástico! ¡Increíble! Papá...

Para mi asombro, Manitas no tardó ni un instante en prosternarse ante mi hermano y en darle un codazo a su hijo para que hiciera lo mismo. Solo Estrella permaneció de pie mientras miraba a los hombres de la casa como si hubiesen perdido el juicio. Manitas dijo con una voz un tanto ahogada:

—Mi Señor, mi casa está a tu disposición. Es un hogar muy humilde, y no pretendo insultarte al ofrecértela, pero sé que has hecho un viaje muy largo, que estás cansado...

Era evidente que mi hermano estaba habituado a esa clase de atenciones.

—Señor, eres muy amable —respondió, con su tono más respetuoso—. Estoy seguro de que tu generosa hospitalidad es mucho más de lo que me merezco, un humilde servidor del emperador, y nunca me atrevería...

—¡Espera un momento! —lo interrumpí—. León, estamos aquí por un único motivo, ¿lo recuerdas? ¿Has olvidado lo que hemos venido a preguntar?

—Sí —dijo Estrella con cara de pocos amigos—. ¿Para qué habéis venido aquí?

En aquel mismo momento apareció el chico de Coyoacán, atraído por el revuelo. Sin hacernos el menor caso, se acercó directamente a Estrella.

—¿Qué pasa? —preguntó.

—Nada, Ehécatl —contestó ella con una voz cariñosa—. Estos hombres que...

Entonces vio a mi hermano. Comenzó a gritar.

Estrella quería apartar al chico de nuestra vista, pero mi hermano se opuso, y Manitas, forzado a escoger entre ellos, se puso de parte del condestable por mucho que le pesara. La mujer se sometió a la voluntad de su marido, pero se plantó junto a la puerta con una expresión fiera en su rostro y con un brazo apoyado protectoramente en los hombros del chico. Sospeché que en cuanto nos fuéramos de la casa, Manitas iba a desear no haber nacido.

—Por supuesto que habla —me informó Estrella con un tono agrio—. Lo único que hizo falta fue un poco de cariño.

—¿Ya le has preguntado por su padre? —le pregunté, al tiempo que miraba nervioso a mi hermano.

—No, y no pienso hacerlo. Nos lo dirá cuando él quiera, o quizá nunca lo haga. ¿Qué quieres hacer? ¿Arrancárselo a golpes?

Había estado valorando la posibilidad, pero fue mi hermano quien respondió.

—No hemos venido aquí para hacerle daño a nadie. —Se dirigió a ella con una amabilidad de la que no lo hubiese creído capaz; a menudo me olvidaba de que tenía hijos y nietos—. Solo necesitamos saber lo que el chico quizá vio o escuchó. Es por su propio bien y por el nuestro.

—¿Qué pasará si no contesta a tus preguntas?

—En ese caso nos marcharemos. —Mi hermano acalló mi protesta con una mirada—. Ya ha sufrido demasiado. Créeme, lo sé.

Estrella pareció dispuesta a decir algo, pero para la sorpresa de todos fue el chico quien respondió. Miró directamente a León y le dijo:

—Tú viniste a nuestra aldea con los soldados.

Mi hermano tardó mucho en contestarle.

—Sí, lo hice.

Estrella miró al chico con una expresión de alarma.

—¿Estás seguro de que quieres hablar de eso?

El chico no le hizo caso.

—Fue el viejo, ¿verdad?

—¿Qué viejo? —preguntó mi hermano.

—El viejo —repitió el chico. Al parecer no hacía caso de nada que los demás pudiéramos decir—. Él te ordenó hacerlo, ¿no?

Mi hermano demostró tener más discreción de lo que yo creía. Cualquier otro hombre hubiera terminado la conversación allí mismo, dispuesto a interpretar las palabras del chico como una prueba de que no era culpable de lo sucedido, porque solo había acatado las órdenes. En cambio, León solo le preguntó de nuevo, con mucha cautela, quién era el viejo.

—Se presentó en la aldea a pie —explicó Ehecatl—, pero yo sabía que era un hombre importante porque el jefe tuvo que esperar fuera de la casa mientras ellos hablaban. Sin embargo, podías escuchar cosas a través de la pared de atrás, si sabías dónde ponerte.

—El viejo Plumas Negras —susurré—. Todo encaja a la perfección.

—¿De qué hablaron? —preguntó Estrella siempre con un tono amable. A pesar de su preocupación por el chico, estaba tan intrigada como yo.

—No lo escuché todo. El viejo no dejaba de hacer preguntas. Quería saber algo. Mencionó a unos hombres de piel pálida y barba que habían llegado de algún lugar del este. Dijo algo sobre un lugar llamado Xicallanco. Quería saber... —La voz del chico se quebró.

—¿Sí? —Me incliné hacia delante con avidez.

—El viejo quería saber si los hombres pálidos... si eran de verdad hombres, o si eran dioses; y si eran hombres, si alguien que comerciara con ellos obtendría fama y riqueza.

—¿Cuál fue la respuesta?

—No lo sé. No la oí, pero el viejo dijo: «No tienes mucho tiempo». Dijo algo más: que podrían venir otras personas para hacerle las mismas preguntas, y que no les dijera nada.

Manitas, León y yo intercambiamos una mirada, pero antes de que cualquiera de nosotros pudiera decir una palabra la compostura del chico se vino a abajo. Se echó a llorar y ocultó su rostro en los pliegues de la falda de Estrella. Mientras ella lo sujetaba, le decía palabras cariñosas y lo mecía como a un bebé, oímos su voz ahogada, que decía:

—Lo hicieron, ¿no es así? ¡Vinieron para matarnos a todos! Se llevaron a mi padre y después vinieron a por nosotros, por mi madre. ¿Por qué? ¿Por qué?

Las últimas palabras, pronunciadas contra el regazo de Estrella, apenas si fueron inteligibles. La esposa de Manitas continuó consolando al chico con palabras dulces y caricias en los cabellos.

Después de mirarme, mi hermano se dirigió al desconsolado huérfano:

—Porque tu padre cumplió con la palabra dada al viejo, muchacho, por eso. No dijo a las otras personas lo que querían saber.

—Muy bien, Yaotl —me retó mi hermano, después de que Estrella se llevara al niño a través del patio hasta la habitación de las mujeres—, has dicho que todo encaja a la perfección. Pues para mí no tiene el menor sentido, así que ya puedes explicármelo.

León, Manitas y yo nos sentamos en el patio, y combatimos el aire fresco de la mañana con unas tortillas todavía calientes. Eran una delicia, y estaba seguro de que Estrella solo nos las había servido como una deferencia al rango de mi hermano. Manitas le había dejado su mejor capa, aunque en León la vieja capa remendada con las marcas de que su propietario había hecho dos cautivos resultaba todavía más incongruente que el sucio taparrabos.

Mientras comíamos, le repetí a Manitas la historia que le había contado a mi familia el día anterior.

—El viejo que vio el chico era mi amo. Tiene que haber sido él.

—¿Por qué? —preguntó Manitas—. ¿Por qué el primer ministro iba a dedicarse a rondar a los brujos como una chiquilla enamorada que quiere que le digan la buenaventura?

—Suena como si hubiese querido averiguar las posibilidades de éxito de una aventura comercial —señaló mi hermano—, pero él no es un comerciante. ¿Qué interés podría tener en una empresa comercial? ¡No será que le falte el dinero!

—Es verdad —admití—. No creo que sea cosa de dinero. —Mientras pensaba en las palabras de mi hermano comprendí que el propio primer ministro me había dado la respuesta, al anochecer del día que había muerto el padre de Ehécatl—. Es una cuestión de renombre. Quiere igualar la fama de su padre, y al mismo tiempo ganarle la mano al emperador. León, ¿recuerdas aquello que nos dijo Moctezuma del este? ¿Los hombres pálidos con barbas, las pirámides en el mar? Tú mismo me mostraste aquella caja con telas mejores que el algodón. El emperador quería que los brujos le dijeran si los extranjeros que habían aparecido en la costa del mar Divino eran hombres o dioses. Es evidente que su primer ministro quería averiguarlo antes que el emperador. Moctezuma mencionó Xicallanco. También lo hizo el viejo Plumas Negras, cuando fue a ver al brujo. Otra que lo hizo fue Azucena. Me comentó que su hijo solía hablar de aquel lugar, y no veo la necesidad de que me mintiera al respecto.

—¿Qué interés puede tener para tu amo un puesto comercial en el este? —preguntó mi hermano.

—No es el lugar lo que le interesa —respondí—, sino los informes que llegan desde allí: los hombres pálidos del este. Mi amo creyó que la manera de obtener una fama duradera era a través de esos extranjeros, fueran hombres o dioses; la quería para él, y el emperador no debía saber ni una palabra. Evidentemente no podía ir a verlos en persona. Necesitaba los servicios de un agente, alguien en quien pudiera confiar que mantuviera la boca cerrada y que no causara una conmoción si aparecía por un lugar como Xicallanco. ¿Quién mejor que un comerciante, un pochteca? Son famosos por su secretismo, y en cuanto a lo que se refiere a ir a lugares lejanos para tratar con los extranjeros, bueno, eso es lo que hacen, ¿no? Resultó que el hombre con el que trataba en la cancha de pelota, Niebla, conocía al hombre adecuado, otro de sus clientes. Verás, él es el vínculo entre el viejo Plumas Negras y Luz Resplandeciente.

—¿Así que el primer ministro y el joven comerciante hicieron un trato? —apuntó Manitas.

—Eso creo. Supongo que el primer ministro pagó las deudas de juego de Luz Resplandeciente y que el comerciante aceptó ir a Xicallanco como su representante. Es probable que el viejo Plumas Negras aportara algo de capital a la empresa: productos para intercambiar por aquella tela maravillosa, lo que sea. Consultó a los brujos, como haría cualquiera antes de emprender cualquier aventura como esa, solo que él lo hizo con mucha, muchísima discreción. Pero dos cosas salieron mal.

—Moctezuma mandó arrestar a los brujos —señaló mi hermano.

—Sí, esa fue la primera. ¡El emperador decidió que quería hablar personalmente con los brujos! Mi amo debió de sentirse aterrorizado cuando los detuvieron. Tenía que sacarlos de la cárcel como fuera, para asegurarse de que no lo comprometieran. Creo que le ordenó al mayordomo que los pusiera bajo su custodia. Él es el juez supremo, puede hacerlo. Eso explica la sorpresa del mayordomo cuando me presenté, como el esclavo del primer ministro, para preguntarle cómo había conseguido escapar. Entonces, cuando el mayordomo comprendió que le había ordenado actuar en contra de las órdenes del emperador se asustó, y declaró que debía ser magia. Moctezuma más o menos lo creyó, pero en cualquier caso para entonces su primer ministro tenía a los brujos fuera de su alcance. ¿Qué podía hacer con ellos? No iba a matarlos cuando aún necesitaba que respondieran a sus preguntas, y tampoco podía dejarlos ir sin más. Necesitaba algún lugar donde tenerlos encerrados, por el riesgo de que hablaran. Era demasiado peligroso utilizar su propia casa. Seguramente se lo preguntó a su cómplice, Luz Resplandeciente, quien le propuso encerrarlos en su almacén. El único problema es que todo lo que Luz Resplandeciente posee...

—¡Telpochtli! —exclamó León—. ¡Así es que se hizo con los brujos! Mató a las familias para que no hubiese ningún testigo. ¿Correcto?

—Por supuesto. El primer ministro necesitaba asegurarse de que nadie pudiese relatar su visita a los brujos, sobre todo cuando no estaban en la cárcel y fuera de su control. Así que convenció al emperador para que le ordenara buscarlos y se valió de la orden como una excusa para asesinar a las familias.

Manitas se mordió el labio inferior mientras pensaba.

—¿A qué vino todo aquello del sacrificio? —preguntó.

—Sí —añadió mi hermano—, y ¿por qué el cadáver en el canal delante de la casa de tu amo? Creíste que era un mensaje de Telpochtli. ¿Qué relación tenía con esos extranjeros del este?

—Esa es la otra cosa que salió mal. Lo que fuese que había entre Luz Resplandeciente y Telpochtli, cambió radicalmente más o menos para la fecha de la fiesta del Alzamiento de los Estandartes. Luz Resplandeciente se convirtió en prisionero de Telpochtli. Ya tenía en su poder a los brujos, junto con las propiedades del comerciante, y había comenzado a torturarlos. Creo que quería saber las respuestas a las preguntas del viejo Plumas Negras. Después las utilizó para chantajear a mi amo. El viejo Plumas Negras los necesitaba vivos, así que él comenzó a devolvérselos muertos. En cuanto al sacrificio... —Recordé las palabras que me había dicho el abuelo del comerciante, como Telpochtli (o, para él, Niebla) y Luz Resplandeciente podrían haber ideado todo aquello del sacrificio como una broma siniestra—. El sacrificio solo fue una demostración de su audacia. Le estaban diciendo a mi amo que podían hacer cualquier cosa. —Enviar a un campesino para que lo sacrificaran en la cumbre de la gran pirámide, de la forma más pública posible, y verse absolutamente imposibilitado de cualquier intervención, a menos que quisiera exponerse a descubrir sus tratos con los brujos, debió de enfurecer a mi amo más allá de todo lo soportable—. ¡Incluso enviaron a Espabilado con un mensaje, para asegurarse de que supiera lo que había sucedido!

—El padre de Ehécatl cumplió con su papel —opinó Manitas—, si tenemos en cuenta que no debería haber estado allí. ¿Cómo lo convencieron para que colaborara hasta ese extremo?

—Hay maneras. Lo he visto hacer muchas veces: vino sagrado, baños, agotamiento, hambre, más vino sagrado; después del tratamiento al que someten a los esclavos purificados, dudo que fuera capaz de recordar su nombre, y hubiese hecho cualquier cosa que le ordenaran. Además, recuerda que antes lo habían llevado a la cárcel, y después lo habían sacado para torturarlo. Sin embargo, en el instante final se negó a colaborar, ¿no es así? Aún le quedó un resto de voluntad para escapar, y no solo eso sino que también tenía un augurio para el viejo Plumas Negras. Quiso que le hablara al viejo de la gran barca.

—Sigo sin entender por qué Telpochtli estaba dispuesto a matar a los brujos y amenazar a tu amo para atraparte —dijo León—. ¿De verdad es por algo que pasó en la Casa de los Sacerdotes hace tantos años?

—¿Qué otra cosa podría ser? Por alguna razón parece culparme de lo que le sucedió a él y a la muchacha del mercado.

—Pues yo no le veo mucho sentido —terció Manitas—. No fue culpa tuya que tuvieran que escapar.

—No, y tampoco puedo decir que lo entienda. Quizá Telpochtli se dejó llevar por los celos hasta tal punto que, con el transcurso de los años, se convirtió en una obsesión.

—Por otra parte —añadió el plebeyo, como si se le acabara de ocurrir—, creía que los sacerdotes erais impotentes. ¿No os clàváis espinas de cactos y hojas de obsidiana en las partes para que no se os levante?

La pregunta motivó una breve y áspera carcajada de León.

—No —respondí tranquilamente—. Solíamos sacarnos sangre del pene, pero solo los muy fanáticos llegaban a esos extremos. Yo desde luego no. Siempre creí que Telpochtli podía ser de esa clase, pero es obvio que no.

—¿Tiene alguna importancia el motivo que originó todo esto? —intervino mi hermano, impaciente—. Ahora debemos decidir qué haremos. ¿A por cuál de ellos debemos ir: Telpochtli o el primer ministro?

León podía ser peligrosamente directo, sobre todo si tenía un objetivo a la vista o, como ahora que había sido herido en su orgullo, una cuenta que saldar.

—Iremos a por los dos —contesté—. Aún tenemos que llevarle los brujos al emperador antes de que podamos denunciar a mi amo, y necesitamos a Telpochtli para que nos lleve hasta los brujos. —Me detuve un momento a pensar—. Creo que ahora deberíamos volver a la casa de Azucena; tú y yo, León. Es posible que le dijera a Espabilado lo suficiente para rescatar a su hijo, pero si no es así, Telpochtli será incapaz de resistir la tentación de matarme. Es allí donde entras tú, hermano. Tendrás que protegerme si intenta otra jugarreta como la de ayer. ¿Cuál es la gracia?

En el rostro de León había aparecido una amplia sonrisa.

—Estaba recordando —replicó con un tono risueño— haberte dicho que no esperaras que volviera a salvarte tu sucio pellejo.

Lo miré con una expresión grave.

—Así y todo lo harás si es necesario. Me lo debes. Fui a Coyoacán por ti. Encontré al chico.

La expresión de mi hermano se ensombreció, pero aquello que se disponía a decirme fue postergado por una súbita conmoción. Oímos unas voces airadas fuera del patio.

Manitas inclinó la cabeza a un lado por un instante, atento a las voces.

—Es Serpiente —anunció—. ¿Por qué estará montando semejante barullo? —Se levantó, dispuesto a ir hacia la entrada—. ¿Con quién estará...? ¡Oh, mierda!

Mi hermano también se había levantado y ahora corría hacia la habitación de las mujeres.

—¡Estrella! ¡Deprisa, al cajón del maíz!

Me quedé solo en el patio moviendo la cabeza como un pavo que busca un lugar por donde escapar o esconderse. Por un momento pensé en la casa de baños, pero no llegaría a tiempo y era un escondite demasiado obvio.

—¡Manitas! —gritó una voz que conocía demasiado bien—. ¡Mis felicitaciones! ¡Has pillado a nuestro fugitivo!

Dejé caer los brazos muertos a mis costados mientras observaba a mi viejo adversario entrando en el patio escoltado por Serpiente, que era la viva imagen del desconsuelo.

Era el mayordomo de mi amo.

2

Dejé que el mayordomo me sacara del patio como a un perro callejero, sin rechistar por los golpes que llovían sobre mis hombros y la espalda. Estaba hasta tal punto complacido consigo mismo por haberme capturado que se olvidó del motivo que lo había traído a la casa.

—Aquella canoa de allá. ¡Venga, muévete! —Me impulsó hacia el canal que pasaba junto a la casa con un violento empujón. Allí estaba amarrada la canoa que lo había transportado, una pequeña embarcación para dos personas. El barquero estaba sentado a popa. El hombre pareció alamarse al ver que tendría un segundo pasajero. Luego me reconoció y su expresión cambió en el acto: al asombro siguió una gran sonrisa de placer.

El alma se me cayó a los pies. El barquero no era otro que Conejo, el porteador de mi amo, el hombre a quien Costoso había engañado para que se bebiera el purgante cuando tendría que haber estado vigilándome y a quien había visto por última vez tendido en el suelo después de que lo golpeara con el cepo.

—¡Sube! —gritó el mayordomo junto a mi oído.

Me propinó un puntapié cuando subía a la canoa. Tenía un pie apoyado en la orilla y el otro en el fondo de la embarcación y su pie me pilló entre las piernas. El tremendo dolor que sentí se propagó a los intestinos y me obligó a soltar el aire de los pulmones con un chillido agudo. Me desplomé en el fondo y la canoa se sacudió violentamente hasta el punto que entró un poco de agua.

—¡No te quejes, que esto ha sido solo una muestra de lo que te espera! —me aseguró Huitztic.

Conejo se sujetó a las bordas para no caerse.

—¡No cabéis los dos!

—¡Sí cabemos! —replicó el mayordomo mientras pasaba sobre mí para instalarse a proa—. Yaotl no ocupa nada tendido como está. ¡Si se mueve, siempre lo podemos tirar por la borda!

—¿Adónde me lleváis? —pregunté en cuanto pude hablar.

—A casa, por supuesto. El Señor Plumas Negras se alegrará muchísimo en cuanto te vea. ¡Te ha echado de menos!

—Me alegra saberlo —balbuceé, solo por decir algo. Había una cosa que necesitaba decirle a Chinche con toda urgencia, y luego no me importaría en lo más mínimo no volverle a hablar nunca más—. Escucha...

—Por cierto, te tenemos preparada una sorpresa.

Apoyé las manos en el fondo de la canoa con la intención de ponerme en una posición más cómoda. Quizá, me dije, podría lanzarme al agua y escapar a nado, como había hecho cuando Telpochtli me había secuestrado.

—¿Una sorpresa?

—Así es. Ha sido una suerte que te encontráramos porque no se hubiera conservado, ¿no es así, Conejo?

El porteador no respondió, probablemente porque tenía demasiado trabajo en mantener a flote la embarcación sobrecargada.

—Huiztic, escucha —insistí—. ¿No quieres saber lo que estaba haciendo en casa de Manitas?

—Todo a su tiempo. No estropees las cosas contándomelo todo, Yaotl. ¡Prefiero arrancártelo a puñetazos!

—Todavía estoy buscando a los fugitivos, aquellos que el

emperador y nuestro amo me dijeron que buscara —expliqué con mucha cautela—. El hombre que Luz Resplandeciente ofreció al dios de la guerra en la fiesta del Alzamiento de los Estandartes era uno de ellos. Su Señoría lo sabe. Quería averiguar si Manitas recordaba algo del sacrificado. —Había que evitar a cualquier precio darle a Chinche o a mi amo alguna razón para volver a la casa del plebeyo, al menos hasta que León y Ehécatl estuvieran en un lugar seguro.

—Eso es muy interesante —opinó el mayordomo con un tono que no podía ser más falso.

—La verdad es que no sabía nada. Ni siquiera quiso hablar conmigo.

—Ya se lo dirás al Señor Plumas Negras en su momento. ¡Procuraré no cortarte la lengua hasta entonces!

Ahora tenía el peso sobre las manos. Vi que la canoa continuaba bamboleándose y que Conejo maldecía por lo bajo mientras se esforzaba por controlarla. Se me ocurrió que no haría falta un gran movimiento para tumbarla y hacer que todos acabáramos en el agua.

Un pie calzado con una recia sandalia me aplastó la mano derecha. Me desplomé de nuevo en el fondo de la canoa con un tremendo alarido. El mayordomo se inclinó sobre mí.

—No estarías pensando en dejarnos, ¿verdad?

Me arrastraron hasta la parte trasera de la casa del primer ministro y me arrojaron en mitad del patio, delante de mi habitación. Chinche me dio un puntapié en las costillas.

—Levántate.

Me levanté con mucha cautela. El mayordomo estaba a mi espalda y Conejo delante, y detrás de este último estaba la entrada de mi habitación. El fornido porteador parecía muy inseguro. No dejaba de mirar al mayordomo de reojo, como si esperara que el otro le diera alguna indicación. Ninguno de los dos abrió boca.

Me pasé la lengua por los labios resecos. No se me ocurría

nada que pudiera decir o hacer que no complicara más las cosas. Así estuvimos hasta que al mayordomo se le agotó la paciencia.

—¿No tienes nada que decir, Yaotl? Estabas muy charlatán en la canoa. Por un momento creímos que no podríamos divertirnos contigo.

—¿Qué quieres saber? —Miraba al hombre que tenía delante, que no parecía divertirse en lo más mínimo.

—¿Saber? ¡No quiero saber nada! Quiero que te calles el mayor tiempo posible. Quiero hacerte mucho daño, Yaotl. Lo mismo que Conejo. Él todavía más. ¡No ha olvidado quién fue el responsable de la paliza que le dieron cuando te escapaste!

Me empujó, no muy fuerte, pero sí lo suficiente para hacerme avanzar, tambaleante, hacia Conejo.

Conocía el juego. Era como jugar a la pelota, y yo era la pelota, lanzado de uno a otro, un poco más fuerte cada vez hasta acabar rodando por el suelo, una indefensa masa de carne y huesos rotos, sometida a una lluvia de puñetazos y puntapiés. Sin embargo, Conejo comenzó mal, puesto que reaccionó demasiado tarde para empujarme de nuevo hacia el mayordomo, así que el gigantón y yo acabamos cara a cara y mirándonos a los ojos. Conseguí esbozar una sonrisa.

—No has hecho esto antes, ¿verdad?

Oí los sonoros pasos de Chinche un momento antes de que me golpeara en los riñones.

Me desplomé delante de Conejo con un grito de agonía. Permanecí tumbado y retorciéndome mientras el dolor se extendía por todo mi cuerpo como una ola de fuego.

—Me ha gustado. Venga, Conejo, es tu turno.

Atontado por el dolor, apenas si noté el puntapié.

—¡Venga, puedes hacerlo mucho mejor! —lo animó el mayordomo—. ¡Recuerda lo que te hicieron beber este cabrón y su amigo!

Conejo me pateó de nuevo, más fuerte, y solté un gemido. Rodé hacia Huitztic, que descargó otro puntapié en el mismo lugar donde me había pegado antes. Chillé. Arqueé la espalda, cosa que dejó expuestas mis costillas al pie del porteador. Ahora comenzaba a animarse, y la siguiente patada hizo que casi no pudiera respirar y escupiera sangre.

—¡Cuidado! —le advirtió Chinche—. No te pases. ¡Tiene que estar en condiciones para disfrutar de la sorpresa!

—¿Qué quieres saber? —le pregunté con voz ronca—. ¡Al menos podrías decírmelo!

—Todavía no ha llegado el momento. ¡Esto es solo el aperitivo!

Los sacerdotes aprenden a no sentir el dolor. Cuando era un niño en la Casa de los Sacerdotes me habían pinchado con espinas de cactos y me habían pegado con antorchas por la más mínima falta. Me había sacado sangre de la lengua, las orejas, las piernas y el pene todos los días; una y otra vez se reabrían las mismas heridas, que nunca llegaban a cicatrizar. Había soportado temperaturas extremas cuando había tenido que zambullirme en el lago a medianoche para después permanecer sentado, desnudo, mojado y tembloroso, hasta el amanecer.

En algún momento, mientras los puñetazos y los puntapiés continuaban cayendo sobre mí, un instinto de aquellos días, que llevaba enterrado debido a la falta de uso, volvió a la vida, y dejé de sentir dolor. Aún notaba el impacto de los golpes pero era como si le estuviesen pegando a otro, alguien a quien podía mirar con indiferencia mientras se retorcía en el suelo y gemía ante mis ojos.

Entonces me di cuenta de que no estaban mucho por la labor. El mayordomo y Conejo podrían haberme matado sin problemas de haber tenido la intención, pero a pesar del obvio placer que les producía golpear el cuerpo que tenían a sus pies, se estaban conteniendo. Chinche no dejaba de advertir al porteador que no se excediera, antes de descargar una patada muy bien calculada que provocaba el alarido de su víctima sin romperle ningún hueso.

Por fin el hombre en el suelo dejó de moverse. No parecía tener mucho sentido continuar despierto al verlo de esa manera, así que me dormí.

Percibí algo que sonaba como un castañeteo. No sabía cuándo había comenzado, pero no dejaba de sonar y parecía venir de todas partes, o de ninguna en particular. Entraba y salía del sueño, y no desaparecía cuando me despertaba, sin que se produjera variación alguna en su ritmo.

El ruido comenzó a producirme una vaga irritación. Me volví para apartarme, convencido de que podría volver a sumirme en un sueño silencioso.

Entonces reapareció el dolor.

Al principio no fue mucho, solo una aguda punzada cuando mi cadera amoratada tocó el suelo, pero fue como lo que ocurre cuando se arroja una piedra a un estanque y el agua describe círculos concéntricos cada vez más grandes. Aquel único movimiento casual derribó la frágil muralla que mi mente había levantado alrededor del dolor en mi cuerpo, y en un instante me retorcía angustiado, y cada espasmo producía una nueva y terrible sacudida, hasta que quise gritar.

Un espantoso sonido gorgonteante se abrió camino entre el líquido que llenaba mi garganta.

Me obligué a detener cualquier resistencia, a quedarme quieto y a mantener alejado el dolor, como había hecho cuando me pegaban.

Tenía muchísimo frío y temblaba descontroladamente, y de pronto identifiqué aquel castañeteo que me había despertado: era el castañeteo de mis dientes.

Conseguí controlarlo y así poder escuchar. Oí pisadas y voces conocidas.

—Creo que está despierto —dijo una.

—Échale otro cántaro para estar seguros —ordenó la otra.

Intenté levantarme apoyado en un brazo. No fue fácil porque algo me retenía y necesité toda la fuerza de que fui capaz para soltarme. Solo cuando sentí y olí aquello que se despegaba de mi piel me di cuenta de que era mi propia sangre seca.

Traté de abrir los ojos. El esfuerzo trajo consigo más dolor y un resplandor intolerable. Me desplomé de nuevo y gemí suavemente, y luego lo volví a intentar. Esta vez parpadeé repetidamente mientras miraba la alta y oscura figura que tenía delante.

Al final resultó ser un hombre que sostenía algo voluminoso en las manos. Dada mi confusión tardé unos momentos en ver que era Conejo con un pesado cántaro.

Entonces comprendí por qué estaba helado. Conejo había estado echándome agua para despertarme, y ahora estaba a punto de hacerlo otra vez.

Abrí la boca con la intención de rogarle que se detuviera.

El contenido del cántaro me dio de lleno en el rostro cuando respiraba, y la hedionda agua salobre se coló por la nariz y la boca. Me desplomé y esta vez al dolor se sumaron las toses y las arcadas.

—Es un placer tenerte de nuevo con nosotros —comentó el mayordomo, desde algún lugar a mi espalda—. ¿Estás preparado para disfrutar de tu sorpresa?

Me levantaron entre los dos y, con mucho cuidado para no pisar los charcos de sangre y otras cosas que marcaban el lugar en el patio donde había yacido, me arrastraron hasta la entrada de mi habitación.

—Ya está, Yaotl —dijo Chinche al tiempo que me empujaba a través de la abertura—. No te olvides de saludar a tu amigo de nuestra parte.

Mis piernas no me sostuvieron. Caí de rodillas. Me mordí la lengua para reprimir otro alarido.

—¿Mi amigo?

Miré en la relativa penumbra de la habitación, intrigado por saber a qué se refería. Luego, de pronto, lo vi, y por un momento me quedé mudo, sumido en la más absoluta alegría al saber que alguien a quien había dado por muerto continuaba vivo.

—¡Costoso! —grazné con el tono más alegre que pude—. ¡Viejo truhán, no hay quien pueda contigo!

El viejo esclavo se encontraba en el otro extremo de la habitación. Tenía mejor aspecto del que le había visto en años. Estaba sentado con la boca bien abierta; muy típico, pensé, bostezando tan tranquilo mientras a mí me apaleaban hasta casi matarme.

—¡Me alegra tanto verte! —Las lágrimas me rodaron por las mejillas mientras me obligaba a levantarme, dispuesto a cruzar el cuarto para abrazarlo—. Mi viejo amigo, creía que te habían matado...

La verdad me golpeó un instante antes que lo hiciera el mayordomo.

No me golpeó muy fuerte, solo lo necesario para hacerme trastabillar, hasta que perdí del todo el equilibrio y me caí sobre el cuerpo del esclavo tullido. Moví los brazos en un vano intento por salvarme, pero fue demasiado tarde, y el muerto y yo nos derrumbamos, con mis brazos sujetos a su cuerpo como unos amantes, su piel helada contra la mía. Cerró la boca y me mordió la oreja.

Después de aquello me dejaron solo. Me senté tiritando en la habitación que había sido mía, en un entorno que podría haberme consolado de no haber sido por las manchas de hollín en las paredes, el persistente olor de los pimientos asados y el cadáver que yacía a mi lado.

No intenté levantar el cuerpo de Costoso. No había nada que pudiera hacer por él. Ni siquiera llorar, y si me ardían los ojos era por la paliza recibida, no de pena. Me sentía pasivo. Oí sin prestar atención las protestas de las barredoras por tener que limpiar las porquerías que había hecho en el patio mientras esperaba a que alguien viniera a buscarme.

No tengo idea de cuánto tiempo pasó antes de que la detestable figura apareciera en la puerta. Quizá fueron unos pocos latidos, o buena parte de un día. Apenas si me molesté en mirar al mayordomo, sin el más mínimo interés por devolverle la mirada o mostrarme desafiante.

—¿Qué te ha parecido nuestra sorpresa? Te dije que no aguantaría. Es una suerte que te encontráramos a tiempo, porque dentro de poco comenzará a oler.

Permanecí en silencio. Chinche exhaló un suspiro exagerado.

—Has perdido el sentido del humor, ¿no? Bueno, esperemos que no hayas perdido también la lengua. ¡Creo que Su Señoría está dispuesto a escuchar lo que tengas que decir!

El mayordomo y Conejo me llevaron hasta las escaleras que conducían a los aposentos del primer ministro. Luego me condujeron al interior de la casa y me lanzaron sin más ceremonia a los pies de mi amo.

No dijo palabra. Sentado en la silla de junco de respaldo alto, me miró con la expresión de un hombre que mira un plato de estofado con la sospecha de que la carne está podrida. Yo tampoco abrí la boca. ¿Para qué?

Una muchacha apareció por el borde de mi visión, evitó cuidadosamente el cuerpo tembloroso tendido en el suelo y le entregó a mi amo una pipa de arcilla. Ya estaba encendida, y mientras él le daba una buena chupada la habitación se llenó con los múltiples aromas del tabaco de los ricos: el de la hoja, el olor resinoso del ámbar líquido, betún y un rastro de vainilla.

—Mi Señor... —Era la voz del mayordomo.

—Puedes irte, Huiztic. Tú también, Conejo. Yo os mandaré llamar si os necesito.

El primer ministro y yo nos quedamos solos: un viejo enclenque y su esclavo fugitivo, que, como debía saber, tenía todos los motivos para desearle lo peor. Sin embargo, a la vista del estado en que sus sirvientes me habían dejado, mi amo no tenía que preocuparse. Me costó un triunfo algo tan sencillo como levantar la cabeza lo suficiente para mirarlo a los ojos, y resultó que los tenía velados por la cortina de humo de la pipa que flotaba entre nosotros.

Era difícil saber qué sentía. Estaba la pena por Costoso, de pronto reavivada por la cruel broma del mayordomo, rabia por lo que nos había hecho a los dos y, naturalmente, miedo. No obstante, nada de eso era abrumador, nada tenía la fuerza necesaria para impulsarme a hacer algo. Continuaba aturdido. Al contemplar al peligroso y despreciable anciano que tenía delante, no sentí nada más fuerte que algo parecido al desconcierto, y lo manifesté en dos palabras.

Él se quitó la pipa de la boca y frunció el entrecejo, como si le hubiese sorprendido la pregunta.

—¿Por qué, Yaotl? ¿Tú me lo preguntas? ¿Por qué podría ser? Huiste, después de envenenar a mi porteador y de atacarlo a él y a mi mayordomo...

—¡Intentaron matarme!

—Tonterías. Solo querían que fueras con ellos, eso es todo.

—¿Y lo que han hecho hoy, y esa broma macabra con Costoso?

—Huiztic a veces se pasa un poco de la raya. —Mi amo mordió la pipa con expresión pensativa antes de exhalar un fino chorro de humo por la comisura de la boca—. En realidad eso no tendría que haber pasado.

«Así que será de esta manera», pensé. Tendría que haber sabido que el primer ministro de los aztecas no se rebajaría a amenazar y maltratar a un esclavo. Eso se lo podía dejar a sus matones, y luego tratarme con toda bondad, con la ilusión de que me confiaría a él de una manera que nunca hubiese hecho con su mayordomo, por mucho que me pegara. Casi esperaba que me ofreciera compartir la pipa. Lo hizo.

—Ten, fuma, te sentirás mejor. Si mi mayordomo te hubiese querido matar, ¿crees que ahora estaríamos hablando?

Mis manos aceptaron la pipa casi por voluntad propia. Le di una chupada. Cuando era sacerdote fumaba un tabaco muy fuerte que me quemaba los pulmones, y me provocaba mareos y me ponía en el estado ideal para algunas de nuestras ceremonias. Este era diferente, era el tabaco con el que los jóvenes señores cargaban sus pipas cuando se exhibían en público. Aspiré el humo, me dejé llevar momentáneamente por su aroma y sabor hasta que recordé quién era y dónde estaba, y le devolví la pipa.

—Debes comprender que un hombre en mi posición no puede permitir que su más valioso esclavo desaparezca como tú lo hiciste. Me convertiría en el hazmerreír de la ciudad. Como mínimo tendré que ordenar que te amonesten formalmente, y tú ya sabes lo que eso significa.

—Oh sí, mi Señor. —Significaba que tendría que escuchar la reprimenda ritual sobre mis faltas como esclavo en presencia de por lo menos dos testigos. No era un castigo terrible, salvo que si se repetía una tercera vez se me podía vender, y como un esclavo con fama de rebelde me comprarían a precio de saldo con un único propósito: ser un regalo para los dioses.

—Muy bien. Ahora que ya hemos acabado con ese desagradable tema, quiero que me cuentes qué has estado haciendo desde que desapareciste.

Le conté todo aquello que me atreví. Había estado en la cancha de pelota de Tlatelolco; allí visto al muchacho, y había sido atacado por Niebla. Me habían llevado a la casa del comerciante en Pochtlan, y allí Niebla me había atacado de nuevo. No había ido a mi casa en Toltenco. No pude negar la visita a la casa de Manitas, por supuesto, porque el mayordomo me había sorprendido allí, pero le repetí a mi amo aquello que le había dicho Huitztic, que había querido hablar con Manitas sobre el esclavo purificado de Luz Resplandeciente.

Me di cuenta de que no creía que le estuviese diciendo toda la verdad, aunque no tenía ninguna importancia. Cada uno de nosotros estaba interpretando un papel. Él fingía ser mi bondadoso e indulgente amo y yo fingía ser su fiel esclavo.

Esto duraría mientras yo pudiera mantener la actuación y él tuviera algún destino para mí.

No interrumpió la narración. Cuando llegué al final permaneció en silencio con la mirada puesta en un anillo de humo que se ondulaba y achataba a medida que subía hacia el techo, antes de deslizarse como un fantasma por un ventanuco de la pared.

—Niebla —murmuró finalmente—. ¿De verdad crees que es un antiguo enemigo tuyo de los años en que estabas en la Casa de los Sacerdotes? ¿Cómo dijiste que se llamaba, Telpochtli? ¿Es él quien se está valiendo de los brujos para hacerme chantaje y conseguir que te entregue?

—Sí, mi Señor. ¿No ha estado enviando mensajes exigiendo que me entregues? Había uno en el cadáver que encontramos flotando en el canal.

Una expresión de extrañeza apareció en el rostro del viejo Plumas Negras.

—¿Niebla me envía mensajes? No lo creo. —Dejó la pipa a un lado con mucha delicadeza—. Permíteme que te muestre algo.

El primer ministro de los aztecas se levantó lentamente y caminó hasta un pequeño arcón de junco que había junto a la pared del ventanuco. Cuando se agachó para levantar la tapa un rayo de sol le alumbró el rostro y resaltó cada una de las arrugas que le habían marcado casi cuarenta años en el cargo.

—¡Ah! Aquí está. Quiero que le eches una ojeada.

Me ofreció una única hoja de papel mientras se sentaba.

—Es una carta. ¡De Luz Resplandeciente!

—Tu comerciante —confirmó el viejo—. Léela.

—Está escrita con una cierta prisa, y por una mano sin mucha práctica —añadí—, pero creo que dice...—Las palabras murieron en mi boca mientras las leía.

—Tu amigo Manitas se la dio a mi mayordomo, el Dos Jaguar, el día que tú visitaste la cárcel.

—Ese fue el día que secuestraron a Luz Resplandeciente. cuando su madre dijo que había dejado la ciudad. —Miré la carta otra vez—. Sin embargo no tiene sentido, si es cierto lo que dice aquí.

Mi amo había cogido la pipa y estaba reclinado en la silla. Observé el cambio en su rostro a medida que se relajaban los músculos, y por primera vez en los años que lo conocía me pregunté hasta dónde llegaba su dolor.

—Yo lo interpreté de la siguiente manera —me explicó el viejo—. «Este es el precio por el resto de los brujos. Entrégame a Yaotl, y son tuyos.» ¿Estás de acuerdo?

—Sí. Pero si él se marchó al exilio...

—Si se marchó al exilio, como insiste su madre, tendría que haberte entregado en su casa, ¿no? Cosa que hice puntualmente al otro día. Di por hecho que su madre se haría cargo de ti en su ausencia. Es obvio que en aquel momento Niebla y su hijo fracasaron, dado que conseguiste escapar. —Dio una chupada a la pipa—. He recibido otros mensajes. El que tú encontraste en el cadáver en el agua —con leve movimiento de cabeza indicó aproximadamente la ubicación del canal— es uno. ¿De verdad crees que Niebla o Telpochtli, si es él, tiene a los brujos y no Luz Resplandeciente? Eso significaría que el comerciante se limitaba a llevar los mensajes entre Telpochtli y yo. ¡Qué divertido! —Si lo era no se apreció en su voz.

—Creo que su relación es un poco más complicada que eso, mi Señor. Luz Resplandeciente y Telpochtli parecen haber sido amantes, y ahora Luz Resplandeciente es el prisionero de Telpochtli. Tiene al comerciante y sus bienes, además de tener a tus brujos.

—Eso son suposiciones tuyas. ¿Dónde vive el tal Telpochtli?

—¿No lo sabes?

—¡Por supuesto que no! ¿Crees que el primer ministro quiere que lo vean tirando del dobladillo de la capa de un delincuente de poca monta? —En su agitación sacudió la pipa y las cenizas de la cazoleta volaron por los aires—. Siempre he tenido la precaución de no encontrarme con ese hombre. Ya es bastante malo haber tenido que recibir a su hijo en alguna ocasión.

—Pero si quieres encontrar a los brujos...

—¡Pues tendría que hacer aquello que Luz Resplandeciente, Niebla, Telpochtli o quien sea que los tenga me pide, y entregarte!

A esto siguió un largo silencio. Me moví nervioso mientras el primer ministro fumaba plácidamente. Me pregunté si ya se habría acabado la interpretación, y el mayordomo recibiría la orden de acabar aquello que había salido a hacer por la mañana del Cuatro Buitre, o sea, maniatarme y entregarme a Telpochtli. Cuando ya desesperaba apartó la pipa.

—Tranquilo, Yaotl. ¿Si quisiera cambiarte por los brujos, estaríamos hablando ahora? Le hubiese ordenado a Huitztic que te llevara y allí se hubiera acabado todo. Pero la verdad sea dicha —prosiguió y súbitamente su voz sonó mas vieja y cansada que nunca—, estoy harto de que me tomen por tonto. Todas esas historias de los extranjeros con aspectos de dioses procedentes del este me parecieron la oportunidad perfecta. ¿Sabes a qué me refiero?

—No, mi Señor —respondí, aunque sí lo sabía: era la historia de celos, vanidad y codicia que le había resumido a Manitas y León aquella misma mañana.

—Creo que has escuchado una parte de boca del propio emperador. ¿No te enseñaron la caja, aquella que apareció en la costa del mar Divino, con la tela maravillosa y la espada? Desde que vi las cosas de aquella caja he estado esperando la aparición de los hombres que las hicieron. Ahora lo han hecho, y ¿quién será ahora el hombre del momento, como lo fue mi padre hace tantos años atrás? ¿Moctezuma? No lo creo. Está muy preocupado con los augurios y los portentos para ocuparse de algo como esto. En lo único que piensa es en consultar a los brujos sobre una ridícula leyenda de un mítico antepasado nuestro. Si los extranjeros vinieran a verlo escaparía, encontraría alguna cueva donde ocultarse. No, esta será mi gran ocasión. Yo, el Señor de las Plumas Negras, iba a ser el hombre que haría aliados o esclavos a esos extranjeros y conseguiría las cosas que trajeran con ellos, sus armas y sus productos, para el pueblo. Entonces, ¿quién recordaría al Señor Tlacaelel?

Guardé silencio. Comprendía las palabras pero no el deseo que estaba detrás. A mí no me parecía que pretender superar la fama de tu padre fuese una ambición que justificara el sacrificio de tantas vidas.

Mi amo se entretuvo un poco más con la pipa antes de dejarla a un lado por última vez.

—Se ha apagado. Siempre se apagan, si las dejas —comentó apenado, mientras la dejaba rodar por el suelo, lejos de él—. Sé que Moctezuma cree que tengo a los brujos, o que sé dónde están. Sé que te dijo que los buscaras y que se los llevaras a él. ¿Sabes por qué nunca permitiré que suceda?

—Sí, mi Señor. Ellos le dirían al emperador que tú ordenaste al mayordomo que los liberara y los confiara a tu custodia. Tú lo hiciste porque no podías permitir que Moctezuma supiera que tú ya los habías consultado sobre tus planes para tratar con los extranjeros por tu cuenta.

—Tengo que recuperar a esos hombres, vivos o muertos. Si la única manera de conseguirlo es entregándote al hombre que me los robó, eso haré. —Dejó que la frase colgara en el aire por un momento—. Sin embargo se ríe de mí. Hice un trato con Luz Resplandeciente, para mantener a esos hombres en un lugar seguro hasta poder interrogarlos personalmente. Ahora descubro que Telpochtli, además de engañarme, ha secuestrado a Luz Resplandeciente. Convirtió a uno de los brujos en un esclavo purificado para el sacrificio y dejó a otro en el agua, delante de mi casa. Así que no solo quiero recuperar a los brujos, quiero ver a ese hombre muerto. —La lúgubre sonrisa de mi amo hizo que su boca pareciera una arruga más en su rostro—. En cuanto a ti, Yaotl, si no quieres convertirte en un regalo para tu enemigo, ¡más te valdrá ayudarme a encontrarlo!

Así que mi amo estaba dispuesto a seguir derramando sangre. Yo mismo hubiera matado a Telpochtli de haber tenido la oportunidad, pero la súbita náusea que me invadió no tenía nada que ver con la paliza recibida o el tabaco que había fumado.

Me obligué a pensar.

—La única persona que sé que está en contacto con él es la madre del comerciante, Azucena —dije—. Confiaba en que si ella podía decirle al chico, Espabilado, más cosas de mí, le devolverían a su hijo.

—No se lo han devuelto. Ella sigue diciendo que se ha marchado al extranjero.

—En ese caso ella debe seguir hablando con el chico. Creí que al ir a verla podría ofrecerme a mí mismo como cebo, podría conseguir que Telpochtli viniera a mí.

—Dio resultado. ¡Lo hizo!

—Sí, y casi me mata. Además —añadí con pesar—, gracias a tu mayordomo, ahora estoy en peores condiciones que nunca de defenderme.

Mi amo me observó con expresión pensativa.

—Estarás como nuevo dentro de unos días. ¡Y no es que vayas a ir a ninguna parte! No me interesa dejarte que actúes por tu cuenta. —La silla crujió cuando se reclinó en el respaldo, con los ojos cerrados y los dedos de una mano tamborileando en la rodilla.

Tenía que pensar más rápido que él.

Era mucho esperar que me permitiera ir a cualquier parte solo; daría por hecho que intentaría escaparme a la primera oportunidad. Era obvio que la idea de repetir mi intento de sacar a Telpochtli de su escondite a través de Azucena lo tentaba, pero si tenía que hacerlo a su manera me asignaría un escolta, y Telpochtli y yo no sobreviviríamos al encuentro.

Tenía que encontrar la manera de arreglar el encuentro de forma tal que el viejo Plumas Negras no pudiera controlar el resultado, y disponer de una vía de escape.

—Mi Señor —dije con voz pausada—, ¿se podría convencer a los comerciantes para que ofrecieran un banquete?

Abrió los ojos y frunció el entrecejo.

—¿Un banquete?

—Si le dices a Azucena y a su padre que lo organicen, lo harán. A ti siempre te invitan a las fiestas de los comerciantes. Yo formaría parte de tu comitiva y seríamos suficientes para atrapar a Telpochtli en el caso de que intentara algo. —Para no mencionar, pensé para mis adentros, que habría suficientes invitados para ocultarme en la multitud y escapar. No era un gran plan, pero era el único que se me había ocurrido.

—¿Un banquete? —En los ojos del primer ministro me pareció ver que se relamía por dentro—. Me gusta. Después de todo lo que me ha hecho pasar esa familia, creo que una buena comida es lo menos que pueden ofrecerme.

TRECE SERPIENTE

1

—¿Tengo que ponerme esto?

—Sí, mientras formes parte de la comitiva de Su Señoría —replicó el mayordomo—. No sé de qué te quejas. Es mucho mejor que los harapos que vistes habitualmente.

Podría haberle recordado que esos harapos era lo que él me suministraba, pero me ahorré el comentario. Aún estaba enfadado por la reprimenda formal, la tediosa salmodia que registraba todas mis faltas como esclavo y cuyo fin era ponerme en la senda de la Muerte Florida. Hoy no era un buen día para replicarle a Chinche, así que me contenté con mirar lúgubremente mi falda de plumas y murmurar algo sobre el deseo de mi amo de que no llamara la atención.

—Ponte la nariguera. No llamarás la atención. Es una reunión de personas ricas y famosas, asisten los comerciantes y los jefes guerreros. Si vas por ahí con una capa andrajosa y un taparrabos mugriento destacarás como una polla huaxteca en un gineceo.

En cuanto acabó de zaherirme salí en busca de Manitas.

Durante mi breve ausencia el plebeyo parecía haberse convertido en miembro de la servidumbre de la casa y se ocupaba de hacer algunos de los recados que normalmente hubiese hecho yo. Tenía un aire de persona sosegada y de confianza que a mi amo parecía gustarle. No le tenía miedo al mayordomo; mientras yo yacía en mi cuarto, a la espera de que sanaran mis heridas y con la prohibición estricta de ir a cualquier parte, él se había preocupado de venir a verme a pesar de la advertencia de Chinche de que no se me acercara. Había venido para explicarme que él ni siquiera había imaginado que el mayordomo iría a buscarlo cuando me encontró en su casa.

—Su Señoría tenía un mensaje para Luz Resplandeciente y yo soy la única persona en la que confía para llevarlos.

—Está bien, lo que ocurrió no fue culpa tuya —respondí, distraído—. ¿Así que los mensajes eran para Luz Resplandeciente? ¿Cómo se los hacías llegar?

—No se los entregaba en persona. Los dejaba en su casa.

Eso era muy conveniente, pensé. Significaba que Azucena continuaba siendo la única persona que estaba en contacto con su hijo, o sus secuestradores.

Cuando le pregunté a Manitas qué se había hecho de Ehécatl y mi hermano, me respondió con una sonrisa:

—No te preocupes. Estrella se ocupó de ellos.

—¿Qué quieres decir?

—Mientras el mayordomo estaba ocupado contigo, los escondió en el cajón del maíz.

Entonces sonreí, por primera vez en lo que me había parecido una eternidad, al pensar en la imagen de León escupiendo granos de maíz y maldiciones mientras salía del cajón, acompañado por las sonoras carcajadas de Estrella.

Mi amo había dispuesto que Manitas nos acompañara al banquete. Había conseguido convencer al viejo Plumas Negras de que una numerosa guardia armada solo serviría para espantar a nuestra presa, además de alarmar a los comerciantes; en cualquier caso, le había recordado, habría guerreros más que suficientes entre los invitados.

La vestimenta del plebeyo era tan ridícula como la mía, pero él la llevaba con mayor resignación.

—Su Señoría no repara en gastos, ¿verdad? —comentó con un tono de admiración.

—¿Tú qué sabes? ¡Esto es de lo más ordinario!

Estaba siendo injusto: nuestras faldas eran de plumas de

garza, nuestras capas de plumas de grajo cosidas en piel de conejo y las bandas que rodeaban nuestras muñecas y tobillos eran de cuero en lugar de piel de ocelote, pero la confección era impecable. No tenía motivos para quejarme si mi amo, nada dispuesto a ser superado en elegancia por sus sirvientes, se reservaba las plumas de quetzal y los adornos de jade.

El atuendo del primer ministro era espectacular. Se había decidido por un capa azul brillante con un bordado de mariposas y taparrabos con mariposillas de oro en las puntas. Los brazaletes en los brazos y muslos eran de oro, y uno de ellos tenía engarzada una turquesa. La nariguera y las orejeras eran de jade, lo mismo que el adorno labial. Remataba el conjunto un tocado de plumas de cuchareta roja, del que salían las largas y suaves plumas de quetzal azul verdoso, que resplandecieron con la luz del sol cuando se embarcó en la canoa, detrás de nosotros.

Mientras nos acomodábamos en la embarcación de mi amo, el viejo se cubrió con una gruesa capa, para proteger sus lujosas prendas y resguardarse del frío de la noche.

—A Pochtlan —le ordenó al barquero.

Trece Serpiente no era el día más propicio para una fiesta, pero tampoco era malo; los augurios nos habían dicho que probablemente no llovería, que difícilmente se ahogaría alguno de los invitados con un hueso de pavo y que las setas con miel endulzarían el carácter de los comensales. Desde luego, pensé mientras el barquero empujaba la canoa con la pértiga por los canales de la ciudad, los dioses se estaban comportando: las paredes encaladas de las casas que bordeaban los canales resplandecían con los últimos rayos del sol poniente, mientras que en las alturas solo se veía la presencia testimonial de unas nubecillas en las cumbres de las montañas. Era un precioso atardecer.

El viejo Plumas Negras tenía ganas de charlar.

—Promete ser una noche muy agradable. Hace años que

no me apetecía tanto ir a una fiesta. Me parece que incluso bailaré.

Rogué que no. Yo cargaba con el pequeño tambor dorado que él llevaría a la espalda si bailaba, y la imagen de ese objeto resplandeciendo detrás de él mientras se movía artríticamente al compás de la música me horrorizó. Sin embargo, me dije que cuando llegara el momento y los hongos comenzaran a hacerle efecto lo más probable era que se retirara al interior de la casa con un bol de chocolate, para intercambiar visiones con los otros ancianos.

—¿Quiénes estarán presentes, Señor? —preguntó Manitas.

—Oh, todos. Todos los jefes de los comerciantes, por supuesto, el gobernador de Tlatelolco, su delegado, y muchos otros altos funcionarios, incluido tu hermano, Yaotl. Siempre invitan al Guardián de la Orilla.

Me pregunté si mi amo tenía la más remota idea de cuánto le odiaba mi hermano.

—No hay nadie que se olvide de invitar a mi hermano. Creo que nunca ha pagado una comida desde que lo nombraron, a menos que fuese él quien ofrecía un banquete. —Me volví hacia Manitas—. Mira, todo esto significa que Azucena y Bondadoso están desesperados por reparar el daño que Luz Resplandeciente hizo al nombre de su familia y a su parroquia. Cuando el primer ministro les propuso celebrar una fiesta, con solo tres días de anticipación, no estaban en posición de discutir. Es probable que se hayan gastado lo último que les quedaba, y así y todo el lugar estará lleno de personas dispuestas a matarlo. Si quieres un consejo, no comas nada, y bebe todo el chocolate que puedas para mantenerte alerta.

Mi amo sonrió beatificamente. No acabé de saber si era que aprobaba mi consejo o de verdad estaba dispuesto a disfrutar de la velada.

—Un escudo de flores, mi Señor. Una flor bastón, mi Señor.

—Muchas gracias —respondió el primer ministro cortésmente, porque el hombre que le ofrecía los regalos no era un sirviente, sino, como era costumbre en una fiesta, un guerrero veterano. Mi amo, que sujetaba delicadamente el bol del tabaco por el borde, se lo entregó a Manitas antes de coger las flores. Sostuvo el girasol con la mano izquierda, como un escudo, mientras que la rama del almendro era conocida como «flor bastón» porque se sujetaba con la derecha, como un arma.

—Preciosa —murmuró. Olió complacido la flor del almendro mientras se sumaba a la multitud en el patio.

Los veteranos no nos hicieron el menor caso a Manitas y a mí, y miraron a los siguientes invitados de honor mientras nosotros nos apresurábamos a seguir a nuestro amo.

Azucena había llenado su casa con una multitud rutilante. Los adornos labiales de oro, jade y ámbar brillaban cuando sus usuarios se volvían para hablar con los recién llegados. Las plumas rojas, amarillas, azules y sobre todo verdes se movían al ritmo de las palabras, dichas en tonos bajos y educados. Las capas de todos los colores —azul, tostado, carmín— se rozaban las unas con las otras. Pertenecían a los grandes de Tlatelolco, y no pocas a los más distinguidos de Tenochtitlan; los comerciantes podían por una vez hacer exhibición de sus riquezas, y los guerreros estaban allí para recordarles que podían despojarlos de sus tesoros cuando quisieran.

Apenas habían pasado cuarenta años desde que los antepasados de esos guerreros habían atacado la parte norte de la isla de México y habían obligado al último rey de Tlatelolco a saltar de la cumbre de su pirámide más alta para reemplazarlo por un gobernador militar. El sucesor del gobernador figuraba entre los invitados de esa noche. Al verlo conversar amablemente con los jefes de los comerciantes resultaba difícil considerarlo un símbolo de su sometimiento a Moctezuma, pero las señales estaban allí si las sabías buscar. Los comerciantes vestían todos con discreción, para no destacar sobre él. Por lo tanto, sus plumas de quetzal eran de las alas en lugar de la cola, sus adornos labiales de oro y no de ámbar o jade, y sus capas, aunque de algodón, mostraban sencillos bordados de flores en lugar de máscaras de serpiente, conchas, mariposas o águilas. Además, Azucena habría ordenado a los sirvientes —veteranos escogidos por sus hazañas más que por su finura, aunque llevaban las bandejas de tamales con bastante gracia— que se mostraran especialmente atentos con el gobernador, su delegado y los otros dignatarios.

La misión aparente de Manitas y mía era no perder de vista a los sirvientes que se movían entre los invitados, por si en algún momento a nuestro amo le tentaba alguna de las viandas. Sin embargo, a mí me interesaban más los invitados. Resultaba más sencillo mirarles los pies que los rostros, y mi mirada recorría la tierra apisonada del patio con la ilusión de ver entre los pies callosos calzados con sandalias de los comerciantes y los guerreros y los dobladillos bordados de sus capas, un tobillo más delicado, el dobladillo de una falda o los flecos de un mantón de mujer.

Había varias mujeres entre los invitados. Algunas eran las esposas de los comerciantes, que acompañaban a sus maridos o venían en su representación, y también las había que estaban allí por derecho propio, como jefas del mercado. No obstante, cada vez que muy discretamente apartaba la mirada de los pies para espiar los rostros me llevaba una desilusión. No había ni el más mínimo rastro de Azucena.

Había intentado ensayar lo que le diría si nos encontrábamos, pero las palabras no habían acudido a mi mente. Desde el punto de vista de mi amo carecía de importancia; si ella me veía, con un poco de suerte, se lo diría a Espabilado, y luego Telpochtli vendría a por mí, y eso era todo lo que deseaba mi amo. Pero yo ¿qué quería?

Me imaginé acusándola de haber dejado que mi enemigo entrara en la casa para matarme, los reproches por la traición y la exigencia de saber si la noche que habíamos pasado juntos había significado algo o nada. Imaginé el dolor en su ojos, el rápido movimiento de su cabeza para ocultarlo, el brillo de las hebras de plata en sus cabellos.

Después me la imaginé mirándome con el rostro inexpresivo, con una mueca de indiferencia, con una mofa despreciativa, o riéndose a mandíbula batiente.

—Eres un idiota, Yaotl —murmuré.

—Una afirmación del todo acertada —proclamó una voz que conocía muy bien—. ¡Ven aquí!

Una mano que parecía las mandíbulas de un cocodrilo me cogió de un brazo.

—A ver si ahora puedes quedarte quiero por un momento. Estoy cansado de dar vueltas detrás de ti.

—Hola, hermano —dije, resignado—. No te había reconocido vestido de esa guisa.

León había vuelto a ser el de siempre. Su capa era nueva, la tela todavía un tanto acartonada y teñida de un color amarillo aún más brillante que el girasol que llevaba en su mano izquierda. El peinado era impecable, y una espléndida esmeralda tallada con la forma de un águila engarzada en oro sobresalía de su labio inferior. Su expresión era feroz.

—No quieras hacerte el gracioso. ¿Qué estás haciendo aquí?

—Tendrás que soltarme el brazo. No nos pertenece a ninguno de los dos.

Después de una rápida mirada a mi amo, León siguió mi consejo.

—¿Debo suponer que estás aquí cumpliendo órdenes? ¿Todavía buscas a los brujos?

—Por supuesto.

Mi hermano soltó un sonoro bufido de desprecio.

—¿Qué espera averiguar el viejo Plumas Negras de esta gentuza? Nunca nadie dice nada útil en fiestas como esta. No sé por qué nadie se molesta en organizarlas. ¡A mí me dan ganas de vomitar!

Su vehemencia me sorprendió, pero resultaba fácil olvidar que a pesar de su condición de gran guerrero León había nacido en la misma habitación que yo, y a diferencia de mí no había sido educado junto con los nobles en la Casa de los Sacerdotes. El lugar de León, como le hubiese dicho la comadrona el día que nació, estaba en el campo de batalla, no en el patio de algún comerciante entretenido en discutir el precio del cacao y lo difícil que resultaba encontrar un cocinero que supiera asar el armadillo.

—Estoy de acuerdo contigo, porque no veo a Bondadoso ni a Azucena.

—Él se estará preparando para el sacrificio —me recordó León—. Eso, o que ya está borracho perdido. En cuanto a Azucena, alguien me dijo que no se encontraba bien y que se había retirado a las habitaciones de las mujeres. ¡Quizá se enteró de que venías!

—Todavía no me has dicho qué estás haciendo aquí.

—Me enteré de que vendría el viejo Plumas Negras. —Por la manera que pronunció el nombre, como si fuese un escupitajo, no había ninguna duda sobre sus sentimientos—. Tengo una cuenta pendiente con el muy cabrón, después de lo que nos hizo hacer a mí y a mis hombres en Coyoacán.

Lo miré con una expresión de profunda alarma.

—No estarás pensando en...

—Solo quiero mantenerlo vigilado, nada más. Si fue tu amo quien sacó a los brujos de la cárcel y luego los perdió, entonces quiero estar allí cuando los encuentre de nuevo. Quiero tener la seguridad de que al menos uno de ellos llegue vivo al palacio de Moctezuma, para que le diga exactamente qué ha estado haciendo su primer ministro.

—Oh, no, León, no quieras... —comencé a decir.

—Por consiguiente, Yaotl, tendrás que decidirte, ¿no? —me interrumpió—. ¿Estás conmigo y el emperador o con tu amo?

Un tumulto entre la multitud que nos rodeaba me evitó la necesidad de responder. Me volví rápidamente con la ilusión de ver a Azucena entrando en el patio para saludar a los invitados, pero solo era un servidor cargado con una vasija de chocolate humeante. Otros lo seguían con cuencos y palillos para revolver. Se hizo un silencio mientras el olor del chocolate y la vainilla se extendía por el aire.

Después del chocolate llegó el momento de los sacrificios.

El invitado más importante de la fiesta era uno que nunca se presentaba. Así y todo, Huitzilopochtli el dios de la guerra, debía recibir las flores y el tabaco que le ofrecería su anfitrión en los altares de Huitznahuac, Yopico, Tlamatzinco y Pochtlan. Todos los asistentes debían ir en procesión de una parroquia a la otra, y detenerse delante de cada uno de las pequeñas pirámides para ver cómo Bondadoso subía las escaleras con los brazos cargados con los fragantes regalos para el dios. Me pregunté cómo se las apañaría el viejo, pero no pareció tener problemas para cumplir con la ceremonia. Mantuvo la cabeza erguida mientras subía las escaleras y conversaba brevemente con los sacerdotes antes de depositar las ofrendas en el vaso del águila.

El quinto lugar donde se ofrecían las flores y el tabaco era en la casa de Pochtlan, delante del inmenso tambor colocado en medio del patio donde se celebraría el baile.

La mayoría de los invitados habían participado de la ceremonia en múltiples ocasiones, y continuaban con sus conversaciones en la habitación, que se encontraba detrás de nosotros, cosa que nos permitió a Manitas y a mí una visión sin obstáculos.

—Todavía no hay ninguna señal de la dama —le susurré a Manitas.

—¿Crees que se ha largado? —replicó.

—Tendría que estar allí. —Señalé con un movimiento de cabeza hacia donde sabía que estaban las habitaciones de las mujeres. Aún buscaba la manera de colarme allí cuando comenzaron los silbidos.

Los agudos sonidos los hacían los músicos y los bailarines profesionales, que se ponían los dedos en la boca para llamar al anfitrión. Entonces alguien dijo: «El amo, nuestro Señor, ha hablado», y de pronto, allí, en el patio, estaba Bondadoso, que no parecía en absoluto falto de aliento después de subir a cuatro pirámides en rápida sucesión, y la figura vestida de negro y el rostro tiznado del sacerdote oficiante.

El sacerdote llevaba un incensario y Bondadoso sujetaba una codorniz viva. Cuando se acercaron al tambor dejaron el incensario en el suelo con mucho cuidado, junto a las flores y las pipas, y la codorniz cambió de manos. El sacerdote le arrancó la cabeza en un abrir y cerrar de ojos y arrojó al suelo el cuerpo, que aún movía las alas.

Los dos hombres se inclinaron sobre el ave, atentos a sus estertores.

—Que no señale el norte —susurré—. El este, el sur o el oeste vale, pero el norte es un augurio nefasto.

Me pareció que había transcurrido una eternidad cuando los dos hombres se irguieron. Se encontraban entre nosotros y la ofrenda, y no se veía nada, excepto un fino reguero de sangre en el polvo, entre sus pies.

Supe lo que diría el sacerdote antes de que abriera la boca. Lo supe por la manera en que apretaba los puños y el viejo parecía encogerse ante mis ojos.

—Habrá una muerte entre los de tu casa.

Dejé escapar la respiración contenida silenciosamente.

—¿Norte? —murmuró Manitas.

—Norte —respondí en voz baja mientras me preguntaba la muerte de quién había anunciado la codorniz en sus últimos espasmos.

El sacerdote cogió el incensario. Se volvió hacia el este y lo levantó cuatro veces, y luego hizo lo mismo en cada una de las tres direcciones restantes: oeste, sur y norte, antes de dirigirse a la casa y vaciar la resina de copal del incensario en el hogar.

Bondadoso se quedó solo en el patio, entretenido en contemplar en silencio el pequeño cuerpo que yacía a sus pies.

Los guerreros comenzaron su danza.

A medida que caía la noche, acompañada por el lúgubre sonido de las trompetas de concha desde las cumbres de las pirámides, sirvieron la comida de los dioses: los pequeños hongos bañados en miel para disfrazar su sabor amargo. Después de esto, no volverían a servir más comida sólida hasta la mañana, y aunque no era necesario, continuaron sirviendo chocolate.

El gobernador fue el primero en entrar en el patio, seguido por su delegado, los otros dignatarios incluidos mi amo y mi hermano, los grandes guerreros —los recortados y otomíes— y por último los veteranos, los maestros de los jóvenes y los guerreros águila y ocelote. Los músicos iniciaron su interpretación y los bailarines ocuparon sus lugares. Algunos de ellos ya mostraban la expresión ausente debida al efecto de los hongos.

Bien abastecidos de chocolate y hongos, la mayoría de los guerreros bailarían durante toda la noche. En sus mentes, cada uno de ellos sería un joven orgulloso, atlético, de formas perfectas que bailaba sin tocar el suelo al son de la música de los dioses. Ninguno se vería a sí mismo tambaleándose como un borracho, se oiría riendo como un imbécil o advertiría que ninguno de los demás parecía estar bailando la misma música que él. Me tranquilicé cuando mi amo abandonó el patio antes de que comenzara el baile para retirarse a una habitación y gozar de la comodidad de una estera de junco y los sueños mágicos que quisieran obsequiarle los dioses.

Los comerciantes no participaban del baile. Se sentaron alrededor del patio, desde donde miraban a los bailarines y conversaban discretamente entre ellos. A su alrededor estaban los regalos que repartirían más tarde, a cualquiera de los invitados todavía en condiciones de reconocerlos: más flores y pipas, plumas, guirnaldas de papel, mosaicos de turquesa y telas tratadas con mica para que brillaran.

Se me ocurrió que, si escapaba ahora, probablemente nadie se daría cuenta hasta el amanecer. Pero ¿adónde podía ir? Me había hecho antes la misma pregunta sin encontrar una respuesta. No había ningún otro lugar donde me interesara tener mi casa que no fuese México, y en ningún lugar de México estaría a salvo durante mucho tiempo cuando mi amo se despertara y descubriera que había huido por segunda vez. Además, aquellas dos imágenes del rostro de Azucena, una asombrada y dolida por mis palabras, la otra indiferente, todavía me acosaban, y continuaría siendo así hasta que descubriera cuál era la real.

Por otro lado, con los comerciantes alrededor del patio y los bailarines en el centro, no había manera de cruzar el patio en línea recta hasta la calle. Y me resultaría difícil encontrar el camino hasta las habitaciones de las mujeres. Tendría que deslizarme entre los huecos que pudiese encontrar mientras procuraba que mi estrafalaria vestimenta se confundiera con las demás, y confiar en que al menos Bondadoso no me viera pasar por delante de sus narices.

Cegato como era, probablemente no me habría reconocido si uno de los bailarines no se hubiera interpuesto en mi camino, cosa que me obligó a apartarme rápidamente y poner un pie entre los regalos que tenía en perfecto orden a sus pies.

—Lo siento. Perdona —dije sin pensar.

—Hola, Yaotl —respondió la vieja voz cascada. Me había reconocido por la voz y ahora no podía hacer más que responder a su saludo.

—Bondadoso. ¿No bebes esta noche?

En la luz del crepúsculo el velo de sus ojos resplandecía con un tono perlado.

—¿En mi propio banquete? —Su tono era de asombro—. ¿Cómo podría? Además, tengo un sacrificio a Yacatecuhtli a medianoche, necesito tener la cabeza clara. Antes de que preguntes, tampoco he comido hongos. Los muy puñeteros me provocan diarrea.

Así que él y yo eramos probablemente las dos únicas personas sobrias en la casa.

—Si estás buscando a mi hija —añadió—, no me molestaría. No quiere verte.

Miré hacia las habitaciones de las mujeres. Estaban a oscuras, ¿quién podría estar oculto allí dentro?

—Preferiría que me lo dijera ella en persona.

—¿Un hombre en las habitaciones de las mujeres sin que lo inviten? ¿En mitad de una fiesta? ¿Y para colmo un esclavo? ¡Imposible! —No alzó la voz, pero tenía un tono que me advirtió que no llegaría a Azucena sin que me detuvieran. Recordé a los fornidos guerreros que habían sido contratados como servidores. Una de las razones por las que estaban allí era impedir peleas motivadas por los hongos entre los invitados, y cualquiera de ellos se bastaba solo para dominar a un esclavo enclenque. Su tono se suavizó un poco cuando me preguntó—: ¿Por qué has venido, Yaotl?

—Para pedirle a tu hija que nos ayude a encontrar a Niebla —respondí—, y preguntarle por qué lo ayudó cuando él intentó matarme.

—¿La creerías si te respondiera que no lo hizo?

—No lo sé. Creo que por eso se lo tengo que preguntar.

Su respuesta pareció llegar desde muy lejos.

—Nadie en esta casa te desea ningún mal.

Lo miré de nuevo, pero él ya no me miraba.

—Por favor, no intentes ver a mi hija. —Su mirada estaba fija en la entrada de las habitaciones de las mujeres—. Solo conseguirás angustiarla todavía más, y no hay nada que ella pueda decirte, créeme. —Me miró, esta vez con una débil sonrisa—. Además, aún está de medio duelo. ¿Sabes que solo se puede lavar los cabellos una vez cada ochenta días hasta que regrese Luz Resplandeciente? ¡Ahora mismo no quiere que nadie la vea!

—De acuerdo. —Me volví dispuesto a marcharme—. Lamento que el sacrificio no saliera bien.

La risa seca del anciano me sorprendió.

—Mi familia está pasando por una mala racha, ¿verdad? Probablemente no significa nada. ¡Oh, Yaotl, no te enfades! Mira, tengo un regalo para ti.

—Ahórratelo —contesté despectivamente, con una mirada que abarcó todas las riquezas dispuestas a su alrededor—. Soy un esclavo, ¿recuerdas? Necesitas todo eso para comprar a tus amigos, los guerreros.

—¡No, no los necesito! Esto no es más que un testimonio. Esperan que las pongamos como muestra de que no hemos olvidado quién manda. Cuando los guerreros quieren de verdad algo de nosotros, nos lo piden por adelantado y se lo damos en privado. Mira, tendrías que coger algo. Los demás se limitarán a llevárselos, y cuando lleguen a sus casas no sabrán dónde lo consiguieron o por qué se lo llevaron. Así que, ¿por qué no? Mira esas plumas, son la especialidad de mi familia. ¿Por qué no te llevas un manojo?

Contra mi voluntad me vi aceptando el manojo de largas plumas rojas que me puso en la mano.

—Son muy suaves. —Me sentí obligado a decir—. ¿De qué son? ¿De cuchareta roja?

—No, de papagayo escarlata. —Me sonrió, orgulloso como un niño que acaba de cazar una rana—. Son bonitas, ¿verdad? ¿De dónde crees que vienen?

—No lo sé. —Quería devolverle las plumas, pero el momento para hacerlo había pasado con la misma rapidez como había aparecido—. De muy al sur. ¿Quizá de Xoconochco?

—Casi. —Bondadoso se rió—. Allí fue donde se nos ocurrió la idea, pero las criamos nosotros.

Tuve la descabellada visión de una familia que se mantenía con las plumas que crecían en los traseros de sus miembros, hasta que me di cuenta de lo que había dicho Bondadoso.

—¿De verdad? —Me sentí fascinado a pesar de mí mismo—. ¿Quieres decir que tenéis a los pájaros aquí? ¿Cómo es que nunca los he visto ni he oído hablar del tema? —Mucha gente tenía cotorritas, pequeñas criaturas que estaban muy a gusto en las jaulas de mimbre colgadas en las paredes de las casas. Los papagayos, me dije, debían de ser otro cantar. No parecía fácil tener un papagayo en casa sin que se enterara toda la parroquia.

—Se fueron por el mismo camino que el resto de la mercancía —me informó con un tono amargo—. Así que ahora solo los dioses y el novio de mi nieto saben dónde están. Pero era útil tenerlos a mano: significaba que podíamos arrancar una pluma del ala o de la cola cada vez que los artesanos la necesitaban, y nos ahorrábamos el esfuerzo de cazar los pájaros y después empaquetar las plumas para enviarlas a casa.

Miré atentamente el manojo de plumas. A la luz de las antorchas su color rojo oscuro me recordó la sangre seca.

—Creía que la única persona en la ciudad que tenía estas aves era Moctezuma.

—Oh, espero que tenga una casa llena. ¡Le deseo suerte! Casi causan más problemas de lo que valen. Por supuesto, tener a los pájaros vivos para arrancarles las plumas es una buena idea y, aparte del hecho de que se comen las jaulas, no son difíciles de mantener, pero... —Su voz se apagó para dar paso a una risa traviesa.

—¿El ruido? —apunté.

—Es peor que el ruido —dijo—. ¡Hablan!

Noté una sensación extraña en la boca del estómago.

—¿Hablan?

—Sí. Puedes enseñarles a hablar, pero... ¡Eh! ¿Adónde vas?

Eché a correr entre medio de los cuerpos de los bailarines en busca de mi hermano.

2

Miré a la multitud que se movía incesantemente, pero en la penumbra no había manera de distinguir los rostros. Respiré hondo y grité a voz en cuello, para hacerme oír por encima del estrépito de los tambores, las flautas, las trompetas de conchas y los golpes de los pies.

—¡León!

Ni uno solo de los bailarines falló el paso. Me sentí a medio camino entre el alivio y la frustración. Ninguno de los guerreros reunidos parecía haberme oído, pero ¿dónde estaba mi hermano cuando lo necesitaba?

Volví a llenar los pulmones aunque esta vez no fue necesario gritar. Vi a un hombre que se separaba del gentío.

En un primer momento no pareció saber qué dirección tomar, pero en el muy corto tiempo que tardó en llegar a mi lado se había recuperado lo suficiente para caminar en línea recta y mantenerse erguido sin bambolearse en exceso.

—¿Qué? —preguntó León, mientras lo guiaba al interior de la casa, lejos de los cuerpos que giraban en el patio. Nos encontramos en la misma habitación que el primer ministro, pero, a juzgar por cómo movía la barbilla sobre el pecho, su mente estaba en otra parte. Sin duda Manitas no se había comido todos los hongos, pues León movía la cabeza en círculos y babeaba.

—He encontrado a los brujos.

—¡Así me gusta! Salgamos de aquí y vamos a buscarlos. ¿Dónde están?

—¡En una embarcación! Telpochtli y su hijo deben de tenerlos encerrados allí. Los brujos le enseñaron a un pájaro que pidiera ayuda y lo soltaron...

Mi hermano me miró suspicazmente. Las gotas de sudor le brillaban en la frente y su respiración era poco profunda, pero por lo demás parecía tener el control de sí mismo.

—¿Has estado comiendo hongos?

—¡No! Escucha, ¿recuerdas lo que dijo la ofrenda de Luz Resplandeciente antes de morir, sobre una gran canoa? Todos creímos que era una profecía, algo referente a aquellas pirámides sobre canoas que nos mencionó el emperador, ¡pero no lo era! Solo intentaba decirnos dónde lo habían tenido encerrado a él y los demás. Quería decírselo a mi amo, porque sabía que el viejo Plumas Negras los estaba buscando, y creyó que podría salvarlos de Telpochtli. Soy un idiota, no me he dado cuenta hasta ahora, cuando el abuelo de Luz Resplandeciente me dijo que su familia cría pájaros. ¡Pájaros muy grandes con plumas rojas en la cola, pájaros a los que se les enseña a hablar, León! ¡Vi a uno en el lago, el día en que me secuestraron Telpochtli y Espabilado! —Gemí al recordar dónde había visto rastros del pájaro, o de otros como él, desde entonces: exhibidos entre las apuestas en la cancha de pelota, delante mismo de donde Espabilado y yo habíamos estado sentados, y en el puesto en el mercado de Tlatelolco, donde se me había acercado Telpochtli: el puesto que pertenecía a la familia de Luz Resplandeciente—. Los brujos tuvieron que enseñar a los pájaros y consiguieron soltarlos, o se escaparon, mientras Telpochtli y su hijo intentaban secuestrarme. Era la embarcación donde los tenían prisioneros, una muy grande, donde me encontré cuando me caí de la canoa de Telpochtli, solo que entonces no me di cuenta: sin duda tuve que bucear más de lo que creía. Es allí donde está el almacén de Telpochtli. No es un gran local en la parroquia de los comerciantes. Está en un espacio reducido, donde tienes que usar un puñal si quieres matar a alguien porque no hay lugar para blandir una espada, ¡Es una choza en la cubierta de una embarcación en el lago!

—Si puedes decirme dónde está la embarcación —dijo una voz baja que fue como un chorro de agua helada que me corriera por la espalda—, te deberé más que mi propia vida.

León se volvió como si aún estuviese bailando. Yo también pero más lentamente.

Azucena nos miraba desde la puerta. Sus ojos brillaban con la luz de la antorcha. Me di cuenta por la abrigada capa de piel de conejo que llevaba bien sujeta sobre sus hombros que había estado fuera de la casa, y no oculta en las habitaciones de las mujeres.

Tenía la sensación de que mi lengua se había convertido en un trozo de madera. Había estado esperando ese encuentro desde el principio de la fiesta y ahora que se había producido era incapaz de pronunciar palabra. Al final conseguí decir «Azucena» con una voz tan ronca que el nombre apenas si se entendió.

En cambio, León sí que lo oyó con claridad.

—¿Azucena? ¿Tú eres la madre de Luz Resplandeciente? ¡Yaotl dice que el amante de tu hijo tiene prisioneros a un grupo de brujos en su canoa!

Mi hermano no era conocido por la delicadeza de sus modales. Otra mujer —y también un hombre— se hubiera puesto histérica. Azucena se limitó a mirarme serenamente.

—No es el amante de mi hijo...Yaotl, lo dijiste, pero estabas en un error. A Luz Resplandeciente no le interesaría Niebla, al menos en ese sentido. Lo que sea que tiene ese hombre para dominar a mi hijo, no es eso. Él.... —Calló por un momento para reunir el coraje—. Luz Resplandeciente los prefiere jóvenes, es más probable que quisiera al chico. Creo que Luz Resplandeciente se sometió a la voluntad del padre para llegar hasta el hijo, al menos al principio. No lo sé. Nunca he visto a Niebla.

—Nadie lo ha visto, excepto yo —respondí con un tono

desabrido. De pronto, sentí lástima de mí mismo—. Telpochtli no se acerca a nadie más. Tú, mi amo, Bondadoso, siempre habéis tratado con su hijo, pero yo me he encontrado con él en tres ocasiones, y en cada una de ellas ha hecho todo lo posible por matarme.

—¿Todavía tiene a tu hijo secuestrado? —preguntó mi hermano.

Azucena se cubrió el rostro con las manos y durante unos momentos sus hombros se sacudieron por el llanto. Después respiró hondo y nos miró a los dos mientras parpadeaba.

—Le conté al muchacho lo que me dijiste, Yaotl. Todo aquello de la chica del mercado. Dijo... dijo que no era bastante.

—Continúa —le pedí con voz grave.

—Eso fue la tarde del día en que tú me hablaste de la muchacha. Me respondió que yo tendría que... que su padre vendría aquí al día siguiente, y....

—Tú le ordenaste al esclavo que lo dejara entrar. ¡Dejaste que aquel cabrón me atacara! ¡Casi me mata! ¡Asesinó a Constante!

—¿Crees que no lo sé? —gritó—. El chico no me dijo que él te deseara ningún mal. Solo que había algo que necesitaba saber. ¡La vida de mi hijo estaba en juego!

—¡La mía también!

—Yaotl —intervino mi hermano, con su mejor imitación de una voz serena.

—¿Dónde estabas? —grité—. No querías verlo, ¿no?

Azucena pareció encogerse, como si le hubiese dado una bofetada, antes de responderme a voz en cuello:

—¿Dónde crees que estaba? ¡Intentaba encontrar a mi hijo! El chico me dijo que fuera a la cancha de pelota por la mañana, y que allí lo encontraría, solo que —su voz se convirtió súbitamente en un gemido que se apagaba lentamente— no estaba allí...

Me pregunté cuál podría ser la razón. Quizá mi frustrado asesino, picado por el fracaso, había conseguido, en su huida desde la casa hasta la cancha de pelota, adelantarse a la madre de Luz Resplandeciente, y se había llevado a su hijo de nuevo a la embarcación, con la idea de que el joven comerciante aún pudiera serle de utilidad si quería atentar otra vez contra mi vida. Lo más probable era que Telpochtli nunca hubiese estado dispuesto a cumplir el pacto hecho con Azucena para devolverle la libertad a su hijo, y que ella hubiese salido aquella mañana en balde. Por mucho que me enfadara lo que había hecho no pude por menos de apiadarme.

—Azucena —comencé a decir con una voz más amable, pero León me interrumpió.

—Antes de que vosotros despertéis al primer ministro, a ver si lo he entendido bien. Me estás diciendo que debemos buscar una embarcación, ¿una muy grande?

—Así es —asentí.

—Entonces, ¿por dónde empezamos?

—Estaba en una pequeña cala, en la parte occidental de la ciudad, aunque de eso hace ya varios días. Quizá la hayan trasladado.

—¿Así que podría estar en cualquier parte del lago? ¿En cualquiera de los lagos? —La voz de Azucena reflejó su desilusión. Telpochtli había escogido bien su escondite: encontrar una embarcación entre las miles que surcaban el enorme entramado de lagos alrededor de la ciudad sería algo casi imposible.

—¿Qué aspecto tiene la embarcación? —me preguntó León.

—No lo sé. Apenas si la vi, estaba muy ocupado con el secuestro. —Pensé por un momento—. Si la está utilizando como almacén, tiene que ser muy grande, como una de esas embarcaciones que tienen los mayas para navegar por el mar, construidas de un tronco entero, o incluso de varios unidos. Eso significa que no puede ir muy lejos o muy rápido, sobre todo si los únicos tripulantes son Telpochtli y su hijo. No creo que haya nadie más trabajando con ellos. —Miré a Azucena, que no puso ninguna objeción.

Mi hermano la observó.

—Señora —preguntó con un tono muy cortés—, ¿has hablado con el chico esta tarde?

—¡Por supuesto que lo he hecho! —replicó ella, desafiante—, tenía que decirle dónde estaba Yaotl. —Vio mi expresión—. Oh, no te preocupes, no vendrá aquí esta noche. Hay demasiada gente. «Adiós a mi plan de sacar a Telpochtli de su escondite», pensé.

—Seguramente tenéis un lugar de encuentro acordado de antemano.

—Sí. En la calzada de Tlacopan, en el extremo más cercano. Él está allí todos los días, al atardecer, por si tengo que informarle de algo. Si voy, tengo que hacerlo antes de que levanten los puentes.

León y yo nos miramos y ambos hicimos los mismos cálculos. Si Telpochtli y Espabilado vivían en la embarcación —lo más lógico porque, de lo contrario, ¿cómo podrían vigilar a los rehenes?— el muchacho debía regresar a bordo todas las noches. Pero si necesitaba que estuvieran los puentes, eso significaba que debía cruzar la calzada elevada. Por lo tanto la embarcación solo podía estar fondeada en la parte occidental del lago, opuesta a la ciudad, no muy lejos del final de la calzada en tierra firme.

—¿Qué pasa si llegas tarde? —pregunté.

—Entonces ya no lo veo. Tengo que esperar hasta el atardecer del día siguiente, a menos que hayamos acordado otro lugar, como la cancha de pelota.

—Así que tiene que estar al otro lado de la calzada antes de que sea de noche.

—Hay muchísimas entradas y lugares donde ocultar una embarcación en la orilla del lago —señaló León—. ¿Cómo podemos saber dónde buscar, sobre todo si va cambiando de lugar?

—No es posible que mueva la embarcación todos los días —contesté—, y no creo que Espabilado quiera navegar en plena oscuridad. No puede haber muchos lugares cercanos a la calzada donde puedas esconder una embarcación de gran tamaño.

—Necesitamos a un barquero que nos diga dónde buscar

—opinó León—. ¿Dónde vamos a encontrar a uno a estas horas de la noche?

—¿Qué quieres decir con «a estas horas de la noche»? Nadie irá a ninguna parte. Envía a un pelotón de guerreros mañana a primera hora.

—No hay tiempo —afirmó mi hermano—. Tenemos que encontrar a los brujos antes que lo haga tu amo.

—Tenemos que ir ahora —intervino Azucena, en voz baja.

Ambos la miramos. La mujer se encaró conmigo.

—¿No estás enterado de la profecía de esta noche? ¡Morirá alguien de mi casa! ¡Mi hijo está en esa embarcación! ¡Tenemos que ir ahora!

—¡Tú no puedes ir! —protesté—. Este es un trabajo de hombres, mejor dicho ¡de guerreros!

—Mi hijo está en esa embarcación —repitió. Me volvió la espalda y se alejó—. Haz lo que quieras. ¡Yo voy a buscar a un barquero!

—Vamos —dijo León, que la siguió.

Yo no había dado más que un paso hacia la puerta cuando una voz conocida nos detuvo a todos.

—¡No con tanta prisa! ¿Adónde creéis que vais?

El viejo Plumas Negras estaba sentado. Era obvio que llevaba despierto desde hacía rato, y ahora se le veía despejado y alerta. No pude por menos de admirar cómo el viejo sabía dominar el efecto de los hongos: bizqueaba un poco pero la expresión era firme, como siempre.

Azucena lo miró, furiosa. León y yo nos miramos como si fuésemos dos chiquillos a los que habían pillado robando calabazas.

—Así que mis brujos están presos en una embarcación —comentó mi amo, exultante, al tiempo que se levantaba, con las piernas un tanto temblorosas, de su asiento—. ¡Pues entonces vamos a buscarlos!

Formábamos un extraño grupo, todos a la búsqueda de las mismas cosas —un barquero y una canoa, para que nos llevará allí donde estuviesen los brujos— y sin tener claro qué haríamos si las encontrábamos. Caminamos en dirección al embarcadero que había delante de la casa de Azucena en un silencio desconfiado, mientras los ruidos de la fiesta se perdían en la distancia y el agua chapoteaba sonoramente debajo de los tablones que pisábamos.

Encontrar a un barquero resultó tan sencillo como encontrar una canoa. Algunos de los invitados de Azucena, incluido mi amo, habían enviado las canoas de regreso a casa, pero otros habían dejado las suyas amarradas al embarcadero. También se habían quedado muchos de los tripulantes, para esperar a sus amos. Casi todos se habían echado a dormir en las embarcaciones, pero al final encontramos a uno que estaba despierto.

Estaba sentado tranquilamente, entretenido en contemplar las estrellas. Era una clara noche de invierno y el cielo parecía una hoguera. No se percató de nuestra presencia hasta que se encontró a mi amo a su lado.

—Necesitamos la canoa —dijo el viejo Plumas Negras sin rodeos.

El hombre estuvo a punto de caer al agua. Aún se estaba recuperando del susto cuando los demás nos reuníamos en torno a mi amo, sujeto con una mano al embarcadero mientras intentaba que la canoa se bamboleara violentamente.

—¿Qué quieres decir con eso de que necesitas la canoa? ¡No puedes tenerla, no es tuya! ¿Quién te crees que eres, el emperador?

—Casi —respondió Su Señoría con un tono cortante—. Manitas, trae la antorcha.

Manitas estaba casi sobrio. Antes de salir de la casa, León y yo le habíamos hecho engullir cuatro tazas de chocolate con miel. Mi hermano había propuesto que le vaciáramos una quinta en la cabeza, pero no hubo necesidad. Al menos estaba en condiciones de hablar y no se había caído en el canal, y la antorcha que habíamos tomado en préstamo apenas si se balanceaba cuando la sostuvo por encima del tocado del primer ministro.

El barquero soltó una exclamación.

—Si esta canoa pertenece a mi primo, el emperador —añadió mi amo amablemente—, entonces le pediré disculpas por la mañana. Si no lo es, ¡entonces es mía!

—¡Pero es plena noche! —protestó el pobre hombre—. No puedes ir a ninguna parte en la oscuridad.

—¡Tonterías! ¡Los comerciantes navegan por la noche como si nada!

El barquero se calló. Oír por la noche una voz de mujer fuera de una casa era un portento. Quizá fuera la diosa Cihuacoatl, o el espíritu de alguna madre muerta que había regresado a la tierra para rondar las calles y provocar enfermedades en los hombres, o alguno de aquellos siniestros enanos jorobados que se acercaban a un hombre en las letrinas para decirle que estaba a punto de morir. Azucena no era nada de todo eso, pero el infeliz no lo sabía.

La siguiente voz que oyó fue la de León.

—Si no quieres hacerlo por el primer ministro —dijo con tono fiero—, puedes hacerlo por mí. Soy el Guardián de la Orilla. ¡Haz lo que te decimos o te cortaré las piernas!

El hombre se desplomó, acobardado, en el fondo de la canoa.

—Está bien. Dime adónde quieres ir, pero necesitarás otra canoa más, aquí solo caben dos.

—Perfecto. —Mi amo embarcó en el momento y se instaló en la proa—. Azucena puede venir con nosotros, no pesa mucho. Trae la antorcha.

—Vamos a la otra canoa —dije, mientras Manitas entregaba la antorcha a la mujer.

—Está vacía —se quejó León. Corrí a lo largo de las canoas amarradas hasta que encontré una con el barquero a bordo, pero el hombre estaba dormido y roncaba sonoramente.

—¡Deprisa! —gritó mi amo. Azucena se acomodó en la

canoa. El barquero, dispuesto a alejarse todo lo posible de mi hermano, apartó la canoa del embarcadero.

Yo corrí a reunirme con Manitas y León.

—¡Se alejan! —El tono de mi hermano reflejó su desesperación—. No podremos despertar a otro barquero a tiempo para alcanzarlos.

—Entonces nos tendremos que arreglar por nuestra cuenta. Cogeremos esta. Manitas, sabes remar, ¿no?

Una vez que salimos del último canal y nos encontramos en aguas abiertas viramos a la izquierda, atentos al punto de luz de la antorcha que había delante de nosotros, hasta que el primer ministro, Azucena y el barquero llegaron a la calzada. Allí se detuvieron.

A medida que nos acercamos quedó claro que algo los había alterado. Oímos las voces y vimos cómo el barquero agitaba el remo para reafirmar sus palabras.

—¿Qué pasa? —gritó León.

—¡Este hombre cree saber dónde está la embarcación que buscamos! —respondió Azucena.

—Si es la canoa con los pájaros —intervino el barquero—, entonces toda la gente del lago la conoce. Cualquiera te lo hubiese dicho, si lo preguntabas, y también te hubiese dicho que te mantuvieras apartado. No pienso acercarme. ¡No se sabe lo que podría ocurrir!

—Yo te diré exactamente lo que te pasará si no nos llevas hasta allí —retrucó mi amo con una voz que provocaba escalofríos—. ¿Se puede saber de qué tienes miedo?

—De los hechizos —contestó el hombre en voz baja.

—¡Aja! —gritó el primer ministro, satisfecho—. ¡Los hemos encontrado!

—¿Qué quieres decir con eso de los hechizos? —pregunté.

—En la canoa hay brujos. Todos lo saben, porque se convierten en pájaros y vuelan. Yo no los he visto, pero conozco a gente que sí. ¿Por qué creéis que no está fondeada cerca de la ciudad, en lugar de estar en la desembocadura de un arroyo? Dicen que a veces se oyen unos sonidos extraños, unos sonidos horribles, como de hombres gritando.

Azucena permaneció impasible. Sostenía la antorcha sin moverla mientras escuchaba.

—¿Cómo sabes que los pájaros son los brujos? —pregunté—. ¿Cómo sabes que no son solo pájaros?

—Hablan —respondió el barquero en voz muy baja.

3

La superficie del lago semejaba obsidiana pulida y el reflejo de las estrellas, roto por las ondas, era enigmático como las sombras que se levantan y caen en un espejo de obsidiana.

No se oían voces ni pisadas en la calzada, y ningún remo, excepto los nuestros, se hundía en el agua.

La luz de la antorcha de Azucena alumbró el terraplén de la calzada y las sombras iluminaron las piedras de la construcción. Desde que habíamos alcanzado la canoa del primer ministro, su barquero se mostraba menos entusiasta y Manitas no tuvo ninguna dificultad en mantenerse a la par.

—Estamos en el lado malo de la calzada —comentó el barquero, malhumorado.

—No pasa nada —respondió mi amo, imperturbable—. Todos los puentes están levantados durante la noche. Pasaremos por el último. Lo mejor es cruzar el lago en diagonal y dirigirnos directamente al arroyo. No tengo la intención de darles explicaciones a los guerreros de guardia que hay al final de la calzada.

—En el caso de que encontremos la embarcación de Telpochtli —dije, convencido de que era hora de que alguien hiciera la pregunta obvia—, ¿qué propones que hagamos?

—Haremos que nos acompañe sin resistencia, o lo mataremos. Al chico también.

—¡No! —Mi grito de protesta escapó de mi boca antes de

que tuviera tiempo de pensar. Al ver los cinco rostros que me miraban con expresión de asombro, añadí—: No podemos matar al chico así por las buenas. No sabemos qué ha hecho, quizá no pudo evitarlo, ¡bien podría ser que su padre lo obligara! —Miré a mi hermano en busca de apoyo—. Los brujos, ¿qué pasa con los brujos?

El juego de luces y sombras de la antorcha hizo que el rostro de León mostrara el aspecto de una calavera. Sus ojos brillaron como gemas mientras miraba alternativamente a mi amo y a mí.

—Nos llevaremos a los brujos, los que encontremos, y los dejaremos donde tienen que estar: en la cárcel. ¿No es así, mi señor? Esas fueron las órdenes de Moctezuma.

Un largo silencio siguió a las palabras de mi hermano. Luego, mi amo respondió:

—Todo depende de lo que encontremos cuando lleguemos. ¡Entonces decidiré!

—¿Qué pasará con mi hijo?

Azucena continuaba sosteniendo la antorcha en la canoa del primer ministro. Un leve temblor de la mano hizo que saltaran un puñado de chispas, que cayeron lentamente al agua.

—Todo depende —repitió el viejo con voz áspera.

León, Manitas y yo continuamos navegando a lo largo de la calzada atentos a la aparición de la brecha que nos indicaría el último puente y el lugar que nos permitiría pasar al lado sur...

—Sigo sin entender qué está haciendo Luz Resplandeciente en esa embarcación —comentó Manitas—. Creía que se había marchado en un viaje de negocios. Lo vi cuando se iba. Tenía la canoa llena de provisiones. Era el Uno Junco, recuerdas, y tú dijiste que era un extraño día para iniciar un viaje muy largo.

—Creo que las provisiones eran para Telpochtli, el chico y los brujos —repliqué.

—Eso significa —señaló mi hermano— que la pelea entre el comerciante y su amante tuvo que ser después de que tú lo vieras, ¿no es así? No creo que Luz Resplandeciente llegara al punto de entregarse él mismo como rehén, incluidas las provisiones.

—¿Cuál puede haber sido el motivo de la discusión? —preguntó Manitas.

Vacilé mientras intentaba imaginar qué podría haber pasado por la mente del comerciante.

—Sería lógico pensar que Luz Resplandeciente decidió alejarse durante un tiempo, para no cruzarse con los comerciantes y mucho menos con el primer ministro. Le pidió a su madre que dijera que se había marchado en un viaje de negocios. Quizá por eso te pidió que le llevaras el mensaje a mi amo, Manitas, para que pudieras atestiguar que se había marchado a alguna parte con la canoa llena de provisiones, como si fuera a emprender un viaje muy largo. No era verdad, pero necesitaba un sitio donde esconderse. Quizá estar encerrado con semejante vicioso durante unos días fue suficiente para convencer a Telpochtli y a Espabilado que sería más útil como rehén que como invitado. Además...

Además, me di cuenta de que acababa de decir una tontería. Azucena me había dicho que Luz Resplandeciente no sabía dónde estaba el almacén de Niebla. Si eso era verdad, entonces Luz Resplandeciente no podía haberse entregado voluntariamente o como fuera a Niebla —o Telpochtli— porque no hubiese sabido dónde encontrarlo.

Si esa era la verdad.

Azucena no tenía ninguna razón para mentirme al respecto; ni tampoco su padre, que me había contado la misma historia cuando hablamos de la habitación vacía en su casa. Pero ¿qué pasaría si Luz Resplandeciente hubiese mentido a los dos?

En cuanto se me ocurrió esa idea, la trama de la historia que había tejido a partir de los acontecimientos de los últimos días comenzó a verse con claridad. Las cosas que había visto y escuchado acudieron a mi mente, y cada una era como una hebra arrancada de la tela hasta que no quedó nada más que la verdad.

Una verdad que yo mismo había visto, esta misma noche, sin reconocerla. Incluso le había hablado de ella a León y Azucena, sin saber lo que estaba diciendo.

—Lo hemos interpretado todo al revés —comencé a decir, pero León me interrumpió.

—Dentro de muy poco les podrás preguntar a los dos por qué se pelearon. ¡Ahí está el puente!

La canoa del primer ministro pasó por la abertura en la calzada y entonces, en el momento en que virábamos para seguirla, desapareció. Se oyó un leve siseo cuando Azucena apagó la antorcha en el agua, y luego no se vio nada más que las estrellas y la siniestra fosforescencia del agua.

Manitas sumergió el remo sin moverlo, y detuvo la canoa junto a la otra.

—El arroyo está un poco al sur de Chapultepec. —Aunque aún quedaba un largo trayecto hasta el lugar, al barquero de mi amo le había dado por susurrar—. Cuando lleguemos al acueducto, estaremos a un tiro de piedra. La embarcación que buscáis está fondeada en la desembocadura, apartada de la costa.

—Tiene sentido —murmuró mi hermano—, si no quiere que los brujos salten por la borda y naden hasta la orilla. Tendremos que llegar a la desembocadura e intentar situarnos entre él y la orilla. Si Telpochtli o cualquier otro intenta escapar por ese lado lo atraparemos.

El viejo Plumas Negras tocó al barquero con el pie, y el hombre cogió el remo y lo sumergió en el agua.

—Si allí hay una embarcación, no la veo —susurró León.

Estábamos tendidos junto a la borda de la canoa, con la mirada puesta en la maraña de ramas que jalonaban la orilla del lago. No nos atrevíamos a levantarnos, para que nuestra presa no viera nuestras siluetas recortadas contra las estrellas.

—¿Estamos seguros de que este es el lugar? —preguntó Manitas.

—Él cree que sí.

Miré de reojo la oscura superficie del lago, detrás de nosotros, donde supuestamente estaba la canoa de mi amo. El barquero se mostró complacido cuando encontró el acueducto. El hombre había soltado una exclamación de entusiasmo, reprimida rápidamente, cuando la larga y baja estructura de piedra había aparecido en la oscuridad, como si se sorprendiera de su capacidad. Había tardado mucho en llegar hasta allí por la cautela con la que habíamos remado. La última parte del viaje, muy cerca de la costa hasta la desembocadura del arroyo donde creíamos que se encontraba nuestra presa, había sido muy corta.

—Vamos allá. Estoy cansado de esperar. —Hablé casi sin abrir la boca, para detener el castañeteo de mis dientes. Me había dicho a mí mismo que era una noche fría, aunque debía de serlo más para Manitas, porque después de dejar atrás Chapultepec, se había quitado el taparrabos y lo había envuelto en la pala del remo para silenciar el chapoteo.

—Si nos mantenemos en el centro del canal —propuso Manitas—, tendríamos que encontrarlos. —Metió el remo en el agua y puso la canoa en movimiento.

Un leve chapoteo detrás de nosotros nos avisó de que la otra canoa nos seguía, pero el barquero no se había molestado en envolver la pala, y oíamos claramente su avance, con un rumbo muy separado del nuestro y mucho más pegado a la orilla. El blanco resplandor de la espuma mostró dónde el remo entraba en el agua y las salpicaduras que levantaba cuando nos adelantó rápidamente.

—¿Qué está haciendo? —exclamó Manitas—. ¡Está demasiado cerca de la orilla! ¡Acabará embarrancando la canoa si no tiene más cuidado!

—Para no hablar del ruido que hace —añadió León.

Creo que fui el primero en comprender cuáles eran las intenciones del hombre.

—¡Quiere embarrancar la canoa! ¡Intenta escapar! —Me levanté tan bruscamente para ver adónde iba la otra canoa que la nuestra se bamboleó peligrosamente.

A través del agua nos llegó el ruido de un choque y los sonidos de la madera al partirse.

El breve silencio que siguió se encargó de romperlo el aleteo de una alas muy grandes de algún pájaro, quizá una garza, que se encontraba en su nido y ahora escapaba a través del lago.

—¡Han chocado! —informó Manitas.

—¡Silencio! —ordené. ¿Lo había imaginado o había sonado otro ruido? Pero mientras me esforzaba por identificarlo, los insultos y las recriminaciones que venían desde la dirección de la canoa hundida taparon todo lo demás.

—El viejo Plumas Negras no parece muy contento —comentó mi hermano.

—Tampoco lo está la dama —añadió Manitas.

Me dije que los comerciantes debían de educar a sus mujeres de una manera diferente al resto de nosotros, porque estaba seguro de que mi madre no conocía algunas de las palabras que utilizaba Azucena. Me pregunté si las había aprendido en el mercado. No oí la voz del barquero. Seguramente ya estaba bien lejos, después de saltar de la canoa en cuanto vio que el choque era inminente.

—Bueno, ya está —declaró León—. Ahora todo el mundo en esta parte del lago sabrá que estamos aquí. Ya podemos olvidarnos de nuestros planes. —Se levantó para situarse a mi lado, en el centro de la canoa, que se bamboleaba cada vez más—. Si Telpochtli estuvo alguna vez aquí, ya se habrá largado. Es imposible que no haya oído.

—¡Pues en ese caso, cállate!

Mientras León se callaba, sorprendido por mi tono, me apresuré a mirar en derredor.

—¡Si se está moviendo, tendríamos que oírlo! —le expliqué—. Eso si mi amo y Azucena tuvieran la bondad de permanecer en silencio. ¿Queréis callaros? —Grité estas últimas palabras para hacerme oír por encima del barullo en la costa.

Hubo una pausa momentánea antes de que me llegara la voz incrédula de mi amo, reducida a poco más que un susurro indignado:

—¿Qué has dicho?
—¡Escuchad!
Todos escucharon.
—¿Qué es eso? —preguntó Manitas.
Él, León y yo nos volvimos simultáneamente.
—Chapoteos —dijo mi hermano—. ¿Alguien nadando?
Súbitamente todos volvimos a hablar en susurros. Los tres permanecimos todo lo inmóviles que pudimos en la canoa, que no dejaba de moverse, mientras mirábamos en la oscuridad que nos rodeaba, e incluso se callaron las voces que llegaban desde la canoa embarrancada del primer ministro.
—No alcanzo a ver...—comencé a decir.
—¿Qué es aquello? —Manitas me sujetó un brazo y tiró para que me volviera hacia donde quería que mirase—. ¿Lo ves?
—¡Sí ¡Sí! ¡Lo veo! —afirmó León.
Entonces lo vi yo también: un destello blanco, como una cortina de espuma que se levantaba de la superficie del lago. Lo vi de nuevo, pero la segunda vez había algo más: algo claro que se movía, con un movimiento como el que haría un brazo que mueve un remo frenéticamente.
Al alzar un poco más la mirada, distinguí una masa oscura que flotaba en el agua, delante mismo de nosotros y a no más de un tiro de piedra.
A mi espalda se oyó el ruido de una tela que se rasgaba cuando Manitas arrancó el taparrabo de la pala del remo.
—¡Venga, todos a remar! —León se había tumbado en el fondo de la canoa y remaba con las manos, con desesperación, y antes de que tuviera tiempo de reflexionar sobre lo inútil que era yo también lo estaba haciendo; las salpicaduras de agua helada me calaron hasta los huesos mientras intentaba con mis patéticos esfuerzos que la canoa ganara velocidad.
En menos que canta un gallo me dolían los brazos, tenía las plumas de mi ridícula capa aplastadas contra los muslos y a pesar de mis esfuerzos tiritaba de frío. Notaba cómo se me entumecían las manos y los pies, y sin embargo la oscura

mole que teníamos delante no parecía estar más cerca. Comenzó a darme vueltas la cabeza y cerré los ojos por un momento para controlar el mareo.

Cuando los abrí de nuevo, me encontré junto a la embarcación.

Era la embarcación más grande que había visto. Me dije que seguramente la habían construido a partir de un árbol entero, y muy alto. Tenía cubierta y una cabina del tamaño de una casa pequeña se alzaba en el centro, rodeada por unos bultos informes. Apenas si tuve un momento para ver todo eso antes de que la embistiéramos con tanta fuerza que me di de morros contra la proa.

En la oscuridad, y por encima del pitido en mis oídos, oí a alguien que decía en voz baja:

—¡Hemos chocado!

A mi alrededor había ruidos y movimientos: furiosas voces masculinas y pies que corrían. La canoa parecía bambolearse, aunque en cuanto conseguí salir del angosto espacio de la proa comprendí que era mi cabeza la que daba vueltas, como consecuencia del golpe recibido en la colisión. La voz baja que había oído había sido la mía.

Me puse de rodillas, con la cabeza a nivel con la borda de la canoa, en el momento en el que un pie calzado con una sandalia se apoyaba en ella. Un instante después el pie desapareció, y la canoa se bamboleó mientras mi hermano saltaba con un grito que recordaba el de un jaguar herido. Yo aún intentaba levantarme, con el eco del grito de guerra de León resonando entre los árboles de la orilla, cuando Manitas me apartó. Oí el chasquido de su pie desnudo cuando lo apoyó donde había estado el de mi hermano y luego él también saltó a través del espacio que había entre las dos embarcaciones.

—¡Esperadme! —Mi grito sonó como un jadeo ininteligible. ¿Qué pensaban utilizar como armas?

León y Manitas saltaron por encima de la borda de la

enorme embarcación. Permanecieron un instante cerca de la proa antes de correr hacia la cabina.

Cuando advertí el peligro ya era demasiado tarde.

Él había estado oculto en el otro extremo de la embarcación, agachado para no salir despedido por encima de la borda como consecuencia del choque. Para llegar hasta él, León y Manitas tendrían que rodear la cabina. Su enemigo disponía de mucho tiempo, y lo utilizó; se levantó con un movimiento lento. Las cuchillas de la espada brillaron débilmente a la luz de las estrellas mientras la levantaba por encima de la cabeza.

León se lanzó sobre él con un grito de triunfo, adelantándose a Manitas.

Entonces el chico entró en acción.

Espabilado había estado detrás de la cabina, camuflado entre los bultos informes que había a su alrededor. Cuando Manitas pasó a su lado se levantó de un salto, con el remo sujeto con las dos manos, y lo descargó contra la cabeza del desprevenido plebeyo. Oí un ruido sordo y Manitas cayó al agua con gran estrépito.

Mi hermano reaccionó con la velocidad del rayo. Pareció girar en el aire mientras se volvía para enfrentarse a la nueva amenaza que había aparecido a su espalda. Espabilado había levantado el remo una vez más. León saltó muy alto mientras se lanzaba sobre el muchacho, con la intención de evitar el arma improvisada, o detenerla en la cumbre del arco antes de que cogiera fuerza.

Espabilado dio un paso atrás. Hizo girar el remo y clavó su empuñadura en el estómago de mi hermano.

León golpeó contra la empuñadura con todo el impulso de su cuerpo, se dobló en dos con un sonoro gemido, y cayó sobre la cubierta.

Reinó un silencio siniestro.

Me levanté para avanzar cautelosamente apoyado en la borda. Unas luces bailaban ante mis ojos al ritmo de los dolorosos latidos en mi cabeza. Miré la embarcación de mi enemigo.

Nuestra canoa y la enorme embarcación no se tocaban,

aunque estaban separadas por una distancia que sería fácil de saltar. La canoa se movía de una forma extraña, acompañada por un chapoteo que me intrigó hasta que advertí que tenía los pies metidos en el agua. El impacto había rajado el fondo y ahora la canoa se hundía lentamente.

El muchacho dejó caer el remo. El hombre a popa bajó la espada y me miró. Estaba demasiado lejos para verle el rostro en la oscuridad, pero ahora ya no necesitaba luz para saber quién era.

Lo llamé con un tono grave.

—¡Luz Resplandeciente!

quedarse en el valle. Lo intentaron, pero no había ningún lugar seguro; no había nadie en ninguna parte dispuesto a correr el riesgo de enojar a los aztecas dando refugio a unos fugitivos. Así que intentaron cruzar las montañas. Allí fue donde murió la muchacha. Murió en una cueva, durante el alumbramiento.

Desde la orilla nos llegó un grito furioso.

Luz Resplandeciente volvió la cabeza en la dirección de donde venía.

Yo me lancé sobre él, agachado para esquivar las cuchillas de la espada, pero mis pies mojados resbalaron en la cubierta y acabé tendido de bruces.

Permanecí tendido, indefenso; oí el silbido del arma cuando cortaba el aire, hacia mí, y me imaginé cómo sería cuando las hojas cortaran la piel y la carne, y se hundieran en mi hombro o la espalda.

—¡No!

Algo desvió la espada, la hizo girar en el último instante de forma tal que me golpeó de plano entre los omoplatos. El aire escapó de mis pulmones y me empujó la cabeza hacia abajo, con tanta fuerza que me rompí la nariz contra la cubierta.

Oí un golpe y una maldición. Vi unos pies que se movían a mi alrededor, como si estuviesen interpretando una danza. El muchacho había intervenido.

—¡No! —gritó—. ¡No puedes hacerlo! ¿No te das cuenta de que él es...?

—¡Cállate! —vociferó el comerciante—. ¡No me importa! ¡No quiero oírlo! ¡Cállate! ¡Cállate!

La hoja de la espada cortó el aire. Conseguí mover la cabeza a tiempo para ver cómo se apartaba el chico. Tardó demasiado: el plano de la espada lo golpeó en el pecho y lo hizo retroceder tambaleándose. Tropezó con uno de los cuerpos tendidos en la cubierta y cayó de espaldas contra la cabina, el rostro bañado en lágrimas.

Luz Resplandeciente soltó un alarido que me heló la sangre. Se volvió de nuevo para enfrentarse a mí con la espada levantada.

—¡Ves lo que me has hecho hacer! ¡Te voy a matar por eso! ¡Te arrancaré el hígado!

—¿Por qué? —pregunté con voz ronca. Ahora ya no intentaba ganar tiempo, quería saber—. ¿Por qué me odias tanto?

—¿No lo sabes? Pues entonces escucha. Vas a saber cómo sobrevivió el chico. Telpochtli tuvo que dejarlo con una pareja de aldeanos que acababan de perder a su hijo. Lo volvió a comprar, años más tarde, cuando reunió algo de dinero, y se lo llevó a vivir con él en Tzintzuntzan.

Tzintzuntzan era la capital de los tarascos. Así que Bondadoso había acertado cuando dijo de dónde había venido el cuchillo de bronce.

—Por supuesto, Telpochtli tuvo una Muerte Florida, naturalmente. Los tarascos lo toleraron durante un tiempo, pero como azteca, instalado entre nuestros enemigos, siempre supo que acabarían matándolo.

—¿Qué pasó con el chico?

—Ah sí, el chico. El hijo de Flor de Maíz.

Permanecí quieto mientras él me rozaba la nuca con la espada.

—El chico consiguió escapar. Regresó a Tenochtitlan. Para entonces se había convertido en un chico fuerte, con el físico de un jugador de pelota, y muy bello, pero era un extranjero sin dinero. ¿Qué crees que hizo para ganarse la vida, en una ciudad llena de vividores y pervertidos? Lo único que poseía cuando llegó aquí era un puñal de bronce que había guardado como recuerdo. Es una pena que no pudiera devolvérselo, después de la muerte de Constante.

Las cuchillas de obsidiana me pincharon en la nuca y me obligaron a aplastar la frente contra la cubierta hasta que me dolió. Deseaba ver al chico, cuyos sollozos habían dado paso a un gimoteo infantil. Si fuera capaz de rehacerse, pensé, y acercarse a su amante con el remo que tenía en las manos.

—Así que yo tenía razón —afirmé—. Espabilado era el hijo de Flor de Maíz, y tú y él...

—Lo encontré en el mercado. Para entonces el pobre estaba desesperado. Se lo compré a su chulo con algunas de las cosas que la vieja bruja que es mi madre creyó que apostaba. Nunca supo el beneficio que obtenía de los idiotas que creían que les ofrecía apuestas más ventajosas que las que se hacían en la cancha de pelota. Espabilado y yo formábamos una buena pareja. Oh, no solo en el sentido que crees. Éramos un equipo. Me inventé el personaje de Niebla porque no podía seguir aceptando apuestas con mi nombre verdadero, y entonces Espabilado se convirtió en el hijo de Niebla, y en su mensajero. Era muy bueno. Rápido, ingenioso, sereno, pero, ¡oh, Yaotl! Es mucho más que eso, podría haber sido mucho más si tú no hubieses arruinado su vida incluso antes de comenzar.

—Pero si yo...

Levantó la voz para gritar sin apartar la mirada de mí.

—¿Por qué no le cuentas a Yaotl lo que sucedió después de la muerte de tu madre, Espabilado?

Durante unos momentos solo oí la rápida y ronca respiración del muchacho. Luego su voz llegó entrecortada, como si le costara un triunfo decir cada una de las palabras.

—Fue... fue lo que me contó Telpochtli, fue lo último que me dijo.—Hizo una pausa—. Flor de Maíz tuvo fiebre después de que yo naciera. Deliraba, decía tonterías la mayor parte del tiempo. Pero el nombre que repetía, una y otra vez, era el tuyo. Siempre «Yaotl». Nunca «Telpochtli». Era tu nombre... siempre tu nombre.

El comerciante prosiguió cuando el chico calló.

—Su madre guardó su último aliento para ti, Yaotl. Para ti, a pesar de que la habías abandonado a ella y Espabilado a su suerte. ¡Tú te olvidaste para siempre de ellos!

—Lo siento. —Fue lo único que se me ocurrió decir.

—Si te hubiese importado —manifestó el chico con voz apagada—, quizá hubiese sobrevivido. Quizá hubiese luchado por su vida.

Probé a levantarme, apoyado en las palmas, pero desistí en el acto cuando las cuchillas se clavaron en mi nuca.

—¿Qué quieres ahora de mí, Espabilado? —pregunté con toda la calma que pude—. ¿Quieres vengarte?

Esto era del todo injusto, pensé. No era como si les hubiese obligado a abandonar la ciudad. ¿De qué hubiese servido que yo les acompañara al exilio en lugar de Telpochtli? ¿Cómo podía saber que aquella estúpida muchacha me amaba?

Luz Resplandeciente interrumpió la respuesta del chico.

—¿Venganza? ¡Por lo que tú le hiciste a su madre y a él, porque lo vendieron dos veces, y lo expulsaron de ciudad en ciudad, y verse convertido en un prostituto! ¿No pedirías venganza por eso?

Se inclinó sobre mí hasta que su aliento me agitó los cabellos.

—¿Tú no pedirías venganza?

¿El muchacho quería realmente verme muerto por lo que había dicho a su madre tantos años atrás? Me obligué a recordar cuál había sido el resultado: Flor de Maíz agonizando en una cueva helada, Telpochtli muerto y sus trozos devorados por los bárbaros, la sórdida vida de Espabilado. ¿Todo aquello lo había convertido en un asesino?

¿Cuántas veces le debía mi vida?

—Quizá yo pediría venganza —jadeé—, y quizá tú también, pero Espabilado no. ¡Solo quiere hablar conmigo, Luz Resplandeciente! ¡Quiere saber quién es su padre: Telpochtli o yo! ¿No es así, muchacho?

Me daba vueltas la cabeza. Podía ser por la sangre que manaba de los cortes en mi cuello, o por el alivio de saber que el chico, por lo menos, no quería verme muerto. Quizá podía ser por el esfuerzo que me había supuesto expresar en voz alta la sospecha que había mantenido a raya durante tantos años: que el hijo de Flor de Maíz fuera mío después de todo.

Como si me hablara desde muy lejos, oí la voz de Espabilado:

—Papá...

—¡No lo llames así! —chilló Luz Resplandeciente. De pronto las cuchillas dejaron de rascarme el cuello—. Tú eres mío, ¿no lo entiendes? Este montón de mierda no significa nada para nosotros. ¡Nada! ¡Está muerto!

—¿Es que no lo oyes? —grité, desesperado—. ¡Espabilado no quiere que lo hagas!

—¡Luz Resplandeciente, por favor! —suplicó el chico.

—Espabilado. —El nombre sonó como un largo y doloroso suspiro—. Eres tan joven... Aún no has aprendido a odiar, es así de sencillo. Pero yo sí. ¡Tú me enseñaste! Escuché tu relato tantas veces, y te vi llorar mientras lo hacías, y te oí seguir llorando durante la noche, cuando creías que estaba durmiendo. Me he consumido de rabia y he deseado despellejar a tu padre vivo por el dolor que te había causado, y tú lo único que querías era hablar con él. Aunque tenía claro que no serviría de nada, lo acepté, prometí ayudarte a descubrir la verdad. Mantuve mi promesa. ¿Recuerdas cuando fui a ver a Yaotl a mi casa? Pero hablar no sirve de nada, amor mío. Solo sirve para reabrir las heridas. Así que no te preocupes por Yaotl, Espabilado. Te olvidarás de su muerte mucho más rápido de lo que crees. ¡Yo me ocuparé de que así sea!

—¡Luz Resplandeciente!

En boca de mi hermano el nombre sonó como algo obsceno.

León estaba de pie, apoyado en la cabina. Se adelantó, al parecer sin reparar en el muchacho que estaba a un par de pasos más allá mientras él centraba toda su atención en el comerciante. En su voz se mezclaban el dolor y el desprecio.

—Te quemarán vivo, pervertido. ¡Eres repugnante! Eres como uno de esos pequeños gusanos que caen de nuestros culos. Me das asco. ¡No sabes vivir con decencia y ni siquiera ganas tu dinero honradamente. —León intentaba provocar a Luz Resplandeciente para que hiciera el primer movimiento—. ¡Los de tu clase ni siquiera pelean como hombres! —Era obvio que a mi hermano le disgustaba profundamente que le hubieran pegado con un remo.

No podía moverme. No veía la espada ni sabía si aún continuaba alzada para cortarme la cabeza o cualquier otra cosa. Solo veía a mi hermano, que seguía profiriendo insultos mientras se acercaba tambaleándose a nosotros y caía de rodillas.

—No me extraña que tuvieras que esconderte en el lago, rodeado de basura. Nunca te permitirían vivir en la ciudad. —Se debilitaba a ojos vista. Se inclinó hacia delante, hasta que sus manos tocaron la madera de la cubierta. Su voz era poco más que un sonido ronco—. Las mujeres barrerían de la calle a una mierda como tú antes del amanecer... ¡Yaotl! ¡Cuidado!

León gritó las últimas palabras.

En un abrir y cerrar de ojos estaba de rodillas y luego de pie. Se había quitado la capa y la sostenía con las dos manos, y cuando saltó sobre Luz Resplandeciente la arrojó contra el brazo que blandía la espada.

Yo rodé sobre mí mismo.

La capa falló el objetivo, pero al esquivarla Luz Resplandeciente resbaló y tropezó conmigo. Las cuchillas de obsidiana se clavaron en la cubierta, a mi lado. El ruido de la madera al rajarse me dejó sordo.

Luz Resplandeciente arrancó la espada con un grito furioso y se levantó para enfrentarse a mi hermano. León atacó con las manos desnudas. La espada se movió con una centella al cruzar el aire. Cortó la carne, en los brazos de mi hermano, pero el golpe no estaba bien dirigido. León avanzaba muy agachado y muy rápido y las heridas eran superficiales. No gimió ni grito, pero cuando la espada llegó al final del arco, antes de que Luz Resplandeciente tuviera tiempo de reaccionar, se irguió para descargar un puntapié en el estómago del comerciante que lo hizo caer de espaldas, casi sin poder respirar.

—¡Te tengo! —gritó León con un tono de triunfo mientras se lanzaba sobre su enemigo, le cogía los cabellos y se los retorcía brutalmente—. ¡Ahora eres mío! ¡Mi querido hijo!

—¡León! —Me levanté—. ¡Ahora no estás en un campo de batalla! ¡Déjate de tonterías y mata a ese cabrón de una vez!

Llegué tarde. Luz Resplandeciente se retorció, saltó, se deslizó como un pescado vivo de las manos de mi hermano y se libró sin preocuparse de que había perdido media cabellera. Corrió hacia la cabina, al tiempo que llamaba a Espabilado a voz en cuello.

Luz Resplandeciente aún tenía la espada. Mientras escapaba no dejaba de moverla violentamente con el brazo estirado hacia atrás y no le cortó el rostro a León por un pelo. Mi hermano, que había perdido el equilibrio, tardó un momento en perseguirlo, y cuando lo hizo, el comerciante ya estaba preparado para reanudar la pelea.

El chico estaba junto a él, con el remo bien sujeto con las dos manos.

—¿Qué hacemos? —pregunté.

—El comerciante es mío —respondió mi hermano—. Tú ocúpate del chico. Cuando diga va...

—¡Espera un momento! ¡Están armados!

—¡Venga, Yaotl! ¡Haz lo que te dice! —gritó Luz Resplandeciente—. ¡Acabemos con esto ahora!

—¡Basta!

El grito de Espabilado no era fuerte. Se parecía más a algo entre un sollozo y un grito ahogado, un sonido de angustia y desesperación que hizo que los demás, los tres, titubeáramos por un instante, y nos miráramos los unos a los otros como si todos hubiéramos visto algo tan importante que empequeñecía nuestras disputas.

—No quiero que esto siga —afirmó el chico—. No te pedí que mataras a esos hombres. Solo quería hablar con Yaotl, saber cómo era.

—Te saqué del mercado —dijo Luz Resplandeciente.

—¡No me sacaste de la ciudad! Me usaste para que hiciera tus recados, me obligaste a vivir en la canoa, no me dejaste ir a verlo, no me...

—¡Te hubiera llevado con él! —gritó el mercader—. ¡Te hubiera perdido! ¿No querías lo que teníamos, no era suficiente?

De pronto comprendí cómo había sido la vida de Luz Resplandeciente: los años de mimos y cuidados de Azucena, el ansia de ser libre y el resultado: las mentiras y la ridícula parodia de un hogar que él y el chico habían creado, ahí en el lago. Había mantenido a Espabilado en una dependencia absoluta, pero siempre había existido un duda inquietante, el miedo a que alguien rivalizara con él por el afecto del chico.

Cuando ocurrió, no supuso ninguna diferencia que el rival fuese el padre del muchacho.

—Deja la espada, Luz Resplandeciente —dije con voz amable—. No es a mí a quien debes temer.

Movió la cabeza a izquierda y derecha, nos miró a los tres, antes de mirar por última vez el rostro lloroso de Espabilado.

—Entonces te he perdido —afirmó, con el más profundo desconsuelo.

Espabilado eludió su mirada. El remo escapó de sus dedos y cayó sobre la cubierta, junto a sus pies.

—No podemos seguir así —murmuró.

Luz Resplandeciente no dijo nada más. Levantó la espada por encima de la cabeza y atacó.

No hizo caso de mi hermano. Vino a por mí, la boca abierta en un alarido de rabia y el arma preparada para hendirme el cráneo. No tenía tiempo para moverme o defenderme. Fue Espabilado quien reaccionó. Arremetió contra Luz Resplandeciente por la espalda y lo hizo caer en el mismo momento en que la espada comenzaba a bajar.

León atacó por el flanco. Se lanzó sobre el comerciante cuando caía tras la embestida del muchacho. Mi hermano se aseguró esta vez de hacerse con la espada. Sujetó la empuñadura de madera con las dos manos y la retorció con la misma violencia que había empleado antes para retorcer los cabellos de su enemigo.

Hubo una fugaz resistencia antes de que Luz Resplandeciente soltara el arma. No la quería. Me quería a mí. Mientras mi hermano trastabillaba, pillado por sorpresa por la facilidad con la que había obtenido su premio, Luz Resplandeciente me atacó de nuevo, sin preocuparse de Espabilado, y me golpeó con la frente en mi nariz rota.

Solté un alarido. Incapaz de soportar el peso de Luz Resplandeciente caí de espaldas, con tanta fuerza que se me cortó la respiración. Las manos del hombre me rodearon la garganta y comenzaron a estrangularme al tiempo que golpeaba mi cabeza contra la cubierta. Sentí que mis piernas se movían espasmódicamente y que mis manos no encontraban nada más que aire.

En las manos de mi hermano la espada parecía moverse muy lentamente. Cuando descendía, vi el reflejo de la luz de las estrellas en cada una de las hojas de obsidiana, desde la empuñadura hasta la punta. Vi el destello de la última hoja, que después se volvió oscura, como cuando se apagan las brasas, y oí el horrible sonido del hueso al partirse cuando León hundió el arma en el cráneo de Luz Resplandeciente.

5

Luz Resplandeciente no cejó ni después de muerto. Su cabeza me golpeó violentamente cuando mi hermano arrancó la espada hundida de su cráneo, antes de desplomarse sobre mi hombro como si estuviese muy cansado.

León soltó el arma.

Mi hermano se volvió hacia Espabilado, dispuesto a enfrentarse a él con las manos desnudas.

El muchacho no se había movido, y el remo continuaba allí donde lo había dejado caer. Miró pasivamente a León sin pestañear.

Yo oía la respiración fuerte y agitada de mi hermano después de la pelea con Luz Resplandeciente. Parecía un felino, dispuesto a partirle el cuello a Espabilado en el momento en que el chico diera un paso, pero Espabilado permaneció quieto, y esperó, sin decir nada, como si no le importara nada lo que pudiera hacer León.

Los muertos pesan. Tuve que recurrir a todas mis fuerzas para apartar al cadáver de mi pecho. Sacudí la cabeza para quitarme la sangre de los ojos mientras rodaba sobre mí mismo. Luego me levanté y me reuní con mi hermano. El dolor de la nariz rota por partida doble me mareaba.

León me miró con una expresión indecisa.

—¿Qué? —murmuró con un tono tenso.

Miré a Espabilado.

—¿Qué piensas hacer, muchacho? —le pregunté en voz baja.

No me respondió. Le dio un puntapié al remo, que se deslizó hacia mí a través del charco de sangre que se extendía por la cubierta. No lo recogí.

—¿Dónde están los brujos? —preguntó León.

Espabilado habló por primera vez desde que su amante había muerto.

—Aquí —respondió lacónicamente.

—¿Aquí? Pero...

Miré los bultos informes que yacían en la cubierta. Estábamos rodeados de cadáveres. Eran el testimonio de una matanza.

Mi hermano dio una vuelta entera para observar la escena. Su cabeza se movía de un lado a otro mientras contaba los cuerpos.

—No serán todos, ¿verdad? —Soltó un gemido de desesperación—. ¿Quién ha hecho esto? ¿Cuándo?

—Él lo hizo.

Me dejé caer de rodillas junto a uno de los cadáveres acurrucados. Lo empujé con la palma de la mano para ponerlo boca arriba. Vi los ojos velados y los dientes blancos a la luz de las estrellas. Estaba frío, pero no rígido; ya había pasado esa etapa.

—Lleva muerto hace días —comenté, con la mirada puesta en Espabilado—. ¿Los demás también?

—Después de que tú escaparas de él en su casa, Luz Resplandeciente se volvió loco. Regresó a la canoa y los mató a todos con la espada.

—¿Se puede saber qué hacías tú mientras tanto? —quiso saber León.

—Yo estaba hablando con su madre. Había ido a la cancha de pelota para decirle a Azucena que su hijo no volvería a casa. No sabía lo que estaba haciendo. Cuando regresé aquí él estaba... los brujos estaban tumbados en la cubierta, y él estaba sentado en el medio, con una sonrisa y bañado en sangre.

—De pronto su voz se quebró—. ¡Juro que no quería que sucediera! Solo quería saber... Solo quería saber cosas de mi padre, pero una vez que Luz Resplandeciente comenzó esto no pude hacer nada para impedírselo.

Me levanté y miré al chico, que lloraba a moco tendido.

—No entiendo por qué tuviste que pasar por todo esto solo para hablar conmigo. Podrías haber ido a verme a la casa de mi amo en cualquier momento.

—Luz Resplandeciente me dijo que no podía ser. Tú hubieses podido decírselo a tu amo, o a cualquier otra persona, y entonces la gente habría sabido lo nuestro. Para hablar contigo, dijo, primero tendríamos que tenerte en nuestro poder. Además, Luz Resplandeciente se divertía. No lo comprendí hasta que fue demasiado tarde, pero él disfrutaba burlándose de tu amo. Le pareció muy divertida, la idea de hacer que él te enviara a ver cómo mataban a aquel campesino en la fiesta del Alzamiento de los Estandartes e implicarte en lo que sucedió.

—Así que Bondadoso estaba en lo cierto —murmuré casi para mí—. Creía que su nieto y Niebla lo habían organizado todo como una broma macabra. ¿No pudiste hacer nada por evitarlo?

—No sabía que fuera a hacerlo. En aquel momento creía que bromeaba. Hasta que nos vimos después y me mandó a ver a tu amo para decirle lo que había pasado no me di cuenta de lo que había hecho. —Espabilado gimió con sincera desesperación—. Les hizo daño. Torturó a los brujos para que le dijeran lo mismo que le habían dicho al emperador, aunque era obvio que no tenían nada que decir. Cualquiera se hubiera dado cuenta que no eran brujos de verdad, sino unos pobres labriegos que conocían un par de trucos de magia. En realidad a Luz Resplandeciente no le importaba, solo quería oír sus alaridos.

—Era tu amante —señalé.

—¡Me salvó! Me sacó del mercado. ¡No me obligó a volver allí! Era bondadoso. ¿Sabes lo que es no conocer nunca la bondad, que nunca te quieran por lo que eres? —Me miró directamente a los ojos—. Nunca tuve una madre o un padre. Me han comprado y vendido tantas veces que he perdido la cuenta. Han pagado muchísimo dinero por mí, pero nadie antes de Luz Resplandeciente me trató como si valiera algo más que un grano de cacao.

—¿Qué quieres decir con eso de que no has tenido padre? —preguntó mi hermano ásperamente—. ¿Qué me dices de Telpochtli?

—Telpochtli no era mi padre.

—¡Eso no puedes saberlo! —grité.

—Sí puedo. Él y Flor de Maíz nunca durmieron juntos. Él quería hacerlo, pero no era como tú. No podía. Sus votos a los dioses se lo impedían, y se había mutilado del todo en sus ofrendas de sangre. Lo sé, vi lo que se había hecho. Solo hablaban y se abrazaban. Eso es todo lo que quieren algunos hombres, en algunas ocasiones —añadió, como alguien que habla por experiencia—. Tú fuiste el único a quien se entregó, Yaotl. Soy tu hijo.

Oírlo fue como escuchar y ver muchas desgracias y sufrimientos: una mujer a la que apenas recordaba que había muerto con mi nombre en sus labios; el hijo que habíamos engendrado, solo y perdido entre salvajes cuando a su único amigo y protector lo habían matado y comido como una ofrenda a unos dioses extranjeros; el muchacho que había pasado de unas manos pervertidas a otras; la madre que no había dejado de amar a su único hijo, a sabiendas de que era un monstruo; el loco atormentado por unos celos que apenas comenzaba a entender. Me tapé los oídos con las manos, después los ojos, como si eso pudiera aislarme de todo aquello.

Apenas si oí la voz de mi hermano cuando le preguntó al chico por qué Telpochtli lo había tratado como si fuese su hijo.

—Por mi madre. La amaba. Le había hecho una promesa. Le había prometido que me devolvería a mi padre. A mí también me hizo prometer que lo buscaría.

Toda aquella desgracia la habían puesto ante mí. Ahora

entendía por qué Flor de Maíz se había equivocado, y que los dioses eran más fuertes que nosotros, después de todo. Ellos podían ver el final de las cosas. De haber sabido adónde nos conducirían, no la hubiese abandonado. Podría haber muerto, pero no me hubiese sentido de esa manera.

—Espabilado —me oí decir con voz ronca—, lo siento.

—Yo también.

En mis brazos no era el joven atlético que había visto en la canoa y en la cancha de pelota. Era un niño, que temblaba y lloraba por todo aquello que ambos habíamos perdido.

—Pues dentro de un momento lo lamentaréis mucho más —gruñó mi hermano—. Mirad allí.

En la oscuridad nos resultó difícil ver lo que nos señalaba, hasta que el débil reflejo de una nube de espuma nos indicó el lugar donde un remo se había sumergido en el agua.

La persona que lo empuñaba no era ninguna experta, a juzgar por la falta de ritmo en las paladas. Las maldiciones que nos llegaban débilmente a través del agua podrían haber provenido de cualquier otra canoa en el lago, pero la voz que las soltaba no era masculina.

—Son tu amo y Azucena —dijo Espabilado—. Ella es la que rema.

—El barquero se ha escapado —comentó León—. Pero no tardarán en llegar. —Miró a Espabilado con una expresión pensativa y después a mí—. ¿Qué vamos a hacer con él? Tengo que entregárselo a Moctezuma.

—¡No puedes! —grité—. ¡Moctezuma lo matará! No olvides que tenía prisioneros a los brujos. Si Moctezuma no lo mata, lo hará el viejo Plumas Negras.

—Pero...

—¡Además es tu sobrino! ¿Recuerdas lo que dijo nuestra madre?

Mi hermano abrió la boca para responder y luego la cerró, consciente de que no había replica posible. Un azteca criaría a sus sobrinos como si fueran sus propios hijos, si su hermano fallecía. Su sobrino era de su misma carne, de su misma sangre.

Miró de nuevo en dirección a la canoa que se acercaba.

—No sé qué hacer —confesó—. Si llevamos a Espabilado al emperador, será el final del viejo Plumas Negras, ¿no es así? Por otro lado...

—Por otro lado, ¿cómo piensas hacerlo? Nuestra canoa se ha hundido y mi amo tiene la otra. A menos que quieras mover esta mole hasta la ciudad.

—Tengo una canoa —dijo Espabilado—. Es la que utilizamos cuando el secuestro.

Mi hermano se acercó a la amura donde habíamos chocado. Miró el agua durante unos momentos.

—Pues cógela —ordenó sin más.

Espabilado me miró como si me pidiera ayuda.

—Pero...

—Yaotl tiene razón —lo interrumpió León—. Si te encuentran, te matarán. ¡Coge la canoa y lárgate de aquí ahora mismo!

—¡No quiero dejarte! —gritó el chico.

—Lo sé, hijo. —Me costó pronunciar esas palabras debido al nudo que tenía en la garganta—. Es la única manera. ¡Vete!

Espabilado vaciló. Tendió una mano y me tocó el brazo, y después hizo lo mismo con León. Mi hermano hizo una mueca, pero no protestó.

El muchacho dirigió una última mirada al cadáver de Luz Resplandeciente, y lo que pasó por su mente en aquel momento es algo que no podía imaginar.

Luego se marchó.

—Se han detenido —me informó León.

Habían cesado los chapoteos. Solo veía las vagas siluetas de Azucena y del primer ministro en la canoa, que aparentemente iba a la deriva.

—No alcanzo a oír lo que dice... ¿Qué ha sido eso?

A las voces que llegaban desde la canoa se había sumado una tercera. Parecía llegar desde más cerca, de la misma superficie del agua. Miré hacia ese punto y vi una silueta redonda en las ondulaciones iluminadas por las estrellas: era una cabeza.

—¡Es Manitas! ¡Azucena se ha detenido a recogerlo!

—Estoy seguro de que tu amo se sentirá feliz —se mofó León—, pero a nosotros nos da un poco de margen. ¿Qué les diremos cuando lleguen?

Pensé una respuesta lo más rápido que pude.

—El viejo Plumas Negras querrá que busquen a Espabilado. La búsqueda no empezará hasta mañana, por supuesto, así que el chico dispondrá de una buena ventaja; pero sería aún mejor si pudiésemos retrasarlos haciéndoles creer que deben buscar a dos fugitivos. Así que les diremos lo siguiente: después de lanzar a Manitas al agua, el chico te derrotó a ti y a mí me rompió la nariz con el remo. Luego Telpochtli mató a Luz Resplandeciente con la espada y a continuación ambos se dieron a la fuga.

—¿Crees que tu amo se lo creerá?

—¿Por qué no? Los brujos están muertos. Eso lo complacerá porque no podrá implicarlo, así que, en lo que concierne al emperador, está a salvo. Moctezuma se llevará un disgusto, pero recuperará a los brujos, y un brujo muerto espanta mucho menos que uno vivo, sobre todo si es uno vivo que se ha fugado. Además —añadí, apesadumbrado—, no quiero ser yo quien tenga que decirle a Azucena la suerte que ha corrido su hijo. ¿Lo querrías tú? Dejemos que siga creyendo que Telpochtli estuvo aquí. Podemos decirle que su hijo intentó hacer algo, que luchó, que tuvo una Muerte Florida, lo que sea.

—No entiendo cómo pudiste saber quién era en realidad. Aún creía que perseguíamos a Telpochtli.

—Yo también, hasta esta noche. Pero cuando Manitas me recordó que había visto a Luz Resplandeciente en su canoa, me di cuenta de que su historia del secuestro no encajaba.

—¿A qué te refieres?

—Recordé lo que le había dicho antes a Azucena: que nadie había visto nunca a Niebla. Ni siquiera mi amo, que trataba habitualmente con él. Todo lo que sabíamos era que aceptaba apuestas, pero nunca en persona, siempre a través del chico, y que tenía algún misterioso poder sobre Luz Resplandeciente que llevó a que el comerciante trasladara todo la riqueza de su familia a un almacén secreto. Eso nunca tuvo mucho sentido, pero cuando me dije que el almacén podría ser de Luz Resplandeciente y que él y Telpochtli eran el mismo hombre se aclaró el misterio. También había otras cosas. Mi amo se sorprendió cuando le dije que Telpochtli tenía los brujos, porque él creía que estaban en poder de Luz Resplandeciente. Nos convencimos a nosotros mismos de que Luz Resplandeciente era un intermediario de Telpochtli, pero la verdad es que mi amo acertó desde el principio, y los mensajes que él creía que eran de Luz Resplandeciente, lo eran.

Me hablaba a mí mismo, me reprochaba en voz alta todas las razones por las que tendría que haber descubierto la verdad mucho antes.

—Vi a Luz Resplandeciente, disfrazado, por supuesto, en el mercado, el día que me atacó. Creí que había sido una coincidencia, pero no lo era. Él estaba mirando las plumas de su familia, solo que no me di cuenta hasta que Bondadoso me habló de ellas en el banquete. Después está la muerte de Constante. No lo mató porque el sirviente se interpusiera en su camino. Podría haberlo apartado, pero Constante era el único miembro en la casa de Luz Resplandeciente que lo había visto de cerca disfrazado. Luz Resplandeciente sabía que probablemente era demasiado corto de vista para descubrirlo, pero prefirió no correr riesgos. —Exhalé un suspiro—. En cualquier caso, Constante y Luz Resplandeciente nunca se llevaron bien, y el joven no tuvo el menor escrúpulo en vengar viejas afrentas a la primera oportunidad. Su abuelo me contó cómo era. Creía que él y Niebla tenían mucho en común. ¡A ninguno de nosotros se nos ocurrió que lo tenían todo en común!

—¿Así que dedujiste que Luz Resplandeciente se había inventado su propio secuestro? Es sorprendente. De todas maneras —añadió León en un tono que en él era pensativo—, habrías acabado sabiendo quién era porque él mismo te lo habría dicho antes de matarte. Es curioso, ¡ni siquiera yo te he odiado hasta ese extremo!

—¿Odiar? No lo sé, León. Él quizá hubiese dicho que era amor. Su madre me dijo una vez que había mucho amor en él. Quizá amaba locamente a Espabilado, tal vez ese era su problema.

Mi hermano se encogió de hombros.

—No sé si yo utilizaría esa palabra.

Oímos de nuevo el chapoteo, con un ritmo más firme y regular que nos dijo que Manitas manejaba ahora el remo. Ambos miramos a la canoa que se aproximaba y a sus ocupantes: el robusto plebeyo, el viejo malvado con cara de pocos amigos sentado a popa y, entre ellos, el rostro pálido de una mujer. Estaba demasiado lejos para que pudiera ver su expresión, pero me la imaginé: los labios apretados, impasible, la misma mirada distante de cuando nos encontramos por primera vez.

—Se saldrá con la suya, ¿verdad? —Mi hermano solo tenía ojos para el primer ministro, y su voz estaba cargada de odio.

No le respondí. En ese momento no me interesaba nada el primer ministro; mañana sería un buen momento para preocuparme por él. Era a la mujer a quien miraba, sus pálidas facciones exageradas por las profundas sombras de la noche, mientras la canoa se acercaba. ¿Qué estaría pasando por su mente?

Ambos habíamos perdido a un hijo. Me pregunté qué sería peor. ¿Criarlo, educarlo, amarlo con sus faltas y virtudes y verlo muerto a tus pies, o encontrar a un hijo que nunca había sabido que tenías, solo para perderlo de nuevo en la misma noche?

Apenas si oí el golpe de la canoa cuando se amuró a la embarcación mayor. Manitas saltó a bordo con un cabo para amarrar la canoa, y tuvo que saludarme dos veces antes de que le respondiera.

Todo lo que veía u oía era a mi hijo, en algún lugar, que corría para salvar la vida.

Este libro ha sido impreso en los talleres
de Novoprint S.A.
C/ Energía, 53 Sant Andreu de la Barca
(Barcelona)